おおえ
けんざ
ぶろう

大江健三郎
文集

おおえ
けんざぶろう

日常生活の冒険

日常生活的冒险

[日] 大江健三郎／著

邱雅芬／译

人民文学出版社

著作权合同登记号　图字 01-2023-1676

NICHIJO SEIKATSU NO BOKEN
by OE Kenzaburo
Copyright © 1964 OE Kenzaburo
All rights reserved.
Originally published in Japan.
Chinese (in simplified character only) translation rights arranged with
OE Kenzaburo, Japan
through THE SAKAI AGENCY.

图书在版编目(CIP)数据

日常生活的冒险/(日)大江健三郎著;邱雅芬译.—北京:人民文学出版社,2023
　(大江健三郎文集)
　ISBN 978-7-02-017900-8

Ⅰ.①日… Ⅱ.①大…②邱… Ⅲ.①长篇小说—日本—现代 Ⅳ.①I313.45

中国国家版本馆 CIP 数据核字(2023)第 047647 号

责任编辑	陈　旻
装帧设计	李思安
责任印制	张　娜

出版发行　人民文学出版社
社　　址　北京市朝内大街 166 号
邮政编码　100705

印　　刷　北京汇林印务有限公司
经　　销　全国新华书店等
字　　数　273 千字
开　　本　880 毫米×1230 毫米　1/32
印　　张　11.25　插页 3
印　　数　1—5000
版　　次　2023 年 5 月北京第 1 版
印　　次　2023 年 5 月第 1 次印刷

书　　号　978-7-02-017900-8
定　　价　50.00 元

如有印装质量问题,请与本社图书销售中心调换。电话:010-65233595

"大江健三郎文集"编委会名单

（按姓氏拼音排列）

顾　问：
　　陈众议　　刘德有　　莫　言　　铁　凝
统　筹：
　　黄志坚　　李　岩　　谭　跃　　肖丽媛　　臧永清
主　编：
　　许金龙
编　委：
　　陈建功　　陈　旻　　陈晓明　　陈喜儒　　程　巍
　　川村凑　　次仁罗布　崔曼莉　　丁国旗　　董炳月
　　高旭东　　侯玮红　　黄乔生　　李贵苍　　李　浩
　　李建英　　李敬泽　　李修文　　李永平　　梁　展
　　刘魁立　　刘悦笛　　栾　栋　　彭学明　　平野启一郎
　　邱春林　　邱雅芬　　施爱东　　史忠义　　王　成
　　王小王　　王亚民　　王奕红　　王中忱　　尾崎真理子
　　翁家慧　　吴　笛　　吴晓都　　吴义勤　　吴岳添
　　吴正仪　　吴之桐　　小森阳一　徐则臣　　徐真华
　　许金龙　　严蓓雯　　阎晶明　　杨　伟　　叶　琳
　　叶　涛　　叶兴国　　于荣胜　　沼野充义　赵白生
　　赵京华　　中村文则　诸葛蔚东　朱文斌　　宗仁发
　　宗笑飞

代 总 序

大江健三郎——从民本主义出发的人文主义作家

许金龙

在中国翻译并出版"大江健三郎文集",是我多年以来的夙愿,也是大江先生与我之间的一个工作安排:"中文版大江文集的编目就委托许先生了,编目出来之后让我看看是否有需要调整的地方。至于中文版随笔·文论和书简全集,则因为过于庞杂,选材和收集工作都不容易,待中文版小说文集的翻译出版工作结束以后,由我亲自完成编目,再连同原作经由酒井先生一并交由许先生安排翻译和出版……"

秉承大江先生的这个嘱托,二〇一三年八月中旬,我带着与人民文学出版社外国文学编辑室负责人陈旻先生共同商量好的编目草案来到东京,想要请大江先生拨冗审阅这个编目草案是否妥当。及至到达东京,并接到大江先生经由其版权代理人酒井建美先生转发来的接待日程传真后,我才得知由于在六月里频频参加反对重启核电站的群众集会和示威游行,大江先生因操劳过度引发多种症状而病倒,自六月以来直至整个七月间都在家里调养,夫人和长子光的身体也是多有不适。即便如此,大江先生还在为参加将从九月初开始的新一波反核电集会和示威游行做一些准备。

在位于成城的大江宅邸里见了面后,大江先生告诉我:考虑到上了年岁和健康以及需要照顾老伴和长子光等问题,早在此前一年,已经终止了在《朝日新闻》上写了整整六年的随笔专栏《定义集》,在二〇一三年这一年里,除了已经出版由这六年间的七十二篇随笔辑成的《定义集》之外,还要在两个月后的十月里出版耗费两年时间创作的长篇小说《晚年样式集》(*In Late Style*),目前正紧张地进行最后的修改和润色,而这部小说"估计会是自己的'最后一部长篇小说'"。对于我们提出的小说全集编目,大江先生表示自己对《伪证之时》等早期作品并不是很满意,建议从编目中删去。

在准备第一批十三卷本小说(另加一部随笔集)的出版时,本应由大江先生亲自为小说全集撰写的总序却一直没有着落,最终从其版权代理人酒井先生和坂井春美女士处转来大江先生的一句话:就请许先生代为撰写即可。我当然不敢如此僭越,久拖之下却又别无他法,在陈旻先生的屡屡催促之下,只得硬着头皮,斗胆为中国读者来写这篇挂一漏万、破绽百出的文章,是为代总序。

在这套大型翻译丛书即将出版之际,我想要表达发自内心的深深谢意,也希望亲爱的读者朋友们与我一同记住并感谢为了这套丛书的问世而辛勤劳作和热忱关爱的所有人,譬如大家所敬重和热爱的大江健三郎先生,对我们翻译团队给予了极大的信任和支持;譬如大江先生的版权代理商酒井著作权事务所,为落实这套丛书的中文翻译版权而体现出良好的专业素养和极大的耐心;譬如大江先生的好友铁凝女士(大江先生总是称其为"铁凝先生"),为解决丛书在翻译和出版过程中不时出现的问题而不时"抛头露面",始终在为丛书的翻译和出版保驾护航;譬如同为大江先生好友的莫言先生,甚至为挑选这套丛书的出版社而再三斟酌,最终指出"只有人民文学出版社才是最合适的选择";譬如亦为大江先生好友的陈众议教授,亲自为组建丛书编委会提出最佳人选,并组织各语种编委解决因原作中的大量互文引出的困难;譬如翻译团队的所有成员,无一不在兢兢业业地辛勤劳作;譬如这套丛书的责编陈旻先生,以其值得尊重的专业素养,极为耐心和负责且高质量地编辑着所有译文;又譬如我目前所在的浙江越秀外国语学院,为使我安心主编这套丛书而提供了良好的工作环境并协助成立"大江健三郎文学研究中心"……当然,由于篇幅所限,我不能把这个"譬如"一直延展下去,惟有在心底默默感谢为了这套丛书曾付出和正在付出以及将要付出辛勤劳作的所有朋友、同僚。感谢你们!

另外,为使以下代序正文在阅读时较为流畅,故略去相关人物的敬称,祈请所涉各位大家见谅。

一、从民本主义出发

1.古义人:一个日本婴儿的乳名及其隐喻

日本四国岛松山地区的大濑村是座依山傍水的小山村,建于峡谷中一块纺锤形盆地。这座小村庄位于内子町之东,石锤山西南,为重峦叠嶂所围拥。小山村只有一条东西走向的街道,与从村边流淌而下的小田川大致平行。由于河流的上游和下游分别为群山所遮掩,盆地里的小村庄看似被山峦和森林完全封闭,状呈口小腹大的瓮形。一九三五年一月三十一日,一个小生命就在这个村子里的大江家呱呱坠地,曾外祖父随即为襁褓中的婴儿取了"古义人"这个含有深意的乳名。

所谓"古义人"之"古义",缘起于日本江户中期古学派大儒伊藤仁斋(一六二七年八月——一七〇五年四月)的居所兼授学之所"古义堂"。在位于京都堀川岸边的那所小院里,伊藤仁斋写出了其后成为伊藤仁斋学系重要典籍的《论语古义》《孟子古义》和《语孟字义》等论著,继而与其子伊藤东涯共同创建了名震后世的堀川学派,陆续拥有弟子多达三千余人。这位古学派大儒(或曰堀川派创始人)肯定不会想到,《孟子古义》等典籍及其奥义,会经由自己学系的后人,传给乳名为古义人的婴儿——五十九年后获得诺贝尔文学奖的大江健三郎,并被其内化为自己的道德观和伦理观,成为静静流淌于其文学作品底里的一股强韧底流,而"古义人"这个儿时乳名,则不时以"义""义兄"和"古义"以及"古义人"等人物命名,不断出现在《万延元年的Football》(1967)、《致令人眷念之年的信》(1987)、《燃烧的绿树》(三部曲)(1993—1995)和"奇怪的二人配"六部曲(2000—2013)等诸多小说作品中。譬如长篇小说《别了,我的书!》开首第一句便开门见山地表示:"虽说已经步入老年,可长江古义人还是因暴力原因身负重伤后第一次住进了医院。"为了更清晰地暗示读者,作者大江特意在日文原版正文第一行为"長江古義人"这几个日文汉字加了旁注"ちょうこうこぎと"。这里的"ちょうこう"是固有名词,指涉中国的"长江",而"こぎと",则是"古義人"之音读,在日语中与"古義堂"谐音,作者借此清晰地告诉读者,文本内外的古义人经由曾外祖父和古义堂所接受的民本思想,其源头在于长江所象征的中国。关于"古义人"这个名字的缘起,大江本人曾在《大江健三郎口述自传》里作如此回忆:

  古义人的名字中,就融汇了这个学派的宗师伊藤仁斋的古学思想。我从阿婆那里只听说,曾外祖父曾在下游的大洲藩教过学问。他处于汉学者的最基层,值得一提的是,他好像属于伊藤仁斋的谱系,因为父亲也很珍惜《论语古义》以及《孟子古义》等书,我也不由得喜欢上了"古义"这个词语,此后便有了"奇怪的二人配"这三部曲①中的Kogi②,也就是

---

① 在写作《大江健三郎口述自传》时,大江已发表同以长江古义人为主人公的《被偷换的孩子》《愁容童子》和《别了,我的书!》这三部长篇小说,后三部长篇小说《优美的安娜贝尔·李 寒彻颤栗早逝去》《水死》和《晚年样式集》尚未创作和发表,故此处有"三部曲"之说。
② Kogi为"古义"的日语读音。

古义这么一个与身为作者的我多有重复的人物的名字。①

"古义"这个字词所承载的民本思想,与其后接受的日本战后民主主义思想以及经大江本人丰富和完善过后的人文主义思想一道,浑然形成大江健三郎之宏大博深且独具特色的文艺思想——勇敢战斗的人文主义和果敢前行的悲观主义。

2.由莫言引发的思考和回溯

大江的曾外祖父与孟子学说结下的不解之缘,要从其家族所从事的造纸业说起。大江的故乡大濑村所在地区的经济主要依靠农业和林业支撑,历史上曾是全国木蜡的主要产地,这里还生产利用森林中的黄瑞香树皮制作的纸浆,用以生产优质和纸。日本学者黑古一夫教授曾多次前往此地做田野调查,他认为"江户时代的大江家以武士身份采购山中特产,到了明治仍然继承祖业从事造纸业"②。其实,大江家作为批发商除了收购山中的柿干等山货外,从江户时代传承下来的造纸业才是其主业,自山民手中收集黄瑞香树皮并在河水中浸泡过后,将从中撕下的真皮加工为特殊纸浆,再向内阁造币局提供这种特殊纸浆以供其制造纸币。当时,日本全国一共只有几家作坊能够生产这种特殊纸浆原料。战后,由于货币用纸发生了变化,便不再使用这种纸浆原料。

为了更好地经营祖传产业,大江的曾外祖父年轻时曾前往大阪(或是京都),在古学派大儒伊藤仁斋学系开办的学堂里研习儒学,更准确地说,是研习孟子的相关学说,尤其是其中的民本思想和易姓

---

① 大江健三郎著,许金龙译《大江健三郎口述自传》,贵州人民出版社,二〇一九年三月,第10页。
② 黑古一夫著,翁家慧译《大江健三郎传说》,中国广播电视出版社,二〇〇八年三月,第22页。

革命思想。二〇〇八年二月二十一日下午,在东京都郊外小田急沿线的成城宅邸里,大江对来自中国的老朋友莫言这样解释曾外祖父专程学习儒学的原委:

> 曾外祖父年轻时曾在大阪的新兴商人间开办的私塾里学习孟子的相关学说。在当时的日本,普遍认为孔子的《论语》有利于天皇制,因而比较欢迎《论语》,同时认为孟子学说中含有反天皇制的因素,便对孟子及其学说持反对态度。不过也有个例外,那就是江户时期的儒学家伊藤仁斋对孟子持肯定态度,认为后世诸家大多根据其时的统治阶层利益来阐释儒学,比如对朱子学也是如此,这就越来越背离了儒学的真义,所以需要回到原典中去寻找古义,想要以此为据,用以构建自己的思想体系,他还写了一本题为《孟子古义》的研究类专著。相较于宣扬孔子及其《论语》的私塾古义堂所授教材《论语古义》,曾外祖父选择了《孟子古义》的学术观点,并将这些观点传给了儿时的我。早在孩童时代,我就觉得《孟子古义》中的"古义"是个好词,就接受了这其中的"古义"这个词语。①

在被莫言的同行者问及"你的曾外祖父是个商人,为什么要去学习儒学?"时,大江则这样对他的老朋友莫言解释道:

> 当时的日本商人都认为,经商是为得利,而若想得利,首先便要有义。若是不能义字当头,即便获利,也不会长久。本着这个义利观,曾外祖父就专程前去学习儒学中的"义",却不料被儒学的博大精深所深深震撼,更是与《孟子古义》中有关易姓革命的理论产生共鸣,在学习结束后,就带着据说是伊藤仁斋手书的"義"字挂轴回到家乡,却不再经商,而是在村里挂上那个"義"字挂轴,就在那挂轴下教授村里人学习儒学。再往后,就去邻近的大洲藩教授儒学去了。

---

① 根据二〇〇八年二月二十一日下午大江健三郎与莫言对谈现场所录文字整理而成。

莫言的访问引出大江对自身家学渊源的关注和回溯,那次访谈结束后,或许是认为自己未能更为透彻地向莫言阐释古学派的义利观,两年后的二〇一〇年三月,大江在刊于《朝日新闻》的专栏文章里,如此引用了三宅石庵①在怀德堂发表的讲义:

> 所谓利,是人的合理之判断,无外乎"正义"——义——的认识论之延长。实际上,商人绝不应考虑利用彼等职业追求利益,而应考虑从"义"这种道德原理出发之伦理性活动。义在客观世界中被转为行动之际,利无须努力追求亦不为欲望所乱便会"自然"呈现。"利者,纵然不使刻意相求,利亦将如影随形也。"②

这显然是日本近世儒学教育家对《易经》中"利者,义之和也"的解读,典出于《易经》"为乾之四德"中"元者,善之长也。亨者,嘉之会也。利者,义之和也。贞者,事之干也"。孟子在《孟子·梁惠王上》中亦曰:"王!何必曰利?亦有仁义而已矣。王曰'何以利吾国?'大夫曰'何以利吾家?'士庶人曰'何以利吾身?'上下交征利而国危矣。"我们也可以将孟子向梁惠王所作谏言,理解为孟子学说在《易经》义利观的基础上所做的寓言式诠释。

3.大江对"古义"的再阐释

与莫言的访问时隔大约一年半后的二〇〇九年十月六日,在台北举办的第二届"大江健三郎文学学术研讨会"上,大江对莫言、朱天文、陈众议、小森阳一、许金龙、彭小妍等中日两国作家和学者更为详尽地讲述了曾外祖父学习儒学的背景:

---

① 三宅石庵(1665—1730),日本江户中期的儒学家,曾任怀德堂第一任堂主。
② 大江健三郎著,许金龙译《定义集》,贵州人民出版社,二〇一九年三月,第280页。

……我在孩童时代有个名为"古义人"的乳名。我的曾外祖父是中国哲学的研究者。……伊藤仁斋作为研究日本近世的中国哲学的学者而广为人知，他运用中国古典的正统解读法，写了"古义"（系列）的论著，准确地说，是《论语古义》和《孟子古义》等论著。

　　江户时代，有着基于近世的领导人和政治家的中国哲学意识形态。日本一直存在来自中国朱子的朱子学传统，及至日本近世，就出现了两个不同于朱子学的、对于古典的理解。其一，是作为学者而出现的著名的荻生徂徕这个人物，他主张把中国哲学真正视作古老的文本，遵循文本的本义进行解读。他的这种解读就成了武士和知识阶层的哲学，当德川幕府封建体制崩溃、发生明治维新、发生叫作明治维新的革命之际，就成了赋予日本知识分子力量的思想来源之一。……不过在这同一时期，另有一个对民众传授中国哲学的人，传授与政府的、权力方的解读相悖的中国哲学的人，此人就是伊藤仁斋。我的曾外祖父学习了这种中国哲学，便在自己的房间里挂起从先生那里得到的字幅，那上面有了不起的大人物手书的"義"字。曾外祖父将其悬挂起来，就在那下面教授我们那里的人学习中国哲学。曾外祖父说，这么大的字幅，是伊藤仁斋亲手所书。

　　这里需要介绍一下大江所说的、在日本以天皇为中心的意识形态之下，孔子与孟子学说在日本社会受容与传承的际遇迥然相异——"普遍认为孔子的《论语》有利于天皇制，因而比较欢迎《论语》，同时认为孟子学说中含有反天皇制的因素，便对孟子及其学说持反对态度"。以此观照孔孟学说东传日本的历史，孔子学说在圣德太子时期便奠定了儒家正统的地位，演变为天皇制伦理的法理基础和伦理基础，而孟子学说，则由于民贵君轻的基本政治伦理天然违背了天皇制自上而下的尊卑观，从而成为东传日本之儒教的异端。这种尊孔抑孟的主流意识形态，直至伊藤仁斋的出现，才得到反思和受到批判。

4.不受历代天皇欢迎的孟子及其学说

《论语》早在三世纪后半叶便开始传往日本,公元二八五年,"百济博士王仁由于阿直歧的推荐,率治工、酿酒人、吴服师赴日,并献《论语》十卷、《千字文》一卷,这就是汉文字流入日本之始。其后继体天皇时(513—516)百济五经①博士段杨尔、高丽五经博士高安茂、南梁人司马达赴日,又钦明天皇时(554)五经博士王柳贵、易博士王道良等赴日,这可以说是以儒教为中心之学术文化流入日本之始"②。如果说这大约三百年间的儒学传入是时断时续的涓涓细流,那么到了七世纪,即中国的隋唐时期、日本的推古天皇时期,这涓涓细流就成了奔腾于日本本土文化这个河床中的汹涌洪流,广泛而持久地滋润着干涸的本土文化。在这个时期,有史可考的日本第一位女天皇炊屋姬,也就是推古天皇,为了抗衡把持朝政的权臣苏我马子,故而册封自己的侄儿、已故用明天皇的儿子厩户皇子为皇太子,这位皇太子便是后世盛传的圣德太子。其对内实施了一系列改革,对外则不断派遣遣隋使和遣唐使,如饥似渴地吸收和消化来自中国的先进文化,其中就包括从中国大量引入的儒学和佛教文化。圣德太子更是学以致用,很快便基于儒佛文化亲自拟就并于六〇四年颁布旨在对官吏进行道德训诫的《十七条宪法》,试图以此为基础建立以天皇为核心的中央集权体制。该《宪法》除去第二条之"笃信三宝"和第十条之"绝忿弃嗔"取自佛教经典外,其余各条尽皆出自儒学经典和子史典籍。北京大学哲学系的朱谦之老先生曾对此做过清晰的梳理:

---

① 五经为《诗经》《尚书》《礼记》《周易》和《春秋》这五部典籍,是我国保存至今的最为古老的文献,也是我国古代儒家的主要经典。
② 朱谦之著《日本的朱子学》,人民出版社,二〇〇〇年十二月,第4页。

第一条"以和为贵"本《礼记·儒行》及《论语》"礼之用和为贵"；"上和下睦"本《左传》成公十六年"上下和睦"与《孝经》"民用和睦，上下无怨"。第三条"君则天之，臣则地之"本《左传》宣公四年"君天也"与《管子》；"天覆地载"本《礼记·中庸》"天之所复，地之所载"；"四时顺行"本《易·豫卦》"天地以顺动，故日月不过而四时不忒"；"上行下靡"本《说苑》。第四条"上不礼而下不齐"本《韩诗外传》及《论语》"道之以德，齐之以礼，有耻且格"。第五条"有财之讼，如石投水，泛者之讼，似水投石"，本《文选》李潇远《运命论》"其言如以石投水，莫之逆也"。第六条"无忠于君，无仁于民"本《礼记·礼运》"君仁臣忠"；"惩恶劝善"本《左传》成公十四年。第七条"人各有任，掌宜不滥，其贤哲任官"，本《尚书·咸有一德》之"任官惟贤材"；"克念作圣"本《尚书·说命篇》。第八条"公事靡盬"本《诗经·唐风·鸨羽》，《鹿鸣之什·四牡》之"王事靡盬"。第九条"信是义本"本《论语》"信近于义"。第十条"彼是则我非"本《庄子》；"如环无端"本《史记·田单传》。第十二条"国靡二君，民无二主"，本《礼记·坊记》"天无二日，土无二主"及《孟子》。第十五条"背私向公，是臣之道矣"，本《韩非子·五蠹》篇"自环者谓之私，背私谓之公"，与《左传》文公六年"以私害公非忠也"；"千载以难待一圣"本《文选·三国名臣传序》。第十六条"使民以时，古之良典"本《论语·学而》篇"节用而爱人，使民以时"。①

由此可见，无论在形式上还是内容上，《论语》和"五经"都对《十七条宪法》带来巨大影响，从而为建立以天皇为核心的中央集权体制做了前期准备。当然，我们在这里需要关注的是，这部宪法引入《论语》者有四，而引入《孟子》者则为一。也就是说，在大规模引入中国儒学的初期阶段，或许是对于孟子有关易姓革命的民本思想不甚了解，圣德太子还是对孟子表示出了敬意，尽管在《宪法》中的参

---

① 朱谦之著《日本的朱子学》，人民出版社，二〇〇〇年十二月，第5—6页。

考和引用大大少于孔子的《论语》。

圣德太子去世后,孝德天皇在大化二年(646)颁布《改新之诏》,史称大化改新,提出"公民公地",将皇族和大贵族的土地收归天皇所有,"确立天皇的最高土地所有权及以天皇为中心的中央集权制。儒学的天命观及与之相联的符瑞思想成为革新的重要理论基点"[①],由此正式成立中央集权国家,并将大和之国名更改为日本国。随着神话传说故事《古事记》(712)和编年体史书《日本书纪》(720)的问世,日本历代天皇越发强调皇权天授、万世一系,及至明治维新后由伊藤博文起草并实施的《大日本帝国宪法》,更是借助日本传统中对天皇的尊崇,以法律形式确认天皇秉承皇祖皇宗"天壤无穷之宏谟"的神意,继承"国家统治大权"的上谕,其权力神圣不可侵犯,从而被赋予国家元首和统治权的总揽者之地位[②],集统治权、军权和神权于一身。于是,"民为贵,社稷次之,君为轻",强调主权在民、人民福祉才是政治活动之最大目的等孟子的政治主张,便不可避免地与日本历代统治阶层的利益发生了猛烈碰撞。至于孟子所提"贼仁者谓之贼,贼义者谓之残。贼残之人,谓之一夫。闻诛一夫纣矣,未闻弑君也"[③]等易姓革命的政治主张,更是为日本历代统治阶层所不容,不但代表皇室利益的公家不容,即便是代表幕府利益的武家也决不能接受。于是,在孔子自被奈良朝奉为"文宣王"(768)并享有王者至尊的一千余年间,孟子非但不能享受亚圣的荣光,就连其著述《孟子》也不得输入日本,致使坊间四处流传,不可将《孟子》由唐土带回

---

① 刘宗贤、蔡德贵著《当代东方儒学》,人民出版社,二〇〇三年十二月,第155页。
② 请参阅收录于《日本国宪法》之《大日本帝国宪法》,讲谈社学术文库2201,第61—77页。
③ 引自伊藤仁斋著《孟子古义》第34—35页之《孟子·梁惠王下·2》相关内容。

日本,否则将会在回航途中遭遇海难……这大概就是大江健三郎对莫言所说的"普遍认为孔子的《论语》有利于天皇制,因而比较欢迎《论语》,同时认为孟子学说中含有反天皇制的因素,便对孟子及其学说持反对态度"的历史背景和政治背景了吧。

5.以民意代天意的民本思想

这种尊孔抑孟的现象到了幕府时代也没有任何改变,"作为军事独裁政权的幕府政权一直提倡武士道及尚武精神,而儒家的伦理道德思想在武士道形成过程中成为一个重要的思想来源,统治者及其思想家们利用儒学阐释武士道,汲取了儒学忠、勇、信、礼、义、廉、耻等道德观念,依其统治利益所需改造儒学,冀以充实武士道"①。尤其到了德川幕府时期,"出于加强思想统治,维护并发展幕府政治、经济制度的需要,在国家意识形态方面,由佛儒并用转向独尊儒家思想学说,把儒学定为官学,同时强行禁止'异学'。……倡'大义名分',把纲常伦理绝对化的程朱理学作为占统治地位的主导思想"②。这里有两点需要注意:一是"依其统治利益所需改造儒学,冀以充实武士道";二是"把纲常伦理绝对化的程朱理学作为占统治地位的主导思想"。前者是说幕府根据其统治利益所需而任意"改造"儒学,用以"充实武士道";后者则表明被幕府选中的、可供其"改造"的儒学或曰官学,便是"把纲常伦理绝对化的程朱理学"了。由此可见,经过种种"改造"的这种所谓儒学,就只能是遭到严重篡改的"儒学",为统治阶层的伦理纲常保驾护航的"儒学"了。这种儒学,便是大江口中的"来自中国朱子的朱子学",也就是被权力中心所指定的官学。为了

---

① 刘宗贤、蔡德贵著《当代东方儒学》,人民出版社,二〇〇三年十二月,第156页。
② 同上,第167页。

对抗这种官学,"及至日本近世,就出现了两个不同于朱子学的、对于古典的理解。……有一个对民众教授中国哲学的人,教授与政府的、权力方的解读相悖的中国哲学的人,此人就是伊藤仁斋"①。

　　大江在这里提及的伊藤仁斋是江户时期古学派中具有代表性的重要学者,而伊藤仁斋所在的"古学派是日本儒学的重要派别,也是官学朱子学的反对派。古学派学者认为只有古代儒学才具有真义,汉唐以后的儒学全是伪说。他们尊信三皇、五帝、周公、孔子,以古典经典为依据,冀望从古典中寻找作用于社会的智慧源泉,重新构建不同于朱子学、阳明学的思想体系,实际是希望以复古的名义打破当时朱子学的一统天下。古学派的先导者是山鹿素行,另外两个著名人物分别是堀川学派的伊藤仁斋、萱园学派的荻生徂徕。他们在思想意识形态上具有共同的特点,政治上代表被闲置的贵族及中小地主阶级等在野民间势力"②。这里说的是在德川时代中期,占全国人口百分之八十多的农民附属于大小藩主,而这大大小小的藩主又附属于大名,各大名则附属于"大将军"德川幕府。随着德川幕藩制在政治方面和经济方面开始出现危机,其封建体制开始瓦解,近代思想也便从中逐渐萌发并发展起来,就这个意义而言,与朱子学对抗的古义学的出现和发展,也就是历史的必然了。尤其在享保年间,日本全国的农村经济因商业高利资本的侵入而衰落之际,风起云涌的农民暴动在震撼德川幕府封建统治基础的同时,也给维护封建等级制度和伦理纲常的朱子学带来沉重打击。正是在这种背景下,"初奉宋儒,……及年三十七八始出己见"的伊藤仁斋叛出朱子学,转而在《论语》和《孟子》等古典中寻找真义,认同孟子"天视民视,天听民

---

① 根据"大江健三郎文学学术研讨会"台北会议录音整理而成的资料。
② 刘宗贤、蔡德贵著《当代东方儒学》,人民出版社,二〇〇三年十二月,第164页。

13

听",即以民代天、以民意代天意的民本思想,主张以仁义为王道,所以仁者之上位,虽说是天授,其实更是人归。对于失去民心民意、引发天怒人怨的残暴之君,则认为其已被以民意为象征的天道所抛弃,从而可以对其放伐。

6.以革命颠覆不义的理想主义呼声

在详细阐释孟子的放伐理论时,伊藤仁斋更是在《孟子古义》里缜密地为孟子如此辩护道:

> 孟子论征伐。每必引汤武明之。及其疑于弑君者。乃曰闻诛一夫纣矣。未闻弑君也。盖明汤武之举。仁之至。义之尽。而非弑也。……何者。道也者。天下之公共。人心之所同然。众心之所归。道之所存也。传曰。桀放于南巢。自悔不杀汤于南台。纣诛于牧野。悔不杀文王于羑里。夫天下非一汤武也。向使桀纣自悛其恶。则汤武不必征诛。若其恶如故。则天下皆为汤武。不在彼则在此。不在此必在彼。纵令彼能于南巢牧野之前。得杀汤武。然不改其恶。则天下必复有如汤武者。出而诛之。虽十杀百戮。而卒无益。故汤武之放伐。天下放伐之也。非汤武放伐之也。天下之公共。而人心之所同然。于是可见矣。孟子之言,岂非万世不易之定论乎。宋儒以汤武放伐为权变。非也。天下之同然之谓道。一时之从宜之谓权。汤武放伐即道也。不可谓之权也。①

在当时看来,伊藤的宣言是何等的大胆。如果说在中国的历史上,易姓革命早已屡见不鲜,素有改朝换代之说的话,那么在日本这个所谓天皇万世一系的国度里,伊藤仁斋的以上话语可谓大逆不道了。所谓弑君,用日语表述便是"下克上",明显包括"犯上作乱"和"以下犯上"等道德和伦理层面的指责,但是伊藤仁斋在纣王被杀这

---

① 伊藤仁斋著《孟子古义》卷一,第35页。

件事上,却全然不做这种语义上的认可,倒是完全依孟子所言,认为武王伐纣是诛杀贼仁贼义之独夫而非弑君,可作为正义行为予以认可和鼓励,因为"夫天下非一汤武也。向使桀纣自悛其恶。则汤武不必征诛。若其恶如故。则天下皆为汤武",更是强调汤武放伐是天下之同然的"道也",而不是宋儒(或曰维护幕府等级制度的朱子学)所批评的从宜之"权变"。

伊藤仁斋笔下的"道",其后被暴动之乡的年轻商人所接受、所宣传、所传承,并取其宗师伊藤仁斋居所兼私塾的古义堂之"古义"二字,为自己的曾外孙命名为"古义人"。这个乳名为"古义人"的孩子多年后在作品里借小说人物之口讲述了这个乳名的背景:"宴会将近结束时,大黄突然说起古义人这个名字的由来。当然,这是以笛卡尔的西欧思想为原点的,然而并不仅仅如此。在与大阪——当时的大阪——有着贸易往来关系的这块土地上,不少人曾前往商人们学习儒学的学校怀德堂。古义人的名字中,就融汇了这个学派的宗师伊藤仁斋的古学思想。"[①]至于伊藤仁斋在上文中提及汤武放伐时所认定并高度评价的"道",时隔大约四百年之后,大江在《万延元年的Football》里做出了这样的回应:

> 关于武装暴动的原因,那位与我有书信往来的老教员乡土史家,既未否定,亦未积极肯定我母亲的意见。他具有科学态度,强调在万延元年前后,不仅本领地内,即使整个爱媛县内也发生了各类武装暴动,这些力量和方向综合在一起的矢量指向维新。他认为本藩惟一的特殊之处,就是万延元年前十余年,藩主担任寺院和神社的临时执行官,使本藩的经济发生了倾斜。此后,本藩向领地城镇人口征收所谓"万人讲"日钱,

---

[①] 大江健三郎著,许金龙译《被偷换的孩子》,译林出版社,二〇〇八年十月,第109页。

向农民征收预付米,接着是"追加预付米"。乡土史家在信末引用了一节他收集的资料:"夫阴穷则阳复,阳穷则阴生,天地循环,万物流转。人乃万物之灵长,若治政失宜,民穷之时,岂不生变乎!"这革命启蒙主义中有一股力量。①

在这里,大江借小说人物之口说出"人乃万物之灵长,若治政失宜,民穷之时,岂不生变乎!"其以革命颠覆不义的理想主义呼声,显然来自《孟子·梁惠王下》的相关内容及其在日本的传承者伊藤仁斋的影响。不仅如此,大江还把以上经其改写的话语定义为"革命的启蒙主义",而且特意指出其中蕴藏着"一股力量"。更具体地说,这既是对孟子"贼仁者谓之贼,贼义者谓之残。贼残之人,谓之一夫。闻诛一夫纣矣,未闻弑君也"等易姓革命主张的认同,也是在借伊藤仁斋对此所做的解读而赋予故乡暴动历史以正当性和合理性,让所有暴动者及其同情者据此获得伦理上的支撑——"夫天下非一汤武也。向使桀纣自悛其恶。则汤武不必征诛。若其恶如故。则天下皆为汤武"。显然,故乡的历史暴动史实与先祖传播的孟子有关"民本"和"革命"思想融汇在了一起,森林中的农民暴动叙事所体现的朴素村落政治观和斗争史,恰恰是"民本"古义与"革命"的现代左翼思潮相结合的表现,更是大江在未来的人生中接受战后民主主义思想的伦理基础。

二、暴动之乡的森林之子

1.大濑村的暴动历史

作为大江文学的重要构成部分,大江的革命想象不仅萌发于曾

---

① 大江健三郎著,邱雅芬译《万延元年的Football》,人民文学出版社,二〇二一年四月,第88页。

外祖父《孟子古义》之家学影响，无疑也受到故乡暴动历史世代口耳相传的浸染，将边缘与中心的权力抗衡内化为一种本土化的体悟。大江的"古义人"乳名和其接受孟子民本思想以及易姓革命思想的土壤，恰恰是故乡大濑村这块历史上暴动频发的土地，正如大江在北京的一次讲演中所言：

> 而我，则在边缘地区传承了不断深化的自立思想和文化的血脉。对于来自封建权力以及后来的明治政府中央权力的压制，地方民众举行了暴动，也就是民众起义。从孩童时代起，我就被民众的这种暴动或曰起义所深深吸引。……我曾写了边缘的地方民众的共同体追求独立、抵抗中央权力的长篇小说《万延元年的 Football》。这部小说的原型，就是我出生于斯的边缘地方所出现的抵抗。明治维新前后曾两度爆发起义（第二次起义针对的是由中央权力安排在地方官厅的权力者并取得了胜利），但在正式的历史记载中却没有任何记录，只能通过民众间的口头传承来传续这一切。……与中心进行对抗的边缘这种主题，如同喷涌而出的地下水一般，不断出现在此后我的几乎所有长篇小说之中。①

那么，作为大江革命想象的原型，故乡大濑村的革命暴动，是如何在德川幕府和其后的明治政府中央权力及其各级官吏等代理人的压制下被频频触发的呢？这些革命原型又与大江自身的文学建构有着何种关联？

当然，由于官方长年以来的持续遮蔽或改写，我们已经很难从官方记载中查阅并还原当年的暴动起因以及过程等完整信息了。大江本人在其作品以及讲述中所提供的信息亦缺乏完整性和系统性，更

---

① 大江健三郎著，许金龙译《北京讲演二〇〇〇》，《中华读书报》，二〇〇〇年十月十八日。

由于其小说的虚构性，小说叙事的史料价值也有待考鉴。与此同时，通过口耳相传的民间文学形式以及亲身参与了暴动文化之传播的老人们，亦随岁月流逝而日渐减少，其所提供的信息亦有模糊不清之处。所幸笔者在当地做田野调查时，曾获得一份非公开出版的方志。结合当地老人的回忆以及大江本人的讲述或文字记叙，得以大致瞥见当地暴动的肇因和状貌。这份由内子町志编撰委员会编写的《新编内子町志》第七节之《农民暴动》这个章节里有一个题为"大洲藩农民暴动（骚動）"的列表2-7：

年　号	公元	暴动名称
寛保元年	1741	久万山騒動
延享四年	1747	御藏騒動
寛延三年	1750	内子騒動
宝暦十一年	1761	麻生騒動
明和七年	1770	藏川騒動
明和八年	1771	麻生騒動
寛政元年	1789	柳沢騒動
文化六年	1809	阿藏騒動
文化七年	1810	横峰騒動
文化十三年	1816	大洲紙騒動
文化十三年	1816	村前騒動
文政十一年	1828	菅田騒動
天保八年	1837	柳沢騒動
天保八年	1837	横峰騒動
文久二年	1862	小藪騒動
文久三年	1863	宇和川騒動
慶応二年	1866	奥福騒動
明治四年	1871	廃藩置県騒動

| 明治四年 | 1871 | 郡中騷動 |
| 明治四年 | 1871 | 臼杵騷動 |

——以上为发生于大洲藩或与藩相关联的暴动。其资料来源于影浦勉「伊予農民騷動史話」「愛媛鼎史」『大洲市誌』和「高橋文書」。①

这份列表清晰标注了大濑村所在的大洲藩地区,自一七四一年至一八七一年这约一百三十年间,发生被官方蔑称为"骚动"的暴动共计二十次。也就是说,暴动平均每六年半便会爆发一次。这里需要说明的是,图表所列远不及实际曾经发生的暴动次数,譬如一七八八年肇始于大江家所在小山村的大濑暴动,就未能列入其中。在这片范围有限的区域内,如此高频度(有的地方甚至重复数次)发生暴动的原因不一而足,不过其主因不外乎来自各级官府的压榨、商人投机、官商勾结、粮食歉收、物价(尤其是粮食价格)高涨等等,这一点从大米和大豆在一八六一年至一八七〇年这十年间的涨幅便可略见一斑(2-8):

年号	公元	大米	大豆
文久元年	1861	205 錢	218 錢
二年	1862	250 錢	272 錢
三年	1863	290 錢	260 錢
元治元年	1864	400 錢	364 錢
慶応元年	1865	650 錢	540 錢
二年	1866	2000 錢	1140 錢
三年	1867	1800 錢	869 錢
明治元年	1868	6000 錢	5700 錢

---

① 内子町志编撰委员会著《新编 内子町志》,一九九六年十月,第161页。

| 二年 | 1869 | 12000錢 | 10000錢 |
| 三年 | 1870 | 14500錢 | 21000錢 |

——以上为一石粮食之价格。其资料由知清吉冈文书所作。①

正如大江自述的"明治维新前后曾两度爆发起义（第二次起义针对的是由中央权力安排在地方官厅的权力者并取得了胜利）"②，即列表2-7分别发生于一八六六年的奥福暴动③和一八七一年的废藩置县暴动。从列表2-8可以看出，在大江经常提及的这两场暴动前后短短十年时间内，大米价格从一八六一年的二百零五钱猛涨至一八七〇年的一万四千五百钱，同期的大豆价格则从二百一十八钱猛涨至二万一千钱，前者涨至七十点七倍，后者更是狂涨至九十六点三倍。按照这个势头，未能列入的一八七一年（即发生废藩置县暴动之年）的涨幅估计越发让人心惊肉跳。至于物价何以如此疯涨的主要原因大致如下：首先是江户末期农民阶层开始分化，大量贫困农民为借钱度日而将农地转手他人，只能依靠佃耕勉强糊口；其二则是巧取豪夺了大量土地的地主和富商与藩府加强勾结，通过向藩府提供金钱而获得更多特权，转而利用这些特权变本加厉地盘剥贫困农民；再就是大厦将倾的德川幕府在政治上开始出现崩溃迹象，在经济方面则出现全国性物价高涨，尤其是猛涨的大米价格更使得贫困农民和底层民众的生活越发艰难；第四，雪上加霜的是，在庆应二年

---

① 内子町志编撰委员会著《新编 内子町志》，一九九六年十月，第190页。
② 大江健三郎著，许金龙译《北京讲演二〇〇〇》，《中华读书报》，二〇〇〇年十月十八日。
③ 一八六六年七月十五日发生在包括大江健三郎故乡大濑村在内的奥筋地区的、规模达万余人的农民暴动。因暴动领导人名为福五郎（亦有福太郎、福二郎、福次郎之说），当地人便取奥筋中的奥以及福五郎中的福，将该暴动称之为奥福暴动。

（1866），遭遇了前所未有的大歉收，与藩府素有勾结的投机商人乘机将大米价格猛涨。正如大江在作品里所总结的那样："人乃万物之灵长，若治政失宜，民穷之时，岂不生变乎！"于是，这一年的七月十五日，大江家所在的大濑村便爆发了名为"奥福骚动"的大暴动，前后历时三天，至十七日时共计波及三十余村庄，参与者多达一万余人。

这次暴动的经纬大致如下：该年七月某日，大濑村村民福五郎（亦有福太郎、福二郎、福次郎之说）因家中无粮，向村吏提出借用村中存米，随即遭拒，却发现村吏将米借给来村里出差的医生成田玄长，便与村吏发生激烈争执。福五郎由此痛恨贪图暴利的商人，决定发动村民一同上访，同村的神职人员立花丰丸于是承担其参谋，以福五郎之名撰写檄文并广泛散发于周围数十村庄，呼吁大家奋起暴动，不予合作之村庄则予烧毁！早已对为富不仁的富商心怀怨恨的数十村庄的农民纷纷加入暴动队伍。七月十五日晚间，赞成福五郎主张的大濑村村民捣毁村里的酒铺，在福五郎号令下开往内子镇，中途参加者络绎不绝，至十六日暴动队伍已达三千余人，当天在内子镇打砸店铺约四十间，继而在五十崎打砸店铺约二十间。及至十七日，共有三十个村庄、一万余人参加暴动。大洲藩府急遣信使往江户幕府报警，同时不断派人游说福五郎等三四位暴动头领，至当日晚间，福五郎等人被说服，继而解散暴动队伍。在参加暴动的农民相继回村后，三位暴动头领遭到抓捕，其中大濑村的福五郎以及同村的立花丰丸其后死于狱中……

诸如此类的暴动景象，通过世代的传述，在民间文学的传承下，从历历在目的口头讲述，化为跃然纸上的文学形象。这些暴动记忆和历史人物原型，促动大江以大濑为革命对峙的中心向压迫性体制发出挑战，而将暴动革命历史传承给大江的媒介，正是阿婆这位民间文学的讲述者,暴动革命故事则作为元文本化入大江对于村庄暴动的文学虚构之中。

2.阿婆的暴动故事元文本

为儿时大江栩栩如生地讲述奥福其人和奥福暴动这段历史的人,是大江家里名为毛笔的阿婆。多年后,《读卖新闻》记者尾崎真理子采访时曾提及大江面对阿婆栩栩如生的讲述而心神荡漾的过往:"那个'奥福'物语故事,当然也是极为有趣,非同寻常。据说您每当倾听这个故事时,心口就扑通扑通地跳。由于听到的只是一个个片段,便反而刺激了您的想象。"① 于是大江便这样对记者回忆了当年的情景:

> 是啊,那都是故事的一个个片段。阿婆讲述的话语呀,如果按照歌剧来说的话,那就是剧中最精彩的那部分演出,所说的全都是非常有趣的场面。再继续听下去的话,就会发现其中有一个很大的主轴,而形成那根大轴的主流,则是我们那地方于江户时代后半期曾两度发生的暴动,也就是"内子骚动"(1750)和"奥福骚动"(1866)。尤其是第一场暴动,竟成为一切故事的背景。在庞大的奥福暴动物语故事中,阿婆将所有细小的有趣场面全都统一起来了。
>
> 奥福是农民暴动的领导者,他试图颠覆官方的整个权力体系,针对诸如刚才说到的,其权力及至我们村子的那些权势者。说是先将村里的穷苦人组织起来凝为强大的力量,然后开进下游的镇子里去,再把那里的人们也团结到自己这一方来,以便聚合成更强大的力量。那场暴动的领导者奥福,尽管遭到了滑稽的失败,却仍不失为一个富有魅力的人。我就在不断思考奥福这个人的人格的过程中,度过了自己的少年时代。②

---

① 大江健三郎著,许金龙译《大江健三郎口述自传》,贵州人民出版社,二〇一九年三月,第8页。
② 同上,第8—9页。

……

是祖母和母亲讲述给我并滋养了我的成长的乡村民间传说。在写作《万延元年的 Football》时,我的关心主要集中在那些叙述一百年前发生的两次农民暴动的故事。

祖母在孩提时代,和实际参与这些事件的人们生活在同样的社会环境里,所以,她所讲述的民间故事,常常会添加进她当年亲自见过的那些人的逸闻趣事。祖母有独特的叙事才能,她能像讲述以往那些口耳相传的民间故事那样讲述自己的全部人生经历。这是新创造的民间传说,这一地区流传的古老传说也因为和新传说的联结而被重新创造。

她是把这些传说放到叙述者(祖母)和听故事的人(我)共同置身其间的村落地形学结构里,一一指认了具体位置同时进行讲述的。这使得祖母的叙述充满了真实感,此外,也重新逐处确认了村落地形的传说/神话意义。①

病迹学(Pathographie)研究成果表明,儿时的生长环境对于成人后的价值取向和审美取向都将产生重要影响,这对于川端康成和三岛由纪夫来说如此,对于大江健三郎来说也并不例外。在"心口扑通扑通地跳"着倾听阿婆讲述奥福故事的过程中,少儿大江的情感却在不知不觉间开始倾向遭到压榨的暴动者一方,从而产生了与弱势群体共情的义愤,以至于"在不断思考奥福这个人的人格的过程中,度过了自己的少年时代"。然而,这种感情倾向却面临一个无法回避的尴尬,那就是在日本这个国度里,被称为"骚动"的农民暴动明显带有被官方蔑视的语感,而暴动本身更是被认为是"下克上"的大不敬,亦即中文语感中的"以下犯上"和"犯上作乱"之负面语义。这显然是儿时大江的情感所不愿接受的,正是在这种情感冲突的背

---

① 大江健三郎著,王中忱译《在小说的神话宇宙中探寻自我》,引自《我在暧昧的日本》,南海出版公司,二〇〇五年十一月,第 7—8 页。

景下,经由曾外祖父传承的易姓革命思想和民本思想才开始具有意义,才能为暴动之乡的这个小童提供了伦理上的支撑,用以抗拒"下克上"所带来的道德和伦理层面的负面指责,从而"在不断思考奥福这个人的人格的过程中,度过了自己的少年时代"之际,顺理成章地"在边缘地区传承了不断深化的自立思想和文化的血脉",将《孟子古义》中的易姓革命思想和民本思想内化为自己的道德观和伦理观,为其于日本战败后接受战后民主主义作了道德、伦理和理论上的前期准备。

另一方面,由于阿婆"在孩提时代,和实际参与这些事件的人们生活在同样的社会环境里,所以,她所讲述的民间故事,常常会添加进她当年亲自见过的那些人的逸闻趣事",而且阿婆"给我讲述(奥福)故事中的人物。故事情节只是一些片段,所以能够激发我勾连故事的能力。奥福是本地农民起义的故事中一个无法无天而且非常可爱的人物,用我后来遇到的语言来说是一个 trickster[1]"[2],故而在引发少儿大江倾听兴趣的同时,还培养了其进行再创作的能力。

如果说,经由曾外祖父传承的《孟子古义》中的易姓革命思想和民本思想,从道德和伦理上支撑少儿大江"在边缘地区传承了不断深化的自立思想和文化的血脉"的话,那么,熟稔戏剧演出的阿婆用"独特的叙事才能"对儿时大江讲述当地暴动故事,在培养其勾连故事之能力的同时,亦为大江进行了一场文学启蒙,使得"从孩童时代起,我就被民众的这种暴动或曰起义所深深吸引。……我曾写了边缘的地方民众的共同体追求独立、抵抗中央权力的长篇小说《万延元年的 Football》。这部小说的原型,就是我出生于斯的边缘地方所

---

[1] 意为神话和民间传说中的精灵、既有社会秩序的破坏者。
[2] 大江健三郎著,王成译《我的小说家修炼法》,中央编译出版社,二〇一九年十一月,第6页。

出现的抵抗",而且"与中心进行对抗的边缘这种主题,如同喷涌而出的地下水一般,不断出现在此后我的几乎所有长篇小说之中"!由此可见,从发表于一九六七年的《万延元年的 Football》到晚近创作的长篇小说《优美的安娜贝尔·李 寒彻颤栗早逝去》(2007)以及《晚年样式集》(2013),随处可见的有关历史暴动叙事,既是大江的儿时记忆,也是其文学母题,还是其抗拒权力中心、用以构建根据地/乌托邦的重要依据。当然,这种叙事策略也使得其文学中的历史维度具有越来越开阔的空间。

3."我在文学作品中构建的根据地/乌托邦确实源自毛泽东"

仍然是在大江文学的历史叙事空间里,早在大江的少年时代,曾有两个于日本战败后从中国遣返回故乡大濑村的退伍老兵帮助大江家修缮房屋,在小憩期间,这两个退伍老兵盘膝而坐,聊起侵华期间所执行的杀光、烧光和抢光之三光政策,让少年大江第一次知道"皇军"在中国期间犯下的累累战争罪行,在其为之深感愧疚和惊恐不安的同时,也对战争时期的军国主义教育之虚伪有了更为深刻的认识。这两位老兵还说起在中国战场攻打八路军根据地时狼狈情状,他们告诉在一旁倾听的少年:八路军的根据地大多建在地势险要之处。由于八路军与中国老百姓是鱼水之情,所以攻打根据地的日军部队尚未到达目的地,就有发现日军行踪的老百姓向八路军通风报信,于是八路军便在根据地设好埋伏,待日军进入伏击圈后就枪炮大作,打得日军如何丢盔弃甲、如何死伤狼藉、如何狼狈逃窜……

村里这两个退伍老兵的无心之言,却在少年大江的内心掀起巨浪:如果本地历史上多次举行暴动的农民也像八路军那样,在家乡深山老林里的险要处构建根据地的话,那么家乡的历史会如何演变?日本的历史是否会是另一种模样?带着这个久久萦绕于心的思考,大江在东京大学仔细且系统地研读了《毛泽东选集》四卷本,尤其关注第一卷里《中国的红色政权为什么能够存在?》。这篇文章是毛泽东于一九二八年十月五日所作,在第六章《军事根据地问题》中第一次提及"根据地"并做了如下阐释:

> 边界党还有一个任务,就是大小五井和九陇两个军事根据地的巩固。……这两个地形优越的地方,特别是既有民众拥护、地形又极险要的大小五井,不但在边界此时是重要的军事根据地,就是在湘鄂赣三省暴动发展的将来,亦将仍然是重要的军事根据地。巩固此根据地的方法:第一,修筑完备的工事;第二,储备充足的粮食;第三,建设较好的红军医院。把这三件事切实做好,是边界党应该努力的。①

所谓"根据地"是军事术语,而且从以上引文中可以发现其历史并不悠久,是军事对峙中处于弱势的红军为更好地保护己方有生力量而于险峻之处据险而守,同时争取时间和空间发展和壮大己方力量。中国第一次国内革命战争时期由红军创建的根据地如此,抗日战争时期由八路军所建的根据地也是如此,同时辅以游击战、麻雀战、坚壁清野、储存粮食、建立伤兵医院以及灵活运用"敌进我退、敌驻我扰、敌疲我打、敌退我追"等游击战术,与强敌进行周旋。

在东京大学就读期间学习了《毛泽东选集》中有关根据地的相关论述后,大江开始将这些论述与家乡的暴动史乃至日本的近代史联系起来加以思考。当然,历史不可复制,故而大江开始考虑在自己的文学作品中构建根据地,构建以中国革命模式复制的根据地。于是,"暴动"和"根据地"字样开始频繁出现在大江的小说文本里。譬如在不足十万字的小长篇《两百年的孩子》中译本里,如果用电脑检

---

① 毛泽东著《毛泽东选集》(第一卷),人民出版社,一九九一年六月第二版,第53—54页。

索"暴动"/"一揆",可以发现共有二十二处。对"逃散"进行检索,则有五十三处。两者相加,总共七十五处。这里所说的"逃散",是指在日本的中世和近世,农民为反抗领主的横征暴敛而集体逃亡他乡。这种逃亡有两个特征,一是数个、数十个村庄集体逃亡;二是这种有时多达数千人、数万人的逃亡,往往伴随着与领主武装的战斗。同样使用电脑检索的方法对《两百年的孩子》进行检索,还可以发现含有"根城"和"根据地"的表述各有二十处,一共四十处。这里所说的"根城",在日语中主要有两个语义,其一为主将所在城池或城堡;其二则是暴动民众的据守之地,或是盗贼的巢穴。"根据地"的语义为"军队等队伍为修整、修养或补给而设立的据点",在大江的文学词典里,这个单词显然源于中国第一次国内革命战争时期创建的根据地,抗日战争期间用以抵御侵华日军、争取抗战胜利的根据地;当然,这也是大江赖以在小说中构建根据地/乌托邦的原型。

二〇〇六年八月,笔者曾在东京对大江做过一次采访,现摘录其中涉及"根据地"的内容引用如下:

> 许金龙:您于一九七九年发表了长篇小说《同时代的游戏》,相较于中国传统文化中桃花源式的那种逃避现实的理想,这部作品中的乌托邦则明显侧重于通过现世的革命和建设达到理想之境。从这个文本的隐结构中可以发现,您在构建森林中这个乌托邦的过程中,不时以中国革命和建设为参照系,对以毛泽东为首的老一辈革命家所进行的艰苦卓绝的长征、建立根据地并通过游击战反击政府军的围剿、发展生产以提高物质生活水平等给予了肯定,也对江青等"四人帮"在"文化大革命"中祸国殃民的举止表示了谴责,同时也在思索中国在革命和建设过程中遇到的一些问题以及解决方法,试图从中探索出一条由此通往理想国的具有普遍意义的通途。当然,您在自己的文学世界里建立根据地的尝试,《同时代的游戏》显然不是第一次,也不会是最后一次。其实,

早在《万延元年的 Football》中,甚至更早的《掭芽打仔》等作品中,就已经出现了"根据地"的雏形。我想知道的是,您在文本中构建的根据地/乌托邦是否是以毛泽东最初创建的根据地为原型的?当然,您在大学时代学习过毛泽东的著作,那些著作里有不少关于根据地的描述,您是从那里接触到根据地的吗?

大　江:正如你所指出的那样,我在文学作品中构建的根据地/乌托邦确实源自毛泽东的根据地。而且,我也确实在毛泽东的著作中接触过根据地,记得是在《毛泽东选集》第一卷的前半部分。

许金龙:是在《中国的红色政权为什么能够存在?》那篇文章里?

大　江:是的,应该是在这篇文章里。围绕根据地的建立和发展,毛泽东在文章里做了很好的阐述。不过,我最早知道根据地还是在十来岁的时候。战败后,一些日本兵分别被吸收到国民党军队和共产党的八路军里。参加了八路军的日本人就暗自庆幸,觉得能够在中国的内战中存活下来,而参加国民党军队的日本人却很沮丧,担心难以活着回日本。他们之所以这么想,是因为在侵华战争中,他们分别与八路军和国民党军队打过仗,说是国民党军队没有根据地,很容易被打败,而八路军则有根据地,一旦战局不利,就进入根据地坚守,周围的老百姓又为他们提供给养和情报,日本军队很难攻打进去。后来在大学里学习了毛泽东著作后,我就在想,我的故乡的农民也曾举行过几次暴动,最终却没能坚持下来,归根结底,就是没能像毛泽东那样建立稳固的根据地。可是日本的暴动者为什么不在山区建立根据地呢?如果建立了根据地,情况又将如何?这是我一直在思考的问题,并且在作品中表现了出来。①

在以上引文中提及的长篇小说《同时代的游戏》第五章所叙述的故事发生在明治初年,村庄＝国家＝小宇宙这个共同体决心独立

---

① 大江健三郎与许金龙对谈:《大江健三郎将访中国,深受鲁迅及毛泽东影响》,《环球时报》,二〇〇六年九月一日。

于"大日本帝国",准备抗击帝国陆军的讨伐。长期以来,人们根据共同体的创始者破坏人通过梦境传达的指示,利用山里的特产木蜡与海外进行贸易的盈余做了大量的战争准备,构筑起巨大的堤堰,蓄水淹没自己的村庄,并在堤坝上用沥青写上"不顺国神,不逞日人"的标语,以示与天皇治下的"大日本帝国"决裂的决心,同时进行坚壁清野,在山上的森林里储存粮食,建起野战医院,把壮年男女武装起来组织成游击队,还建立兵工厂以制造武器……除此以外,有人还考虑以各种语言致信各国,呼吁世界上被压迫的民族团结起来,说是"尤其是致中国的信,真想面交很快就将与大日本帝国军队开始全面战争的中国共产党军队"[①]。

在这些准备工作大致就绪后,政府派遣的"大日本帝国陆军混成第一中队"也临近了。这支武装到牙齿的正规军常年在这一带镇压农民暴动,现在受命前来攻打这个共同体,以将其纳入天皇统治下的"大日本帝国"势力范围。由于这一带山高林密,又是连日滂沱大雨,部队便艰难地沿着略微平坦一些的河滩溯流而上。在村庄这个共同体派出的侦察人员发现"皇军"已临近时,水库里的水也蓄到了最高水位,于是,村庄=国家=小宇宙的人们点燃预先埋置的炸药炸开堤堰,开始了长达五十天之久的、抗击"大日本帝国"陆军的游击战。

呼啸而下的洪水瞬间便吞噬了混成第一中队的所有官兵及其携带的军马。政府第一次派遣来的军队遭到了全军覆没的彻底失败。于是,其后又派遣了由一位作战经验丰富的大尉率领的中队前来攻打。共同体由此正式开始了抗击"皇军"的游击战争。

---

① 大江健三郎著,李正伦等译《同时代的游戏》,作家出版社,一九九六年四月,第232页。

当大尉率领的部队占领村庄时，却发现这是座空无一人的村庄，甚至看不到一条狗。也就是说，共同体实行了最为彻底的坚壁清野。部队在这个被废弃的村子里，连洁净的水都找不到一口，便派出小部队寻找水源，却被游击队打了埋伏。于是，被缴了枪械后释放回来的士兵报告说，游击队就在这山中的森林里。到了夜间，共同体放出的老狼以及野狗让士兵们感到惊恐，而游击队设置的、可以切割下双腿的陷阱，更是让士兵们不敢轻易进入山林。

　　不久，大尉便开始了他的第一次搜山清剿，部队排成横列，每隔五米站上一个士兵。而游击队方面则在转移非战斗人员的同时，由青壮村民组成若干三人战斗小组，利用有利地形埋伏下来，相机射击某一个搜山士兵，然后再将其两侧的士兵引诱过来一并射杀，使得"皇军"遭受巨大伤亡，不得不铩羽而归。

　　大尉指挥的第二次大规模战斗，是吸取前次横向搜山失败的教训，命令士兵纵向攻入森林深处，以破解"堪称游击战之基础的原始森林的神秘力量"，并伺机破坏密林里的兵工厂，却被共同体的孩子们以迷路游戏的方式引入迷魂阵……当"皇军"士兵们被诱入伏击圈后，"游击队员从藏身之处用西洋弓射出的箭没有声音，突如其来的袭击防不胜防。森林里的大树很高，日光像雾一般从枝叶的缝隙泻下，难以计数的蝉发出震耳的蝉鸣，弓箭的声音根本听不到。埋伏者瞄准出现在树枝所限的狭窄空间处的敌人，箭无虚发。在惟蝉鸣可闻的巨大静默里，大日本帝国军队的士兵中有十二人中箭身亡，另有十二人身受重伤。没有一个士兵发现新设置的兵工厂"①。

　　由于游击队控制了水源，大尉怀疑水源被施放了毒药，不敢再使

---

① 大江健三郎著，李正伦等译《同时代的游戏》，作家出版社，一九九六年四月，第253—254页。

用那里的泉水,转而组织运输队从山外连同粮食一同运往驻地,从而加重了运输队的负担,致使行动迟缓,被游击队在途中趁天黑夜暗之机混入运输队,"结果是担任护卫的士官和两个士兵扔下运粮队逃跑了。于是,大量粮食就被运进了密林里游击队的帐篷"①。

在大尉审问游击队的俘虏时,这些俘虏提供的信息更是让大尉心智混乱。第一个俘虏状似老实地交代说:"这个抵抗战争是从整个中国以及藏在长白山山脉的朝鲜反日游击战传过来,组织了共同战线,甚至不久就有援军到达,实际上自己就是负责和海外联系的负责人……"②在他的话语中,不时还"夹杂着一些他瞎编乱造的中国话和朝鲜话"③。第二个俘虏的交代更是玄乎,说是把森林里新发现的矿物质送到德国加以精炼,以其为原料,即将研制出新型炸弹,如果炸弹中的化学物质出事,"半个森林就可能一扫而光"④……

在屡屡失败的压力下,大尉决定用最狠毒的手段镇压这些"为了反抗大日本帝国而钻进森林"⑤的顽固山民,那就是运来大量汽油,准备火烧森林,"漆黑之夜充血的眼珠上,也许映现出了他们追赶着躲避大火而东奔西跑的半裸的女人们,也许映现出他们自己正在强奸或杀人的自我影像。直到此刻为止毫无趣事可言的战争,使他们的意识浓缩为一个观念——战争就是血腥欲望的爆发,他们今天晚上得出了这个结论,并且决定今后一定照此实行。不久之后,在转战于中国和南洋各地时,他们的这个血腥欲望果然就得到满足了"⑥。

---

① 大江健三郎著,李正伦等译《同时代的游戏》,作家出版社,一九九六年四月,第260页。
② 同上,第263页。
③ 同上,第263页。
④ 同上,第264页。
⑤ 同上,第266页。
⑥ 同上,第271页。

面对火烧森林的严峻局面,共同体在疏散了儿童后便集体投降了,其中大约一半人口得到的却是大尉的如下话语:"你们是真正地对大日本帝国发动叛乱、掀起内战的人,你们犯下的叛国罪行必须受到应得的处罚,我以军事法庭的名义宣布你们的死刑!"在进行了五十天的抵抗之后,共同体中的大约一半村民被血腥屠杀了,死在大日本帝国的淫威之下……幸运的是,共同体的半数儿童却随着徐福式的大汉逃离了杀戮,踏上寻找希望的远方。

4."我在小说里想要表现的确实不是绝望"!

从以上梗概的隐结构中不难看出,对于《同时代的游戏》第五章中关于创建根据地和开展游击战的内容,中国的读者都会比较熟悉,准确地说,应是"似曾相识"。在《毛泽东选集》第一卷之《中国的红色政权为什么能够存在?》、第六章《军事根据地问题》中,毛泽东早在一九二八年就曾准确地指出:"巩固此根据地的方法:第一,修筑完备的工事;第二,储备充足的粮食;第三,建设较好的红军医院。"[①]大江在《同时代的游戏》中修筑水淹敌军的水库,正是第一条所说的工事,而且还是大型工事。而预先储备粮食以及抢夺敌军运粮队,则是第二条的完美体现。对于设立野战医院以及转送难以救治的伤员这一措施,我们完全可以理解为是对第三条"建设较好的红军医院"的模仿和再现。至于文本中更为具体的彻底疏散人口、切断敌军水源、深夜放狼以及野狗骚扰敌人、引诱敌军深入密林以便相机袭击等内容,恐怕中国的中学生都可以将其精准地概括为"坚壁清野""诱敌深入""敌进我退,敌驻我扰,敌疲我打"……这些战术是战争中弱

[①] 毛泽东著《毛泽东选集》(第一卷),人民出版社,一九九一年六月第二版,第53—54页。

势一方因地制宜地抗击强势一方的战术，在中国战争史上最早提出以上战术的是朱德，而根据国内战争的严峻局面对此予以总结并将其上升到理论和战略高度的则是毛泽东。尤其在抗日战争期间，八路军和新四军依据这个战略战术不断发展壮大，创建、依托根据地展开游击战，最终为赢得抗日战争做出了自己的贡献。

另一方面，从《同时代的游戏》这个文本中有关"尤其是致中国的信，真想面交很快就将与大日本帝国军队开始全面战争的中国共产党军队""这个抵抗战争是从整个中国以及藏在长白山山脉的朝鲜反日游击战传过来，组织了共同战线"等等表述，清楚地表明其作者大江健三郎非常了解中国共产党领导的八路军、新四军所进行的抗日战争及其战略、战术，这个了解既有少年时代的记忆，也有大学时代对毛泽东相关军事理论的学习，恐怕还与大江于一九六〇年夏天对中国进行为时一月有余的访问时所接受的相关影响有关。由此可见，大江在写作《同时代的游戏》这部小说前，曾充分接受中国有关根据地和游击战的影响，因而当其考虑在政治和文化意义上的边缘之地，也就是故乡的森林里构建根据地/乌托邦时，大量引入了中国式游击战的因素也就不足为奇了。

由此我们可以确定，作者大江健三郎在构建位于边缘的森林中这个根据地/乌托邦的过程中，确实在以中国革命和建设的模式为参照系，对以毛泽东为首的老一辈革命家所进行的艰苦卓绝的长征、建立根据地并通过游击战反击政府军围剿、发展生产以提高物质生活水平等给予了充分肯定，同时也在思索中国在革命和建设过程中遇到的一些问题及其解决方法，希望从中探索出一条由此通往理想国的具有普遍意义的通途，并试图在自己文本里设计出一个更具普遍性的乌托邦。

在此后出版的《致令人眷念之年的信》《两百年的孩子》《愁容童

子》《别了,我的书!》以及《水死》和《晚年样式集》等长篇小说中,大江对权力中心改写乃至遮蔽边缘地区弱势群体之历史的做法进行了无情的嘲讽,借助森林中口耳相传的神话/传说和历史复制乃至放大遭到政府遮蔽的山村和森林里的历史,把那座神话/传说的王国进一步拓展为森林中的根据地/乌托邦——超越时空的"村庄=国家=小宇宙",清晰地提出了文化人类学意义上的边缘与中心的概念,使其"得以植根于我所置身的边缘的日本乃至更为边缘的土地,同时开拓出一条到达和表现普遍性的道路"①。这种从边缘和历史出发的叙事策略显然与"马克思主义批评理论一直在努力使文学批评具有历史维度"的主张高度契合,因为这种主张"认为需要返回历史,把历史当作重要的出发点来理解文化生产、批评概念、意识形态、政治和社会的范畴"②。就这个意义而言,大江在小说文本中频频引入暴动历史以展开边缘叙事也就不难理解了。这里还有一个需要关注的地方,那就是从这一时期开始,大江在表述森林中那些神话/传说和历史时,清醒地意识到在日本这个封建意识和保守势力占据强势的国度里,包括森林中那些山民在内的弱势者的历史,一直被强势者所改写、遮蔽甚或抹杀。譬如发生在大江故乡的几次农民暴动,就完全没有被记载在官方的任何文件中。为了抗衡强势者/官方所书写的不真实历史,大江以《同时代的游戏》和其后的《M/T与森林中的奇异故事》《致令人眷念之年的信》和《优美的安娜贝尔·李 寒彻颤栗早逝去》等晚近小说为载体,从"根据地"民众的记忆而非官方记载中,把故乡的神话/传说乃至当地历史中一些具有重大意义的部分

---

① 大江健三郎著,许金龙译《我在暧昧的日本》,引自《我在暧昧的日本》,南海出版公司,二〇〇五年十一月,第96页。
② 张京媛著《新历史主义与文学批评·前言》,《新历史主义与文学批评》,北京大学出版社,一九九七年,第2—3页。

剥离、复制乃至放大出来,试图以此在某种程度上还原历史真实,回归历史原貌,进而抗衡官方书写或改写的不真实历史。

我们还需要注意的是,这种根据地/乌托邦叙事在大江的文学作品中也是在"与时俱进"——最初近似于中国国内革命战争时期和抗日战争时期的军事根据地,譬如《同时代的游戏》里的根据地和游击战;当其长篇小说《愁容童子》中的边缘性特征被中心文化逐步解构之后,在故乡森林里建立根据地的基本条件便不复存在,于是在《别了,我的书!》中,大江就通过因特网建立新型根据地,将根据地建立在边缘地区那些拥有暴动历史记忆的边缘人物的内心里,同时吸收和团结共同传承历史记忆的年轻人;及至在《水死》中,大江更是将抨击的矛头直接指向国家权力的象征:以修改历史教科书的形式强奸一代代青少年的日本文部科学省高级官员……

儿时的暴动记忆就这样在大江健三郎的诸多小说中不断变形,作者据此在绝望中发出呼喊,试图由此探索出一条通往希望的小径,正如大江在一次接受采访时所说的那样,"我在小说里想要表现的确实不是绝望"[①]!

三、一九六〇年的访华:由民本主义向人文主义嬗变

一九六〇年初夏时节,这个世界正处于躁动和不安之中——在亚洲的韩国,推翻李承晚政权的学生运动轰轰烈烈;在非洲,被西方大国长期殖民的诸多国家正全力争取民族独立,以摆脱殖民统治;在南美洲的古巴,反美浪潮一浪高过一浪;在拉美地区,同样正在兴起

[①] 大江健三郎与许金龙对谈:《我在小说里想要表现的确实不是绝望》,《作家》,二〇二〇年八月号,第54页。

争取民族独立的群众运动；在苏联，则因美国U2间谍飞机事件而怒火冲天；也是在这个时期，东西方首脑会谈正式决裂。六十年代冷战背景下的左翼反文化（counter culture）运动，更是使得全球青年先后掀起运动狂潮。众所周知，当时的日本更不是桃花源，反对《日美协作与安全保障条约》的全国性群众运动如火如荼，年轻学生们在这场运动风潮中纷纷走上街头。

一九六〇年，大江健三郎年届二十五岁，在校期间曾参加被称为"安保斗争"前哨战的"砂川斗争"。这里所说的"砂川斗争"，是指一九五五年以农民、工会会员和学生为主体的日本民众反对美军扩建军事基地的群众斗争，也是日本社会在战后迎来的第一场大规模反战运动。在此后的一九六〇年一月十九日，日本政府与美国正式签署经修改的《日美协作与安全保障条约》（简称为《日美安全保障新条约》），以取代日美两国政府于一九五一年与《旧金山和约》一同签署的《日美安全保障条约》。在国会审议过程中，有人对条约中"为了维持远东地区的和平安全"之"远东"的范围表示质疑时，时任外相的藤山爱一郎表示这个范围"以日本为中心，菲律宾以北，中国大陆一部分，苏联的太平洋沿海部分"。藤山对《日美安全保障新条约》之"范围"的解释，几乎立刻就引发人们对战前和战争期间的所谓"大东亚共荣圈"的痛苦记忆，不禁怀疑日本政府是否试图再次侵略包括"中国大陆一部分"的亚洲诸国。不同于砂川斗争时期以学生为主体的抗议活动，这时不仅学生对政府的意图产生怀疑，就连绝大部分民众也都对此产生了怀疑，从而相继投身到反对缔结《日美安全保障新条约》的群众运动中来。大江健三郎此时刚刚从东京大学毕业，在文坛上已经小有名声，却从不曾淡忘将人文主义传授给自己的渡边一夫教授所引用的丹麦语法学家克利斯托夫·尼罗普之名言"不抗议（战争）的人，则是同谋"，当然也必然地出现在了这数百万的示威群众之中。

二〇〇六年九月,在访问中国社会科学院的主题演讲中回忆当年这场大规模抗议活动时,大江表示"当时我认为,日本在亚洲的孤立,意味着我们这些日本年轻人的未来空间将越来越狭窄,所以,我参加了游行抗议活动。正是在这个过程中,我和另一名作家被作为年轻团员吸收到反对修改安保条约的文学代表团里"①。这里所说的文学代表团,是以野间宏为团长的日本第三次访华文学代表团。在这个大动荡的历史时期,在反对签署《日美安全保障新条约》的大规模游行示威活动中,青年作家大江健三郎开始了他的第一次出国之旅,与"另一名作家"开高健一同对尚未与日本恢复外交关系的中国进行了为期三十八天的访问。大江参加的这个访华团全称为"访问中国之日本文学家代表团",团长为野间宏(作家),团员计有龟井胜一郎(文艺评论家)、松冈洋子(社会评论家)、竹内实(随团翻译)、开高健(青年作家)、大江健三郎(青年作家),另有担任代表团秘书长的白土吾夫(时任日中文化交流协会事务局主任)。访问结束后,白土吾夫公布了一行七人计三十八日访华之旅的大致日程。这里需要说明的是,应该是顾虑到复杂的日本国内情势,出于安全考虑,这个日程并未列入当时被视为敏感的内容,譬如六月一日,日本文学代表团在广州参观毛泽东于一九二四年创办的农民运动讲习所;六月十六日,周恩来总理突然出现在代表团所在的王府井全聚德烤鸭店,对从东京大学毕业不久的大江健三郎进行慰问;六月十七日,代表团全体成员怀着悲痛心情,为悼念六月十五日晚间在国会大厦被警察殴打致死的东京大学女生桦美智子,前往人民英雄纪念碑

---

① 大江健三郎著,李薇译《北京讲演二〇〇六》,引自《大江健三郎文学研究》,百花文艺出版社,二〇〇八年七月,第1页。

敬献花圈并由团长野间宏致悼词……

就在日本文学代表团访华期间,反对岸介信政府签署《日美安全保障新条约》的日本民众在东京连日举行大规模示威抗议,六月五日,多达六百五十万示威者参加抗议活动;六月十日,为阻止美国总统艾森豪威尔于九月十九日访日,示威群众在羽田机场团团包围为艾森豪威尔如期访日打前站的总统秘书 James Hagerty,致使其最终被美军直升机救出;六月十五日,五百八十万示威群众参加反对《日美安全保障新条约》签字和阻止美国总统访日的活动;当天晚间,七千余名示威学生冲入国会,与三千名防暴警察发生激烈冲突,东京大学女生桦美智子被殴打致死,示威群众与政府之间的矛盾进一步激化;六月十六日,焦头烂额的岸信介政府请求艾森豪威尔延期访日,最终被迫取消访日安排。在条约即将生效的当天夜晚,三十三万示威群众再次包围国会,试图阻止条约生效。然而,声势浩大的日本安保斗争终究未能阻止条约自动生效,却也迫使岸信介内阁于六月二十三日下台,艾森豪威尔总统则终止访日。这里需要重点提请注意的是,随着岸介信内阁的倒台,其准备修改于一九四七年生效的《日本国宪法》第九条的计划也随之束之高阁,为日本战后持续维护和平宪法、走和平发展道路打下了良好基础。正因为如此,大江才能在半个多世纪后自豪地表示:"在战后这七十年间,日本人拥有和平宪法,不进行战争,在亚洲内部坚定地走和平发展的道路,也就是说,在战后这七十年里,我们一直在维护这部民主主义与和平主义的宪法。其中最大的一个要素,就是有必要深刻反省日本如何存在于亚洲内部,包括反省那场战争,然后是面向和平……在战后这七十年里,日本没有发动战争,关于这一点,日本人即便得到积极评价也是可以理解的。"① "反省"是上述话语的关

---

① 大江健三郎与许金龙对谈:《我在小说里想要表现的确实不是绝望》,《作家》,二〇二〇年八月号,第 54 页。

键词,也是大江从人文主义者渡边一夫那里继承、坚守并内化了的道德和伦理——"保持具有人性的反省……因为我们已经决定将这种反省置于正面而去思考"①。当然,和平宪法第九条能维系至今日,也是有赖于大江等当年参加反对签署《日美安全保障新条约》的这一批抗议者以及后来者,尤其是民众组织"九条会"长年间的不懈努力。

就在这如火如荼的抗议活动中,青年作家大江健三郎受邀参加以老一辈作家野间宏为团长的日本文学代表团,前往中国进行为期一月有余的访问,以获得中国对这场大规模群众抗议运动的支持。在羽田机场与新婚刚刚三个来月的妻子由佳里以及作家安部公房等朋友话别时,大江特地叮嘱妻子:为了使八十年代少一个因对日本绝望而跳楼自杀的青年,因此不要生孩子。时隔三十八天后,还是在羽田机场,刚刚结束中国之旅回到日本的大江却对前来机场迎接的妻子说:还是生一个孩子吧,未来还是有希望的。那么,这一个来月的中国之旅到底发生了什么,竟使得大江的态度发生如此之大的变化?而且,发生变化的仅仅是对待生孩子的态度吗?我们不妨回顾一下大江访华的大致经过。

在这一个多月的访问中,代表团一行先后访问了广州、北京、上海和苏州等地,与中国各界进行了广泛接触和交流,参观了工厂、机关、人民公社、学校、幼儿园、展览馆等,并多次参加声援日本人民反对《日美安全保障新条约》的集会和游行。在此期间,大江应邀为《世界文学》杂志撰写了特邀文章《新的希望之声》,表示日本人民已经回到了亚洲的怀抱,并代表日本人民发誓永远不背叛中国人民的深情厚谊。此外,他还在一篇题为《北京的青年们》的通信稿中表

---

① 大江健三郎著《解读日本当代的人文主义者渡边一夫》,岩波书店,一九八四年,第79—80页。

示,较之于以人民大会堂为首的十大建筑,万里长城建设者的子孙们话语中的幽默和眼睛中的光亮,更让他对人民共和国寄以希望。大江发现,无论是历史博物馆讲解员的眼睛,钢铁厂青年女工的眼睛,郊区青年农民的眼睛,还是光裸着小脚在雨后的铺石路面上吧嗒吧嗒行走着的少年的眼睛,全都无一例外地清澈明亮,而共和国青年的这种生动眼光,大江在日本那些处于"监禁状态"的青年眼中却从不曾看到过。这个发现让大江体验到一种全新的震撼和感动,一如他在同年十月出版的写真集里所表述的那样:"我在这次中国之行中得到的最为重要的印象,是了解到在我们东洋的一个地区,那些确实怀有希望的年轻人在面向明天而生活着。我不认为他们中国年轻人的希望就会原样成为日本人的希望。我同样不认为他们中国年轻人的明天会原样与日本人的明天相连接。不过,在东洋的这个地区,那些怀有希望的年轻人面向明天的姿态却给我带来了重要的力量。"①

当然,更让大江为之震撼和感动的,是中国人民在真诚和无私地支持日本人民反对修改《日美安全保障新条约》。六月中上旬,东京连日来爆发了数百万人参加的大规模示威活动,而在上海和北京,大江一行则先后参加了一百二十万人和一百万人规模的示威游行,以声援日本国内的抗议活动。或许是出于保护大江健三郎这个青年作家的考虑吧,白土吾夫的日程记录里没有列入周恩来总理得知东京大学女生桦美智子于十五日夜晚被警察殴打致死的消息后,于十六日放下手中工作特地前来慰问大江健三郎事宜——这一天,周恩来总理及其随从人员赶到王府井全聚德烤鸭店的二层,就桦美智子在国会大厦被警察殴打至死、另有千余示威者被逮捕一事,向正在与赵

---

① 大江健三郎著,许金龙译「中国の若い人たち、子供たち」,『写真 中国の顔』,现代教養文庫,一九六〇年十月,第146页。

树理等人同桌就餐、尚不知情的大江健三郎表示慰问。四十六年后，在回忆当时的情形时，大江这样说道：

> 在门口迎接我们一行的周总理特别对走在最后的我说：我对于你们学校学生的不幸表示哀悼。总理是用法语讲这句话的。他甚至知道我是学习法国文学专业的。我感到非常震撼，激动得面对着闻名遐迩的烤鸭连一口都没咽下。
>
> 当时，我想起了鲁迅的文章。这是指一九二六年发生的三·一八事件。由于中国政府没有采取强硬态度对抗日本干涉中国内政，北京的学生和市民组织了游行示威，在国务院门前与军队发生冲突，遭到开枪镇压，四十七名死者中包括刘和珍等鲁迅在北京女子师范大学教授的两名学生。……我回忆着抄自《华盖集续编》中的一段话，看着周总理，我感慨万分，眼前这位人物是和鲁迅经历了同一个时代的人啊，就是他在主动向我打招呼……鲁迅是这样讲的：
>
> "我目睹中国女子的办事，是始于去年的，虽然是少数，但看那干练坚决，百折不回的气概，曾经屡次为之感叹。至于这一回在弹雨中互相救助，虽殒身不恤的事实，则更足为中国女子的勇毅，虽遭阴谋秘计，压抑至数千年，而终于没有消亡的明证了。倘要寻求这一次死伤者对于将来的意义，意义就在此罢。
>
> "苟活者在淡红色的血色中，会依稀看见微茫的希望；真的猛士，将更奋然而前行。……"
>
> 那天晚上，我的脑子里不断出现鲁迅的文章，没有一点儿食欲。我当时特别希望把见到周总理的感想尽快告诉日本的年轻人。我想，即便像我这种鲁迅所说的"碌碌无为"的人，也应当做点儿什么，无论怎样，我要继续学习鲁迅的著作。①

---

① 大江健三郎著，李薇译《北京讲演二〇〇六》，引自《大江健三郎文学研究》，百花文艺出版社，二〇〇八年七月，第2—3页。

在大江的头脑里,血泊中的桦美智子与血泊中的刘和珍叠加在了一起,化为"虽殒身不恤"的女子英雄。中国人民的真诚支持,周恩来总理的亲切慰问,陈毅副总理的会见,尤其是其后第五天(即六月二十一日)晚间,毛泽东主席于上海接见日本文学代表团时所表示的"像日本这样伟大的民族,是不可能长期接受外国人统治的。日本的独立与自由是大有希望的。胜利是一步一步取得的,大众的自觉性也是一步一步提高的"①等勉励,给了日本文学代表团中最年轻的大江以极大的震撼和感动。多年后,大江曾对笔者表示:早在大学时代,自己就已熟读《毛泽东选集》四卷本,对其中的《湖南农民运动考察报告》《星星之火,可以燎原》《实践论》和《矛盾论》尤为熟悉,所以毛主席在会谈中的不少话语刚刚被翻译出来,自己便随即知道这些话语出自《毛泽东选集》哪一卷的哪一篇文章。会见结束后,毛主席等中国领导人站在门口,与日本朋友一一握手话别。当时,从东京大学毕业不久的青年作家大江照例排在日本代表团的队尾,终于轮到大江上前告别时,毛主席一手握住大江的手,用另一只手指点着大江说道:你年轻,你贫穷,你革命,将来你一定会成为伟大的革命家。这段话语其实是毛主席在会见期间对日本客人所说内容的一部分,大意是一个成功的革命家必须具备几个条件:一是要贫穷,穷则思变,才会参加革命;二是要年轻,否则很可能在革命成功之前就已经牺牲;三是要有革命意志,否则就不会参加革命。多年后当大江获得诺贝尔文学奖并接受德国一家媒体采访之际回想起了毛主席的这段话语,便对这家媒体不乏幽默地表示:毛泽东主席曾于一九六〇年预言自己将会成为伟大的革命家,现在看来,毛主席只说对了一半——自己虽

---

① 白土吾夫著「中国訪問日本文学代表団の三十八日の旅」,『写真 中国の顔』,現代教養文庫,一九六〇年十月,第 178 页。

未能成为伟大的革命家,却也成了伟大的小说家。在二〇〇八年八月接受另一次采访时,大江对采访者回忆道:与毛主席握手时,感到毛主席的手掌非常大,非常绵软,非常温暖,这种感觉已经连同毛主席当时所说的话语一道,早已固化在自己的头脑里,在每年临近六月二十一日的时候,就会提前嘱咐妻子订购茉莉花,因为日本原本没有这个物种,是从中国移植到日本来的,所以并不多见。及至到了二十一日这一天,自己就会停下所有工作,面对那盆订购来的茉莉花,缅怀一九六〇年六月二十一日夜晚聆听毛泽东主席和周恩来总理教诲时的情景。讲述这段话语的这一天恰巧也是六月二十一日,大江便对采访者指着花盆中绿叶掩映的小小白色花蕾如此说道:

> 今天,我妻子买来三盆白色的茉莉花(把"茉莉花"念成了"毛莉好"),是从中国移植来的,就摆在客厅的中央。花开得非常可爱,经常传来阵阵幽香。我想起自己二十五岁的时候,中国领导人在上海接见了我。我记得自己在见到毛主席和周总理之前,前方有一条狭长的走廊,走廊两旁开满了洁白的花。花的浓郁幽香从两侧沁入鼻腔(用左、右手的食指分别指向两个鼻孔),我们就沿着茉莉花曲曲折折地向前深入。走廊的尽头就是毛泽东主席、周恩来总理、陈毅副总理,还有当时的上海市负责人柯庆施。在我的记忆中,毛泽东主席、周恩来总理、陈毅副总理,还有茉莉花,都是紧紧联系在一起的。这就是亚洲伟大的人物给我留下的最美好的记忆。我和帕慕克见面时,经常对他说:"帕慕克,你记着,我是毛泽东主席的一位朋友!"(大笑起来)其实也不能算朋友,但我见过他!①

鲁迅的启示,周恩来总理的慰问,毛泽东主席的勉励,不可避免地为大江的人生观带来重大影响。这种影响首先显现在回国时在羽

---

① 大江健三郎与许若文对谈:《卡创作了一个灵魂,并思索着诗歌……》,《当代作家评论》,二〇〇九年第一期,第95页。

田机场对新婚妻子由佳里所说的那番话语——"还是生一个孩子吧,未来还是有希望的"。这种对未来抱持希望的积极变化当然也反映在了其后的创作态度中。相较于初期作品中在"铁屋子"里发出的"含着大希望的恐怖的悲声",在相继发表于《文学界》一九六一年一月号和二月号的中篇小说《十七岁少年》和《政治少年之死》中,大江简直就是在呐喊了。这两部短篇小说为姐妹篇,前者叙述了一个十七岁少年为摆脱孤独和焦躁,受雇于右翼分子,成为所谓"纯粹而勇敢的少年爱国者"。后者仍然以独白的口吻,叙述这个十七岁的主人公在忠君的迷幻中,"为了天皇而刺杀"了反对封建天皇制的"委员长"。这两部无情抨击封建天皇制之虚幻、右翼团体之虚伪的姐妹篇一经发表,随即受到右翼团体的威胁。在右翼的巨大压力下,刊载该作品的《文学界》没有征得大江本人同意,便在该刊三月号上发表谢罪声明。从此,《政治少年之死》在日本被禁止刊行,直至二〇一八年七月被收入讲谈社版"大江健三郎全小说"之前的这半个多世纪里,未能被收录在大江的任何作品集里。对于标榜言论自由和出版自由的日本这个所谓的民主国家,这个事实本身不能不说是个绝妙讽刺。当然,这两篇作品的创作对于大江本人来说也是一个历史性转折,此后,作为一名知识分子,大江总是有意识或下意识地站在边缘角度,开始用审视甚至批判的目光注视着权力和中心,越来越靠近鲁迅所坚持的批判立场。

这次访问中国给大江带来的另一个重大影响,就是亲眼看到了革命获得成功的中国,并了解到中国革命的全过程。这已经不是此前空泛的革命想象,而是一个实实在在的成功范例,是中国自古以来的以民为本的最佳实践范例,是使得亿万民众得以摆脱战乱、贫困和屈辱,逐步走向富裕与和平的最佳实践范例。无疑,这是人道主义(由于人道主义和人文主义同出法语"humanism"之词源,我们当然可以认为这也是人文主义）在中国这片辽阔土地上获得的巨大成功。这个范例之所以成功,在很大程度上取决于在革命初期,毛泽东等革命家在实践中摸索和总结出"以农村包围城市,最终夺取全国胜利"的革命道路。中国革命的这个成功经验给了青年作家大江健三郎以极大启示,在思考故乡的暴动历史时便有了一个很好的参照系,同时开始考虑将这个策略移入自己的文学创作之中。也是在这一时期,在中国宏大革命愿景的反衬下,大江开始觉察自己"陷入了作为作家的危机,因为,我在自己写作的小说里看不到积极的意义……自己未能在作品中融入积极的意义并向社会推介。我意识到了这个问题,开始怀疑将自己人生的时光倾注到作家这个职业中是否值得"①。也就是说,为了迎合高度商业化的新闻界,刚刚踏足文坛的青年作家大江不得不接二连三地创作"有趣的小说"而非具有"积极的意义"的小说。倘若不如此,就可能像诸多崭露头角不久便被高度商业化的媒体短期使用后无情抛弃的新作家那样退出文坛。然而,无论是少年时代接受的战后民主主义教育,还是大学时代学习的欧洲人文主义,尤其是这次访问中国、亲眼看见人文主义在中国获得巨大成功后引发的诸多思考,都让大江开始怀疑是否值得用自己的整个人生来迎合新闻界的商业价值取向而不断写作以往那种"有趣的小说"。答案当然是否定的,因为这些"有趣的小说"对于深陷艰难困境的人类个体乃至群体完全不具备人文主义价值！大江由此开始有意识地把故乡的山林作为根据地/乌托邦,借《万延元年的Footabll》中的农村暴动叙事抗衡官方话语体系中的"明治维新百年纪念活动";尤其在《两百年的孩子》里,运用转换时空的科幻手法,

---

① 大江健三郎著,许金龙译《作为〈广岛札记〉的作者》,引自《广岛札记》,翁家慧等译,中国广播电视出版社,二〇〇九年,第1页。

让自己三个孩子的分身往来于以往、现在和未来，让他们目睹历史上的暴动，并经历未来日本复活国家主义之际，孩子们在故乡的山林中找到具有共产主义特征的、彼此友爱的乌托邦。这个故事的梗概大致如下：

三个小主人公决定在暑假结束前，再进行最后一次冒险，而这次冒险的目的地，则是八十年后的当地山林。当他们来到未来之后感到震惊的是，原本茂密的大森林由于人为原因而开始颓败，在他们无意中闯入一座超大型建筑物附近时，却因未携带所谓输入个人详细信息的 ID 卡，而被戒备森严的保安队关在屋子里，其后送交县知事进行讯问。这时他们才知道，县知事正在这里举办一个大型集会，奇怪的是，出席集会的那些动作整齐划一、鱼贯而入的少男少女们穿戴的却是迷彩服和贝雷帽。后来他们在农场/根据地询问千年老树遭焚毁之事时了解到一个让他们不寒而栗的事实：在所谓"国民再出发"的口号下，未来的日本政府"掀起了精神纯化运动"的国家宗教，利用被修改的宪法烧毁国家宗教之外的所有教会、寺院和神社，以取消人们原先无论是基督教、佛教还是神道教的宗教信仰，试图从精神上对国民进行高度控制。作为具体措施，则强制性地要求人们必须随身携带输入个人详细信息的 ID 卡。同样可怕的是，政府动员了全国百分之九十的青少年参加了这场运动，并让这些少男少女头戴贝雷帽、身穿迷彩服，组建为一支规模庞大、组织严密的准军事组织……

显而易见，大江是在借助专门为孩子们创作的这部小说教导他们和她们如何与过往的历史进行对话，如何了解历史事件在其发生之时意味着什么，如何理解该历史事件对于当下甚或未来具有怎样的意义。

或许是担心在这部小说里对孩子们提出的预警不够充分，还不足以引起孩子们的足够重视和警觉,大江在其后第三年出版的长篇小说《别了,我的书!》里,更是借用与其在文本内的分身"长江"之日语发音相谐的"征候"来表征自己的工作:"我要做的工作,是在某些事件发生之前,就收集其细微的前兆。在那些前兆堆积的前方,一条无可挽救的、不可返回的、通往毁灭方向的道路延伸而去。……我所要写作的'征候',则要以全世界为对象,预先摸索出它前进的方向和道路。"①而且,这位由民本主义出发的人文主义作家为了让大多数孩子们都能阅读到这些"征候",特意提出要把记载这些"'征候'的书架调到适当的高度,以便十三四岁的孩子谁都能打开箱子阅读其中资料。因为,惟有他们才是我所期待的阅读者,而且,有关'征候'的我的想法,也都是试图唤起他们颠覆记录于其中的所有毁灭的标志的想法"②。大江将自己的人文主义课程对孩子们阐释得非常清晰且浅显易懂:他要将通往"无可挽救的、不可返回的、通往毁灭方向的道路"之"征候"和"预兆"告知孩子们,以期让他们产生"想法",去颠覆"其中的所有毁灭的标志",以便"创造出明亮、生动、确实体现出人的尊严的未来",而非"充满黑暗、恐怖和非人性的未来"③! 我们可以将这段话语视作大江对孩子/新人的热切期许,还可以将其视为大江及其文学的人文主义核心价值观。

当然,未来也不是全无希望。还是在那片森林里,在两百年前农民举行暴动的旧址上,从南美以及亚洲各国来到此地的劳动者们以农场为基础,重新建立起了"龋根据地"。在这个根据地里,"由于成

---

① 大江健三郎著,许金龙译《别了,我的书!》,译林出版社,二〇〇八年十月,第318页。
② 同上。
③ 大江健三郎著,许金龙译《走的人多了,也便成了路!》,引自《大江健三郎文学研究》,百花文艺出版社,二〇〇八年七月,第21—22页。

年人在农场和食品加工厂里忙于工作,孩子们便依据'龃根据地'从创始之初便传承下来的志愿工作制度过着集体生活。有趣的是,这里的语言是混有日语和父母祖国语言的各种话语,而孩子们则只使用自己的语言……"①

或许有人会认为故事并不能代表现实,更不可能是未来的真实再现,对于二〇六四年那个未来所显现出来的可怕前景,我们大可不必在意。遗憾的是,东京大学学者小森阳一教授肯定不会同意这样的看法。在讨论《两百年的孩子》这个故事里未来的可怕前景时,小森教授表示,大江在作品里描绘的可怕未来,实际上现在已经开始出现——日本政要不顾曾遭受侵略战争伤害的亚洲各国人民反对,接连参拜供奉着甲级战犯的靖国神社;日本政府强行通过所谓国旗国歌法,要求学校的教职员工和所有学生在开学和毕业仪式上起立,在国歌声中向国旗致礼,而不愿向那面曾侵略过亚洲诸国的国旗敬礼者,轻则影响升职,重则被开除公职,在右翼政客石原慎太郎任东京都知事期间,这种处分更是严厉,据小森教授说,他的几个朋友已经因此而被开除公职;就在前几年,日本数十位国会议员在美国报纸上刊载大幅广告,说是不存在慰安妇问题,还恬不知耻地说什么那些慰安妇是自愿卖淫者,其收入有时甚至超过日本军队里的将军;更让人忧虑的是,日本保守派正在竭力修改和平宪法,尤其是这部宪法中的第九条有关日本永久性放弃战争、不成立海陆空三军的条款,试图为全方位复活国家主义清除最大的障碍。日本筑波大学学者黑古一夫教授的观点与小森教授相近,他认为日本的政治主导权始终掌握在保守派手中,他们期望从根本上改变日本战后开始实施的民主主义,复活战前的价值观……

---

① 大江健三郎著,许金龙译《两百年的孩子》,百花文艺出版社,二〇〇七年九月,第254页。

综上所述，大江所描述未来社会的阴暗前景，就不是毫无根据的空穴来风了，而是基于对现实的忧虑甚或预警。为了大多数人的希望，大江通过《两百年的孩子》这个故事，以艺术手法为人们展示了以往（被官方遮蔽了的暴动史）、现在（日本当下试图修改和平宪法的政治现状甚或准备违宪参战）和未来（日本几十年后极可能出现全面复活国家主义的阴暗前景），并借法国诗人、哲学家和评论家保尔·瓦莱里之口，向我们表明了历史、当下和未来的关系。尽管未来的前景是黯淡的，但是这位老作家也明确地告诉人们，情况并没有糟糕到绝望的地步，那里毕竟还有一群心地善良的人在农场/根据地里坚持自己的操守，抵制来自官方的高压，烧毁严重侵犯人权的ID卡，以各种方式不让孩子们参加那个准军事组织，等等。至于如何在了解历史的基础上创造美好的未来，不妨以大江在北大附中结束演讲时的一段话语来提供一种参考：

  你们是年轻的中国人，较之于过去、较之于当下的现在，你们在未来将要生活得更为长久。我回到东京后打算对其进行讲演的那些年轻的日本人，也是属于同一个未来的人们。与我这样的老人不同，你们必须一直朝向未来生活下去。假如那个未来充满黑暗、恐怖和非人性，那么，在那个未来世界里必须承受最大苦难的，只能是年轻的你们。因此，你们必须在当下的现在创造出明亮、生动、确实体现出人的尊严的未来，而非前面说到的那个充满黑暗、恐怖和非人性的未来。我憧憬着这一切，确信这个憧憬将得以实现。为了把这个憧憬和确信告诉北京的年轻人以及东京的年轻人，便把这尊老迈之躯运到北京来了。之所以这么做，是因为已然七十一岁的日本小说家，要把自己现在仍然坚信鲁迅那些话语的心情传达给你们。①

---

① 大江健三郎著，许金龙译《走的人多了，也便成了路!》，引自《大江健三郎文学研究》，百花文艺出版社，二〇〇八年七月，第21—22页。

对于这段话语中出现的通往"充满黑暗、恐怖和非人性的未来"之可能性,大江无疑是悲观的,却决不是绝望的,更是在鼓励中国和日本的孩子们"必须在当下的现在创造出明亮、生动、确实体现出人的尊严的未来",坚定不移地憧憬着孩子们通过自己的努力,将免于陷入"充满黑暗、恐怖和非人性的未来",并且借助鲁迅的话语引导孩子们"希望是本无所谓有,无所谓无的。这正如地上的路;其实地上本没有路,走的人多了,也便成了路"。由此可见,大江既是果敢前行的悲观主义者,更是勇敢战斗的、由民本主义升华的人文主义者。

四(上)、源自鲁迅的"始自于绝望的希望"

1.初识鲁迅

在论及大江文学中的世界文学影响时,学界一直关注来自拉伯雷及其鸿篇巨制《巨人传》、但丁及其不朽长诗《神曲》(全三卷)、布莱克及其神秘长诗《四天神》和《弥尔顿》、萨特及其存在主义代表作《自由之路》、巴赫金及其狂欢化和大众笑文化系统之论著、艾略特及其长诗《荒原》和《四个四重奏》、奥登及其短诗《美术馆》、本雅明及其论著《论历史哲学纲要》等作家、诗人和学者以及他们的作品之影响,却很少有人注意到鲁迅和他的文艺思想在大江文学生涯中的存在和重要意义。其实,早在少年时期、学生时代乃至成为著名作家之后,大江都一直在阅读着鲁迅,解读着鲁迅,以鲁迅的文学之光逆行于精神困境和现实阴霾中。

正如大江在晚年间(二〇〇九年一月十七日)对铁凝和莫言追忆其所传家学时所言:"我的妈妈早年间是热衷于中国文学的文学少女……"[①]大江的母亲,彼时的日本女青年小石非常熟悉并热爱中

---

① 大江健三郎、莫言、铁凝著,许金龙译《中日作家鼎谈》,《当代作家评论》,二〇〇九年第五期,第52页。

国现代文学。在一九三四年的春日里,小石偕同对中国古代文化颇有造诣的丈夫大江好太郎由上海北上,前往北京大学聆听了胡适用英语发表的演讲。在北京小住期间,这对夫妇投宿于王府井一家小旅店,大江的父亲大江好太郎与老板娘的丈夫聊起了自己甚为喜爱的《孔乙己》,由此得知了茴香豆的"茴"字竟然有四种写法。在人生的最后一天,大江好太郎将这四种写法连同对"中国大作家鲁迅"的敬仰之情,一同播散在自己的三儿子大江健三郎稚嫩和好奇的内心底里,使其随着岁月的流逝在爱子的内心不断萌发和成长。

二〇〇八年二月二十一日下午,仍然是在位于小田急沿线的成城别墅区的大江宅邸,大江对来访的老友莫言讲述家世时曾如此提及自己邂逅鲁迅的缘起:

……那是一九四四年十一月的一个冬日,是父亲在世的最后一天,恰逢一个传统节气,当时自己家里的经济条件还算不错,不少孩子依循旧俗到家里来讨点儿小钱,父亲坐在火盆旁喝酒,把零钱放在手边,邻居的孩子用草绳裹着的棒子在屋里叭叭叭地跳上一圈以示驱鬼,父亲就给几个小钱以作酬谢。冬日里天气很冷,自己陪坐在父亲身边,没人来的时候就陪父亲聊天。父亲便说起中国有个叫作鲁迅的大作家非常了不起。自己由此知道,父母曾于整整十年前的一九三四年经由上海去了北京,住在东安市场附近,小旅店老板娘的丈夫与父亲闲聊时得知眼前这位日本人喜欢阅读鲁迅作品,还曾读过《孔乙己》,便告知作品里的茴香豆的茴字有四种写法,并把这四种写法教给了父亲。父亲在世的这最后一天很长一段时间里,自己一直在倾听父亲讲述鲁迅及其小说《孔乙己》。父亲介绍了鲁迅这位"中国大作家"及其小说《孔乙己》之后,也说起了"茴香豆"的"茴"字的四种写法,边说边随手用火钩在火盆的余烬上一一写下四个不同的"茴"字,使得第一次听说鲁迅和《孔乙己》的自己兴奋不已,"觉得鲁迅这个大作家了不起,《孔乙己》这部小说了不起,知道这一切以及茴香豆的茴字有四种写法的父亲也很了不起,遗憾的是自己现在只记得其中三种写法,却无论如何也记不得那第四种写法了"。母亲后来告诉自己,父亲当晚回房睡觉时,说是以前认为老大老二有出息,现在想来是看错了,以后健三郎肯定会有大出息,自己讲到鲁迅的时候,健三郎眼睛都是直的,都放出光来,这孩子对学问抱有强烈的欲望,其他几个孩子却没这种感觉,这孩子将来不会是普通人……

从以上这些文字可以看出,一九三五年一月三十一日出生的健三郎是在将近十岁时第一次听说鲁迅及其作品的,当时的情景连同对父亲的追忆一同深深地印在自己的记忆里,为其后阅读和理解鲁迅创造了条件。根据大江的口述,当年在上海小住期间,大江好太郎和小石夫妇购买了由鲁迅等人于一九三四年九月十六日刊发的《译文》杂志创刊号,那是一本专门翻译介绍和评论外国优秀文学作品的杂志,由鲁迅本人和茅盾等优秀翻译家承担翻译任务。在后来的漫长岁月里,那本杂志就成了母亲爱不释手的书刊之一。再后来,这本创刊号就成了其爱子大江健三郎的珍藏。

大江夫妇还在上海一家旧货铺各为自己选购了一只红皮箱。一大一小这两只红皮箱陪伴他们走完了其后的生涯,最终进入他们的爱子大江健三郎晚年创作的长篇小说《水死》,成为该小说具有隐喻意味的重要道具。

在中国旅行期间,这对夫妇正孕育着一个小小的生命,那就是在他们回到日本后不久便呱呱坠地的大江健三郎。诞下健三郎之后,母亲小石"一直没能从产后的疲弱中恢复过来",于这一年的年底前往东京的医院住院治疗,其间收到正在东京读大学的同村好友赠送的、同年一月出版的《鲁迅选集》(岩波文库版,佐藤春夫、增田涉译)。七十多年后,大江面对北大附中初一年级和高一年级近千名新生回忆儿时情景时曾这样说道:"母亲是一个没什么学问的人,可是她的一个从孩童时代起就很要好的朋友却前往东京的学校里学习,母亲以此作为自己的骄傲。此人还是女大学生那阵子,对刚刚被介绍到日本来的中国文学比较关注,并对母亲说起这些情况。我出生那一年的年底,母亲一直没能从产后的疲弱中恢复过来,那位朋友便将刚刚出版的岩波文库本赠送给她,母亲好像尤其喜欢其中的《故乡》。"①十二年后的春天,当健三郎由小学升入初中之际,作为贺礼,从母亲那里得到在战争期间被作为"敌国文学"而深藏于箱底的这部《鲁迅选集》,由此开始了对鲁迅文学从不曾间断的、伴随自己其后全部生涯的阅读和再阅读,并将这种阅读感悟内化为自己的价值取向,不断显现于从处女作《奇妙的工作》(1957)直至最后一部长篇小说《晚年样式集》(2013)等诸多作品之中。

2."我从十二岁开始阅读鲁迅作品"

一般读者阅读大江文学,初时可能会感到大江的小说天马行空、时空交错,从而很难将其统合起来。如果坚持读下去,最好多读几本大江小说,就会发现这其中有一个似曾相识的共性,那就是作者始终立足于边缘,不懈地对权力和中心提出质疑甚或挑战,为处于边缘的民众大声呐喊。换句话说,特别是对于熟悉中国现代文学的读者而言,在阅读大江小说或是解读大江文本之际,经常会隐约感觉到鲁迅的在场。二〇〇六年八月里的一天,笔者陪同中国社科院外文所所长陈众议教授前往位于东京郊外的大江宅邸,协调其将于翌月访华的日程安排。处理完工作后,出于研究者的职业习惯,笔者便对大江提出了自己的困惑:在您的小说文本中总能隐约感觉到鲁迅的在场,最初阅读鲁迅作品时您大概多大岁数?您阅读的第一批鲁迅作品都

---

① 大江健三郎著,许金龙译《走的人多了,也便成了路!》,引自《大江健三郎文学研究》,百花文艺出版社,二〇〇八年七月,第14页。

有哪些？哪些作品让您欢悦？哪些作品让您难受？哪些作品让您长久铭记？您是从哪里得到那些鲁迅作品的？……

大江坐在专属于他的单人沙发上，照例安静地低着头在笔记本上记录下所有问题，然后抬起头来回答说：自己从不曾想过这个问题，也从不曾有人提过这个问题，在记录的过程中，自己已经在回忆并且思考这些问题了。现在有的问题可以回答，有的问题则因为年代久远，记忆已经模糊不清，需要进一步调查过后，待去北京访问期间再一并作答。现在可以回答的问题如下：自己确实读过鲁迅作品，而且早在少年时代就开始阅读，至于具体是几岁开始阅读鲁迅作品，还需要进一步回忆。第一批阅读的鲁迅作品有《孔乙己》《故乡》《药》《社戏》《狂人日记》……

为了更好地梳理当时情景，这里需要用对谈的形式还原这次谈话的经过和大致内容：①

许金龙：我知道您在儿时就从母亲那里接受了鲁迅、郁达夫等中国作家的影响，这从您的一些作品和谈话里可以感觉出来。我还注意到您在一九五五年写了一首题为《杀狗之歌》的自由体诗，也就是被您称为"像诗一样的东西"的习作，这首自由体短诗只有几行，全文是这样的：

为了杀掉足以咬死你的大狗

你首先要摸弄自己的睾丸

再让你想杀死的狗嗅那手掌

在狗上当之际，乘机打杀

* 发出含着大希望的恐怖的悲声

狗（A）

---

① 大江健三郎与许金龙对谈：《大江健三郎将访中国，深受鲁迅及毛泽东影响》，《环球时报》，二〇〇六年九月一日。

代 总 序

　　抑或你(B)

　　死去

　　或者你们结婚(C)

　　　　*……鲁迅《野草》①

您在这里引用了《呐喊》中《白光》的这样一句话:发出"含着大希望的恐怖的悲声"。从您的这处引用可以看出,您在很年轻(或者很小)的时候就接触了鲁迅文学,我想知道的是,您最初阅读鲁迅作品是在什么时候?您又是在哪里接触到这些作品的?

　　大　　江:现在回想起来,应该是在很小的时候开始阅读的。一下子说不清当时的具体年龄了,大概是在十二岁左右吧。《孔乙己》中有一段文字给我留下了非常深刻的印象,就是"我从十二岁起,便在镇口的咸亨酒店里当伙计"。这里所说的镇子,就是经常出现在鲁迅小说中的鲁镇。记得读到这段文字时,我就在想:"啊,我们村子里成立了新制中学,真是太好了!否则,刚满十二岁的自己就去不了学校,而要去某一处的酒店当小伙计了。"②这一年是一九四七年,读的那本书是由佐藤春夫、增田涉翻译的《鲁迅选集》。当时读得并不是很懂,就这么半读半猜地读了下来。是的,我是从十二岁开始阅读鲁迅作品的。

　　关于这本书的来历还有一个故事。我是一九三五年一月出生的,母亲生下我以后,她的身体一直到年底都难以恢复。母亲当时有一个儿时的朋友在东京读大学,这个喜欢中国文学的朋友便送了母亲一本书,就是刚刚被介绍到日本来的鲁迅的作品,记得是岩波文库本。母亲好像尤其喜欢其中的《故乡》。两年后,也就是一九三七年,这一年的七月发生了卢沟桥事件,十二月发生了日本军队进行大屠杀的南京事件,于是即

---

① 诗文中米花注为大江本人所注。或是出于笔误等原因,作者将典出于《白光》的"含着大希望的恐怖的悲声",误认为典出于《野草》。
② 大江健三郎小学毕业前,因家中贫困,母亲无力将其送到镇上的中学里继续读书,便在邻近的镇子找了一家店铺,打算等大江小学毕业后就送其去做不领工资的实习小伙计。

55

便在我们那个小村子,好像也不再能谈论中国文学的话题了。母亲就把那册岩波文库本《鲁迅选集》藏在了小箱子里,直到战争结束后,我作为第一届根据民主主义原则建立的新制中学的学生入学时,母亲才从箱子里取出来作为贺礼送给我。

许金龙:您当时阅读了哪些作品?还记得阅读那些作品时的感受吗?

大　江:有《孔乙己》《药》《狂人日记》《一件小事》《头发的故事》《故乡》《阿Q正传》《白光》《鸭的喜剧》和《社戏》等作品。其中,《孔乙己》中那个知识分子给我留下了非常深刻的印象,孔乙己这个名字也是我最初记住的中国人名字之一。要说印象最为深刻的作品,应该是《药》。在那之前,我叔叔曾从我父亲这里拿了一点儿本钱,在中国的东北做过小生意,把中国的小件商品贩到日本来,再把日本的小件商品贩到中国去。有一次他来到我们家,灌装了一些中国样式的香肠,悬挂在房梁上,还为我们做了中国样式的馒头,饭后还剩下几个馒头就放在厨房里。晚饭过后就问起我正在读的书,听说我正在阅读鲁迅先生的《药》后,他就吓唬我说:你刚才吃下去的就是馒头,作品里那个沾了血的馒头和厨房里那几个馒头一模一样。听了这话后,我的心猛然抽紧了,感到阵阵绞痛(用双手用力做拧毛巾状)。这是我有生以来第一次感受到这种内心的绞痛,不停地呕吐着,把晚饭时吃下去的东西全给吐了出来。

当时我很喜欢《孔乙己》,这是因为我认为咸亨酒店那个小伙计和我的个性有很多相似之处。《社戏》中的风俗和那几个少年也很让我着迷,几个孩子看完社戏回来的途中肚子饿了,便停船上岸偷摘蚕豆用河水煮熟后吃了。这里的情节充满童趣,当时我也处在这个年龄段,就很自然地喜欢上这其中的描述。当然,《白光》中的那个老读书人的命运也让我难以淡忘……

许金龙:鲁迅在日本留学期间,曾接触尼采、克尔凯郭尔、叔本华以及易普生等所谓"神思宗之至新者"的思想,尤其通过尼采和克尔凯郭尔这两位存在主义先驱,鲁迅发现了尼采提出的"近世文明之伪与偏",以及克尔凯郭尔主张的"发挥个性,为至高之道德",其后就在这种影响下写出了《野草》等作品。当然,法国的现代存在主义与这种思想也是相通的。我想了解的是,您在阅读和接受鲁迅影响的同时,是否把其中与存在主义相通的某些要素也一并吸收了过来,然后在大学里自然也是必然地选择了萨特和存在主义?

大　江:我不知道鲁迅先生在日本留学期间曾接触克尔凯郭尔等人的思想。你刚才说到我在阅读鲁迅作品的同时,把其中与存在主义相通的某些要素也一同吸收过来,并在此基础上选择了萨特和存在主义,关于这种说法,我从不曾听人说起过,当然,我本人也从未做过这样的联想。但是,这是一个很有意思的提法。现在细想起来,鲁迅确实和克尔凯郭尔并肩站在黑暗的、深不见底的绝望之海上寻找着希望……

许金龙:您可能没有注意到,其实在鲁迅和克尔凯郭尔这两位先驱者的身后,还有一位戴着用黑色玳瑁镜框制成的圆形眼镜的日本老人,正与这两位先驱者一同站在黑暗的、深不见底的绝望之海上寻找着希望……

大　江:(大笑)……

许金龙:说到绝望与希望这一话题,我想起了您于去年十月出版的《别了,我的书!》。这是《被偷换的孩子》三部曲中的第三部长篇小说。在这部小说的红色封腰上,我注意到您用白色醒目标示出的"始自于绝望的希望"这几个大字。如果我没有说错的话,这是您对鲁迅的"绝望之为虚妄,正与希望相同"在当下所做的最新解读。当然,在您对这句话的解读中,希望的成分显然更多一些,更愿意在绝望中主动而积极地寻找希望。

大　江:(大笑)是的,这句话确实源自鲁迅先生的"绝望之为虚妄,正与希望相同",不过,在解读的同时,我融进了自己的一些看法。我非常喜欢《故乡》结尾处的那句话——"希望是本无所谓有,无所谓无的。这正如地上的路;其实地上本没有路,走的人多了,也便成了路"。我的希望,就是未来,就是新人,也就是孩子们。这次访问中国,我将在北京大学附属中学发表演讲,还要与孩子们一起座谈。此前我曾在世界各地做过无数演讲,可在北京面对孩子们将要做的这场演讲,会是这无数演讲中最重要的一场演讲。

许金龙:从一九五五年到二〇〇五年,这期间经历了整整五十年,跨越了您的整个创作生涯。从您在一九五五年那个习作中所做的引用,到二〇〇五年《别了,我的书!》腰封上所标示的"始自于绝望的希望",是否可以认为,您对鲁迅的阅读和吸收贯穿于您这五十年间的创作生涯?另外,您目前还在阅读鲁迅吗?还是儿时那个版本吗?

大　江:我对鲁迅的阅读从不曾间断,这种阅读确实贯穿了我的创作生涯。不过,儿时阅读的那个版本因各种原因早已不在了,现在读的是筑摩书房的《鲁迅文集》,是竹内好翻译的。(说完,急急前往书房抱回一大摞白色封套的鲁迅译本,将其放在客厅书架上让我们观看)……①

由此可见,从少年时代因战后义务教育法的实施感到庆幸而与《孔乙己》中的"小伙计"产生共情,到青年时期面对日本社会复杂现实的绝望而借助《白光》发出了诗学的"悲声",鲁迅文学对于大江的整个创作生涯而言,已然语境化于大江所处的社会现实,且内化到了其"暗境逆行"的文学基调中。

3.大江文学起始点上的鲁迅

前面引文中的《杀狗之歌》里的米花注是大江本人打上去的,其实,这段话源出于《鲁迅全集》第一卷《呐喊》中的《白光》一文,说的是一个屡试不中的老读书人在迷幻中奔着城外的白光而去,"游丝

---

① 许金龙著《大江健三郎与中国》,《传记文学》,二〇二〇年第八期,第47—49页。

似的在西关门前的黎明中,战战兢兢地叫喊"出的无奈、绝望却又"含着大希望的恐怖的悲声"①。这就直观地说明,鲁迅的影响历史性地出现了大江文学的起始点上,始自于少年时期对鲁迅的阅读和理解,使得大江此后在东京大学就读期间,不自觉地接受了鲁迅文学中包括与存在主义同质的一些因素,从而在其接触萨特学说之后,几乎立即便自然(很可能也是必然)地接受了来自存在主义的影响。当然,在谈到这种融汇时,必须注意到一个不可忽视的重要因素——鲁迅在绝望中寻找希望的有关探索与萨特的自由选择,其实都与人道主义传统有着密不可分的内在联系,因为这两者共有一个源头——丹麦宗教哲学家、存在主义哲学创始人索伦·克尔凯郭尔及其学说:人是哲学研究的对象,不单单是客观存在,要从个人的"存在"出发,把个人的存在和客观存在联系起来。

用短诗所引"含着大希望的恐怖的悲声"来表现大江当时的心境是比较贴切的。这首《杀狗之歌》的创作背景是这样的:在二次世界大战的最后阶段,少年大江所在村庄的所有狗都被集中在山谷中的洼地上屠宰,用剥下的狗皮制成皮衣和皮帽,用以装备侵占中国东北的关东军,使其得以度过当地的严寒。待杀的狗中就有大江家那条狗,大江带着弟弟眼看着整日跟随自己的爱犬被无情打杀却无力解救,只是下意识地把手指放在口里咬着,一直咬出了鲜血还浑然不觉。最让少年大江气愤的是,那个杀狗人面对狂吠不止的狗并不正面打杀,而是先把手伸到裤子里摸弄一下睾丸,再将那手掌伸到将要打杀的那只狗的鼻子前,于是狗立即安静下来,只是一味地嗅着那手掌上的睾丸气味。此时,杀狗人便乘机抡起藏在身后的木棒砸向狗

---

① 鲁迅著《白光》,《鲁迅全集》第一卷,《呐喊》,人民文学出版社,二〇一九年十二月,第575页。

的脑袋,一只又一只的狗就这样倒在了血泊之中:

  我最初受到的负面冲击,就发生在战争临近结束的时候。有一天,一个杀狗的人来到我们村,把狗集中起来带到河对岸的空场去,我的狗也被带走了。那个人从早到晚一整天都在打狗杀狗,剥下皮再晒干,然后拿那些狗皮到满洲去卖,也就是现在的中国东北。当时,那里正在打仗,这些狗皮其实是为侵略那里的日本军人做外套用的,所以才要杀狗。那件事给我童年的心灵留下了巨大的创伤。①

  引发大江这段儿时记忆的,据说是大江从朋友石井晴一处听说,东大附属医院里用于试验的百来条狗每到傍晚时分便一起狂吠。也是在这一时期,日本政府为扩建军事基地而强征东京郊外的砂川町农田,并动用警察镇压当地农民的反抗。于是,大批学生和工会人员为声援农民而前往示威,这其中也包括血气方刚的大江和他的同学们。在谈到那时的情景时,大江曾在一篇文章中写道:我出生在日本,这是一件多么不幸的事啊!这种阴郁的声音在我的身体内部开始发出任性而微小的余音。当时我刚刚进入大学,并参加了示威活动。显然,儿时的痛苦记忆与现实生活中的无奈和徒劳感,使得大江对医院里那些等待被宰杀的狗产生了某种程度的共情,觉得自己和同学们乃至日本的青年人何尝不是围墙中等待被宰杀的狗?!四十五年后的二〇〇〇年九月,面对中国社会科学院的数百名学者,已是诺贝尔文学奖获得者的大江健三郎这样回忆当时的情形:

  在那段学习以萨特为中心的法国文学并开始创作小说的大学生活里,对我来说,鲁迅是一个巨大的存在。通过将鲁迅与萨特进行对比,我对于世界文学中的亚洲文学充满了信心。于是,鲁迅成了我的一种高明

---

① 大江健三郎与莫言对谈,庄焰译《二十一世纪的对话——大江健三郎 VS 莫言》,引自《我在暧昧的日本》,南海出版公司,二〇〇五年十一月,第22页。

而巧妙的手段,借助这个手段,包括我本人在内的日本文学者得以相对化并被作为批评的对象。将鲁迅视为批评标准的做法,现在依然存在于我的生活之中。①

如果说,萨特让这位学习法国文学专业的大学生感同身受地体验到了墙壁、禁闭、徒劳和恶心的话,那么,作为其参照系的鲁迅则让大江在发出"恐怖的悲声"的同时,还让他"含着大希望"。那么,这是一种什么样的希望呢?我们不妨来看看鲁迅在文本中的表述:

"假如一间铁屋子,是绝无窗户而万难破毁的,里面有许多熟睡的人们,不久都要闷死了,然而是从昏睡入死灭,并不感到就死的悲哀。现在你大嚷起来,惊起了较为清醒的几个人,使这不幸的少数者来受无可挽救的临终的苦楚,你倒以为对得起他们么?"

"然而几个人既然起来,你不能说决没有毁坏这铁屋的希望。"

是的,我虽然自有我的确信,然而说到希望,却是不能抹杀的,因为希望是在于将来……②

尽管由于认识上的局限,大江当时发出的这种"含着大希望的恐怖的悲声"还很微弱、无力和被动,却历史性地使得鲁迅与萨特作为东西方文学的一对坐标同时进入大江文学的起始点,并由此贯穿了这位作家的整个创作生涯,在不同创作时期发挥着不同程度的影响,最终在其长篇小说六部曲里达到高潮。

写下这首《杀狗之歌》半个多世纪后的二〇〇九年十月,大江在台北的"大江健三郎文学学术研讨会"上做小组点评时,如此回忆了自己从青年至老年的不同时期对"含着大希望的恐怖的悲声"这段

---

① 大江健三郎著,许金龙译《北京讲演二〇〇〇》,《中华读书报》,二〇〇〇年十月十八日。
② 鲁迅著《呐喊自序》,《鲁迅全集》第一卷,《呐喊》,人民文学出版社,二〇一九年十二月,第440页。

话语的不同解读：

……许金龙先生的论文非常深刻而且正确地表述了我少年时期是如何接触鲁迅的，这令我感到非常怀念。同时，也使我重又回忆自己、审视自己一直都在阅读的鲁迅文学。其实，在很长一段时间内，我并没有真正读懂自己持续阅读的鲁迅文学。……后来才发现，实际上自己在年轻时并没有读懂鲁迅。在《呐喊》这部作品中，鲁迅表示要在绝望中寻找希望，发出"含着大希望的恐怖的悲声"。我认为这是鲁迅思想中最难以理解的部分。绝望中蕴含着希望，这一点我非常理解。但是，所谓"恐怖的悲声"却是在我十几岁到三十五岁这段时期所无法理解的。此后，患有智力障碍的孩子出生了。三十岁、四十岁、五十岁的时候，我在自己的人生道路上、在绝望中寻找着希望并发出了"恐怖的悲声"。六十岁以后，直到现在七十多岁，我才得以理解，在恐怖的绝望的呐喊中蕴含着巨大的希望。这是非常重要的。年轻时，我就在鲁迅作品中读到发出"含着大希望的恐怖的悲声"。随着年龄的增长，而后我发现，这两件事其实是一样的。十五六岁的时候，我非常真实地发出了"含着大希望的恐怖的悲声"，却并不是抱有很大的希望。到了现在这个年纪才发现，其实这种悲声本身就蕴含着巨大的希望。刚才，许先生在论文中对我作品的评价是：《优美的安娜贝尔·李　寒彻颤栗早逝去》表达了最深沉的恐惧，却也表现出了最大的希望。其实，这也是我正在思考的问题。①

尽管年少时初识"含着大希望的恐怖的悲声"却难解其中奥义，基于儿时痛苦记忆且糅合鲁迅深奥话语的《杀狗之歌》毕竟写了出来，为其后改写为剧本《野兽们的叫声》做了前期准备。一九五六年九月，由《杀狗之歌》改编而成的这个独幕话剧《野兽们的叫声》获东京大学学生戏剧剧本奖。一九五七年五月，也就是写下《杀狗之歌》

---

① 大江健三郎著，许金龙试译，根据"大江健三郎文学学术研讨会"台北会议录音整理而成的资料。

两年后,剧本《野兽们的叫声》再次被大江改写为短篇小说《奇妙的工作》,投稿于校报《东京大学新闻》并获该年度的五月祭奖,其后被推荐为芥川文学奖候补作品。这部短篇小说一经发表,便连同其作者大江健三郎一同引起广泛关注,多年后,大江这样回忆当时的情景:《奇妙的工作》在校报上发表是一个契机,文艺报刊因此而向我约稿,我就这样开始了自己的创作生涯。

在鲁迅和萨特这对东西方存在主义作家的共同影响下,在传授人文主义精神的导师渡边一夫教授的引导下,二十二岁的大江健三郎于一九五七年正式登上文坛,"作为渡边的人文主义的弟子,我希望通过自己身为小说家的工作,使那些用语言进行表达的人及其接受者,从个人的以及时代的痛苦中得以平复,并医治他们各自心灵上的创伤"。

4."鲁迅先生说,决不绝望!"

写下这篇"处女作"五十二年后的二○○九年一月,大江面对北京大学数百名学生回忆创作这部小说的背景时表示:

> 作为一名二十二岁的东京的学生,我却已经开始写小说了。我在东京大学的报纸上发表了一篇短篇小说,叫作《奇妙的工作》。
>
> 在这篇小说里,我把自己描写成一个生活在痛苦中的年轻人——从外地来到东京,学习法语,将来却没有一点希望能找到一个固定的工作。而且,我一直都在看母亲教我的小说家鲁迅的短篇小说,所以,在鲁迅作品的直接影响下,我虚构了这个青年的内心世界。有一个男子,一直努力地做学问,想要通过国家考试谋个好职位,结果一再落榜,绝望之余,把最后的希望都寄托在挖掘宝藏上。晚上一直不停地挖着屋子里地面上发光的地方。最后,出城到了城外,想要到山坡上去挖那块发光的地方。听到这里,想必很多人都知道我所讲的这个故事了,那就是鲁迅短篇集《呐喊》里《白光》中的一段。他想要走到城外去,但已是深夜,城

门紧锁,男子为了叫人来开门,就用"含着大希望的恐怖的悲声"在那里叫喊。我在自己的小说中构思的这个青年,他的内心里也像是要立刻发出"含着大希望的恐怖的悲声"。我觉得写小说的自己就是那样的一个青年。如今,再次重读那个短篇小说,我觉得我描写的那个青年就是在战争结束还不到十三年,战后的日本社会没有什么明确的希望的时候,想要对自己的未来抱有希望的这么一个形象。①

一个农村出身的青年,从偏远山村来到东京学习法语,却难以在这个大都市里找到一份固定工作,便将自己毕业即失业的黯淡前景投射于《白光》中屡试不中的读书人陈士成,用自己的作品发出"含着大希望的恐怖的悲声",直至整整五十年后的二〇〇九年才发现,其实"在恐怖的绝望的呐喊中蕴含着巨大的希望",在这个"巨大的希望"支撑下,大江逐渐走入了鲁迅思想的深邃之处。这篇小说的发表给初出茅庐的大江带来了喜悦和希望——"我觉得自己已经成了一个真正的小说家,并决心今后要靠写小说为生。在此之前,我还要靠打工、作家教以维持在东京的生活"②。然而,当自己兴冲冲地赶回四国那座大森林中,"把登有这篇小说的报纸拿给母亲看"时,却使得母亲万分失望:

> 你说要去东京上大学的时候,我叫你好好读读鲁迅老师《故乡》里最后那段话。你还把它抄在笔记本上了。我隐约觉得你要走文学的道路,再也不会回到这座森林里来了。但我还是希望你能成为像鲁迅老师那样的小说家,能写出像《故乡》结尾那样美丽的文章来。你这算是怎么回事?怎么连一片希望的碎片都没有?③

---

① 大江健三郎著,翁家慧译《真正的小说是写给我们的亲密的信》,《文汇报》,二〇〇九年一月二十二日。
② 同上。
③ 同上。

接着,这位母亲情真意切地谆谆教诲自己的儿子:

我没上过东京的大学,也没什么学问,只是一个住在森林里的老太婆。但是,鲁迅老师的小说,我都会全部反复地去读。你也不给我写信,现在我也没有朋友。所以,鲁迅老师的小说,就像是最重要的朋友从远方写来的信,每天晚上我都反复地读。你要是看了《野草》,就知道里头有篇小说叫《希望》吧。①

当天晚间,无颜继续留在母亲身边的大江带着母亲交给自己的、收录了《希望》的一本书,搭乘开往东京的夜班列车,借着微弱的脚灯开始阅读《野草》,就像母亲所要求的那样,当作"最重要的朋友从远方写来的信"阅读起来,在感叹"《野草》中的文章真是精彩极了"②的同时,刚刚萌发的自信却化为了齑粉……

当然,来自母亲的影响只能是大江接受鲁迅的契机和基础。对于一个着迷于萨特的法国文学专业的学生来说,鲁迅在《野草》等作品中显现出来的早期存在主义思想,那种"我只觉得'黑暗与虚无'乃是'实有',却偏要向这些作绝望的抗战"③的思想,恐怕也是吸引大江的一个重要原因。尤其是《过客》里极具哲理的文字,竟与大江心目中其时的日本社会景象惊人一致,而鲁迅思想体系中源自尼采和克尔凯郭尔这两位存在主义前驱者的阴郁、悲凉的因素,与萨特的存在主义中有关他人是地狱等思想亦比较相近,这就使得大江必然地将鲁迅和萨特作为一对参照系,并进而"对于世界文学中的亚洲文学充满了信心"④。当

---

① 大江健三郎著,翁家慧译《真正的小说是写给我们的亲密的信》,《文汇报》,二〇〇九年一月二十二日。
② 同上。
③ 鲁迅著《致许广平》,《鲁迅全集》第十一卷,人民文学出版社,二〇一九年十二月,第467页。
④ 大江健三郎著,许金龙译《北京讲演二〇〇〇》,《中华读书报》,二〇〇〇年十月十八日。

然，对于大江来说，鲁迅无疑是早于萨特的先在。只是囿于认识的局限，学生时代的大江对鲁迅面向"黑暗和虚无"而展开的"绝望的抗战"等思想理解得并不很透彻，这就使得《奇妙的工作》和《死者的奢华》等早期作品中多见禁闭、徒劳、无奈、恶心、孤独等元素，即便在《人羊》等同期作品中有少许反抗，这种反抗也显得被动、消极和软弱无力。当然，这种状况终究还是开始了变化——《掐芽打仔》原稿中的小主人公"我"最终死于村民的残酷追杀之下，这个结局却让大江想起了母亲的批评——"怎么连一片希望的碎片都没有？"于是将这个结尾改为开放性结局，让"我"在森林里暂时逃脱村民们的追杀，在山林中跌跌撞撞地向着不知方向的前方继续跑去。这处改写，在给这篇小说留下绝望中的希望之际，也为大江此后的创作奠定了方向。一如晚年间的大江在参观鲁迅博物馆后回忆当年情形时所言：

　　……在我的老年生活还要继续的这段时间里，我想我还是会和鲁迅的文章在一起。从鲁迅博物馆回来的路上，我再次认识到了这一点。至少我现在能够理解，为什么母亲会对年轻的我所使用便宜的、廉价的"绝望""恐惧"等词语表现出失望，却没有简单地给我指出希望的线索，反倒让我去读《野草》里的《希望》。隔着五十年的光阴，我终于明白了母亲的苦心。

　　……我想起了鲁迅先生说的"绝望之为虚妄，正与希望相同"。身患重病，又面临异常绝望的时代现状，鲁迅先生还是说，决不绝望！而且，也决不用简单的、廉价的希望去蒙蔽自己或他人的眼睛。因为那才是虚妄。①

　　由此可见，尽管面对着存在主义这一源于西欧哲学的精神命题，

---

① 大江健三郎著，翁家慧译《真正的小说是写给我们的亲密的信》，《文汇报》，二〇〇九年一月二十二日。

大江仍然一直站在东亚世界的宏阔视野和历史特殊性中,思考着自己与鲁迅文学的关联。鲁迅的存在主义倾向及其牵连的世界文学/哲学脉络,也与大江对法国存在主义传统的反思存在着更为深层的纠葛。从鲁迅与大江的存在主义纽带来看,二者的文学亦可被视作西方存在主义思潮在东亚不同时期、不同政治社会语境下的文学诠释。或许鲁迅深感自己的绝望呐喊终将消声于中国后帝国时代的精神"绝地",而与之相比,感受着鲁迅对于希望性力量的投注,大江选择占据偏远的故乡村庄这片日本帝制伦理斜阳之外的"飞地",来以它的新生神话和反抗史诗刺破绝望,并以积极前行的伦理(affirmative ethics)践行着从"绝地"到"飞地"的穿越,力图重构希望的轮廓。

四(下)、发自于边缘的呐喊

1. "救救孩子"与"向尚未出生的孩子们敞开心扉"

在其后的写作中,大江对于绝望和希望的思考通过另一种形式体现出来——在长篇小说《同时代的游戏》等小说里,对权力中心改写乃至遮蔽边缘地区弱势群体的历史之做法进行无情的嘲讽,借助森林中口耳相传的神话/传说和历史复制乃至放大遭到政府遮蔽的山村森林里的历史,把那座神话/传说的王国进一步拓展为森林中的根据地/乌托邦——超越时空的"村庄=国家=小宇宙",运用人类文化学意义上的边缘与中心的概念,使其"得以植根于我所置身的边缘的日本乃至更为边缘的土地,同时开拓出一条到达和表现普遍性的道路"①。

---

① 大江健三郎著,许金龙译《我在暧昧的日本》,引自《我在暧昧的日本》,南海出版公司,二〇〇五年十一月,第96页。

发表于一九七九年的《同时代的游戏》中的"五十日战争"期间,村庄=国家=小宇宙的民众通过坚壁清野和麻雀战等多种战法与"无名大尉"指挥的"大日本帝国皇军"进行了殊死战斗,尽管这场力量极为悬殊的五十日战争最终以失败告终,很多村民为此牺牲了生命,作者却意味深长地在战争临近结束时,让"年龄不同的孩子们组成的这个队伍,年长的背着年小的,或者牵着他们的手,虽然都是孩子,却懂得不让敌军发觉,在那位大汉的带领之下,小心翼翼地朝原生林的更深处走去"①,以致在其后由日军"无名大尉"主持的极为严酷的军事审判中没有一个孩子遭到杀戮。在这里,作者意犹未尽地进一步指出:"五十日战争结束之后,人们把带领村庄=国家=小宇宙二分之一的孩子进入森林深处的大汉,比作带领童男童女去创建新世界的徐福。"②显然,作者大江想要借此告诉他的读者,村庄=国家=小宇宙的人们尽管在五十日战争中失败并遭到日本军队的屠戮,但是他们的孩子们却逃离了"大日本帝国皇军"的屠刀,跟随徐福式的人物经由森林深处前往远方构建新的世界。或许,在大江的写作预期中,他的隐含读者将会为这些得到拯救的孩子未被黑暗势力所吞噬而感到庆幸,与此同时,他和他的隐含读者在这里或许还会产生一个带有倾向性的预期,那就是逃脱被吃掉之厄运、随同徐福式的人物前往远方"创建新世界"的孩子们,一定不会再去吃人,而"没有吃过人的孩子,或者还有?"③的美好心愿,则会在这个"新世界"里得以实现。

---

① 大江健三郎著,李正伦等译《同时代的游戏》,作家出版社,一九九六年四月,第252页。
② 同上。
③ 鲁迅著《呐喊》《狂人日记》,《鲁迅全集》第一卷,人民文学出版社,二〇〇五年十一月,第454页。

比上述尝试更为积极的,是大江在《奇怪的二人配》这三部曲中所做的进一步尝试——比如在《被偷换的孩子》里,借助沃雷·索因卡笔下的女族长之口喊出:"忘却死去的人们吧,连同活着的人们也一并忘却!只将你们的心扉,向尚未出生的孩子们敞开!"①这一小段话语会立刻让人联想到《狂人日记》的最后一句话语——"救救孩子……"②因为惟有孩子,尤其是尚未出生的孩子,才象征着新生,象征着未来,象征着纯洁,这新生、未来和纯洁中就可能会有希望,就可能会有光明,就可能不被人吃且不去吃人。再譬如《愁容童子》里那位如愁容骑士般不知妥协也不愿妥协、接二连三遭受肉体和精神上不同程度的伤害的主人公古义人,最终仍在深度昏迷的病床上为如此伤害了他的这个世界祈祷和解与和平。不过,相较于约半个世纪前在《奇妙的工作》等初期作品群里对鲁迅作品的参考,在此时的解读中,大江更是在用辩证的方式理解和诠释绝望和希望,更愿意在当下的绝望中主动和积极地寻找通往未来之希望的通途,最终借助《优美的安娜贝尔·李 寒彻颤栗早逝去》到达了"群星在闪烁"和"光辉耀眼"的至善、至福的天国。

2."这是我人生中最重要的讲演"

为了把鲁迅的相关话语以及自己的解读直接传达给孩子们,近年来,大江在北京、东京、柏林等地与不同国别的孩子们频频进行面对面的对话,例如二〇〇六年九月十日,在北京大学附属中学结束自己的讲演时,他与中国的孩子们如此约定:

---

① 大江健三郎著,许金龙译《被偷换的孩子》,译林出版社,二〇〇八年十月,第237页。
② 鲁迅著《呐喊》《狂人日记》,《鲁迅全集》第一卷,人民文学出版社,二〇〇五年十一月,第455页。

七十年前去世的鲁迅显然是二十世纪最伟大的小说家之一。我和你们约定，回到东京以后，我会去做与今天相同的讲演。惟有北京的你们这些年轻人与东京的那些年轻人实现真正意义上的和解，并在此基础上展开友好合作之时，鲁迅的这些话语才能成为现实。请大家现在就来创造那个未来！

　　"我想：希望是本无所谓有，无所谓无的。这正如地上的路；其实地上本没有路，走的人多了，也便成了路。"①

　　在进入讲演会场前，对于这场期待已久的讲演，竟然使得大江陷入难以自抑的紧张情绪。随着讲演之日的临近，这种期待和紧张也越发明显。二〇〇六年九月十日清晨，在乘车前往北大附中前，大江在其下榻的国际饭店的餐厅用早餐时，其用餐量却远超平日——"夫人昨天晚间特意从东京挂来长途电话，嘱咐当天晚上要喝点儿葡萄酒以帮助入睡，今天早餐的饭量则要加倍，要鼓足气力做好今天的讲演，因为这场讲演特别重要，关乎中日两国的孩子们的未来！……"在前往北大附中的路途中，大江或是局促不安地不停搓手，或是身体左转、双手用力紧握左侧车门扶手。笔者与大江交往多年，多见其或爽朗、或开心、或沉思、或忧虑、或愤怒等表情，却从不曾目睹如此紧张局促的神态，便在一旁劝慰道："您今天面对的听众是十三至十九岁的孩子，不必如此紧张。"大江却如此回答道："我在这一生中做过无数场讲演，包括在诺贝尔文学奖获奖之际所做的讲演，却都没有紧张过。这次面对中国孩子们所做的讲演，是我人生中最重要的讲演，我无法控制住自己的紧张情绪……"

　　汽车驶入北大附中校园后，在校长康健教授的引领下，一行人向

---

① 大江健三郎著，许金龙译《走的人多了，也便成了路！》，引自《大江健三郎文学研究》，百花文艺出版社，二〇〇八年七月，第21—22页。

大会堂走去。这是一座刚刚落成的漂亮建筑群，划分为大会堂和教学楼等功能区。进入建筑群大门内的大厅后，康健引导大家正要往会堂入口处走去，此前因与康健寒暄已不显得紧张的大江此刻却再度紧张起来，他停下脚步窘迫地对陪同在身旁的笔者急切说道："我还是觉得紧张，这种状态是无法面对孩子们发表讲演的，请与校长先生商量一下，可否帮我找一间空闲的房间，让我独自在那房间里待一会儿，冷静一会儿，我需要整理一下思绪……"康健听完转述后为难地表示，师生们此刻都在大会堂里等待聆听讲演，临近的教室和办公室全都锁了起来，只有学生们使用的卫生间没锁门。得知这一情况后，大江似乎松了口气，疾步走入男生使用的卫生间，虽说空无一人的卫生间里还算清洁，只是那气味确实比较刺鼻，未及人们上前劝说，便示意大家离开这里，以便让他独自待上一会儿，冷静一会儿……不记得是三分钟还是五分钟抑或更长时间，只听见门轴声响，大江快步走出门来，精神抖擞地说道："我做好准备了，现在我们进入会场吧！"话音未落，便领先向入口处大步走去，在学生们热烈的掌声中登上讲台，丝毫不见先前的紧张、局促和不安。在介绍了自己从少儿时期以来学习鲁迅文学的体会之后，这位老作家直率地告诉学生们：

现在，日本与中国的关系并不好。我认为，这是由日本政治家的责任所导致的。我在想，在目前这种状态下，对于日本和中国这两国年轻人之间的未来而言，真正意义上的和解以及建立在该基础之上的合作，当然还有因此而构建出的美好前景，无论怎么说都是非常必要的。[1]

随后，这位老作家要求在座的中学生们与他共同背诵《故乡》最

---

[1] 大江健三郎著，许金龙译《走的人多了，也便成了路！》，引自《大江健三郎文学研究》，百花文艺出版社，二〇〇八年七月，第17页。

后一段话语以结束这次讲演。于是,近千名中学生稚嫩嗓音的汉语与老作家苍老语音的日语交汇成一个富有节奏感的巨大声响在会堂里久久回响——"我想:希望是本无所谓有,无所谓无的。这正如地上的路;其实地上本没有路,走的人多了,也便成了路"。大江这是希望中国的孩子们和日本的孩子们乃至亚洲各国的孩子们,都能在鲁迅这段话语的引导下,"在当下的现在创造出明亮、生动、确实体现出人的尊严的未来,而非前面说到的那个充满黑暗、恐怖和非人性的未来",为自己更是为了未来而从绝望中踏出一条希望之路。

3."始自于绝望的希望":为着悠久的将来

当然,这种危机意识或是恐惧、绝望却又竭力寻找希望的心情,不可避免地显现在大江这一时期创作的、以孩子们为阅读对象的《两百年的孩子》《在自己的树下》《康复的家庭》《温馨的纽带》和《致新人》等一批小说和随笔中。为了使得包括小学五年级孩子在内的中、小学生都能读懂,作者一改以复杂的复式语句和复调叙述为主体的冗长叙述,转而使用极为直白和易懂的口语文体,把当下的困难和明天的希望融汇在一个个小故事里。

在《两百年的孩子》以及此后于北大附中发表的演讲中,大江对"那个充满黑暗、恐怖和非人性的未来"所表现出的恐惧和戒备并非毫无缘由,其借助《两百年的孩子》等作品为未来的孩子们预言的危机非常不幸地正在一步步成为现实——这部小说问世三年之后的二〇〇六年十二月十五日,也就是大江对北大附中的孩子们发表讲演三个月之后的二〇〇六年十二月十五日,日本政府不顾国内诸多在野党派和民众的强烈反对,强行通过《教育基本法》修正案,要在基础教育中强调战争时期曾灌输的"爱国主义",为日本中小学教育重回战前的"道德教育"和进而修改和平宪法以及制定《国民投票法》

创造有利条件。面对以上这些有可能实质性改变日本社会本质和走向的严峻局面,大江并没有在绝望中沉沦,而是预见性地通过《两百年的孩子》等作品不断向孩子们提出警示,并亲自来到北京,呼吁中日两国的孩子们从现在起就携手合作,以创造出"明亮、生动、确实体现出人的尊严的未来,而非前面说到的那个充满黑暗、恐怖和非人性的未来"①。

在大江于北大附中发表讲演四个月后的二〇〇七年一月,他在写给笔者的一封私人信函里如此讲述了自己离开北京后的工作状态:

> ……在今年,将要进入自己最后的也是最大的那部分工作,我希望这是与此前所有构想全然不同的、具有决定性的作品。目前我还没有动笔,拟于二月开始写作,为此,已从去年年末开始认真做了尝试。不过,这也是我成为作家之后感到最困难的时期。总之,必须突破第一道难关。从现在开始直至月底,乃至二月上半月这段期间,我必须每天进行这种繁忙的创作尝试。②

经过种种艰难尝试后问世的那部"与此前所有构想截然不同的、具有决定性的作品",便是大江的长篇小说《优美的安娜贝尔·李 寒彻颤栗早逝去》。这个书名取自美国著名诗人爱伦·坡的代表作《安娜贝尔·李》的诗句,那首诗说的是一个处于热恋中的纯洁少女遭到六翼天使的嫉妒,夜里从云中吹来寒风将其冻死。与大江此前创作的所有小说相比,《优美的安娜贝尔·李 寒彻颤栗早逝去》确实显现出"一种令人意外的特质",那就是历经数十年的艰苦

---

① 大江健三郎著,许金龙译《走的人多了,也便成了路!》,引自《大江健三郎文学研究》,百花文艺出版社,二〇〇八年七月,第22页。
② 许金龙著,《译者序·"我无法从头再活一遍。可是我们却能够从头活一遍"》,《优美的安娜贝尔·李 寒彻颤栗早逝去》,人民文学出版社,二〇〇九年一月,第1—2页。

跋涉后,大江健三郎这位从绝望出发的作家终于为自己、为孩子们、为所有陷于绝望中的人,更是为着"悠久的将来"寻找到了希望。

4.鲁迅始终都是一个重要的参照系

在大江的这部长篇小说中,也有一位如同安娜贝尔·李一般纯洁的美丽少女,这位被称为"永远的处女"的女主人公"樱"身世悲惨,在二战末期,除了她本人被疏散到农村而侥幸活下来,全家人都在东京大轰炸中身亡。美国军队占领日本后,她被一个美国军人收养,身穿让邻居羡慕的漂亮裙子,似乎从此过上了幸福生活,并在那个美国军人摄制的电影《安娜贝尔·李》中饰演身穿"白色宽衣"的少女安娜贝尔·李,"樱"由此被电影界所关注,很快便成为著名童星,最终活跃在以好莱坞为中心的国际影坛。完成这部作品后,大江在《致中国读者》中这样表示:

> (自己)就写出了这部稍短一些的长篇小说《优美的安娜贝尔·李 寒彻颤栗早逝去》,意识到一种令人意外的特质正从中显现出来。最重要的是,我在这部小说的中心设置了一位女性。她与我大体上属于同一代人,作为少女迎来了战争的失败,在被占领时期不得不经历痛苦的生活。但是,她超越了这一切,通过不懈努力塑造出具有国际影响的电影女演员的成功人生。然而,现在她却要重新审视自己的一生。
>
> 她试图通过将一位女性为主人公的故事改编成电影来实现自己的想法。那位女性是日本一处农村(那是我至今一直不停写着的偏僻农村)从近代化进程开始之前便传承下来的大众心目中的英雄。当地农村的女人都支持这位既导演电影,本人也出演悲剧性女主人公的女演员,要帮助她实现这个计划。①

---

① 大江健三郎著,许金龙译《致中国读者》,《优美的安娜贝尔·李 寒彻颤栗早逝去》,人民文学出版社,二〇〇九年一月,第2页。

在这位"具有国际影响的女演员"樱正要雄心勃勃地推进自己的电影计划时,却被制片人用"卑劣"手段送进了精神病院,于是,其处于巅峰期的演员生涯至此不得不画上句号,自此沉寂了三十年之久。在这种令人绝望的状态中,樱始终抱持一个不曾破灭的希望,那就是回到日本的那片森林中去,亲自出演那里两次农民暴动中的女英雄。就在这边缘地带的故乡森林里,在以边缘人物"母亲"和"妹妹"为中心的历代农村女人的帮助下,樱振作起来回到日本,"……摄影机分开被枫叶浓烈的红色映照着的树林所围拥着的女人们进入。樱那感叹和愤怒的'述怀'高涨起来,呼应着歌谣虚词的人们如波浪般摇晃。在那声浪的高潮点上,沉默和静止突如其来。'小咏叹调'充溢其间,此时,樱的喊叫声起,作为没有声音的回音,银幕上群星在闪烁……"[1]

这里出现的"群星在闪烁"是个关键词组,使得人们立刻联想到《神曲》的《地狱篇》《炼狱篇》和《天国篇》各卷的最后一个单词"群星"。在《神曲》原著中,但丁在此处特意而且准确地使用了表示复数的stelle而非表示单数的stella。《神曲》中译者田德望教授认为,"地狱是痛苦和绝望的境界,色调是阴暗的或者浓淡不匀的;炼狱是宁静和希望的境界,色调是柔和的和爽目的;天国是幸福和喜悦的境界,色调是光辉耀眼的"[2]。我们由此可以得知,"樱"在绝望境地里始终抱持着希望并为之不懈努力,终于在偏僻农村的森林里的女人们帮助下,从边缘地区边缘人物的记忆和传承中汲取力量,到达了"群星在闪烁"的"光辉耀眼"的"至善、至福的天国"。或者换句话

---

[1] 大江健三郎著,许金龙译《优美的安娜贝尔·李 寒彻颤栗早逝去》,人民文学出版社,二〇〇九年一月,第209页。
[2] 田德望著《译本序·但丁和他的〈神曲〉》,《神曲·地狱篇》,人民文学出版社,二〇〇二年十二月,第21页。

说,大江和他的女主人公"樱"都确信可以将鲁迅笔下的那座"绝无窗户而万难破毁的"令人绝望的铁屋子砸开,确信希望"是不能抹杀的",如同大江本人动笔写作这部小说前几个月在一次讲演时所引用的那样,"希望是附丽于存在的,有存在,便有希望,有希望,便是光明。……只要不做黑暗的附着物,为光明而灭亡,则是我们一定有悠久的将来,而且一定是光明的将来!"①其实,当大江在这个文本里为"樱"于绝望中寻找到希望的同时,就已经打破了那间"绝无窗户而万难破毁的"的铁屋子,就已经在黑暗中发现并拥有了希望和光明,尽管为了这一天的到来,从第一次正式阅读鲁迅作品算起,读者大江经历了整整六十年岁月;从发表正式意义上的处女作《奇妙的工作》算起,作家大江花费了整整五十年时间。大江在构思这部小说期间所表示的"与此前所有构想全然不同的""决定性的"等表述,指涉的无疑就是这里所说的始自于绝望的希望。如同大江于二〇〇九年一月在北京大学演讲时所说的那样,"我这一生都在思考鲁迅,也就是说,在我思索文学的时候,总会想到鲁迅……"②换而言之,在大江的整个创作生涯期间,鲁迅始终都是一个重要的参照系,根据这个参照系进行的五十年调整,使得大江文学也随之发生了相应变化,从不见希望的《奇妙的工作》等初期作品群出发,历经在绝望中寻找希望而苦心探索的《同时代的游戏》等作品群,终于借助《优美的安娜贝尔·李 寒彻颤栗早逝去》找寻到了希望,找寻到了始自于绝望的希望! 如果说,"鲁迅和克尔凯郭尔并肩站在深不见底的、黑暗的绝望之海上一同寻找

---

① 鲁迅著《华盖集续编·记谈话》,《鲁迅全集》第三卷,人民文学出版社,二〇〇五年十一月,第 378 页。
② 大江健三郎著,翁家慧译《真正的小说是写给我们的亲密的信》,《文汇报》,二〇〇九年一月二十二日。

着希望"①的话,大江便是从他们倒下的地方继续前行,经历了万般艰辛后,终于在远方的黑暗中发现了光亮,那便是属于大多数人的光亮,孩子们的光亮,未来的光亮,人类文明的光亮。当然,那也是人文主义的光亮。

5."鲁迅先生,请救救我!"

然而,在文本外的实际生活中,大江却又很快螺旋一般陷入绝望之中。尽管他在此前的长篇小说《优美的安娜贝尔·李 寒彻颤栗早逝去》里一时找到了希望,可那也只是深深绝望中的些微希望,黑暗的绝望之海上的些微光亮。换句话说,正是因为那绝望越深,才越发要挣扎着去寻找希望、面向希望。而这希望的最大来源,莫过于自少年时代就已私淑的鲁迅及其人文主义光亮,有如孟子所云"予未得为孔子徒也,予私淑诸人也"②一般。在这个再次陷入绝望境地的艰难时刻,大江于二〇〇九年一月十六日再次踏上中国的土地,想要从私淑的鲁迅那里汲取力量。翌日晚间,在老朋友却也是"小朋友"铁凝特地为大江挑选的孔乙己饭店里为其接风洗尘时,他对铁凝、莫言和陈众议等几位老友说道:

> 我这一生都在阅读鲁迅。十岁的时候,我从母亲那里得到《鲁迅小说选集》,对这部作品的阅读,决定了我的一生!从十二岁开始阅读这部作品算起,我现在快要七十四岁了,在这大约六十余年间,我一直将鲁迅这个人物视为巨大的太阳。实际上我对这样伟大的作家是有着某种抵触感的。今天清晨六点钟我睁开了睡眼,直至大约七点为止,我一直

---

① 许金龙著《大江健三郎文学里的中国要素》,引自《大江健三郎文学研究》,百花文艺出版社,二〇〇八年七月,第89页。
② 《孟子译注》卷八"离娄章句下"第二十二章,杨伯峻译注,中华书局,一九六〇年,第193页。

在窗边神思恍惚地眺望着窗外的美丽景色。当时长安街上还不见车辆往来,只见火红的太阳在窗子遥远的正前方冉冉升起,周围却还是一片黑暗。这种景色在东京没有,在全日本也没有,太阳从平原上冉冉升起的这种景色。在眺望太阳的这一过程中,我情不自禁地祈祷着:鲁迅先生,请救救我! 至于是否能够得到鲁迅先生的救助,我还不知道……①

为了更为清晰地梳理这段情景,这里需要将视点回溯至二〇〇九年一月十六日下午。当时,大江从首都机场乘上迎候他的汽车,刚刚在后座坐下,就用急切的口吻述说起来:在接到邀请访华的函件之前自己就已经在与夫人商量,由于目前已陷入抑郁乃至悲伤的状态,无法将当前正在创作的长篇小说《水死》继续写下去,想要到北京去找许金龙和陈众议这两位老朋友,见到他们之后自己的心情就会好起来,他们还会把莫言和铁凝这两位先生请来相聚,自己的心情就会更好。到了北京后还要去鲁迅博物馆汲取力量,这样才能振作起来,继续把长篇小说《水死》写下去……当他发现陪同人员为这种意外变化而吃惊的表情后,大江放慢语速仔细讲述起来:之所以无法继续写作《水死》,是遇到了三个让自己陷入悲伤、自责和忧郁的意外变故。其一,是市民和平运动组织九条会发起人之一、日本著名文艺评论家和作家加藤周一于二〇〇八年十二月七日去世,这个噩耗带来的打击太大了! 这既是日本和平运动的一个巨大损失,也是日本文坛的一个巨大损失,同时也使得自己失去了一位可以倾心信赖和倚重的师友。其二,则是二〇〇八年十二月底,老友小泽征尔为平安夜音乐会指挥完毕后,回家途中带着现场刻录的CD到家里来播放给儿子大江光听,希望能够听到光的点评。谁知斜躺在沙发上久久不

---

① 大江健三郎、铁凝、莫言著,许金龙译《中日作家鼎谈》,《当代作家评论》,二〇〇九年第五期,第54页。

愿说话的光在父母催促之下，更是在父亲催促时轻轻推搡之下，竟然说出一句"つまらない"！在日语中，这个词语表示"无聊""无趣"或"毫无价值"等语义，这就使得小泽先生陷入了苦恼，他苦思冥想却仍然想不出当晚的指挥到底哪里出了什么严重问题，及至很晚之后，才在自己和妻子的苦劝之下郁闷地回家去了。当自己稍后去东京大学附属医院例行体检并带上大江光顺便体检之际，这才得知儿子的一节胸椎骨摔成了三瓣，从而回想起前些日子送客人之际，光在院子里不慎仰天摔了一跤，可能当时胸椎骨恰好顶在铺在路面的石头尖上。这种骨折相当疼痛，可是儿子是先天智障，自小就不会说表示疼痛的"いたい"而以表示无聊的"つまらない"代用之，自己作为父亲却未能及时发现这一切，因而感到非常痛心，更感到强烈内疚和自责。至于第三个意外，是因为母亲去世前曾留下一个早年在上海买下的红皮箱，里面有父亲生前与一些师友的通信，有些内容涉及当年驻守我们老家的青年军官，他们在战败前夕试图发动兵变杀死天皇以改变战争进程。就像去年年初莫言先生和许金龙先生来我家时曾对你们说过的那样，受T.S.艾略特的长诗《荒原》中腓尼基水手死于水底这一情节的启发，我想要为同样死于水中的父亲写一篇小说，这就要参考父亲留下的那些书信内容。长年以来，由于担心书信内容被我写入小说里从而给整个家族带来伤害，母亲一直不让我使用那些材料，临终前还特意嘱咐我妹妹：要等自己死去十年之后，才能把红皮箱交给哥哥健三郎。因为大江家族的男人都是短寿，估计你哥哥活不到十年之后，他也就看不到红皮箱里的书信了。当母亲定下的这十年之约到期时，我打开从妹妹那里得到的红皮箱之际，却发现用橡皮筋勒着的厚厚一叠信封里竟然没有一张信纸。问了妹妹后才得知，母亲在去世前的那几年间，为了保护整个家族的安全，她陆陆续续烧掉了所有信纸……换句话说，母亲烧掉了自己在《水死》

中需要参考的信函内容，因而《水死》已经无法再写下去了。在这接二连三的沉重打击之下，自己想到了鲁迅，想到要到北京来向鲁迅先生寻求力量……

带着这些悲伤、内疚、自责和抑郁访华后发表的、题为"在不明不暗的这'虚妄'中"的专栏文章里，大江是这样表达自己心境的：

在随后访问的鲁迅旧居所在的博物馆内，我在瞻仰整理和保存都很妥善的鲁迅藏书和一部分手稿时，紧接着前面那句的下一节文章便浮现而出——"倘使我还得偷生在不明不暗的这'虚妄'中，我就还要寻求那逝去的悲凉漂渺的青春"。我仿佛往来于自己从青春至老年在不同时期对鲁迅体验的各种切实的感受之间。而且，我还在思考有关今后并不很远的终点，我将会挨近这两个"虚妄"中的哪一方生活下去呢？[1]

其实，早在到达北京的翌日凌晨，大江很早就睁开了睡眼，站在国际饭店的窗前看着楼下的长安街。橙黄色街灯照耀下的长安街空空荡荡，很久才会见到一辆汽车驶来，再过很久后又会有一辆汽车驶去。在这期间，黑暗的天际却染上些微棕黄，然后便是粉色的红晕，再后来，只见太阳的顶部跃然而出，将天际的棕黄和粉色一概染成红艳艳的深红。怔怔地面对着华北大平原刚刚探出顶部的这轮朝阳，大江神思恍惚地突然出声说道："鲁迅先生，请救救我！"当回过神来意识到自己的话语及其语义时，大江不禁打了个寒噤，浑身皮肤起了一层鸡皮疙瘩。显然，在大江此时的内心底里，已然将跃然而出的朝阳视为大鲁迅的化身，在面对已与这朝阳化为一体的大先生面前，深陷绝望的自己下意识地发出求救的呼声也就顺理成章了，尽管话语刚刚出口，随即为自己的唐突打了个寒颤，且起了一身鸡皮疙瘩……

---

[1] 大江健三郎著，许金龙译《定义集》，新星出版社，二〇一五年一月，第170—171页。

代 总 序

怀着这忐忑的心境,大江走进了此行的目的地之一、位于阜成门内的鲁迅博物馆。走进博物馆大门后,随行摄影师安排一行人在鲁迅大理石坐像前合影留念,及至大家横排成列后,原本应在坐像正前方中央位置的大江却不见了踪影,众人四处寻找时,却发现这位老作家正蹲在坐像侧壁底部默默地泪流满面。这是私淑弟子见到大先生时的激动?抑或是委屈?还是心酸?……其后在馆长孙郁以及陈众议和阎连科等人陪同下参观鲁迅书简手稿时,大江戴上手套接过从塑料封套里取出的第一份手稿默默地低头观看,很快便将手稿仔细放回封套里,却不肯接过孙郁递来的第二份手稿,默默地低垂着脑袋快步走出了手稿库。当天深夜一点三十分,大江先生向相邻而宿的笔者的房门下塞入一封信函,在内文里有这样一段文字:

> ……我要为自己在鲁迅博物馆里的"怪异"行为而道歉。在观看鲁迅信函之时(虽然得到手套,双手尽管戴上了手套),我也只是捧着信纸的两侧,并没有触碰其他地方。我认为自己没有那个资格。在观看信函时,泪水渗了出来,我担心滴落在为我从塑料封套里取出的信纸上,便只看了两页就无法再看下去了。请代我向孙郁先生表示歉意。①

其后在向陪同人员讲述当时情景时,大江表示尽管那些信函内容自己全都能背诵出来,却由于泪水完全模糊了双眼,根本无法辨识信笺上的文字,既担心抬头后会被发现泪水进而引发大家担忧,又担心在低头状态下那泪水倘若滴落在信纸上将会造成无法挽回的损失,如果继续看下去,自己一定会痛哭出声,只好狠下心来辜负孙郁先生的美意……在回饭店的汽车上,大江嘶哑着嗓音告诉陪同在身边的笔者:

---

① 许金龙著《大江健三郎与中国》,《传记文学》,二〇二〇年第八期,第65页。

请你放心,刚才我在鲁迅博物馆里已经对鲁迅先生作了保证,保证自己不再沉沦下去,我要振作起来,把《水死》继续写下去。而且,我也确实从鲁迅先生那里汲取了力量,回国后确实能够把《水死》写下去了。①

这一年(二〇〇九年)的十二月十七日,长篇小说《水死》由讲谈社出版。翌年二月五日,讲谈社印制同名小说《水死》第三版。该小说的开放式结局,在为读者留下想象空间的同时,也留下了弥足珍贵的希望、黑暗中的光亮。

6."我的头脑里目前只思考两个问题,一是孩子,另一个则是鲁迅"

从鲁迅博物馆回国后完成的长篇小说《水死》问世一年后,具体说来,是二〇一〇年十二月二日,大江夫妇邀请他们的老朋友铁凝到位于东京郊外的大江宅邸做客,围绕鲁迅的书简、保罗·塞尚的画作《大浴女》与铁凝的长篇小说《大浴女》之间的互文关系等问题进行交流。铁凝带去的礼物是让大江夫妇爱不释手的《鲁迅日文书简手稿》,两个月后,大江曾在《朝日新闻》的专栏文章里坦诚讲述了自己与铁凝和莫言等中国作家的友谊基础和铁凝的礼物:"……无论人生观还是关乎文学的信条,我与他们所共通的,是对于鲁迅的高度评价,这一切存在于他们与我亲之爱之的基础中。去年年底,我收到铁凝君从北京带来的礼品《鲁迅日文书简手稿》,那是墨迹的黑色和格线的红色美丽至极的、鲁迅亲手书写的七十三封信函的影印版。"②

---

① 许金龙著《大江健三郎与中国》,《传记文学》,二〇二〇年第八期,第65—66页。
② 大江健三郎著,许金龙译《定义集》,贵州人民出版社,二〇一九年三月,第343页。

代 总 序

　　那天的交流轻松愉快、舒适自然,竟然持续了约六个小时之久,①其中很长时间是大江对铁凝介绍他正在创作的长篇小说:自己正在创作一部新的长篇小说,估计也是自己写的最后一部长篇小说了。这部小说的主人公是一位上了年岁的女性,这位女性一直住在森林中的村庄里,她的哥哥曾获国际文学大奖,兄妹俩就通过一封封书简讨论有关孩子和新人的问题。当然,这兄妹俩在作品外的原型就是自己与妹妹。目前,这部小说已经写了三分之二。不过,自己是个反复修改稿件的人,如果说写一页大稿纸的时间是一个小时的话,就需要另外花费两个小时来修改这页稿子的内容。这已是多年以来的习惯了……说到兴奋处,大江从楼上的书房将已经完成的部分稿件取下来递给铁凝,指点着稿纸、小剪刀和糨糊瓶,在对铁凝介绍稿纸相关处的具体内容之际,顺便指出被修改处的痕迹……铁凝听着这部作品的介绍,不由得被小说内容深深吸引,不禁对大江表示,自己会为这部作品的中译本撰写序言……

　　当晚在去意大利风味的餐厅用餐的路上,大江对一直陪同在身边的笔者表示:

　　现在我想对你说说自己目前的工作状态和生活状态。目前,我的头脑里只思考两个大问题,一个是鲁迅,一个是孩子。自己是个绝望型的人,对当下的局势非常绝望,白天从电视看到的画面和在报纸中读到的文字都让我感到绝望,从来客的话语中听到的内容也让我绝望,日本的情况让我绝望,美国的情况让我绝望,中国的有些情况也让我绝望。每天晚上,在为光掖好毛毯后就带着那些绝望上床就寝。早上起床后,却还要为了光和全世界的孩子们寻找希望,用创作小说这种方式在那些

---

① 铁凝著《与大江健三郎先生对谈》,引自《用蓄满泪水的双眼为耳》,三联书店,二〇一六年九月。

83

绝望中寻找希望,每天就这么周而复始。这就是我目前的工作状态和生活状态。①

说出这段话语时,大江绝对不会想到,百日之后,更有一场天灾人祸引发的巨大绝望在等待着他。在《晚年样式集》里,主人公如此讲述了其在电视画面中看到的绝望景象:

> 翌日黄昏,结束了摄制团队的工作后,设置导演再次登上陡坡,听说小马驹已经产了下来。在黑暗的屋内紧紧挨在一起的马驹和母马很快浮现而出,长方形的画面里显露出饲养马匹的主人的侧脸,他一面眺望着屋外一面说着话,对面则是雨雾迷蒙的牧场……他那阴郁的声音响起:"无法让刚刚出生的小马驹在那片草原上奔跑,因为那里已经被放射性雨水给污染了。"②

至于先前说到的那部长篇小说,遗憾的是铁凝终究没能为其撰写中译本序。因为,在她从大江家离去百日后,在那部新写的长篇小说即将完成之际,日本突然发生了震惊世界的大地震、大海啸、福岛核电站大泄漏的天灾人祸,史称"三·一一东日本大震灾"!在这个巨大灾难来袭的艰难时刻,大江感到即将完成的那部小说已经完全无法表现自己此时的绝望,更是无法帮助孩子们在这黑黢黢的绝望之海上找寻到希望。按照以往的习惯,这部厚厚的手稿应被付之一炬,不在这世上留下一片纸屑。不知是不是这位老作家还惦念着铁凝要为这部作品撰写中译本序言的话语,终究还是没舍得循惯例全部烧毁,而是存放在瓦楞纸箱里放入书库,而后振作起精神,开始着手撰写另一部表现此时此刻所思所想的长篇小说——《晚年样式

---

① 许金龙著《大江健三郎与中国》,《传记文学》,二〇二〇年第八期,第67页。
② 大江健三郎著,许金龙译《晚年样式集》,引自《大江健三郎全小说》,讲谈社,二〇一九年三月。

集》。在他的《晚年样式集》第一章第一节里,年迈的大江这样讲述着自己当时的情景:

> ……从三·一一当天深夜开始,整日不分昼夜地坐在电视机前观看东日本大地震和海啸以及核电站泄漏大事故的报道……这一天也是如此,直至深夜仍在观看电视特辑,特辑追踪报道了因福岛核电站扩散的辐射性物质而造成的污染实况……再次去往二楼途中,我停步于楼梯中段用于转弯的小平台处,像孩童时代借助译文记住的鲁迅短篇小说中那样,"发出呜呜的声音哭了起来"。①

显然,面对大地震、大海啸造成的巨大伤亡和惨重损失,更是因为核电站大爆炸和大泄漏将为人类社会带来的巨大且长久的遗祸,作者大江健三郎及其文本内的分身长江古义人与创作《孤独者》时的鲁迅产生了共情,并在这种共情的催化作用下"发出呜呜的声音哭了起来"。这是痛彻心扉的哭声,极度恐惧的哭声,深深懊悔的哭声,当然,更是"含着大希望的恐怖的悲声"!

7. 他们的文学尽管多见黑暗、绝望和荒诞,最终想要传达给我们的却是呐喊和希望

这里所说的"鲁迅短篇小说",无疑是鲁迅创作于一九二五年十月十七日的《孤独者》,而"发出呜呜的声音哭了起来"这句译文,则是大江本人译自鲁迅文本"地下忽然有人呜呜地哭起来了"那句话语。对鲁迅文学有着深刻解读的大江当然知道,《孤独者》与此前和此后创作的《在酒楼上》和《伤逝》等作品一样,说的都是魏连殳等知识分子在那个令人绝望的社会里左冲右突、走投无路的窘境乃至

---

① 大江健三郎著,许金龙译《晚年样式集》,引自《大江健三郎全小说》,讲谈社,二〇一九年三月。

绝境。

在持续观看灾区实况转播的情景和人们的姿容表情时,大江在文本内的分身长江古义人这位老作家突然理解了多年来一直无法读懂的《神曲》中的一段诗句——"所以,你就可以想见,未来之门一旦关闭,我们的知识就完全灭绝了"①。自己之所以在楼梯中段的平台上"发出呜呜的声音哭了起来",其实正是因为福岛核电站的大泄漏使得"咱们的'未来之门'已被关闭,而且我们的知识(尤其是我的知识也将不值一提)将尽皆死去……"②在这个可怕的阴影下,儿子大江光在小说里的分身阿亮的动作越发迟缓,话语也越来越少,记忆力更是每况愈下,这就使得阿亮的妹妹真木为之担心:

在爸爸的头脑里,从那段诗句,从那段当城市呀国家的未来一旦丧失,我们自己积累的知识也将如同死物一般的诗句中,他联想到了阿亮的记忆,难道不是这样吗?!很快,记忆就将从阿亮身上丧失殆尽,他会随着一片黑暗的头脑机能逐渐变老,并在这种状态中走向死亡………

在爸爸看来,都市和国家的未来将不复存在,我们积累的知识也将如同死物一般,在爸爸的头脑中,这段诗句或许与阿亮的记忆联系在了一起。不久之后,阿亮将丧失记忆,头脑里一片黑暗,上了年岁后就在这种状态中走向死亡……如果整个国家的所有核电站都因地震而爆炸的话,那么这座城市、这个国家的未来之门就将被关闭。我们大家的知识都将成为死物,该说是国民呢?还是该说为市民呢?所有人的头脑里都将一片黑暗并走向毁灭。在这些人中,就有将远比任何人都浑噩无知的阿亮。爸爸大概是联想到这种前景,这才发出呜呜的哭声的吧。③

引文中的一些话语无疑将为读者带来无尽的恐惧和巨大的绝

---

① 但丁著,田德望译《但丁·地狱篇》,人民文学出版社,二〇〇二年十二月,第58页。
② 大江健三郎著,许金龙译《晚年样式集》,引自《大江健三郎全小说》,讲谈社,二〇一九年三月。
③ 同上。

望:未来之门已被关闭;我们的知识将尽皆死去;阿亮将丧失记忆,头脑里一片黑暗,上了年岁后就在这种状态中走向死亡……所有人的头脑里都将一片黑暗并走向毁灭……尤其令人恐惧和绝望的是,包括自己亲人在内的所有人并不是立即就灭亡的,而是在肉体毁灭之前,所有人的头脑里都将一片黑暗,然后在这无尽的黑暗和恐怖以及绝望中,如同凌迟一般痛苦和缓慢地走向死亡。

当然,更让这位老作家为之"因恐惧而发怔"的,是在福岛核电站大泄漏之后,面对全国民众要求废除核电站的巨大呼声,日本政治家和主流媒体相继表现出的近似歇斯底里般的疯狂思路——为了保持"潜在核威慑力"乃至实行核武装,绝不可以废除核电站!福岛核电站大泄漏七个月后,大江在《所谓核电站是"潜在性核威慑力"》的文章里引用了日本主流媒体和政治家的如下文字并表达了自己的愤怒:

> 日本……利用可成为核武器原材料的钚这一权利已被承认。在外交方面,这种现状作为潜在核威慑力而发挥着效用也是事实。
> ——《读卖新闻》社论,二〇一一年九月七日

> 维持核电站,可转换为想要制造核武器就能在一定期间内制造出来的那种"核的潜在威慑力"……去除核电站则会使我们放弃这种"核的潜在威慑力"……
> ——石破茂①,《SAP IO》,二〇一一年十月五日②

面对主流媒体主张继续维持"潜在核威慑力"的社论以及政府

---

① 石破茂(1957—),曾任日本防卫厅长官、防卫大臣、地方创生担当大臣、自民党干事长等职,主张扩充日本军备,突破二战后对日本自卫队规模的限制。
② 大江健三郎著,许金龙译《定义集》,贵州人民出版社,二〇一九年三月,第390页。

高官坚持借助民用核电站持续保有"核的潜在威慑力"的言论,大江愤怒且恐惧地表示:

> 我正是为以上两者间所共有的"潜在核威慑力"和"核的潜在威慑力"这种表述方式(虽然使用了貌似极为寻常的措辞方式,却仍然让我)因恐惧而发怔的。
>
> ……威慑,即 deterrence,用己方的攻击能力进行恐吓,以吓阻对手的攻击意图。就此事的性质而言,其态势可即刻逆转,这极其危险且巨大的永无结局的游戏就这样没完没了。所谓"核的潜在威慑力"假如是一种炫耀,是利用日本这个国家的核电站可随时制造出原子弹的那种炫耀,……东亚的紧张情势不也在朝着那个方向不断高涨吗?前面提到的那些论客,在怎么考虑何时、如何使他们信奉那个效力的"潜在性"力量"显在化"之战略,就不得而知了。
>
> 因这次大事故而回溯建设核电站时的情景,我们深切醒悟到直至今日的东京电力公司和政府的信息开示方法多么缺乏民主主义精神啊。然而,如这个威慑论般对民主主义的彻底无视,不更是未曾有过先例吗?
>
> 极为赤裸裸地表示去除核电站则会使我们放弃那种潜在威慑力的那位以熟识的低眉顺眼的忧愁面容进行威胁的政治家,他以为自己何时获得了国民的同意,这才手握这柄致命的双刃剑的呢?①

更有甚者,日本外务省外交政策计划委员会早在一九六九年就在《我国外交政策大纲》中如此表示:

> 关于核武器,无论是否参加 NPT(《核不扩散条约》),虽然当前采取不保有核武器的政策,却须经常保持制造核武器之经济与技术的潜力。②

---

① 大江健三郎著,许金龙译《定义集》,贵州人民出版社,二〇一九年三月,第390—391页。
② 同上,第392—393页。

代　总　序

　　由此可见,石破茂等日本诸多政治家之所以违背民意、居心叵测地坚持紧握"潜在核威慑力""这柄致命的双刃剑",也只是日本政府既定核政策的延续而已,他们"试图在目前五十四座核电站基础上再增加十四座以上核电站"①,进而"将残存的铀和生成于核反应堆中的钚从核废料中提取出来"②进行核燃料后处理,进而"即便在作为民用设施而建造的铀浓缩工厂里,也能够制造出用于核武器的高浓缩铀。核燃料后处理工厂的制成品钚则可以直接用于核武器"③。大江在这里已经说得非常清楚了——近半个世纪以来,在日本政府"须经常保持制造核武器之经济与技术的潜力"这一政策指导下,日本目前所拥有的五十四座核电站和计划在此基础上再予增建的十四座核电站,显然已不是单纯用作民用发电那么简单,长年从这些核电站已经提取和将继续提取并囤积起来的大量核废料以及早已建好的后处理工厂,更不可能是为了民用发电,而只能是打着民用幌子的"潜在核威慑力",更可能是大规模进行核武装而作的精心准备。大江及其同行者们是在担心,被称为"和平宪法"的《日本国宪法》第九条被修改之日,便是日本全面复活国家主义之时！当然,也会是日本大规模进行核武装之时！大江及其同行者们同样在担心,日本全面复活国家主义并大规模进行核武装之日,将会是日本重走战争之路之日,重走死亡之路和毁灭之路之始！由核大战所引发的末日景象,大江早在八十年代末和九十年代初,就在长篇小说《治疗塔》和《治疗塔星球》这两部姐妹篇里做了详尽描述,大概正是因为想到那个令人绝望且可怕无比的末日景象,大江在《晚年样式集》中的分身长

---

① 大江健三郎著,许金龙译《定义集》,贵州人民出版社,二〇一九年三月,第357页。
② 同上,第392页。
③ 同上,第357页。

江古义人这才"停步于楼梯中段用于转弯的小平台处,像孩童时代借助译文记住的鲁迅短篇小说中那样,'发出呜呜的声音哭了起来'"的吧!因为在他的认知中,这一天的到来不啻日本的未来之门将被沉重且永远地关上!

为了文本内外的阿亮和大江光这对永远的孩子的未来之门不被关闭,为了全世界所有孩子的未来之门不被关闭,大江借助剖肝沥血地写作小说而于绝望中挣扎着往来寻找希望,同时,也在频繁走上街头大声疾呼,呼吁人们认识到核泄漏的巨大危害,呼吁人们警惕日本政府借核电民用之名为核武装创造条件,呼吁一千万人共同署名以阻止日本政府不顾这种可怕的现实而重启核电站,呼吁人们反对日本政府和东电公司不顾日本国内民众和世界各国人民的抗议而计划强行向大海排放核废水,呼吁人们"救救孩子!"……在大江的认知中,他的文学文本周围的社会存在与文学文本中的社会存在显然是同质的,因而这位老作家拖着老迈之躯在文本内外往返来回地大声疾呼,无疑是对阿亮和大江光这对孩子永远的挚爱,也是对全世界所有孩子的大爱,这种大爱,在大江的小说中和他所有读者的心目中都在不断升华。这种大爱,在日本,在中国,在韩国,在全世界,都将成为一种希望!无论中国的鲁迅还是日本的大江健三郎,他们的文学所描述的尽管多见黑暗、绝望和荒诞,最终想要传达给我们的却是呐喊和希望,一种发自于边缘的呐喊,一种始自于绝望的希望。这无疑是一种大慈悲,是对所有处于各种暴力威胁之下的天下苍生所生发的大悲悯。这让我们立即想起大江在斯德哥尔摩的颁奖仪式上所说的那段话语:"作为渡边的人文主义的弟子,我希望通过自己身为小说家的工作,使那些用语言进行表达的人及其接受者,从个人的以及时代的痛苦中得以平复,并医治他们各自心灵上的创伤。……我仍将遵循这一信条,如若可能,愿以自己的羸弱之身,于钝痛中承受因二十世纪的科技和交通的畸形发展而积累的祸害。我更希望探索的是,从世界边缘人的角度展望,如何才能对全体人类的医治与和解做出体面的和人文主义的贡献。"

目　录

第一部 …………………………………… 1
第二部 …………………………………… 44
第三部 …………………………………… 137
第四部 …………………………………… 190
第五部 …………………………………… 233

文学冒险者如是说 ……………………… 栾　栋 251

第 一 部

1

　　您可曾想象过接到如此来信时的痛苦？说是一位时而与您拌嘴，但您终究始终牵挂在心的挚友在火星的共和国那样遥远的陌生地突然莫名其妙地自杀了。在弱小的兽类世界里，也许存在巨兽将其坚硬的头颅如同柔软的蜜饯般啃咬的残酷体验。但我现在认为在人类世界里，这是最痛苦的体验了。我之所以这么说，是因为我刚刚收到一封从巴黎转来的短信，说我的年轻友人斋木犀吉在北非一个独立不久国家的地方城市布日伊①的宾馆，用拴在浴室淋浴喷头上的皮带上吊自杀了。

　　寄信者是一位意大利国籍的中年妇女 M.M。一年前，我曾在羽田机场送她和犀吉乘坐德国飞机出发。据信件可知，她当天因工作外出，会见了通讯社方面的英国人，正午时分打电话回宾馆时，犀吉和平时一样，说是正在床上坐禅，就某个人生问题进行冥想。傍晚时

---

① 现名"贝贾亚"。阿尔及利亚三大油港之一，位于地中海贝贾亚湾西岸。

分再次打电话时无人接听。当她匆忙赶回时,卡比利亚①侍者正和警察从浴室往外抬尸体,她只能象征性地确认一下死者。这女人是和丈夫分居的富家女,她邀请犀吉陪她环游世界。首先,我不明白这意大利女人因为什么工作外出而把犀吉留在宾馆里。此外,还有许多不明之处。总之,我的友人斋木犀吉在布日伊这个异国的地方城市夭亡了。布日伊肯定没有其他日本人,这下完全没有日本人了。他究竟是在何处以何种方式被埋葬的呢? M.M 还在信上写着,她虽然感到悲恸欲绝,但还是会和通讯社方面的人继续旅行。关于斋木犀吉在布日伊的去世,我只能了解这些。他在北非宾馆的床上尝试的坐禅没有什么深刻意义,对那位意大利女人而言,日本人坐下即是坐禅(但亦无证据表明,他在这一年的旅途生活中未进行禅的研究)。就连他在其短暂生涯的最后时刻,对怎样的人生问题进行了冥想,我亦无从得知。

　　说到人生问题,斋木犀吉在我们年青一代日本人中,即在一九三五年至一九四〇年间出生的日本人中颇为罕见,他总是对一些根本性的人生问题进行冥想,经常思考诸如人为什么活着,性欲、勇气、诚实、怜悯等词汇的真实含义是什么等问题,所以时常被人们当作呆子。他上了大学,不久却退学了;刚工作,转眼间又离职了。这种与流行的成功主义相反的迂腐的生活方式,也是因为他耽于冥想,教室、办公室或保安亭(犀吉在这里也忍耐了将近一百天,是只在深夜值班的临时夜警)都绝非其合适的安身之处。说来他和达摩一样,为了求道而抛弃了俗世。总之,他凭着这冥想癖,攫取了我那年已九十岁的祖父的心。祖父和斋木犀吉在初次见面后的数日里,热烈地谈论了各种人生问题,那程度到了似乎在他们各自脸颊内塞入一个

---

① 位于阿尔及利亚北部地区。

鸡蛋，也能捂到半熟的样子。他们即刻超越了七十年的年龄差距，成了肝胆相照的朋友。关于当时年仅十八岁的斋木犀吉，祖父说那少年是天生的哲学家，所谓哲学家原本就是仰望天空走夜路而掉进阴沟的那种冥想家。当我嘲笑这陈腐的比喻时，从明治初年患上小儿哮喘、将近一个世纪迁延未愈的祖父，咳咳咳地开始了他生平第几十万次的咳嗽，并激动得连泪腺也忽然失去了调节功能似的，说这种寓言才与自作聪明的人生定义不同，它以自然主义的写实手法说明事实，阴沟底的哲学家才是值得敬畏者，即便那位哲学少年没读过康德或叔本华，却能对一个哲学命题那么苦思冥想，那么侃侃而谈，说明他天生具备哲学家的素质。祖父说完这番话，吃下从富山的成药袋中掏出的手枪丸便睡了。他是不想再听我反驳。此外，和二十世纪后半期的哲学式冥想青年交谈后，他感到了几十年来少有的脑力疲劳并有点暴躁吧。

祖父老死时，斋木犀吉的眼睛哭肿好几天。如果祖父现在还在世，我告诉他哲学少年自杀的消息，他肯定也会放声大哭，最终引发平生最严重的小儿哮喘而死去。事实上，祖父是在他饲养多年的老狗南洲号（在我的记忆里，它始终是条衰老的公狗）死于肺吸虫后郁郁老死的。

不过，我现在认为斋木犀吉这个人物不能仅以二十世纪后半期的哲学式冥想家的形象涵盖。他将哲学式冥想作为日常习惯之一，但他还有许多其他日常习惯，其中有些习惯完全不符合哲学者形象。他是一个对待老人和动物颇为友善的少年，在我祖父及其爱犬面前，他总将自己限定在有意打造出的善良形象的范畴内。但他在具备哲学者素质的同时，亦同样具备罪犯的素质。他经常是一位背叛者，还是病态的说谎者，对柔弱的身体直接施以暴力，对强壮的身体则使用煽动、中伤等方法加以攻击。我之所以毫不怀疑他在布日伊的猝死并非他杀,也是因为他决非乖乖地任人谋杀的弱者。在讨厌他的人们中间,甚至风传他和一起命案有关。我将依次介绍这点,我也将介绍他更为严重的诸多恶行。但他的美德,才是我希望以呐喊般的迫切感进行介绍的。

关于斋木犀吉,最符合我印象的表述是,我想将这位在北非地方城市布日伊(现在由地图可知,该市正好位于非洲大陆北海岸的阿尔及尔和菲利普维尔之间。斋木犀吉和意大利妇女乘船渡过地中海去了那里吧,或先由罗马飞往阿尔及尔,而后乘坐肯定已被本·贝拉废止了为欧洲人和日本人专设的头等车厢的火车前往卡比利亚,混在获得独立而气宇轩昂的阿拉伯人中间旅行吧?)某宾馆上吊自杀的青年称作冒险家斋木犀吉,即在我们这个无法冒险的日常生活的现实世界,他是一位能够进行自由冒险的青年。其结果,他在日常生活的圈外,为了在冒险世界中追求其个性化冒险,与富有的意大利中年妇女 M.M 前往欧洲,其间或许经历了无数次冒险,而后在北非的地方城市,在淋浴器金属喷头上套根带子上吊自杀了。但在出发前,在这日常生活中,他已是一位冒险游戏的创纪录选手了。

而且,我本人在斋木犀吉这位年少友人的指导下,体验了日常生活运动场上的各种冒险。所以,我接下来要写的是斋木犀吉和我共同体验的日常生活的真实冒险,以及他以冥想般的语调向我叙述的他那梦幻般的冒险。

现在,我使用着"日常生活的冒险"这一词汇,同时觉得自己将耳朵贴在吹越过去与未来的我体内的风洞上,聆听着远方传来的倾诉声,那声音仿佛是风雨临近的深夜,我出生峡谷的榉树梢发出的声响。那是我和斋木犀吉一生中第三次见面的夜晚,他喝威士忌醉了,对我说起他对日常冒险的看法。为使大家适应其说话方式,如果如实记录,他总是这种口吻。那天夜里,他也是把倒入了纯威士忌的平底大玻璃杯,像耍杂技的海豹似的笔直地拿着,躺在地毯上,闭着眼睛,像婴儿不在身边的年轻母亲哼唱摇篮曲般对自己微笑着。当然,他的微笑彻头彻尾是为他自己的,即使在与情人接吻时,他也为自己微笑。

"你读过《原色动物大图鉴》的哺乳纲篇吗?那才是印有解决我们问题的启发性内容的图书之一。你不努力学习,只看鸟纲篇的漂亮插图吧。"时年二十二岁的斋木犀吉对将于一个月后二十五岁生日那天举办婚礼的我说道。"即便哺乳纲,我不是说驯鹿、驼鹿,也不是说西猯、黑犀。就插图色彩的趣味性而言,就数负鼠,即弗吉尼亚负鼠之类很像人类的胎儿,颇为刺激,你应该看看。不过,我特别希望你看看家猫部分,那里这么写着:猫和狗一样,其使用目的相同,所以异质结构的品种稀少。如果照此推论,二十世纪后半期人类的生存目的相同,所以异质结构的品种稀少。也可以说,二十世纪人类被核弹杀戮的命运相同,所以异质结构的品种稀少。但我要充分发挥自己的能力,至少使自己成为与他人结构不同的种类。二十世纪后半期的人类一般都丧失了冒险精神,享受着开放式厨房中的卫生无害的蟑螂般的日常生活。公元一百年时,出生十天就得死去的人,现在只要不得癌症,就能活到七十岁。不过,我要在这日常生活的世界中冒险地生活,从而成为具有异质结构的种类,即成为二十世纪后半期日常生活的冒险者。我要训练你和我一起冒险,因为你打算结婚什么的,已处于即将丧失冒险家资格的千钧一发之际!"

不过,虽然结了婚,我依然和斋木犀吉一起开始了前往日常生活大陆的冒险旅行。我在开篇部分说过,人间的辛酸体验莫过于友人客死于某个陌生国度这种事。此后,那死去的友人开始活在自己的心中。比如,就像现在,我的耳际响起斋木犀吉的声音似的。每当下车时,或与他人擦肩而过时,或与人道别时,或品尝什么特殊菜式时,我觉得自己和斋木犀吉生活在一起。当我接听电话时,骑自行车时,性交时,我觉得是斋木犀吉在我体内做着这些事。您知道梵高从阿尔勒①寄给弟弟的信上有如下诗句吧。那是悼念与其交恶的名叫莫夫的亲戚之死的诗作。

> 别以为死者已死
> 只要生者尚在
> 死者不死　死者不死

我是从斋木犀吉那里知道这诗句的。他并非对艺术家的工作表现出伤感偏爱的青年,但对梵高的画作《盛开的桃花》另眼相看。在阿尔勒动人的早春的天空下,在残雪未融的地里,一株扁桃树鲜花盛开。画上注明为纪念莫夫而作。当表姐夫莫夫去世时,画家给其遗孀寄去了这幅画,并附上写有短诗的信件。斋木犀吉把这幅画的复制品挂在他公寓的墙上。在前往欧洲前,他说也打算去一趟阿尔勒,但他看到盛开的扁桃树了吗?当不能忘却死者时,只要生者尚在,死者不死,死者不死……

2

在纳赛尔②开战的那年冬天,我这个东京某大学二年级学生和关西某私立高中三年级学生斋木犀吉初次相见。记得刚见到他的那一刹那间,发现他脸颊、下巴未长一根胡子,总觉得有点惊讶,那也是因为我们参加支援苏伊士战争志愿军集会的缘故。当时,这位哲学

---

① 位于法国东南部。一八八八年二月至一八八九年五月,梵高旅居于此。
② 纳赛尔(1918—1970),埃及第二任总统,不结盟运动的创始人之一,也是阿拉伯民族主义的倡导者。

式冥想少年彻底迷住了我九十岁的祖父,使他提供旅费让我们二人乘坐羊毛公司货船前往苏伊士。在苏伊士战争时期参加纳赛尔军队,不用说是巨大的政治冒险。而且,知道政治冒险在我的家族中的意义者,会佩服让我祖父提供资金的十八岁少年的手腕吧。

我的家族中时常出现政治狂人。其结局,一般都在不甚理想的大冒险后,不到三十岁就去世了。为此,我们在世的族人对政治狂的批判目光甚为锐利,决不姑息。明治以后,我家第一个政治狂是我伯祖父。祖父和伯祖父兄弟俩幼小时,他们的父亲是九州某小藩的下级武士,明治维新后,可以说像卸包袱似的被藩主打发了几个钱,一家子便把全部家当装上车,前往远在东北的旷野开荒。他们的父亲因操劳过度夭亡后,还留下了一些开拓地,可不知什么时候,这些土地都归了兼营驿站、纺织业的大财主们了,他们这才发现自己只是小佃农。于是,年轻的野心家伯祖父只身前往美洲大陆。他曾来过一封信,说是在加州的葡萄园干活,从此便永远地消失在那辽阔国度里的某处了,想来是作为年轻的牢骚满腹的日裔移民枉然地死去了吧。我祖父对其兄长的冒险行为进行一番思考后,认为自己并非天生就是突变型农民,亦开始在日本各地流浪,以探求人生真谛。不知他是否探求到了,他最终在四国的深山峡谷结婚落户,生下了我的父亲。

再说,这位伯祖父在他还不满二十岁的一八八九年二月十一日宪法颁布日里欣喜若狂,奔走在开拓地的田间小道,独自庆祝了新日本。当时,我祖父已经意识到把自己的命运托付给这位政治狂兄长太过危险,拒绝与自诩或将成为总统的政治狂兄长一起前往美洲。这样,年过九十的祖父的口头禅似的人生观是:家族中的政治人物天生背负着危险的重担,难以长寿。尽管如此,流淌在我伯祖父身上的政治人物的血液,后来再次显现在我的父亲身上。说来,我父亲的一生是中国大陆和四国峡谷间的钟摆运动。他在大陆从事政治活动,回到峡谷便让妻子怀孕,仅此而已。最后,在张作霖被炸死的第十周,我的父亲在由釜山至本土的轮渡甲板上,向自己头部开枪,说好听点,结束了政治人物的一生。我在孩提时代,时常转动这生锈的大号左轮手枪的弹匣,乐此不疲地玩着战争游戏。

由此可知,在我的家族中,所谓政治人物或冒险家便是饭桶之意。不过想来,我的家族中除饭桶外,也没出现过任何英雄人物。因此,由于并非政治人物,从而避免了冒险和死亡的二十世纪后半期的祖父及一家老小,在心灵深处,对家族中不幸的饭桶们还是怀有几分敬畏心。

因此,我对于向祖父表明自己和大学朋友们一起参加了苏伊士战争志愿军会议之事,虽有几分担心,却并不过分忧虑。祖父会在刹那间表现出遇到了令人难以置信的突发事件似的态度,发出经过九十年修炼得来的佯作不解的惊讶声吧。不过,他会意识到这是自己家族中的孽种又在我身上开花了,惟有表示默许吧。如此想来,我也就不以为意了。再者,九十岁的老人对我的事情已不抱多大兴趣。他那明治日本人典型的、特大的脑袋瓜有点糊涂了。这就像祖父的忠仆、杂种公犬南洲号(如果问为什么借用西乡隆盛之号?那是因为祖父不知从什么时候开始,认定自己原本应该参加西南战争而未果。请联想萨特小说中的欧洲知识分子与马德里的关系。如果这一幻想确有几分事实根据,那么,我家族中保守派的重要人物祖父,在其稚嫩的血管里,也曾有过冒险家热血澎湃的时期。但计算一下,西南战争时,祖父不过是上小学的年纪。结果,西南战争肯定是我九十岁祖父的马德里)耄耋老矣,总把祖父穿了驼绒袜子的脚踝当作老鼠,时不时发出微弱的呻吟声啃咬。不过,南洲号的牙齿掉光了,祖父也只被其牙龈啃咬,便误以为它是在嬉闹。

不过,惟一问题是,我必须设法让祖父拿出开罗至横滨间的最低费用五万日元。当时,我们大学的学生中正流行 too much 这个词。这次即使让祖父同意我参加苏伊士战争,如果再索要旅费,实在是 too much 了。我伯祖父移民美洲时,如果他向祖父借前往美州的旅费,祖父肯定会尝试以保守派、反冒险派的消极抵抗方式,即捏紧口袋里的钱包,决不让那拳头透入一丝新鲜空气,并摇头拒绝。这样,加州至纽约之间肯定会减少一名倒毙的日本人。我觉得祖父对当时的我也一样,他对其众多孙子之一突然发疯似的拿着一页剪报跑来时的应对方式心中有数。所谓剪报,指蚂蚁般不计其数的农民爬上并横躺在埃及塞得地区火力发电厂厂房上的照片。这些阿拉伯农民希望以自己瘦削的阿拉伯人的血肉之躯代替沙袋,在敌机机枪的扫射下,勇敢地保卫火力发电厂。

所以,如果说我为了和这些悲惨、勇敢的农民一起睡土房作战,打算乘坐货船中最廉价的通铺舱出发,"那么,我们家族中不幸的政治人物啊,随你去吧!"祖父如此回答即可。如果我继续要他出旅费供我冒险,祖父肯定会如此反问并坚决拒绝:

"苏伊士狂人,你自己冒险,却盯着我这个反冒险家的腰包,这不公平吧?"

我自己明知如此结果,所以,在支援苏伊士志愿军的第一次集会上,我向会议主持人说明了情况。这时,在一旁侧耳倾听的最年少的与会者,关西某私立高中的学生斋木犀吉与我搭了话,我们奇妙的友情由此开始。

"那位明治遗老的说服工作,我想我能助你一臂之力。不过,因为你忘了拉罗什福科①的一位模仿者所说的格言,才把事情搞成这样子。那句格言是:要趁老人还年轻时就杀了他!"少年如此说道。

---

① 弗朗索瓦·德·拉罗什福科于一六一三年生于巴黎,著有《道德箴言录》。

他的普通话带着浓重的关西口音,音调偏高,语速偏快,脸上还没长出一根胡子。

从关西来东京后,斋木犀吉一直在画家亲戚的画室长椅上和衣而眠,浑身上下开始呈现明显的污垢,但在其服装的独创性中,仍有令我心动之物。首先,由一般概念而言,当时身高已达一百七十五厘米的大个子青年,有点像魏尔伦①画稿中的兰波②,以及在当时地方影院和东京市郊三流影院上映的法国电影《肉欲之魔》中的钱拉·菲利浦③。此后,我每次见到他,都有这种感觉,即他那张大脸,虽然并非特别异常,但在任何群体中都引人注目的五官,确实像不同时期的各类富于个性的他人的容貌。就在詹姆斯·迪恩④死于车祸前后,他以令人联想到这位近视眼美国青年的样子,忧郁地眯着眼睛,额头露出漂亮的发际走着。于是,所有人都认为他在东洋人中长得最像詹姆斯·迪恩。说来近乎荒唐,但确有好事者,把此事瞒着他,告诉了派拉蒙或华纳兄弟这些好莱坞电影公司。其结果,可能因为他具有模仿或表演才华吧,竟能在电影院暗处,即时把握主角的特征,并尽可能使自己那张大脸接近模仿对象。不过,他进入电影公司,虽也曾作为新人拍了电影,但作为演员并未取得成功。其主要原因,据一度为其尽力的制片人说,是因为他眼睛太小。但据我观察,是因为他身材太高大,下巴总在其他演员头顶上晃动,还因为他那带

---

① 保尔·魏尔伦(1844—1896),法国象征派诗歌的重要诗人。
② 兰波(1854—1891),法国著名诗人,早期象征主义诗歌的代表人物,超现实主义诗歌的鼻祖。
③ 钱拉·菲利浦(1922—1959),法国演员,一九四二年以舞台剧《纯朴的女郎》获得成功,一九四七年以影片《肉欲之魔》获法国最佳男演员称号。
④ 詹姆斯·拜伦·迪恩(1931—1955),美国著名电影演员,热爱跑车运动,后死于车祸。曾与肯尼迪总统、梦露、猫王等被美国媒体选为"美国十大文化偶像"。

结巴的尖声,与日本电影公司制作的青春电影中的任何年轻英雄的性格都不谐调之故。斋木犀吉为了成为一名硬派明星,甚至练过拳击,并曾作为新手登上拳击台。那是吃了估计错误苦头的韩国制片人自掏腰包让他练的。结果,斋木犀吉用拳击俱乐部学来的本领打倒了导演,自己又被数名助理导演打倒后,离开了电影界。这次打架的原因是导演让他说一段无聊的台词,那是用关西腔说的恐吓之言:"俺啊,在这一带,可是说话算数的男人,你可别看错了人!"

斋木犀吉就是这种类型的人。我和他初次见面时,他脚穿灰色长筒靴,下身穿圆木样的黑哔叽裤(裤脚开叉,是当时超前流行的样式。其后数年,我常常看到穿这种裤子者),上身配藏青色短外套。想象这种打扮的青年在尼罗河流域作战的样子,自然感到滑稽可笑,却又有几分令人心酸的感觉。那时的斋木犀吉,手脚奇长,脑袋超大,像个拙笨的少年,还留有未长大的滑稽相。同时,还得加上一句,他从那时开始已经具备十分老练的说服力。

在赴苏伊士参战的志愿军会议的第一次集会上,决定当年冬天从横滨出发,我们必须抓紧时间了。我和打算为我说服祖父的私立高中生斋木犀吉,乘坐当晚十点半开往四国的快车,启程前往峡谷村庄,我祖父在那里守护着家园。当然,两人的三等车票是违反学生票优惠办法,我用自己的钱一次性购买了两张车票。此后,即使在他经济宽裕时,我也只是偶尔让他支付我的车船票、我喝的咖啡之类的费用。这种片面的依存关系最初便起源于此。我认为能够保持如此金钱关系,却又完全无损彼此的自尊,这是斋木犀吉了不起的特技。一般说来,在两人之间,如果一方接连两次请客款待另一方,往往容易影响到两人的自尊。我知道有些朋友因此失去了诚挚的友谊,感到了人生的冷漠。总之,在此意义上,斋木犀吉肯定是二人冒险的绝佳伙伴。

开往四国的三等车厢从东京开出时已经满员,我们找不到座位,于是并排坐在走道上,喝着画家亲戚的女儿送行时赠送的苏格兰威士忌。如果卖掉这瓶极上等的威士忌,就可以获得我们两人的二等车票,但除去我的嗓子、鼻黏膜受了什么影响,不断地咳嗽、打喷嚏外,我和斋木犀吉并未特别感到坐在沾满泥土的通道上的二十四小时有什么受不了的。我们早已做好心理准备,苏伊士战地的条件将更艰苦,乘货轮穿越印度洋本身极为艰辛,这是四国之行的苦难所无法比拟的。

火车离开东京,我们也开始了愈发热烈的交谈。我们乘坐的火车轰隆隆地穿过热海的隧道,即使周围的人们已经入睡,我们依然热烈地聊着。与其说是我们,莫如说主要是斋木犀吉在说话,而我自己似乎有生以来第一次一心一意地直接从瓶口喝着苏格兰威士忌(当时并未特别留意瓶上的标签,但记得黑底上浮现出尊尼获加的字样)。其原因,一是当时斋木犀吉还不太擅长喝酒,所以酒瓶大抵都在我的膝盖间,另外最重要的还是因为他岁数毕竟比我小三岁。年轻人一旦希望获得他人的理解,必然会将他认为积在心中取之不尽的各式各样的"他自身的种子",尽快向聆听者和盘托出。他侃侃而谈,又感到越说越远离自己的核心,便像在水泥地上奔走的鼹鼠,盲目地继续着那恐怖而绝望的奔跑,而在他干热的大脑中,考虑着怎样用自己徒然的饶舌,像飞机引擎那样进行逆旋转,以达到制动目的。如果我比他年轻,那么,进行这次最糟糕的舌上马拉松者也许是我。当时的谈话,至今记忆犹新的是关于他和送我们苏格兰威士忌的画家女儿的性关系,其次是关于我们将来要干些什么的信念。当然,这是以我们从苏伊士战争平安归来为前提条件的,但令人感到滑稽的是,我们两人好像都未考虑过自己能否从沙漠战争中生还,并重返日本列岛这一问题。

"说到我和那姑娘性交的地方,只有画室隔壁的那间儿童室,而且只是画家在画室作画的大白天才行。因为一到晚上,那姑娘和她妈便穿上相同的睡衣到儿童室就寝。我晚上睡在画室的长椅上。嘿,经过反复研究,觉得晚上不方便。这样,画家白天在画室一开始工作,姑娘和我便到儿童室读童书。姑娘靠着儿童写字台前倾站立,我紧挨着站在背后。即使画家觉得无聊走进儿童室,她只要把掀到臀部的裙子拉下来就行,这出儿童剧便到此落下帷幕。我自然无须脱裤子,我才不愿意大白天光着屁股。这期间,画家不断地修改着他的大幅作品。至于我,有时还和画家隔墙聊着巴赫。三小时呢。你瞧,那姑娘在东京站上台阶时,像是打网球时扭伤了脚,还在说痛吧?那是我们三小时带来的伤害。"

我担心周围乘客中可能有装睡者,而且,为了挫一挫这位十八岁的性修行者的锐气,我带着嘲讽的微笑,冷静地说道:

"但你为什么弄三小时呢?说到底,不过是性交吧?"

这话打击了他,而且正好击中要害。他随即显得比其年龄还要稚气,不断地眨着眼睛,脸上泛着红晕,学我咳了几声,又似乎咕哝着:"哎呀,不用说,不过是性交罢了。"而后,装出若无其事的样子,大声地说道:

"我现在正在考虑什么是性。我喜欢就某一主题进行长时间的冥想,所以用三小时对性问题进行冥想。你想一想,过去也有人生的思考者、哲学家对基本命题,用自己的头脑进行彻底的探索,并用自己的声音进行表述。所以,在那个时代,某人对自然界有如此想法,另一位对恶魔的存在提出了那样的假说等,街坊邻居一清二楚。可是,现在情况不同了。现代人认为一切基本命题在二十世纪的历史时期内已全部思考完毕,自己不用再思考了,而只要有套百科事典放在书房里便万事大吉了。可我不愿意这么做,我希望凡是本质性的东西,都应该用我自己的脑袋思考一番,然后得出自己的答案。如果现在从对面摇摇晃晃地走来一位老太太,说她患了癌症,请你谈谈关于死亡的个人看法,你也会感到为难吧。我是为了避免这种尴尬而进行着准备,我已就各类问题进行了思考,并做了笔记。我想把这作为自己的毕生事业,并在咽气前,出版一部名人录那样大部头的我的哲学冥想笔记。"

"那是了不起的计划。可是,你是从什么时候开始冥想的?"

"从十五岁生日开始。我已思考过各类命题,性问题也大致思考完毕了。我之所以参加苏伊士战争也是因为要对战争本身,以及勇气、卑怯、暴力、希望、失败等问题进行冥想的缘故。我原本也想就'出发'这一命题拿出自己的观点。"他自我陶醉地说道。这个时常面带嘲弄意味、一本正经的小恶魔似的斋木犀吉,他那以孩子般的认真劲儿说出的这番话令我感动,虽然被苏格兰威士忌散发出的木莓香包裹的醉意也起了一些作用。我觉得在支援苏伊士战争的志愿军集会上,终于发现了一位友人。所以,当他问我苏伊士战争后打算干什么时,我也和盘托出了过去从未向任何人透露过的计划。

"我打算写小说,当然也写苏伊士战争,但主要写我们自己的事。而且,我的小说不会采用身穿庄重铠甲般的文体,而采用女子只穿齐腰内衣在室内悠然漫步似的文体。文体自身具有的阻力,要以这件又短又薄的内衣正好遮住女子身体的程度为限。嘿,我是这么想的。"

"总之,纳赛尔要迎来两个对实战毫无用处的志愿兵了。"

斋木犀吉打着哈欠懒洋洋地说道。我则即刻后悔自己向这位刚刚相识的少年和盘托出了要写小说之类的想法,内心觉得有些不快。而情绪一旦朝这个方向倾斜,便对席地而坐于三等夜车的肮脏地面也感到愤怒起来。斋木犀吉也陷入了沉默。这时，我无意间感到一阵彻骨的寒气，只见夜幕笼罩的车窗上，不知什么时候已结了一层叶脉似的薄薄的冰膜。夜车有节制地发出几声兽类咳嗽似的汽笛声，我们随后进入米原站。站台的灯光照亮了对面轨道边的肮脏积雪。每当冬天来临，在我见到这年冬天的初雪之日，我会交好运。这是在初雪之夜第一次逃离日本的父亲传下来的个人信仰。比如我在 T 大学入学考试的最后一天，来到初雪飞舞的本乡，连物理和地学、几何和解析 I 这些最不擅长的学科也考取了最佳成绩。亏得这雪天的好运，使我通过了考试。

于是，虽然像年轻流浪者似的长时间躺卧在肮脏的过道，我的内心充满了孤独感，但终于发现了一些令人感到欣慰的迹象，便睡去了。我记得当我喉咙干得发痛而睁开眼睛时，已是黎明时分，火车已到京都附近，而天真无邪的斋木犀吉把他那未长一点胡子的红润脸蛋压在我腹部睡着。当我再次醒来时，已到必须换乘联运船的宇野站，斋木犀吉这时已起身，独自坐在座位上，双手抱着弯起的长腿，以水泥雕塑般毫无表情的冷漠样子，吸着香烟，全然不看我一眼。其冷漠的样子和自我封闭的形象一直持续到最接近我们峡谷的车站。只在火车通过我们当地的中心城市，我指给他看战争末期，我在此度过两年时光的少年教养院的建筑时，他才发怒似的刹那间显出不胜艳羡的孩子般的表情。但那不是值得艳羡的体验。那时，前往地方城市担任县立图书馆馆长的祖父，在少年教养院集体迁移之际，把我的一个弟弟送到我被收容的地方。弟弟在另一峡谷村庄的疏散地走失，从此不知去向。这是那次战争末期的孩子们的生活。我想告诉斋木犀吉，但停住了，两年的年龄差距隔着一条几乎无法填满的鸿沟，你不这么认为吗？

3

我祖父坐在温莎椅上迎接了我和斋木犀吉。那把椅子他从大正天皇即位日开始一直使用,是四国最古老的温莎椅之一。近视的南洲号照旧把他的脚脖子误作老鼠啃咬着。斋木犀吉一开始出了洋相。他向祖父询问狗的名字,祖父虽然受过宝生流①的训练,却用节俭之家的孩子的秃铅笔似的嘶哑声回答说是"南洲号",他便像美国高中生希望拥抱时那样,小声叫道:"来啊,南希,南希,到我这里来,小南希!"

不过,当我离席招呼妹妹取茶点后重新入座时,觉得祖父的房间里,弥漫着与原先不同的认真空气。斋木犀吉正坦言他祖父曾在我待过的少年教养院所在的地方监狱当过看守。我之前对斋木犀吉的出生地、成长环境等一无所知。听他过去的冒险谈是很久以后的事情。祖父和斋木犀吉对他们两人的话题渐渐显示出非同寻常的热情。想不到大个子斋木少年与脑袋虽大却瘦成鸟儿似的我的小个子祖父,这时看来仿佛是志趣相投的老友了。

"而后,祖父突然辞去看守工作,径自上路了。他出走的第五天,据追赶他的人说,祖父穿着衣服,头枕着胳膊睡在路边。追他的人催他,'快回去吧!'祖父回答说:'嗯嗯,我只是歇了一会儿!'然后站起身,还想快步行走。可是,直到那天,祖父已在路边睡了三天,全身都是新伤痕。"

"那确实是俺那个年代的人。"祖父得意洋洋地说道,"他是这里

---

① 能乐的五大流派之一,即观世、金春、宝生、金刚、喜多流派。

的人,可俺不认识他,俺倒是认识几个和他一样的人。"

"我祖父一门心思想出去,可不知道去哪里好。"

"不,他肯定知道要去哪里,只是时代不同了,现在有公共汽车、火车,还有飞机,和过去旅行者的情况不同了。俺那个年代的人去什么远处,只要离开家步行上路就是了。只要上路,肯定能到其他什么地方,走不了就让人背着走,遇到大海就坐轮船。俺那个年代的人,说走就走。没走的人每天看着自家门前的街道忍耐着。明治时代就是这么个光景!"

"请问您也走过吗?"

"啊,俺从九州的久留米走到东北的郡山,然后定居在四国,这中间也走了很长一段时间。在这峡谷定居后,就只是眺望自己走过的街道了。不过,俺哥哥在还是个孩子似的年纪,就坐船去了美洲。"

"我们也想坐船去开罗,就要出发了。"斋木用唱歌似的语调轻声说道。"我们来,还想请您资助我们买船票的钱。像您这样的人,决不会为难我们吧。"

我在一旁觉得这话说得太露骨,太早,这下全完了。祖父默不作声。斋木犀吉在那一瞬间用发怒般的孩子气的眼神,目光炯炯地盯着公犬和祖父那被没牙的狗嘴啃咬的灰色脚踝。我急忙对祖父和斋木犀吉说今晚时间不早了,明天再慢慢聊。我和斋木犀吉要睡在土墙仓房的二楼。

我和斋木犀吉正要去土墙仓房时,祖父让我们把屋角矮柜里的酒拿去喝。我仔细一看,确实有烧酒瓶,但早已空空如也,可能蒸发了吧。我说酒没了,祖父阴沉着脸,一声不吭,连斋木犀吉毕恭毕敬地向他道别,也不加理睬,只是大声地呵斥南洲号。老耄的公犬睁开可怜而丑陋的近视眼,尴尬地看着我们,而后为了挽回点面子,想威吓一下我们。

于是,我和斋木犀吉留下似乎不再关心我们的祖父,出了正房。些许小冰雹落在我们的头上和肩上,深夜的风在我们四周把树木吹得沙沙作响。即便在黑暗中,我也能感知这些富于个性的树木的存在感。我成长的村落虽然位于深深的峡谷,但与有火车经过的谷底相比,却是高出一百米的高地。身穿短大衣的斋木犀吉紧抱着身子以抵御寒气。我却觉得浑身发热,仿佛在自己的肉体和外部世界之间有一层用于烘烤的锡纸。这么下去,自己要变成一只烧鸡了。而且,眼睛也不舒服,像是得了结膜炎。就这样,我不停地流着眼泪,并咳嗽着,默默地穿过黑暗的院子,把斋木犀吉领去土墙仓房。

我之所以保持沉默,还另有原因。我担心会引发斋木犀吉对祖父的嘲笑之语。我对祖父并未爱到把他当偶像崇拜的地步,但在这峡谷,应无法接受外来者对这峡谷之主祖父进行恶语中伤吧。可当斋木犀吉和我一起设法用力打开土墙仓房的大门时,他无意间叹了口气,而后浑身放松,略显兴奋地说道:"那真是长老啊。"此后,他便把长老一词作为称呼我祖父的专用名词了。接着,我们继续默默地对付那扇仓房门,那门却纹丝不动。这时,妹妹赶来,说是门锁坏了,得用梯子爬到二楼,还说祖父叫我过去。我返回祖父房间,只见祖父站在矮柜前。

"是我搞错了,确实没酒。"祖父说道。我冷不防以孩子般的口吻含糊地回答:"嗯,没关系,爷爷。"

祖父吃惊地盯着我,而后发现了我脸上的异常。同时,我的喉咙重新喷出刺激性的咳嗽声,就像牛群摇晃着尖角,无法控制。

"你病了,而且像是得了麻疹,你一个人睡在土墙仓房吧!"我似梦非梦般地听祖父说着,而后瘫倒在他刚才一直坐着的温莎椅上。南洲号对此愤愤不平,咬起我的脚脖子,但与其说这狗掉光了牙,莫如说因为我发烧了，所以完全感觉不到疼痛。我真是出麻疹了。从第二天开始，我便在土墙仓房二楼开始了隔离生活。我家土墙仓房的窗户和城墙枪眼的结构一致，所以从那里看正房，可以充分观察却不为对方发觉。我每天都从枪眼看到祖父和斋木犀吉非常亲密地进行长时间的交谈。这期间，斋木犀吉向我祖父介绍了他的冥想，被认为具有真正哲学者的素质。五天后，我的麻疹越发严重了。结果，决定由斋木犀吉一人从祖父处领取我们两人的旅费，先动身去东京。因为眼看着支援纳赛尔志愿军的传闻风靡全国，这将鼓动心怀不平的年轻人拥向轮船公司，必须尽快预订前往开罗的最低舱位。第二天早晨，斋木犀吉向土墙仓房窗户内长满疹子，像红猴子般的病人喊声"再见"，便被祖父和公狗送出了院子。此后整整两年间，我再也没有见过他。听说他在东京听到取消前往开罗志愿军的消息，愤怒至极，全然忘了我，独自乘坐一艘货轮，去了与这里不相干的远方国度。

4

斋木犀吉究竟出发去了哪个国家的什么地方？我所在的大学也无人知道。惟有古怪的传闻宛如神经质的小兔子般到处乱跑。人们都认为那位喜欢冒险的十八岁的大阪人肯定不会活着返回日本列岛了。报纸报道，一个姓名、年龄不详、遍体鳞伤的日本人漂到了台湾，还有传闻说那可能是斋木犀吉被无赖海员欺骗，打算靠他乘船前往开罗的应有下场，这使我的大学朋友们深感震惊。我们这些计划出发，却未出发的人，因此经常受到特攻队大哥辈人物的冷嘲热讽，终于养成了一种极度自虐的生活态度，从而感到可怜的堂吉诃德、斋木犀吉的幻影在谴责我们自身的懦弱。于是，大伙儿渐渐地不再提及那位终于成行的十八岁冒险家的传闻了。因为即便只有一个人真正地出发了,也足以证明其余人的出发意愿的虚伪性。当时我也想过,我说到底也并未真正想去参加苏伊士战争,因为我并未出发,而那位耳朵下面一根胡子都未长的少年出发了!然而,当我希望诱惑女大学生来点不正经的游戏时,时常如笑话般地提及这次苏伊士战争志愿军的事,想把自己美化成也有些英雄气质的怪人,实在卑劣至极。不用说,连内分泌异常,像海胆般长满粉刺的女大学生也不曾上过我的圈套,除非玩弄异性的色情狂。英文科的女大学生曾用英语条件时态造句来打发我,令我惊讶不已,所以我现在只记得日语译文。"啊,古老而美好的英雄时代的记忆,如果那位少年未曾出发,我倒想与他见面!"

不过,斋木犀吉在他首次出走海外的旅行中,虽然遇到不少危险,但还是回到了日本。我知道他的归来及其后的生活是两年后的冬天。我在大学前的理发店排队等候时,在一份电影杂志上偶尔看到他的相片。在那张广告相片上,斋木犀吉穿一条更适合橄榄球选手的运动服般的条纹布制成的短裤,以松鼠啃咬果子般的笨拙样子,用双拳在下颚前拉开了架势。一身拳击手的打扮,背着围绳,躬身站着,充满愤怒似的紧盯着镜头。杂志介绍他是一位当过新拳击手的不同寻常的电影新星。

这次略带几分滑稽古怪的偶然,使我和斋木犀吉又见面了。但在此之前,我想先介绍他和意大利女人一起进行的最后一次国外旅行(除第一次的偷渡外,犀吉还有过另一次海外旅行。在其短暂而勇敢的一生中,如果把非法出境的那次也包括在内,他共去海外旅行了三次)途中给我寄来的仅有的一封信函。那是从贝鲁特寄出的美术明信片,上面印有海边土屋的照片,我想引用明信片上写的一段文字。如此破坏前后顺序,似乎太随意了,但我们的记忆世界从来都没有井然的时间顺序。我想用不同于编年史作者的手法,写下我自己和斋木犀吉的往事。我还想把它作为在布日伊一带彷徨的斋木犀吉的亡灵的招魂歌,也想把它作为斋木犀吉死后备感寂寞的我自身灵魂的安魂曲。

斋木犀吉这么写着。他时常弄丢自来水笔之类,所以像是用黎巴嫩邮局备用的两种铅笔写成的。

我很好。听了希腊遇难船船长的故事,他在航海日志的最后一页潦草地写了如下一段话,而后就死去了。我现在对自己充满了自信,以此心情与暴风雨做斗争是令人感到愉快之事。那么,你是否记得奥登的这几句诗?我现在正这样思考着。

　　不可丢失危险的感觉
　　道路确实短且险峻
　　但由此望去,像缓坡一样。

那么,再见了,要全速奔跑,还要跳,要逃离铅坠般的恐惧心!

如果问我为什么引用这封信,那是因为我想就斋木犀吉最滑稽的一段时期进行介绍,希望在此期间,把斋木犀吉的灵魂所能到达的更高层次的人生准则之一留在您的记忆中。我担心自己的主人公在现阶段的故事情节中受到轻蔑乃至冷淡的不公正待遇。

再说,我在理发店等候室的煤炉边,兴奋地吐着热气,读着一本五个月前出版的过期杂志,上面有好几部新星斋木犀吉出演的影片预告,其中一部分应该已经开始首映。我在报纸广告上看过影片名。不一会儿就轮到我理发了。我坐上理发椅上,可仍未丢开那本杂志。这样,从我学生服的袖口落入不少自己的头发,刺得直痒痒。出了理发店,我买了一份晚报,找到影剧栏,发现在莺谷的三流影院同时上映的四部片子里,果然有斋木犀吉出演的一部影片。我向我打工的家教雇主家挂电话请了假,便乘坐国营电车来到莺谷。

我记得那是一个冬日,天气从正午开始就像黄昏般黑暗,空中尘土飞扬,略显阴郁,不久又变成动物脂肪般无光泽的黄色,忽而又小雪霏霏。我从雪中钻入电影院暗处,一刹那间,斋木犀吉的幻影已赫然在场,这令我感到震惊,仿佛见到了斋木犀吉的亡灵本身。

银幕上的斋木犀吉站在地铁入口处,像是在等什么人的样子。让人觉得他在巧妙地表现明显可恶的角色。我的心跳加快了。他蓄了唇须,穿一套连背心都是相同质地的条纹西装,手握一把格雷伊猎犬头形大号雨伞,脚上穿着高高隆起的特制黑皮鞋。他实际只有二十岁,看上去却像三十五岁以上的男人。面颊瘦削而成熟的脸上,浮现出退去了棘手的青春热情的羁绊而舒了口气似的表情,慵懒而从容不迫。不久,一个特写镜头显示他唇边沾着一小片烟草叶。他从口袋里掏出金色弗吉尼亚的铁盒,拨开盖上的金属卡口,小心地揭去锡纸封口,叼起一支弗吉尼亚烟叶的香烟。原来沾上的一小片烟叶被唾沫濡湿,变成了明显的污痕。而后,他用尚留有稚嫩印象的澄红色舌尖,不停地舔那叼着烟叶的嘴唇。像是完全忘记了两年前甩开患麻疹的我出发之事,快活地微笑着。

我是在看电影,但有一种错觉,觉得在座无虚席的电影院里,仅我和斋木犀吉二人相对而坐。他的微笑中有一种独特的个性印象。从我和斋木犀吉在现实中邂逅后,那微笑也时常出现,我意识到那是他的护身铠甲。面对这位身披微笑铠甲的男子,我无法责备他对我所做的无情之事。是否如他所言,他真忘记了自己从前所干的坏事,还是狡猾地假装忘记了呢?我最终都无从知晓。如果把在北非地方城市布日伊的自杀归因于他微妙的负罪意识,那种微笑的铁面具,则掩饰着他内部闪烁着的柔弱的神经末梢……

我以为电影中的斋木犀吉是个无情的职业杀手,马上要将在地铁入口处露面的黑帮头子打倒在地。但在地铁入口处露面的是一位忧郁狗般的中年妇女,两人的台词是:"太太,乘直升飞机吧!""你又瞎说!"仅此而已。当然,拒绝邀请的女子转身走了。一旦开始与往常一样的尖厉而带口吃的饶舌台词,他那要塞般坚固的冷漠表情也像薄窗纱似的,将其内心世界暴露无遗。女子消失后,银幕上仅剩依然面带暧昧微笑的斋木犀吉。整个电影院爆发出一阵嘲笑声。我吞下几乎涌到嗓子眼,令愤怒的火花噼啪作响之物,走出了电影院。外面大雪纷飞。无论天空还是道路都显得异常明亮。在风雪与亮光的刺激下,我流下泪水。"为什么,那家伙,到底为什么要扮成那副模样?"我嘟囔着快步走着,泪水怎么也止不住,因为我是顶着风雪走着。

"看样子,斋木犀吉哪是什么青春派明星,倒像英国老电影里的伦敦人。表上的金链子从背心口袋挂到上衣胸袋,是时髦的反派小生吗?好容易活着回来,究竟在搞什么名堂,那家伙!"

可我在那天临近傍晚时分,见到了这年冬天的初雪,所以凭借政治狂父亲留下的征兆,多少获得了一点勇气。于是,我给电影公司宣传科打了电话,才知道名叫斋木犀吉的不同寻常的新星在摄影棚打群架,已辞职走了。不过,宣传科的男子把斋木犀吉现在工作的西银座办事处的电话号码告诉了我,所以我得以第二次见到他。

5

斋木犀吉干咳着出现在我的眼前,既非幻象亦非来自胶片的映像。令人感到惊讶的是,他还是电影中的打扮,以鱼儿般平静冷漠的表情微笑着。

"哎哟，长老身体好吗？那条近视眼狗还在咬灰色的袜子吗？"他用略带结巴的尖厉声快速地说道，语气中充满了怀旧的情感。

"啊，好像没什么变化，可我一直没回乡下，南洲号的事就不知道了。"

"我从香港寄过一封内装五万日元的航空信给长老，要是没被没收就好了，我可不想失信于长老。"

我沉默了。五万日元，可他拿走他那份五万日元外，还有我那份五万日元，总计十万日元。但在他看来，他只认为供他使用的旅费才属于他和祖父之间的借贷关系。而我那五万日元，他并未记在心上。斋木犀吉只关心他所谓的长老。还是算了吧，我在心里对自己说道。正如我在电影院微暗处预感的那样，我知道我无法深入他那冷漠铠甲的内部。另外，在其微笑的光亮中，斤斤计较自己的五万日元，反倒觉得有点不好意思。

"我想祖父肯定收到你的钱了。即便钱被没收了，单是香港来信，他肯定也很高兴。"我说道。

"喝点儿茶吧，嘿，慢慢聊！"斋木犀吉适时甩开我，返回他现在工作的办公室取围巾。我则在大楼七楼的走廊里等他。隔着玻璃窗，我听到他在屋里向人借钱的声音，这令我感到滑稽，"我才不想让斋木犀吉请喝茶呢。"我满脸通红地为自己辩解道。

上文介绍斋木犀吉出现时，其打扮在现实中和电影中一致，但也有两点不同。首先，现实中的他未长唇须，那大概是假须。因为两年前，他脸上未长一根胡子，即便他每天坚持吃五百克海藻，也不可能长出天然胡子。另一不同之处是，他的上衣口袋鼓鼓囊囊的，仿佛产卵前的鳕鱼肚子。尽管他全身打扮得非常潇洒，但他的口袋，仿佛总像小孩子的口袋似的鼓鼓囊囊的。这是他不曾改变的习性，也许是自我辩解，他曾说巴勃罗·毕加索的口袋里塞满了乱七八糟的收藏品。他声称一个天才的日常生活中的癖好,全都符合难以解释的宇宙动机,所以总是合理的。顺便说一下,这是他一生中为数不多的幸事之一,在他第二次去海外旅行时,亲眼见到了毕加索。那是在法国南部的里维埃拉海岸。当时,毕加索正在一家鱼餐馆的玻璃厅吃比目鱼,身旁有腊肠犬兰普,还有毕加索的数名妻子所生的孩子陪伴着。总之,斋木犀吉始终改不了在自己口袋里塞满杂物的习气,在银座一流商店定制的服装,不久便弄得不成样子。他经常丢三落四,但见到可爱的小物件,便又不能自已了。

脖子上围着围巾,口袋里塞着借来的一点钱的斋木犀吉出来了,我们两人乘上自动电梯。电梯一开动,他便显出彻底放松的样子,从鼓鼓囊囊的口袋里掏出一只银制登喜路打火机给我看。并解释说,区分登喜路打火机是银制还是镀银,关键看盖上是否刻有条纹装饰。

"外国人的做工也蛮精致的。"斋木犀吉愉快地说道。

"那办事处是干什么的?你又干些什么?"我不禁闷闷不乐起来,目光移开打火机问道。难道这是我们谈论登喜路打火机的时候吗?这可是两年后的意外重逢啊。

"是画家亲戚开的商业设计事务所,我用细明朝体或粗明朝体字书写药店广告,因为大家知道我是硬笔字的天才了!"

"那么,也和那位画家女儿结婚了吧?"

"没那事,我和那姑娘已经没有性关系了。我以前也说过吧?在正常性交中,要说以女子为对象的男子的快感,强度太大,我已从这阶段毕业了!我对那家伙说了,那家伙跑到宾馆喝了一点砒霜,皮肤白得像挪威人似的醒过来了。那家伙还想出了一个自我欺骗的计划,生下我的孩子,并自己抚养孩子。所以,我为了那家伙的计划,每月要向那家伙支付一点钱,就是因为那家伙喝了砒霜啊!"

我在去四国的夜车里,关于性方面的问题,曾使他狼狈不堪,我知道他并未忘记此事。虽然这是小事,却像连接我们相隔两年的深谷间的吊桥。不过,我想能这么对待总要花上三小时进行性交的情人吗?想到此,我笑了出来,斋木犀吉显出孩子气的愠怒表情,惊慌失措地说道:

"可我,还没让那家伙生孩子啊,但对喝过砒霜的老友,不能更加冷淡了吧?"

他带着几分得意的神情说道。这时的斋木犀吉确实和他二十岁的生理年龄相符。当然,这只是刹那间像海市蜃楼般稍纵即逝的印象,但在他时而显示的这青春的海市蜃楼中,确有某种真实性的东西,这是我在其他人身上从未见到过的。请不要认为我这话只是出于我的友情。

斋木犀吉上班的大楼位于银座林荫大道靠近新桥的一角。我们走出大楼,背向新桥,在冬季草木凋零的林荫大道上,像跑步般大步流星地走着。我想告诉他前一天突然下雪之事,但最终未开口。因为这次重逢,他是否可以作为聊此心里话的友人我还不知道。而且,如果提起雪,我担心他也许会发觉我在风雪中流下的眼泪。此外,从生理方面讲,这个身材一百七十五厘米以上的大个子大步流星地走着(这是他还没车时的走路习惯,总像逃犯般认真地匆忙赶路,可实际上他并没有任何急事要处理。而且,如果你和他约会,就必须忍耐他三十分钟至一小时的迟到时间),这样很容易忽略比他矮了几厘米的我,他像狂怒的公牛般奋勇向前,我也无法和他搭话。我还发觉擦肩而过的姑娘们都盯着他看,一刹那间,或陶醉或莫名其妙地表现出嫌恶之情。我才发觉自己是和一位明星行走着,便有了几分受虐狂似的满足感。于是,在高低不平的石子路上,跟着他一路小跑着踉跄而行。这种时候,我时而感到自己比他还要年龄小。

就这样，斋木犀吉把我领到咖啡厅，它位于一家叫诺伦多尔夫广场的德式食品店的二楼。据斋木犀吉介绍，这家店旁边有同名的德国高级菜馆，但被食品店的火腿、香肠、饼干的烟幕所遮蔽，如沙丁鱼般游动在银座的那帮人也忽略了这家咖啡厅。当天确实仅有我和他两个客人。我感到别扭，内心焦躁。我当时的情感与上流社会的情调格格不入，而诺伦多尔夫广场正是这类情调的店。可是，斋木犀吉却像沙漠绿洲中的骆驼似的，一边愉快地搓着双手，一边选着点心。

"如果现在是晚饭时间，我也有足够的钱，那就要先吃牡蛎开胃小菜，中间还得加上鞑靼牛排！"斋木犀吉心荡神驰地说道，越发像婴儿似的微笑着，眼角堆起无数的皱纹。"当然，那时要到诺伦多尔夫广场餐厅那边，而且要坐在地下室的桌边用餐，要喝德国啤酒！但今天只要这三种点心和特别泡的红茶、白兰地，将就着吃吧。"

于是，我计算着自己口袋内的纸币数，在包括厚实的橡木桌子和略带油渍的褐色地板等在内的诺伦多尔夫广场的全部设施面前，不免自惭形秽，便只要了一杯咖啡，并祈祷那不是特别冲泡的。点心、红茶送来后，斋木犀吉完全不理会我的存在，如鲸鱼吞食浮游生物般，很快就兴致勃勃地吃光了。

说来，斋木犀吉胖了不少，一不小心下巴就堆成双层。而我的肋骨如大礼服上的金丝缎般突起的皮肤犹如风筝纸般，我感到胸中生出莫名怨恨的嫩芽。那是因为我当时营养失调。任何人都只有一次学生生活（如契诃夫笔下羞于自己的秃头，却坦然穿着学生服的终生大学生则另当别论），而营养失调的选手即使在头戴学生帽的马拉松竞赛中败下阵来，也不会获得任何教授的同情，所以营养失调的学生，无论用怎样含恨的目光看待现实世界，这缺点亦情有可原。于是，我频频地注视他的双下巴。他的手指沾满了蜂蜜和点心渣。忽然，他微笑着回望我的眼睛说道："下巴左边长茧子了吧？如果再硬点，我就用砂纸打磨。那是因为练小提琴的缘故，我现在正练习巴赫的无伴奏组曲的第一乐章。虽说是急板，却是惊人的快速，像我这种初学者要拿着弓子赶上那速度可真难，难到令人感到绝望。"他误解了我的自卑感，兴高采烈地说道。

这是他特有的作风，无论学习任何乐器，从不按初级教程练习，一开始便用这乐器练习自己最心爱的曲子，由此磨炼技艺。而且，即使需要很长时间，最终也能弹得像模像样。所以，他肯定具有甲鱼般偏执的忍耐力和独特的才华。我曾经认真地思考过，如果他愿意尝试，即使对核裂变，他也能从一无所知的阶段开始，直接着手制造原子弹，不久便能制造出使东京站陷入瘫痪的爆炸物吧。

"你在这两年有不少创举吧，我昨天看到你邀请中年妇女乘直升飞机呢。"我在残酷的感情舌尖上，施虐般地隐隐品味着火辣辣的酸味，报复性地说道。

"啊，那个嘛！"斋木犀吉说道，他那长满幸福蘑菇的大脸上，点心、红茶、白兰地的影子刹那间消失了，浮现出极度气愤的可悲表情。"我要在四十岁前成为亿万富翁，要把那拷贝全部买下来，然后全部烧掉，恶臭肯定会弥漫整个东京，冬天还会产生烟尘。什么时候我要好好对你说说在电影公司和各类色情狂怪物打交道的事。你说过要写小说吧？已经开始了吗？你写色情狂时，我的话能帮上忙。想来，在这个世界上，实际上和色情狂有过来往的人实在太少！可是今天，你只想听我坐上什么船，去了什么国家吧？在你出麻疹变得像煮熟的红虾时。我简单介绍一下吧！"

斋木犀吉开始用又快又口吃的尖声，像小鸟般饶舌地说开了。他先对自己陶醉地微笑了一下，显得非常愉快，一瞬间前的可悲的愤怒余波已荡然无存。而后，他一边使我陷入一种幻觉，仿佛从他那长满结实肌肉的脖颈、肩胛骨间,一下子伸出弗拉·安吉利科①的《受胎告知》中的天使羽翼般的东西,一边开始了他那充满梦幻色彩的荒诞无稽的报告。现在已无法确认这些是否属实。不过,他具有无论怎样破天荒的经验谈都能充满热情、毫不畏惧地进行讲述的独特习性,而我亦确实心甘情愿陷入他那略带口吃的尖声魔法中。他具有宇航和核战争时代吟游诗人的风貌。

"我在横滨坐上去东海寻找海盗宝藏的船。当时商定,如果途中干点活,可免费带我到香港,在香港再为我介绍去开罗的船。如果能找到海盗的宝藏,还能给我发点工资。所谓海盗,据说是和义和团有关的中国海上革命家们的秘密资金。真的,在我看来,无论条件如何都没有问题,我是个孩子,只要能在香港换乘去开罗的船,就和那些寻宝的狂徒再见了。实际上,我那时像三月的兔子般疯了,觉得只要能出海,条条道路都能通往开罗。这也有长老那个时代的旅行者的感觉带来的影响。于是,我乘坐由鲣鱼船改装的寻宝船出发了。同事们要么像熊一样无知,要么是热衷于寻宝的狂徒,晚上真可怕,而且当时正值隆冬时节!在如此寒冷阴郁的海面上前进,最终将到达开罗酷热明亮的街道。每当我想到这里,亦会联想到爱因斯坦的学说。总之,我们的寻宝船仿佛脱离轨道的无垠空间的宇宙飞船。像熊似的那伙人中也出现了忧郁症患者。毕竟,无论多么无知的渔民,还是有一些常识的,日本的初等教育还是非常彻底的。"

斋木犀吉就是这样的饶舌家,尽管他有言在先,是进行简单介绍!如果将其话语逐字介绍,也许需要百科全书般的篇幅。概括说来,在这次航行中,斋木犀吉的船突然遭到枪击沉没了。也许遭到某

---

① 弗拉·安吉利科(1400—1455),意大利文艺复兴早期的画家,一生只画宗教题材画,将哥特艺术晚期的优雅和装饰与文艺复兴时期的光线和空间渲染技术结合在一起。

种金枪鱼的袭击,致使船底破碎而沉没了。经过殊死的漂流,斋木犀吉被香港的英国巡逻艇救起,而后不知出于怎样的误会,被收容于位于九龙的难民营。但如果就此安顿下来,他将被送上遣返的汽车,返回广东的人民公社吧。

他心急火燎,偶然间被一位德国博爱家救出。这位德国人像已故演员施特罗海姆①那样,是一位五十岁的秃顶健壮的小个子男人,是西班牙内战期间在巴塞罗那作战的原无政府主义者。此后三十年,他离开故国,到处流浪,至今仍有一艘名为"巴枯宁支持者"的游艇停泊在香港,每天追忆着年轻时的过激行为。斋木犀吉在健康恢复前,无心考虑任何问题,只在安排给他的九龙的宾馆的二十楼房间里度日。恢复健康后,他漫步于香港街头,并多次乘渡轮往返大陆,目睹了种种景象,并思考了种种人生问题。不久,那位德国原无政府主义者开始向完全康复的斋木犀吉极为委婉,但确切地暗示了同性恋关系,且保证由斋木犀吉担当该关系的主动方。

斋木犀吉对此亦进行了认真的考虑,终于下定了决心。某日夜晚,他在九龙附近的繁华街与最低贱的娼妇进行了交易。这是一次以染上性病为目的、极端不洁的执拗的性交易。

"知道我染上性病时,那德国人悲痛至极,这令我感到难过,甚至憎恶起自己患病的阴茎。那德国人的悲伤确实有令我感到震撼之处。但当我的性病越来越严重时,德国人决心把我送回日本。香港这地方,治愈性病比染上性病要多花百倍的金钱。就这样,由于对德国人良心上的负疚感,以及自身性器的痛楚,我流着眼泪,乘上'巴枯宁支持者'号回国了。我把在香港得到的一只猫装进柳条篮带了

---

① 埃里克·冯·施特罗海姆(1885—1957),美国电影导演、演员,曾当过军官、新闻记者、杂技演员等。

回来。它在香港被叫作'牙医',为了纪念随我回日本的经历,我现在把它叫作'齿医',这是译名。深夜里,我和齿医在神户港从'巴枯宁支持者'号偷偷登陆,那德国人和日本外务省悠然地打个招呼,便入境了。而后,他又尽心尽力地安排我住院。我痊愈后,他还把我介绍给韩国籍电影制片人。那德国人起航离开时,我伤心地流着泪,发誓要做一流的电影演员!总之,我从这次小旅行中获得了许多人生准则。特别对热带殖民地问题考虑得较为深入,因为我是要去开罗参战!我现在又回忆起香港的初夏景色。我由鲜红的叫作火焰树的花、干净整洁的庭院中的英国孩子,还有精疲力竭的绝望的中国年轻流浪者,考虑了殖民地问题,而且我发觉自己在参与苏伊士战争前,已思考并观察了战争。于是,参战的欲望从我身上消失了。"

6

就这样,我和斋木犀吉再次见面了,但这次见面很快宣告结束,因为他逃跑了。像一条在暗处被人痛打的狗,他在极度恐惧中颤抖着,全速拼命地躲进了这世界的某个角落。

这次逃亡事件始于斋木犀吉给研究室发来电报,要我去他工作的办事处大楼底层的小提琴店。这事发生在我们重逢后的数周。当时,我正准备利用年终假回四国峡谷的祖父那里探亲。我已很久未回去探亲了。我一直无法筹措到去四国的火车票钱,而当时我口袋中突然有了一笔可观的旅费。

在与斋木犀吉重逢前,我在T大学报上发表了一篇短篇小说,描写打工学生杀狗的故事。站在大学医院前面坡上的某处,侧耳倾听医院养的做实验用的野狗群发出的阵阵吠声,如小冰雹般从天而降,就是这样一篇单纯的小说。可是,由于这份报纸在大学节公开销售,

31

读过小说的出版社编辑们来信约我为他们的杂志撰写小说。

我旷了两周课,闷在大学图书馆里,翻阅着借来的最大部头的国语辞典,艰苦奋战,最终写出了两篇小说。究竟是怎样的小说,现在的我并不想特别涉及这个问题。总之,出版社把它们刊登在杂志上,我也收到了稿费。于是,我准备回一趟峡谷,听听许久未听的祖父的嘶哑声。

我记得在寻找斋木犀吉办事处(根据电报,知道他已由该处辞职)所在大楼通往地下室的入口时,可以看到庄严的冷杉圣诞饰物正被换成巨大的门松,严寒天气使年轻工人们的脸颊变成紫红色,他们在梯子上上下下,彼此叫喊着。已是这样的季节了。

地下室的走廊尽头,有一个像仓库那样阴暗的陈列窗,那里便是小提琴店的入口。陈列窗里仅放着一把红色大提琴,但一进店铺,就见到昏暗的室内摆满了宛如深海鱼般褐色或黑色的小提琴、中提琴、大提琴、低音提琴等。当我把脑袋探进门的那瞬间,便感到室内空气如火炉烟囱内部般干燥至极。斋木犀吉直接坐在地板上,焦急地仰望着我,身子两边分别是一个大柳条篮和一只白色皮箱。

"我等了你五小时。在这段时间里,我想想事情也就过去了,可这家伙没办法啊!"他这么说着,用手掌拍拍柳条篮。同样焦躁而怯懦的猫叫声,如乒乓球般弹了出来。

"究竟出了什么事?你的电报还是我朋友刚好去研究室,才给我带回公寓的。你自己任性等着,太不应该了。"

"我想你最终会来的。"斋木犀吉撒娇般地说道。

"究竟出了什么事?"我再次重复道。眼睛适应黯淡的光线后,只见斋木犀吉肩后的柜台里,有位理短发的少年正趴在自己的胳膊上睡着。看来这少年是这家小提琴店的店员,肯定由于他和斋木犀吉是朋友,所以这才把我叫到这里来的。

"我的猫,还有小提琴、夏季衣服、潜水用具之类,想请你保管一下。就这件事,拜托了。"斋木犀吉说道,"猫在篮子里,其他东西在皮箱里。啊,箱子里还有我去世父亲的油画。"

斋木犀吉身后的少年依然趴着,像啜泣般阵发性地发出咯咯的笑声。我这才知道他并未睡着,大概因为精疲力竭才那么趴着。我不理会那神态异常的少年,先考虑斋木犀吉的唐突请求。斋木犀吉的说话方式,令我想起他在我峡谷向祖父借钱时的语气。"我们来,还想请您资助我们买船票的钱。像您这样的人,决不会为难我们吧。"

"猫?是那只从香港带来的叫'齿医'的猫吗?"我预感到我最终会接受斋木犀吉提出的请求。尽管如此,仍想在猫的问题上做点文章。

"是的,我把这篮子装上香港开来的游艇,齿医也安然无事,想必坐火车也没问题。我想请你把它带到乡下的峡谷,请长老代养。长老把那条狗养到老朽,还使它保持着尊严,这只猫也能养好吧。而且,之前齿医得感冒时,我给它多吃了一点抗组胺剂,把脑子吃坏了,面包屑、生菜叶什么的,它都能一声不响地吃下去,所以不用担心食物问题。从前,它可是一只爱挑食难侍候的猫。真想让你看看它那时的模样。你喜欢猫吗?这里塞了点食物。我买了一些它在香港吃惯的中国餐馆的剩饭,我以前也没为它做过什么了不起的事。"

我已经完全被他说服了。我对篮里的那只香港出生的猫感到厌恶,有一种想吐的感觉。但我知道自己确实会把那只猫小心翼翼地送往峡谷的祖父身边。事实上,我总是轻易地被他说服。于是,我充满怨气地说道:

"那么,你打算干什么?想搞什么新花样吗?这么突然地把猫什么的塞给我?"

"我必须逃走。逃走了,暂时还必须躲起来,如果不想被杀或被切断手指的话。我可不想被杀,或被切断手指。"

这时,斋木犀吉身后趴着的少年,以女性般的肉感,咯咯地笑得连肩膀和细脖子都颤动起来。我觉得那少年因恐惧心而陷入了歇斯底里症状。于是,心中对那少年也产生了一种即物性的厌恶感,就像对篮里的猫似的。

"你到底出了什么事?"

"我和这家伙两个人一起和一个变态的四十岁色情狂女人睡了。过后,觉得太恶心,便向她勒索了十万日元。于是,在那胖女人付钱一周后,你猜怎么了?简直让人无法相信,她居然请职业流氓要回那十万日元!你要特别小心变态的四十岁色情狂女人,特别是那种肥胖型!"

我感到愤怒、悲伤,并且惊讶。仍在歇斯底里地傻笑的少年和坐在地板上用尖声唠叨的斋木犀吉令人感到可恶。这帮家伙终于捅了乱子,人生的追求者斋木犀吉的多么高尚的趣味!

"把钱还了不就行了?你为什么为这点事情逃走?"

"钱已经花光了。而且,我想逃跑,决不认输。与其被流氓抢走钱财,倒不如把那家伙打一顿,然后藏起来才好。"

"别说孩子气的话!"我越发生气地说道,"我身上有卖小说得来的七万日元,先借给你,你设法凑够不足部分吧?"

斋木犀吉未作正面回答,但他从地板上站起来,慢慢提起皮箱和柳条篮。

"你这么有钱,应该做套衣服啊。不应还穿着学生装,打扮得像企鹅似的,多难看。趁现在还有时间,给你介绍一家相熟的西服店。哎呀,你帮我拎一下这只箱子吧。这两天连觉都没睡好,好累啊。"他不好意思地微笑着说道。这时,他背后趴在胳膊上的少年已经抬起脸。他对少年说道:"那么,我这就走了。我揍了那家伙,引发了纠纷,这纯粹是我和那家伙之间的问题,和你没有直接关系,这点不能含糊。从明天开始,你也在店里照常上班,要注意自己的品行!那么,再见了!"

"啊,犀吉君,再见了!"少年满面通红,带着哭声说道,有点像绝望的小鸡。我越发感到切实的厌恶,这厌恶感还开始与性的酸味联系起来。我急忙提起沉重的皮箱,先跨出小提琴店。走上地面,时间已近黄昏,门松已彻底完工,有种东方斯芬克斯的感觉。工人们早已不知去向。

"你到底出了什么事?"我再次紧锁着双眉问斋木犀吉。为了保持猫篮平稳,他哈腰提着篮子跟上来了。他的回答还是像唱同一首歌似的。

"我在电影界工作时,认识了'阿街',这是事件的起因。你知道'女街'①吧,那是贩卖妇女的职业,而这是兜售男人的职业,即'男街'。比如说,发现有同性恋倾向的青年男子,因压抑而痛苦,就把他们引向这个方向。或者某电影公司董事正悄悄物色同性情人,便把他与作为供品的小伙子联系起来,就是这种'管道'吧。就是这样的男街,跑到我和那位小提琴店的店员朋友跟前,说起四十岁变态女子的事。那家伙是个女演员,是个获得过什么演技奖的名人。现在这世道,连条狗都能叼回个特别演技奖呢。我想在性命题方面,再增加一张我个人意见的卡片。最后,我发现自己已无法安身,这是一次事故。"

"看你干的荒唐事,你所谓的性命题卡片是什么?"我问道,斋木犀吉未作回答。暮色中的银座人来人往,我们快步行走着。这时,斋

---

① 女街,日本江户时代,将妇女贩卖到妓院的商贩。街,贩卖之意。

木犀吉忽然说道：

"啊，我看过你的两篇小说了。你说采用一种女子穿件贴身内衣般的文体，但实际上你发表的小说，不是用中世纪斯拉夫骑士的盔甲般阻滞的文章写成的吗？"这样，我们各自污蔑了对方一次。此后，我们一直到西服店都沉默不语，像仇人般防备着对方，但依然肩并肩，紧挨着走着。

在银座的那家西服店里，斋木犀吉从大量悬挂着的西服半成品中，为我选了一套深葡萄酒色西服。这套服装至今仍是我所有服装中最好的。

现在我回忆起，在斋木犀吉为我选服装时，他已给人身处绝境、形容憔悴的逃亡者的印象。

原本胡子稀少的双颊，即便许久未刮，邋遢胡子也不特别明显，但他的意大利皮鞋满是尘土，条纹西服也到处沾满了石灰粉。其整体形象，显然是一个年轻流浪者的印象（或其预告），仿佛文化住宅①的防盗铃夸张地响着。

我改好裤子，走出试衣间，正打算付款，斋木犀吉对西服店老板说这位青年还是学生这类的话，要求便宜点。结果并未成功，但这是我惟一一次见他在别人购物时，突然成为形象顾问，并热情讲价。他那态度印刻在我记忆的铜板上。当时，斋木犀吉确实对我表示了他的友情。

走出西服店，斋木犀吉明显地心神不宁，多次依依不舍地看手表，仿佛我是一个小偷，要偷走他的白皮箱和放猫的柳条篮似的，不时深深地打量我，终于如此说道：

"如果你多少还剩点用盔甲体文章写小说得来的稿费，能否请

---

① 指日本二十世纪初开始流行的和洋折中的住宅。

我喝点威士忌?我想用它服食安眠药。当然,不是为了睡觉,而是为了战斗。"他令人费解地说道。

于是,我们提着皮箱和篮子,进了一家看上去廉价的酒馆。在吧台坐下后,斋木犀吉果真把德国制安眠药和威士忌一起嚼着咽了下去。

"为什么有这种不良嗜好?"我实在忍不住地问道。我的脚稳稳地放在猫篮上,这是我开始感到要对猫负责了吧。

"为了对付那恐惧心理。我马上要进行一场厮杀,可我实在怕死。所以,用威士忌吃下它,在瞌睡前,先克服恐惧心理。"

我伸手拿过斋木犀吉面前的药瓶,看瓶上的标签。上面印着卫生无害、且与恐怖心、勇气无关的套话,但我平静却如电击般地理解了他的话语。

"你真的怕死吗?如果那样,服药麻痹怕死情绪这件事本身,也可怕吧?不是吗?"我带着悲伤而厌恶的心情说道。

"我已经喝下去了。"斋木犀吉说道,"什么时候我们再见面时,我会告诉你吧。关于死亡恐惧的命题,我制作了不少卡片,但现在没什么时间了,我就要和那流氓决斗了。嘿,等药片和酒精的药性上来吧!那样,我就会像鲁莽的孩子,没什么可怕的了!"

猫从刚才开始发怒了,发出拉风箱般的声音。我看着脚下,只见柳条篮中像植物幼芽般露出的几只猫爪,想抓挠什么,而一个劲儿地徒然弹着篮上的柳条。斋木犀吉跳下椅子,在篮子边蹲下,像让死者合上眼睑般,轻轻地用手指肚一个个地抚摸着露出的猫爪,喃喃细语道:

"怎么啦?齿医,像你这样健壮的雄猫有什么可怕的?喂喂,好好睡吧,齿医!"

"是猴子,它生猴子的气。"调酒师指着酒馆的一角,抱歉地说道。

这时,我从背部到腰部感到一阵莫名的恶寒,我预感到斋木犀吉肯定会在这场斗殴中死去。

刚刚才开始营业,我还以为有个忧郁的孩子在微暗的酒馆内的墙边玩耍,但却是一只大型日本猿。那小个子调酒师误以为我对猿猴感兴趣才深深地叹息,所以一边擦着平底大玻璃杯,一边说道:

"在这种地方喂养实在不可思议,猿猴的身体变了。"他为了吸引人似的说道。

"怎么了,这只猿猴?"

"猿猴原本没有鼻毛,可长年在这空气差的地方待着,这家伙竟然长出鼻毛了,值得赞扬吧,它可是只猿猴。"

"嗯,嗯。"我厌烦地说道。

"按照达尔文的理论,猿猴最初的进化特征,好像是鼻毛……"调酒师用狡黠的黄色眼睛看了我一眼,可我没有想笑的样子,他只得死了心,"一般人到此为止,会笑两次。"他抱怨着走到对面去了。

我笑不出来,悲伤和厌恶的心情愈发明显,以至引发了虫牙的疼痛。斋木犀吉更加严重。他舍不得和柳条篮里的猫分别,竟然哭了起来。威士忌和安眠药确实已将他心理的平衡打得粉碎。而后,他突然站起来,用哭肿了的小眼睛盯着我,刹那间又晃眼似的移开了视线。

"那么,再见了,请代问长老好。每天要给齿医吃内含维生素B、尼古丁酸、消化酶、氨基酸之类的药剂,是药房最便宜的营养剂,一看就明白。我这就走了!"

他走出门外。我赶紧结了账,双手提起白皮箱和柳条篮追了上去。我一开始就晚了,在黄昏银座拥挤的人群中提着猫篮和皮箱前行,可真是件苦差事。

我在熙熙攘攘的人群中寻找着斋木犀吉的大脑袋、宽肩膀,却因近视眼之故,最终与他走散了。我粗鲁地吐着悲伤而怨愤的白色气息,继续追赶而去。

当我好不容易再次在对面人群中发现他时,他已经在和一位与他身高相仿的中年大块头男人打架。是在土桥旁边电影院前的狭小空地上打斗。那是一场恶斗。我无意讲述其暴力行径,仅进行简要的记述。那确实是一场恶斗,而且是由斋木犀吉单方面发起攻击的打斗。在越聚越多的围观者中,有人担心地叫了起来。

"喂,别杀人,别杀人!这家伙会拳击,肯定是个拳击手。喂,别杀人,拳击手的拳击是要当凶器判的!喂,别乱来,别打死人!"

斋木犀吉并未打死对方,但更严重地殴打(因为对方是人而非兽,有时可能比致死更严重)了对方。在警察到达现场前,他已逃之夭夭,完全不顾及我。所有围观者都从这次打架事件中感到了生理性不快,也有吐唾沫者。我亦仿佛浸泡在嫌恶感的泥矿温泉中,忍受着虫牙的疼痛,独自离开围观的人群,拦了一辆出租车,把篮子和皮箱装上车。在车上,从柳条的隙缝间,可见长着橙色条纹的胖猫用前爪紧抱着脑袋睡着。

7

我把篮中的橙色条纹胖猫带回四国峡谷,交给了祖父。近视的公狗不再把祖父的脚踝误以为灰色老鼠啃咬戏耍了,它发现了追逐猫的新游戏,恢复了十数年前狗固有的奔跑热情。与祖父穿上灰色袜子的脚踝相比,橙色条纹猫的橡胶般的身体,即便狗没有辨别彩色的能力,对近视的南洲号而言,确实是易于发现的目标吧。可祖父已不再坐在大正天皇即位以来一直使用的温莎椅上了。他让峡谷的年轻木工做了一张大床,从早到晚躺在床上。大约是坐得厌倦了吧。那么,躺得也厌倦了,祖父会怎么办呢?那就惟有死亡了,祖父肯定是这么死去吧。从温莎椅子到极为结实的橡木床,再到峡谷树丛中浅浅的凹坑。如此想来,幼时的悲伤便袭上心头。每次返回峡谷,似乎都会显示出一种幼儿般退化习性。

我仅向祖父提及斋木犀吉已归国之事。祖父批评我说,这事我早就知道,那种人不可能在外国的穷乡僻壤失踪。祖父告诉我斋木犀吉的信放在矮柜里。我站起来在矮柜中寻找,很快找到了信。这二十年间,寄给祖父的信件仅仅几封而已,而用航空信封寄来的信件仅一封。我想阅读斋木犀吉从香港寄出的信,但信封内只装了一百五十美元的纸币,却没有字纸。我想可能是祖父把这信放在别处了,或由于躺着读信而不留神掉在了床的另一侧。

"爷爷,没信。"

"你手里的就是。"祖父就那么仰卧在床上,仅用双眼狡黠地盯着我,不快地说道。那声音愈发嘶哑了,听来像飞机模型快速前进时,其机翼所发出的声响。

"没见斋木犀吉写的信。"

"从来没有过那种信,没必要专门从外国写信给俺。"

"可是,比如介绍一下香港。"

"俺没去过香港,也不知道香港。所以,没必要写给俺。"

我沉默了。而后,把美元重新装入信封,并放回矮柜。信封正面,在工整的罗马字旁边,用一手仿虞世南①的漂亮字体非常气派地写着祖父的名字。我觉得作为专业书写者,斋木犀吉确实写得一手

---

① 虞世南,唐代政治人物、文学家、书法家。越州余姚人。日本学界称欧阳询、褚遂良、虞世南为"初唐三大家"。其所编的《北堂书钞》被誉为唐代四大类书之一,是中国现存最早的类书之一。

好字。而后，祖父忽然在我身后说道：

"小学校长拿来了你的小说，俺读了，真无聊啊。"我感到愕然，"啊，爷爷已经读了我的小说！"

"您是说文章不好吗？您是说应该读读森鸥外吗？爷爷。"

"文章什么的没关系，文章马上会忘记。俺读过很多文章，过后都忘了。你的小说坏在只写空想，你没有观察，所以无聊。俺已经忘了你在小说里空想了什么。和你相比，那青年讲述他观察到的东西，那是个善于观察思考的人，那样的小伙子写出文章来肯定有意思。"

我对斋木犀吉与祖父之间的友谊感到嫉妒，也为自己的小说受到轻视而感到不平。于是，我从刚放入矮柜的斋木犀吉的信封中偷走了暂时不用的美元。

"没观察力可不行，这样，你写小说不会成功！"祖父继续固执己见地否定我。我愈发地对祖父和斋木犀吉感到气愤，眼中几乎含了泪。

虽然峡谷长老做了如此不吉利的预言，但我最终从那年新年起，开始了初出茅庐的小说家生活。大学一毕业，我也不找工作，随即搬入更宽敞的公寓，每日里只是写小说。而且，我还获得了一项文学奖，也出了书。祖父的预言总是在我的脑海中嗡嗡作响，筑起了不安的鸟巢，但我总是尽量不予理会。即便对斋木犀吉第二次消失前对我小说的评价，每次回忆起来，就有一种海胆卡在咽喉似的感觉，但斋木犀吉在和中年黑社会男子格斗后不见了踪影，不回忆其评价并非难事。而且，文坛的评论家们不像峡谷长老和斋木犀吉组成的强势的二人帮那么苛刻。总之，对我而言，小说家的生活也是极为繁忙的。我还参加了文学者旅行团，去了中华人民共和国，在上海见到了中国领导人。在这次旅行中，途经香港时，我对日本报社香港分社的记者说起斋木犀吉在香港的冒险经历及"巴枯宁支持者"号的事情，

41

对方回答说其真实性只有一半吧。我开始认为那些话语是斋木犀吉编造的，内心不免感到吃惊。

总之，我期待着销声匿迹的斋木犀吉的消息，却一直杳无音信。我觉得没有任何人知道在那黄昏时的丑恶的激烈斗殴后，斋木犀吉潜伏在了何处。到我和斋木犀吉第三次关键性会面为止，这种状态持续了两年。斋木犀吉留下的猫在四国峡谷悠然度日。每天吃几片艾表斯①，再吃些河鱼，终日被近视的公狗追逐着，而且发了福，颇有几分忧郁庄重的中年妇女的威严。可见把猫送人寄养时，斋木犀吉选择了合适的寄养户。我在搬公寓时，也小心翼翼地带上他那装有小提琴和夏装的白皮箱，把它塞入床底，认真地保管着。若皮箱内装有斋木犀吉的人生研究笔记或卡片，我曾经有过偷看的欲望，但我克制住了自己。

且说，在这一两年间，我写了不少小说，也订下了与大学友人妹妹的婚事。我打算在二十五岁生日那天结婚。婚后生两个孩子，被自己所写的二十本书从背后攻击着，轻度的酒精中毒，死于癌症，这就是并非天才的作家生涯。我这辆机车即将驶入如此平稳的线路，对一切冒险不再上心。

可是，几个月前，我写作的政治性迫害物语，在各式人等的大脑中繁殖起愤怒的菌种。无论昼夜，开始完全沐浴在带有攻击性的威胁电话或信件的急风骤雨中。我感到孤独，患了多疑症，不再写小说和随笔了。我每天进食六次，从大瓶中倒出肠胃药和营养剂咀嚼着吞下，骑着自行车兜风，使用扩胸器和铁哑铃锻炼肌肉，且不从事任何知性的工作。我开始发胖了，肌肉隆起了，只是脸色如海蜇般苍白，展示着我的多疑症。这确实像濒临灭绝动物的绝望的怠惰生活。

---

① 啤酒酵母名，含各种酵素以及维生素。

真正看穿我多疑症的真相者,是四国深山峡谷里终日卧床的祖父。祖父对我妹妹说了如下话语:

"那家伙已经写了三本书。小说家的职业属于我们家族出外闯荡的血脉,还是留在家里守望的血脉,似乎还不清楚,但不久会清楚吧。"话中带有几分神秘色彩。

此后,祖父愈发梦呓般神秘地说道:"无论怎样,如果打算和长有羽翼的人打交道,自己也得做好跳跃的准备。"又骂道,"那家伙要是被杀了,就能轻易地知道自己继承了哪种血脉。"妹妹因此同情我,伤心得啜泣起来,却招致祖父的不满,几乎不顾他平日的威严,骂道:"俺才快死了呢!"

为了把我从多疑症中挽救出来,并把我引向日常生活的冒险,斋木犀吉回来了,还带着一位妹妹似的,像他一样叛逆的小不点儿妻子。

第 二 部

1

在我二十五岁生日前一个月的某个极寒冷的深夜,从我居住的老式住宅区私营铁路车站前的派出所,来了一位骑自行车的警察,他说:"扣留了一位要来你家的形迹可疑的青年,请先确认一下,是否真是你的友人,还是实际上是恐吓者们的代表。"我问那青年究竟叫什么名字,警官说那家伙自报的怪名也许是假名。当然,他并不粗鲁,也没口出恶言,像一个彻悟的老实人,惟其如此,才有几分那种团体的狂热信徒的气息。"啊,是斋木犀吉。"我在心中充满怀恋地说道,这是令我感到惊讶的。

我骑上自行车匆忙赶去,只见斋木犀吉正脱了鞋子坐在派出所的一把椅子上闭目冥想。与我第二次见到的斋木犀吉相比,那样子更像初次见面时作为人生追寻者的哲学人物,虽有几分滑稽,且不合时宜的印象。我看了他一眼,把自行车停放在派出所外,然后走进派出所。这时,斋木犀吉仍然抱膝坐在椅子上,晃眼似的微微睁开小眼睛注视着我,用尖厉的声音说道:"哎呀,不知你家在哪里,而且这一带狗繁殖得很厉害吧?"

这似乎是昨天刚刚分手的挚友的寒暄语,又像热水融化我多疑症冰块的声音。我感到斋木犀吉长大了,也成熟了。在彼此分别的两年间,我们以各自的方式生活在这个现实世界中,但犀吉的现实世界中曾有不少荆棘吧,我也一样。

我向警察们道了歉,并领回斋木犀吉。警察们并未特别生气。斋木犀吉确实常常做出各种违法行为,可一旦与警察们面对面说起话来,是一位能在那里酿造出一种散发着独特友情芳香氛围的男子。对于罪犯来说,这不是至高的才能吗?"从野狗收容所逃跑的狗,像蚊子般到处乱窜的时代是很久以前的事了。"来叫我的警察如此说道,似乎打算对怀疑斋木犀吉一事多少做点弥补。

我们走出派出所。当我去推自行车时,斋木犀吉认真地注视着我,仿佛我在拉对空导弹似的。

"这条街上的人都有自行车啊,是赶时髦吗?"

"水果店、酒铺都集中在车站周围,购物不方便的缘故吧。"我的回答充满了生活气息,不觉脸红起来。

"还是赶时髦啊。"斋木犀吉忧郁地断言道。

时间已是深夜,但只有车站前的食品店,还像夏日白天的海滨沙滩,店内灯火通明。也许有店主固执地认为,如果灯光昏暗,狗会来偷罐头吧。这也许缘自许多狗从野狗收容所逃跑时代留下的心理创伤吧。

"去买点酒吧,你喝威士忌?"我对嘴上叼着烟(那不是他电影中的弗吉尼亚烟叶制的黄金叶,而像一般寻常的香烟)正要点火的斋木犀吉说道。他已不再使用登喜路的银色打火机。可能丢了,也可能难以从上衣口袋乱七八糟的什物中找出来吧。当他的大脸盘凑向日冕色的火柴亮光时,其右唇角至下颚处,鲜明地浮现出一条新疤痕。那是我在他脸上第一次见到疤痕。我吓了一跳。斋木犀吉深深

地吸了一口烟,用他那睡眼惺忪的小眼睛回望我一眼,爽朗地说道:

"啊,给我来瓶苏格兰威士忌吧。一直很穷,我和我老婆的肝脏都不好,所以想喝好酒。"

"老婆?"

"瞧,在那辆雪铁龙里等着呢,可能睡着了吧。"

斋木犀吉深情地说道,这令我吃惊不小。因为,斋木犀吉之前从未如此充满爱意地说起与自己有关的女子。即使对那位倒霉的砒霜爱好者亦不例外。犀吉用点燃的香烟指着停在几辆出租车之间的大车,它位于站前药店门前的邮筒旁。雪铁龙车内一片漆黑,看不到人。或许正蜷缩在座位上睡觉吧。我很想就各种问题向斋木犀吉问个究竟,但还是决定将这费时又费力的工作延后,摇了摇头走向食品店。一瓶苏格兰威士忌,另外,虽无特别理由,我担心斋木犀吉的妻子也许因为肚子饿得难受才在车里睡觉,便为她买了几样火腿、洋葱、生菜和点心。我买好这些食品,并装入自行车篮子。斋木犀吉一点忙也不帮,只是皮笑肉不笑地满意地注视着我。如此一来,在斋木犀吉那副扑克脸般冷漠表情面前所体验的焦躁和令人感到羞耻的怨愤,还有被威胁感,以及将这一切暧昧消解的友情又将轮番开始了。一刹那间,我无奈地想着。但是,我当时亦确实为斋木犀吉的归来感到高兴,并从日复一日的多疑症中得到了解脱。而且,亦确实因其携妻归来,令我感到了特别愉悦的兴奋昂扬,我因此才采购了这么多食品吧。

我和斋木犀吉隔着自行车穿过马路,走向雪铁龙。汽车发动机点着火,像一匹弱兽颤动着,车门最前排的三角窗是破碎的。

"怎么了?发动机点着火,是当暖气用吗?"

"没有车钥匙啊。发动机和车门钥匙都没有,因为是捡来的车。"斋木犀吉若无其事地说道。

我又吃了一惊,战战兢兢地回头看派出所。其中一名警察向我点点头,我亦深深地低头回礼。如果警察们未给出一张派出所的坐椅,使斋木犀吉有时间进行人生问题的冥想,而去调查他和他妻子开来的大型雪铁龙,那么,斋木犀吉肯定会立即被捕。既然怀疑斋木犀吉是图谋暗杀者,却对这辆雪铁龙置之不理,这些警察为什么如此宽容?他们肯定也成了斋木犀吉面无表情骗术的俘虏了吧。

我狼狈不堪地想着。这时,斋木犀吉坐进雪铁龙,发出逗弄小玩赏动物似的喃喃细语声,摇晃着他的妻子。这个穿皮大衣的小个子姑娘,从覆盖整个面部的红头发中,猛地抬起身子盯着我,像是要吓唬并赶走我似的。我畏缩了。就这样,我第一次见到了年轻的盗车贼夫妇。

"你骑车先走,我们随后就到。"斋木犀吉在车里喊道。

于是,我骑车先走。望着自己在雪铁龙前灯的照射下,映在马路上的黑黑的细长身影,不免自惭形秽。我身材肥胖。特别从背后看,我的背部到稳坐在车座上的臀部无疑呈圆锥形。因为,从腹部至腰部,我因多疑症长了虚胖的肥肉。我想象斋木犀吉坐在雪铁龙车里,肯定悠然自得地注视着我慌张蹬车的背影,一边对他妻子说:"那才是肉体蛀蚀精神的绝佳标本。"或更加直截了当地评论并取笑道:"瞧啊,车座上蠕动的蜂蛹!"或许为了让我像自行车竞赛的职业选手般快速前进,他们甚至按响了刺耳的喇叭。不久,他们焦躁地超越了我。只见那矮个子姑娘单手驾驶着车,斋木犀吉则倚窗频频地望着我。雪铁龙在下一个十字路口等着我,我领先后,马上又以每小时六十公里的速度冲向下一个十字路口,而后故意发出紧急刹车声。

经过如此危险的赛跑,终于来到我租住在二楼,准备自己结婚用的那幢房的花草丛前。我下了自行车,让已驶过三十米的雪铁龙退后。这开车的姑娘,仿佛觉得我不知什么时候侮辱了她似的,显得很不开心,以前进时的高速,把车子倒了回来。斋木犀吉则仍像享受缆车的孩子般,微笑着把前额贴在车窗上望着我。车窗应该结霜了,但他似乎并不介意寒冷。"如果你们打算在我屋子里暂住几天,把那辆雪铁龙停在这里不妥吧。搜查令一到,即便那间派出所的人们也会起疑心的。"我透过危险的雪铁龙车的车窗,看着车内的两个人说道。自己这样说,无异于默认他们的盗车行为,我感到不快和不安。

"我们今晚打算住你这里,行吗?你是一个人住吧?是啊,我们一定会扔掉这辆奇形怪状的车!"斋木犀吉深思熟虑地说道。

"我去扔吧,但给我画张回来的地图。"斋木犀吉的妻子开口了。

"就这么办吧,你给她画张地图。她可是扔雪铁龙的高手!"

犀吉夫人觉得有趣,咯咯地笑了起来。那笑声和说话声独特而美妙,一刹那间竟煽起我莫名的嫉妒心。我当时相信,这姑娘至死都不会失去这优美的声音吧。而且,仅此一点,将使她非常幸运吧。我曾预想那受凉的小个子姑娘会发出平凡刺耳的声音。我让斋木犀吉从他为记录人生问题而随身携带的笔记本上撕下一页纸,我在纸上画了地图。那勇敢的司机一把抓过地图,以惊人的速度发动偷来的雪铁龙,随即留下一声尖厉的刹车声,接着一个急转弯,向着最理想的丢弃地驶去。她对自己的驾驶技术充满了自信。我望着远去的汽车赞叹不已,便对斋木犀吉说道:"像濒死的大象奔向大象墓地那样,这雪铁龙也像是奔向雪铁龙墓地啊。"

"嗯,嗯,还是说得不对。什么大象墓地,似乎根本不存在。动物们只是独自隐藏起来,悄悄地品味死亡的痛苦罢了。但人类必须在医生、护士、家属、友人等的环绕中,在喧嚣中才能忍受死亡的痛苦。安德烈·马尔罗[①]借他小说中的主角进行了如下的思考。死的

[①] 安德烈·马尔罗(1901—1976),法国小说家,评论家。一九三三年发表以中国为背景的小说《人的命运》,他因此获得龚古尔文学奖,一跃跨入法国一流作家的行列。

严重性在于死前得不到救助,使之成为永远无法挽回之事,拷问或强奸后的死亡实在可怕。是的,人类如此考虑,如此感到恐怖。所以,希望至少在临终前,要让活着的人看到自己的痛苦。让他们对他自身的恐惧心做一个见证吧。这是为即将死去者进行的大象墓地般的仪式啊。可是,动物们将临终时受到的虐待和暴行,竭力谦恭地忍耐,独自掩泣,决不转嫁给其他动物,这才是有尊严的死亡吧!"斋木犀吉忘情地说道,根本未在意这些话和雪铁龙毫不相干。他那令人怀念的略带结巴的尖声快语,以及露骨的认真劲儿,忽然让我领悟到他缺乏听他饶舌的听众。

我再次深切地感到斋木犀吉回来了。自从我患上多疑症,我确实非常孤独,身边有了如此健谈的友人,令我感到其价值不可估量。我自己还是以沉默为佳,因为我无话可说。但我希望有人滔滔不绝地对我说。要说能圆我这多疑症患者任性的黄金梦的天使,非斋木犀吉莫属了。像停车时仍开着引擎的雪铁龙,斋木犀吉一边说,一边在黑暗中不停地瑟瑟发抖。他在这大冷天未穿外套。而后,他终于下决心催促我似的,果断地说道:"我们站在这里等她也没用。到你房间里喝威士忌吧,你不是为此买了一瓶嘛!她为找到扔雪铁龙的理想地,肯定会开到很远的地方。因为她胆子很小,而且有病态的被迫害妄想,担心把车子扔在附近,不仅是我们,连你马上也会被逮捕,那威士忌也会被警察喝得精光。所以,她肯定去武藏野尽头的草丛了!"

"可她不是在派出所前堂而皇之地停了车,还在车里睡觉了吗?孩子似的勇敢者或怪人,才能干出那种鲁莽之事。"

"不,不,真是天真的小说家啊。所以,你才在这次非文学性的事件中,体验生死攸关的滋味。"斋木犀吉说出了讨人厌的话。于是,我觉察出他还是因为看到有人对我恐吓一事的报道,才出现在我的住所的。"她害怕在什么暗处冷不防被警察逮捕,所以才把车子

49

停在派出所前。那种地方,如果有警察走出来靠近车子,也看得一清二楚,不致受到太大的惊吓。而且,她等我时,在车里胆战心惊,哭得睡着了。不要以错误的印象判断他人。当然,她不该偷车。"

"你也不该偷车,为什么干这种事?"

"因为没钱坐出租车。嘿,到你屋里坐下喝威士忌吧。站在这样的暗处,对你而言,就是把袭击机会拱手让给恐吓者们。你有好椅子吗?"

于是,我和斋木犀吉来到我租住的房间。确实,斋木犀吉的妻子为了丢掉雪铁龙,高速驾驶到了极远处。她凭借着我画的地图,再次回到我们身边时,已是次日的黎明时分。她驾着雪铁龙,飞驰到穿过我所住街道的私铁的郊外终点,在那里扔掉了车子,时间已过半夜,没电车了,她便在毫无取暖设备的电车候车室里度过了严寒的隆冬夜,而后乘头班电车,几乎冻成了冰棍似的,好容易挣扎到我的住处。那实在是一个寒冷的黎明,我下楼为她开门时,她以冻死者的亡灵般的声音叫道:"这个鬼房子,这么冷,还有喷泉?要是没这么冷,真想见识一下!"

确实,这喷水声,与黎明时分奔跑于远处街市的送奶人箱内瓶子的碰撞声,成为奇异的和声,但那不过是冻裂的自来水管正往外喷水。我把这情况告诉她,可她一看到在我书房里手托平底大玻璃杯,躺卧在地毯上的斋木犀吉,虽然因为从寒冷的黎明时分的室外,突然进入开着煤气取暖炉的室内的缘故,眼泪簌簌地掉落着,却仍兴高采烈地撒了谎。

"刚才看到曙光照在喷泉上,野鸭、斑鸠、鸊䴘密密麻麻地冻在喷泉四周,就像粘蝇纸上的苍蝇!啊,如果这里不是禁猎区就好了!"

"鸊䴘!"犀吉惊叫道,我也感到惊讶。"我来介绍这位不懂规矩、并非处女的十八岁姑娘,她叫卑弥子,这名字当然来自充满荣耀的耶马台国的卑弥子,她祖母深信自己的孙女是耶马台国女王在二十世纪的转世,便为她取了这个名字。一听到这点,我便受到上天的启示,该和卑弥子结婚,就像伯母的歇斯底里似的!你知道我有一段时期曾是神秘家吧?"

"你们是什么时候结婚的?"

"一星期前。"斋木犀吉随口答道,"可我们六个月前就认识了。我们是在一家演奏爵士乐的深夜咖啡馆里认识的。那实在是一个平凡的爱情故事,但人可以改变现状。此后,我们确实度过了一段不寻常的恋爱生活,直到这次结婚!在这六个月中,我们性交了五百次吧。白天、黑夜往来于温泉宾馆,我们彼此便彻底地了解了。彼此彻底了解的人接下来会做什么事,说来也是老生常谈了,即便毫无经验的你也想得到。于是,我们便结婚了。"

"再过一个月,我也要结婚了。"我抓住机会说了出来。

"你和未婚妻彼此非常了解?若非如此,即使结了婚,也惟有放弃各自的自由,彼此束缚,惟有一同淹死。为慎重起见,我提醒你!"卑弥子说道。

"说得对,你的婚姻很快会发出令人生厌的气味。按你的做法,很可能在结婚的同时,就丧失掉一切!若非我们这样自由的夫妇,婚后仍不失冒险家资格的真是凤毛麟角!"

"嘿,我的婚事,别再多说了!"我生气地制止道。

"不过,我们的婚姻是最好的,如果就我们的婚姻和卑弥子对自由的感觉写封信,波伏娃①都会感动吧。司汤达②曾这么说过,十八

---

① 西蒙娜·德·波伏娃(1908—1986),法国著名存在主义作家,女权运动的创始人之一,二十世纪法国最具影响力的女性之一。
② 司汤达(1783—1842),十九世纪法国杰出的批判现实主义作家。代表作有《阿尔芒斯》《红与黑》《巴马修道院》等。

岁的姑娘还没有引发完美结晶作用的力量,并缺乏人生经验,确实仅有有限的欲望,不可能像二十八岁的女子那样热恋。可是,现在这在性方面说来也是谬误!"

我也为卑弥子在平底大玻璃杯里斟上威士忌,但已经没有冰,因为水管爆裂,所以也没有水,我后悔自己和犀吉两人吃光了家中的冰块。可卑弥子却从犹豫着的我的手中一把夺过仅是威士忌的酒杯,然后像西部电影中的约翰·韦恩①那样一饮而尽。此后,我再也未见过像卑弥子那样痛饮威士忌的女人。

可是不用说,这十八岁的姑娘即刻酩酊大醉。这回不是因为温度的变化,而是因为心痛和喉咙痛,她抽抽搭搭地啜泣起来。与其让别人对自己的婚事说三道四,我倒愿意静静地听人哭泣。可这位卑弥子真不愧是犀吉的妻子,对自己的心痛也要进行认真的解释。她在返回我家的途中,遇到一位送报少年。这不是因为少年,应该说是因为普遍性人类吧。她看到少年(人类)天刚亮便抱着沉重的报纸飞快地奔跑,心中便撒下了极伤感的种子,而后在这温室般暖洋洋的屋子里,这颗种子便发芽了。对于如此抽泣的斋木犀吉十八岁的妻子,斋木犀吉自然不在话下,我也以其五十多岁监护人般的心情,为她收拾沙发,铺好床单,让她面壁睡下。当我们表示赞同其意见时,她终于止住抽泣入睡了。她可怜地缩成一团,小得真像从鸟巢落到濡湿地面上的雏鸟。

接着,喝醉威士忌的斋木犀吉把我当听众,重新开始了他那没完没了的饶舌。时间已是清晨。煤气取暖炉的水蒸气被冻住,在玻璃

---

① 约翰·韦恩(1907—1979),好莱坞明星,以演出西部片和战争片中的硬汉而闻名,他是那个年代所有美国人的化身:诚实、有个性、英雄主义。其作品《关山飞渡》蜚声世界影坛,是好莱坞有史以来最伟大的影星之一,同时位列"美国十大文化偶像"第四名。

上勾出一个卵形,如古式镜子般的窗外,晨雾呈旋涡状,一群兰雀像猛兽般凶暴地叫着,飞来飞去……

您还记得在这第三次重逢之夜,斋木犀吉以《原色动物大图鉴》哺乳纲篇为例,谈论二十世纪后半期的日常生活中的冒险家,是具有异质结构的另一种人类的言论吧?

除此之外,斋木犀吉还真说了不少事情。我经常回忆起这次从深夜至清晨的斋木犀吉。他的饶舌、他的微笑、他的带有酒精味的叹息。这晚的斋木犀吉具有异常独特的面貌,就像小教堂中与众不同的传教士。他急着要把两年间的所思所想对我和盘托出。他多次提出,要取回由我为他保管的白色皮箱。他说要把这两年间积累的哲学性冥想笔记、卡片之类与两年前的资料进行比较,以确认自己在流浪生活期间,在人生问题上究竟跃过了多高的横竿。他还想让新婚妻子知道自己年轻时(犀吉带着深深的怀旧情绪说道)是如何养成思考、感知、记录事物的习惯的。此后,卑弥子在口袋里确实装了用橡皮筋箍住的犀吉的旧卡片和小笔记本,有空便掏出来仔细阅读。有时则像小学生般,拙笨而郑重其事地向犀吉请教。

犀吉又讲到在他潜伏期间,曾去过一趟四国峡谷,探望我祖父,即他的长老,还见到了他的猫,这使我大吃一惊。长老依然卧床不起,但他让犀吉坐在他多年爱坐的椅子上,对他讲述了各种事情,而后,在土墙仓库前的中庭,叫来乡土舞蹈班子,让他观看舞蹈。那是一种叫作"船舞"的奇妙舞蹈,是以四国周边岛屿为根据地的海盗们(他们自夸为水军)的凯旋舞。用令人生厌的即物性写实主义再现海盗集团在那天的海盗战中,如何对良民们进行杀戮、强奸和掠夺的情况。其音乐仅是用木棒敲击船舷声,旋律仅是粗野单调的三拍子,因而舞蹈也荒诞、卑劣而急速。其结果也只是舞蹈者,即海盗们的自娱自乐。这种船舞其后脱离海盗,沦为一种更丑恶的表现形式,在那峡谷古老宅邸的中庭，老人和犀吉二人观看了数小时。我也知道这种舞蹈。这舞蹈团只能从我们当地的中心城市邀请，祖父为此肯定花费颇巨。

"长老很讨厌那舞蹈，略微露出像毒蘑菇粉般的微笑，但还是坚持观看。而且，不停地放屁！那是因为胃癌的缘故吧？而且，不知怎么回事，那帮人跳起了以忠臣藏为题材的舞蹈，我终于到厕所呻吟着呕吐起来，也是喝多了酒，又因为受了惊吓！于是，我问长老，这究竟为什么？他回答得倒也干脆，哎呀，无聊！我又任性地问，那么，为什么，特地叫他们来让我看？长老回答，没什么理由，因为无聊！长老毕竟是长老。而且，峡谷的那帮人想看舞蹈，挤在家门口，可他连一个小孩子都不让进来！"

斋木犀吉又说起与他那只半野性化了的橙黄色条纹花猫见面的情景。花猫正捉弄仓库背后湿地的癞蛤蟆。犀吉从满是油污的上衣口袋，掏出特意带回的中国式炸鸡，那花猫这下像与吃蛇兽对峙的眼镜蛇般，露出凶狠的警戒心和喜悦之情，一点点地挨近，终于用前脚击落炸鸡，而后如游隼般跳起来，擦着地面叼住，一溜烟地逃了，到无人妨碍处独自享用去了吧。它把老主人忘得一干二净，更不用说犀吉费尽心血教它的几种绝技（握手啦，用脑袋使劲蹭主人身子套近乎啦，像发信号般身子直立连叫三声的仿狗动作啦）也从它那小脑袋中消失殆尽。犀吉为他的猫是否能够再次恢复古埃及以来的家畜习性而感到不安和悲哀。他甚至真的为他的猫在威士忌玻璃杯里洒下了一滴泪水。犀吉发誓，如果将来自己能够成为亿万富翁买下一处豪宅，一定会立刻赶到四国峡谷领回他的猫。

我问过他这两年来的生活，但他却不太涉及具体情况。我认为他亦背负着一些不宜随便说出的阴暗体验，他也不再是孩子了。不过，我也暗自下了决心，不久便要他把那些未饶舌到的空白处也坦白出来。

尽管如此,当我问起他那从嘴唇至下巴的伤痕,他洋洋得意地用指尖抚摸着细长的肉色草叶说道:"我和地方上的政治家老婆通奸,那位戴绿帽子的政治家用自己头上长出的角扎伤了我,这是斗牛士的负伤吧!"

当然,斋木犀吉那晚也用更真挚的语气,谈到了更为本质性的问题,他解释了自己现在为什么会出现在我面前。

"我一直注意你写的文章,以及你在电台和电视台的讲话。我觉察到你实际上已开始显露出无聊的倾向。如果直截了当地说,即你已开始自我欺骗。我想帮你扭转这种情况,可我自己一直在和黑暗生活搏斗,这几个月又一门心思地追着卑弥子,现在终于举办了婚礼,安定下来了。为了担负起你守护神的责任而出现在你面前!开始自我欺骗的人就像患了鼠疫的老鼠,这家伙接触到的一切都会感染自我欺骗的鼠疫。就连这次事件,嘿,你之所以患多疑症,也是因为你一直处于自我欺骗中。你现在打算结婚,可体内存在自我欺骗的种子时,无论谁都会阳萎,你的身体就不能进行真正的性交!这么结了婚,打算怎么办?你真正理解你的未婚妻吗?你们还从来没有性交过吧?"

"所谓自我欺骗,只有你才说这些暧昧的概念。"我嘲笑道,虽然感到自己内部有了几分不安而混乱的阴云。

"并不暧昧啊。"犀吉的脸颊通红,声音越来越尖,不时结巴着,但充满自信地说道。"我说的是我经过长期独立思考后获得的人生准则,所以并非一种过程。只是你理解不了,于我自己则条理清晰,我仅就自我欺骗的具体形象制作了一张卡片。嘿,今后会让你慢慢明白的。当然,你也不会坚持认为你自己和自我欺骗毫无瓜葛吧?对我这样的老友撒谎可不行。过去的修身课本上也写着呢,友情的头号敌人是什么？那是谎言。自我欺骗的自觉症状之一，就是觉得自己的头和脚没和自己的身心贴在一起，这一点你从你自己的多疑症中也能发现吧。总之，我要把你从自我欺骗的蚁狮穴中拯救出来。只有在拯救过程中，让你本人逐渐明白你的自我欺骗吧。嘿，想来你真是个幸运儿！能请来一位与自我欺骗毫无关系的年轻人，作为矫正你自身自我欺骗恶习的教练。我计划把你引入冒险性日常生活中，通过那里的危险冲击，让你得到治疗，这叫冲击疗法！"

对如此尖声快语而滔滔不绝的斋木犀吉是无法辩驳的。他的脑袋生来适合于进行孤独的冥想，而不适合于对话和社交。他进入大学，正要把脑袋伸进学生们的共同社会，却被弹回来了；就业后，正要叼住资本主义的猪奶头，亦归于失败。从本质上讲，也许与其思维方式有关。即便是我，如果这晚仅将其饶舌微笑着当作耳旁风，说不定第二天清晨，将他和他妻子客客气气地赶走，也许和他的关系就结束了。但我倾听了他那像袋鼠逃跑般慌慌张张、一蹦一跳、自以为是的理论，不觉下定决心，听从其劝告。我不知那是因为我的多疑症，还是无赖汉人生思考者犀吉的魔法？或是积聚在我自身内部、只与我自身有关的内在冲动？只是，现在看来，我只能认为当时的选择对我的青春而言是正确的。

且说，时过黎明，我在寝室，犀吉他们则在书房就寝。临近正午时，我出去小便，只见斋木犀吉夫妇在沐浴着明亮的冬日阳光的书房沙发上，像兽类般从容不迫地性交着。是从背后进行的立位，这是性交行者犀吉本人认为的最佳姿势。犀吉和卑弥子一边性交，一边扭过头来看我，仿佛目送远方走过的陌生人般不以为然。我默默地走到厨房喝水，当折回寝室，再次经过书房时，这对二十二岁和十八岁的夫妻不再回头看我，继续像蝗虫般认真地性交着。濡湿的性器官的气味充斥了整个房间。我回到寝室，莫名微笑着打了个哈欠，而后心满意足地钻进被窝,再次睡熟了。

　　傍晚,我们起了床。关于临近正午时的那次遭遇,斋木犀吉夫妇完全不以为然,(正如犀吉所夸耀的,他们夫妇确实有一种性解放的自由。对于解放一词,别有用心者可能会嗤之以鼻,可我想把这一词语与对这年轻夫妇的友情一起使用)而我却不能完全泰然处之,觉得自己像一个偷窥者。于是,我装出几分自暴自弃的开朗态度问犀吉,你不是对正常的性交已不感兴趣了吗?还记得你说过已从这种事中毕业了。斋木犀吉充分觉察出我的困惑,如此解释道:

　　"不,那是我错了。关于性,有许多不结婚便无法理解的秘密。这是任何花花公子都无法理解的秘密,我把这称为性友谊。婚后的男女主人公会产生性友谊。一旦产生这种友谊,他便会认真诚实、从容不迫地进行平静的性交,就像兽类互舐伤口之爱。这时,即便有他人靠近也没问题。那是紧密的夫妻行为,他人挥镐亦无法破坏。我倒是也觉得,外人是看不出其实体的吧。这就像你看不到我们脑中的性高潮,我们的裸体在你眼中不也像一缕轻烟吗?"那一本正经的神情仿佛教师的妻子。于是,我获得一种智慧,如果下次再遭遇其性友谊的场面,就把他们裸露的屁股当作轻烟即可。

　　当犀吉陷入沉默,开始抽烟时,卑弥子以出人意料的温文尔雅的态度,但对性秘密却又如娼妇般淡然地说道:

　　"那之后,我们把冰箱里的东西全都吃光了。你为你自己还藏了些什么?"

　　"不,没藏什么。"

　　"那么,这就出发,先吃顿最上等的晚餐,一切回头再说!"斋木犀吉掐灭小小的烟头,高声呼叫,那回音是宣告我反·书房生活最初的开始的号角。

　　出了公寓,步行到车站前,正想拦辆出租车,斋木犀吉与卑弥子刹那间对视了一下,不由分说道:"坐公共汽车也挺好吧。"

于是,我们在车站对面广场的起点,乘上私铁经营的带有犬标志的巴士,朝涩谷方向行进。当巴士在电影制片厂后门停车时,犀吉提起那只我代管两年后交还给他的白皮箱,像独自出门旅行似的迅速下了车,只留下一句话:

"你们两个再享受一会儿巴士吧。"

卑弥子从容不迫地谈着英国动物采集专家的游记,我心里觉得有点奇怪,但认为犀吉也许打算与电影演员时代的老朋友见见面吧。可是,车子开了二十分钟左右,突然卑弥子从反光镜中(巴士的后视镜像甲虫的耳朵般向外突出并摇晃着)发现了什么似的说道:"下一站停车时,我们下车吧。坐巴士还是不舒服,特别是冬天的黄昏!"一边偷笑着。

我和卑弥子下了车。巴士像鲸鱼打嗝似的,吐出一阵废气开走了。这时,后面小心翼翼地开来一辆大众汽车。而且,斋木犀吉既担心又得意地坐在车里……

"如果你担心坐在朋友偷来的车里被捕,从而丑闻见报,首先你必须抛弃这种心理形式,因为那无非是一点微不足道的可怜的荣誉心的毒害!"斋木犀吉对犹豫着的我说道。于是,我坐进已放上白色皮箱的大众汽车的后座,卑弥子则换下犀吉坐进驾驶席,犀吉坐在卑弥子旁边。这样,我们的冒险旅行就此开始了。

"不过,总之顺手牵羊地偷车有危险吧?"

"你说我顺手牵羊?"斋木犀吉愤然回过头来对我叫道,"你认为我能如此轻率行事?这可是今晚通宵上班的小演员的车。而且这伙人乐得自己的车偶尔下落不明,认为可以作宣传了。"

我一时无言以对。

"你不该热衷于把自己局限于日本媒体为你制作的小小的幻影

中,那是自己放弃自己的存在自由。"斋木犀吉把矛头指向我,这令我感到厌烦。

"昨晚已经领教了,叫什么自我欺骗吧。"

"可是,你现在还在担心丑闻,还在把人为制作的你的幻影当作命根子。首先应该把你的脸变得和报刊照片不一样。这样吧,先把眼镜摘了!即便如此,飞驰而来的卡车还是看得见吧?"

我摘下眼镜,放入上衣口袋。我是轻度近视加散光,即使不戴眼镜,人和狗还是能分清楚的。

"这样很好,和报纸刊登的你完全不一样了。"他目不转睛地盯着我,开玩笑道。

"这样好看多了。"卑弥子瞥了一下车内镜说道。

虽是简单的话语,但我感到自己这时在多疑症的蜘蛛网上发现了一处裂缝。

这样,我们驾着偷来的汽车前行。突然,像让·谷克多①电影中的死亡使者似的,除头部戴的红色头盔外,一位全身黑皮革服装的小个子青年,骑着同样漆成黑色的摩托车,以惊人的速度奔驰而来。卑弥子眼尖,在黄昏的薄雾中一下子认出了他,便从窗口伸出一只胳膊,向他挥手示意。

"啊,是雉子彦,你怎么啦!"她高兴地叫道。

"自然是我打了电话。"犀吉说道,"重要的是,你单手驾驶,可别压死了那家伙!你可是生来第一次这么开车!"

全身黑皮装的摩托车青年,在距离我们车前五十米处,威风凛凛

---

① 让·谷克多(1889—1963),法国导演,在二十世纪的现代主义和先锋艺术史中随处可见其身影。一九五四年当选为法兰西文学院院士,担任三年戛纳国际电影节评审委员会名誉会长。戛纳国际电影节的举办地电影宫中就有"让·谷克多大厅"。

地掉了头,让那小马般勇猛的摩托车靠着便道徐徐前行。我们的车很快赶上,我们并排行驶了一会儿。

"今天的车是大众汽车啊,犀吉君。"摩托车青年高声叫道,那声音充满了稚气。于是,我想起曾经见过他一面。

"你认识雉子彦吧?"斋木犀吉这时不失时机地问道。

"啊,是那家装饰着古怪的红色大提琴的小提琴店的少年吧?"

"是啊。可是,那把红色大提琴非常名贵,相当于十台钢琴的价格。"斋木犀吉为了红色大提琴的名誉,认真地辩护道。他就是这样表示对某种物质的偏爱。

"雉子彦现在辞去了小提琴店的工作,到进口洋货店工作了。骑着摩托车到处追欠款,越是消费奢侈舶来品的人,越不肯爽快地付欠款!"

我想起两年前那青年在乐器店阴暗的柜台内,像绝望的小鸡般又哭又笑。可是现在,这位摩托车青年戴着红色头盔,穿一身黑皮装,戴着同样黑色的眼镜,皮肤因直接接触空气而沾满了灰尘,已全然没有少女般的肉感印象了。

想来,除了新加入我们圈内的卑弥子外,犀吉和我都已和两年前的我们完全不同了。而且,这时我们四人面对这新变化,似乎有着共通的心绪,都极为天真地探着脑袋似的。也就是说,都想溜之大吉,都感到心神不定。

2

斋木犀吉、卑弥子和我,坐着那倒霉的电影演员的大众车,雉子彦骑着洋货店的摩托车,以五十公里的时速驶向东京中心地带。令人神往的冬日黄昏,逐渐升起的粉末状的雾气,如吸尘器般清洗了天空、树木、建筑物、行人那略显不洁的印象。可是,随着雾气的加重,天空、树木再次变脏,而且一瞬间不见了踪影,仅有纤夫般的人群络绎不绝地行走着。卑弥子和雉子彦不约而同地打开了车灯。我们的车仿佛行驶在令人感到特别阴暗闭塞的小巷里。于是,雉子彦的摩托车和我们的汽车并排驾驶就危险了。

"那么,怎么办?犀吉。"骑在摩托车上的人把他那像乌黑的虫子脑袋般的脸转向我们叫道。犀吉未直接回答他。

"我们像有钱人家的孩子,只装着几个硬币,我真想请你吃顿晚饭啊!"他忧郁地注视着我说道,仿佛是要评定我似的。

"我来请吧。可我想看看你现在住的地方,买点食物和酒类到你那儿去吧?"

我有些狼狈地说道,那是因为我想象了这些睡眠不足,并满身灰尘的家伙和我本人(我也一样,因为宿醉而变得懒散,这天连胡子都没刮。卑弥子的口袋里没有一件化妆品,所以变成了黑色小鲤鱼般的表情。惟有不太长胡子的犀吉,显出分外明朗的表情,还有力气轻松地提着那白皮箱转悠,还能去偷汽车。)围坐在某家时尚餐厅的餐桌的情景。如果我邀请他们去餐厅,犀吉肯定会立即表示希望前往诺伦多尔夫广场或帝国酒店。我的担心也不是没理由吧。只是我担心自己头脑中的如此思想活动被犀吉看穿,又要被嘲弄是什么小资产阶级习性,或是来自自我欺骗的一种心理什么的。

"这是好主意,就这么定了。"犀吉想了一下,欣然答应。我感到血涌上我的脸颊。"去新宿买鸡、买鱼,还要买酒!"

接着,犀吉大声回答摩托车上的青年。

"在我家开个宴会,你也参加吧?"

"要到客户家兜一圈。这是工作,实在没有办法啊。"雉子彦高声叫嚷道,随即加快摩托车的速度(时速肯定超过八十公里),像一

61

只黑色长卷毛狗般疾驰而去,他的身后仿佛刮过一阵黑色旋风。我们莫名其妙地叹了口气,便驶向新宿购买食品。

那些厌恶斋木犀吉的人指责他总是自我中心、独善其身,像追逐自己尾巴的小狗,对自己以外的事物全然不关心。他确实有这种情况,比如他自己一周前刚刚结了婚,却盛气凌人要制止我结婚。如果说这是自我中心、独善其身,亦未尝不可吧。可犀吉自有犀吉的逻辑。如果一味指责他从不理会他人之事,这是错误的。而且,他可能像一个寂寞的孩子,担心我结了婚,会筑起一个排外的窝,不让他和卑弥子靠近,所以执著地反对我结婚。这类自我中心的性格有时也可以称为亲热或坦诚。

一旦进入新宿百货店的食品部,那晚聚餐的筹备工作确实成了斋木犀吉独角戏的场面。我自不待言,就连卑弥子也没有插嘴的余地。我只能抱着购物袋跟着犀吉转悠,卑弥子则在偷了几个柠檬、巧克力、几小把大蒜后,独自返回大众车打瞌睡等我们。她是否有小偷小摸的毛病呢?确实,她协助犀吉偷车,自己也偷水果和点心,而且,这像是她生来的日常习惯似的,干净利落,如人饮水,所以也许毫无辩护的余地。只是凭感觉和气氛而言,盗癖之类的词语有不适合卑弥子之处……

斋木犀吉的食品购买疯狂至极。在来到地下食品部的一刹那间,他就像禁欲者误入了后宫似的,被食品(裸露的肌肤因油脂而发亮的美女们)的热气熏得眼花缭乱,差点晕倒。而后,他好容易站稳脚跟,便露出老鹰般可怕的眼神,大步穿梭于食品陈列架之间,开始信手采购。不仅数量多,且选价格最贵的。食品部主任也许把斋木犀吉误以为是喜马拉雅登山队的粮草补给员之类吧。总之,我跟在他后面抱着整条沉甸甸的火腿里脊、烧鸡(有五只!)、莴苣、蘑菇罐头、半熏制大马哈鱼、各式奶酪,外加葡萄酒、威士忌等等,不一而足,还有许多想不起的食品。我在收银台支付的金额,酒类饮料另计,超过一万日元。我看出斋木犀吉正处于慢性饥饿的残余影响中,对他在食品方面的浪费持宽容态度。为了支付与情人的宾馆费、结婚费用等,他已花光自己的积蓄,他原来的美食家的面目只得藏身于某个阴暗的角落了。如此想来,当我再次看他时,发现他不再是双下巴了。我感到在食品货柜发出诱人味道的空气中,犀吉那稍显过分的坦率,在他和我之间架起了一座桥梁。我把这些食品放入大众车,当犀吉正小心翼翼地试图把瓶装酒固定在车座的一角时,我又折回店里,为犀吉买了一罐金色弗吉尼亚。我也坦率地对他表示了友谊。卑弥子醒来时,就像回到山寨的山贼,向我们炫耀满口袋的盗窃物,得意非凡。她特别起劲地夸耀要为我们买回的鸡,做一种世间最美味的调味汁,她刚才偷来的柠檬和大蒜就能派上用场了。就是这么一种情景。说到卑弥子的说话方式也有与犀吉的饶舌相通之处。

"我读过一本写斯大林的书,说是没有比浇鲁吉亚调味汁的鸡更美味的鸡了。那是斯大林写在笔记本上的话语,或是把斯大林当作偏执狂的英国作者的注释。总之,这种调味汁是用大蒜、柠檬,再加上苏联格鲁吉亚特产的某原料制成的!所谓某原料,也许是俄式欧芹叶。今天晚上,你们可以吃到用最近似于格鲁吉亚风味的调味汁调出的鸡。想到这里是东京,而并非格鲁吉亚地区,所以,今晚的鸡肯定是东京最美味的了。"

我发觉卑弥子长期以来也过着一种半饥饿的生活。借着浇上格鲁吉亚式调味汁的鸡,曲折地表达着对食物的渴望,虽然不如犀吉坦率,可我想她毕竟是个年轻姑娘,有其不得已之处。我对她也与对犀吉一样,越发地宽容了。总之,自我开始写小说以来,自己的心理管道像易于生锈、积垢的自来水管般变得越来越细。这次发现自己气量并不小,不觉令人感到愉快。而且,犀吉和卑弥子的狂热刺激了我的食欲。我自从患上多疑症,似乎有些胃扩张,只要略微有点空腹感,便惶惶不安,因此对于斋木犀吉公寓的晚餐,我感到越来越兴奋了。至少我在每天充满孤独感的可怕的蜈蚣触角难以企及的高处,和两个兴高采烈的友人一起坐着舒适的德国制甲壳虫型汽车奔赴晚会地点。而且,说来单纯,当我想象柠檬和大蒜调制的格鲁吉亚风味的调味汁时,便像小时候那样,天真地满口生津。

由卑弥子驾驶着车,我们终于到达斋木犀吉的公寓。令人惊讶的是那公寓位于本乡的大学后面,而且还是我一位大学友人曾经住过的公寓。我正要把这点告诉卑弥子和犀吉,卑弥子抢先叫了起来。

"犀吉考上了你毕业的那所大学,还租了这套公寓,后来得知一年级学生要去涩谷那里就读,他懒得去,就退学了。肯定有一位落榜绝望的家伙被提了上来。犀吉算是干了件像模像样的好事。"

我用责备的目光盯着犀吉,犀吉讲了如下令人厌恶之事。

"我像个间谍似的,在学生们中间潜伏了一阵子,可我不愿意和那帮人在一起。而且,我对权威主义也没兴趣。"

总之,我和犀吉抱着皮箱、酒和食品,在公寓前下了车。饥饿的小狗怨恨地盯着我们,却没有叫,反而像芭蕾舞演员似的,或远或近地蹦跳着。卑弥子这一次又自告奋勇地去扔大众车。于是,我和犀吉先进公寓准备饭菜。关于他的公寓,犀吉如此介绍道:

"每当我回到这公寓内自己的房间,就觉得仿佛钻进了梦中巨大的母亲的子宫内,不安而又温暖。你没住过这种阴暗、空旷、摇摇晃晃、潮湿、散发着莫名酸味的老式公寓吧?你那时肯定多少有些心理抗拒。喂,你有过这种体验吗?"

犀吉的这番话准确地勾勒出了这幢公寓的性格。登上公寓的一段楼梯,穿过走廊,说来奇怪,不觉来到二楼和三楼的结合处,那间非欧几里得几何学式连接点的歪歪斜斜的屋子,就是犀吉的住处。看来,他以那间屋子为耻吧。一边带路,一边一个劲儿地向我介绍有关公寓的各种警句和玩笑。他问道:"我不知道叫《卡里加里博士》①的老电影,只是通过小林秀雄的一篇随笔中的介绍才略有所知。那位古怪的卡里加里博士就生活在我这样的屋子里吧?"至于我,一直以为卡里加里博士是以老鼠学者为主人公的漫画……

我第一次见到斋木犀吉的房间,所以感到兴趣盎然,结果发现,与我学生时代的房间没什么两样。一间五张榻榻米大小的房间,墙边堆着书(其中引人注目的两本好书,是施韦泽②博士的《巴赫论》),墙上用图钉钉着一张复制品。除此之外,可谓空无一物。也许把所有的东西都塞进了壁橱吧?我在门外脱了鞋进入室内,捧着食品袋和瓶装酒,咯吱咯吱地踩着变形的地板,走上前去看墙上的复制品。那是一幅梵高的扁桃画。犀吉正蹲在地板上试图解开白皮箱的金属扣子,这时他抬起头来看正在看画的我,仿佛我要否定梵高似的,他急忙防御性地说道:

"知道吧?这幅画叫《盛开的桃花》,是阿尔勒早春时刚开放的扁桃花,地面上残雪未消吧?梵高和他那位叫作莫夫的俗物表姐夫

---

① 二十世纪二十年代上演,德国表现主义电影的里程碑之作,是早期电影向艺术迈进的一大标志。一九五八年在布鲁塞尔国际博览会上被评为电影史上十二部最佳影片之一。影片通过扭曲透视、奇特的光影,反映了一种脱离现实的变态心理,跟电影刚起步时追求真实的趋势相背离。剧本的主题是对非理性权威的批判,而且有以毒攻毒的味道。影片被纳粹视为"堕落的艺术",爱森斯坦也称之为"野蛮人的嘉年华,对人类健康艺术的摧残"。影片的结局有多种诠释,可视作"开放结局"的先驱。

② 阿尔贝特·施韦泽(1875—1965),二十世纪人道精神划时代的伟人、著名学者以及人道主义者,具备哲学、医学、神学、音乐四种不同领域的才华,提出了"敬畏生命"的伦理学思想,是成就卓越的世纪伟人,先后获得哲学、神学和医学博士学位,还是著名的管风琴演奏家和巴赫音乐研究家。一九一三年他来到非洲加蓬,建立了丛林诊所,从事医疗援助工作直到去世,于一九五二年获诺贝尔和平奖。

吵了架,可那家伙去世时,梵高写下'为了纪念莫夫'的字样,把那幅极漂亮的画作送给了表姐。表姐和莫夫肯定完全不理解梵高画作之美。梵高沉浸在悲痛中,还写了悼念莫夫的诗寄给自己的弟弟。"

而且,犀吉把那首我此后一直怀念的诗句念给我听。那一瞬间,他突然变得坦诚而温柔。这是卑弥子回来前的事。总之,他的坦诚总能打动我心中柔弱的部分。这种温柔状态是他的演技呢?抑或只是坦然地卸下了心灵的铠甲呢?这就无从得知了。想来,对我而言,犀吉总显得有点神秘。至于不喜欢这种表述者,不妨把这理解为动物或儿童般的神秘性即可。

犀吉以其独有的尖厉而略带口吃的语调,对我却能带来充分美感的方式,把那首诗念了两遍:

别以为死者已死

只要生者尚在

死者不死　死者不死

而后,犀吉像这种富于友情,却精神贫乏者那样说道:

"我在这两年里,好几次差点死掉,真可怕啊,差点被杀死,因为以上次银座那帮地痞为首,恨我的人很多!而在那种恐怖之时,我想如果自己死了,能记住我的生者,只有长老和你两个人吧。那个雉子彦,说实在的,只要一天不见我,他就能忘掉我,是无忧无虑的新一代。可长老不久也会去世吧。这么一来,对我而言,所谓生者,就你一个人了,只要你还在,我便依然活着,我便依然活着,我就是唱着这种我自己独特的进行曲,抵抗着死亡恐怖。你知道我非常怕死吧?现在也是,临入睡时,就像有鬼怪咬肛门般可怕。"

在梵高的扁桃花画作和犀吉那过分坦率的话语的夹攻下,我变得伤感起来。我慌忙开动脑筋想对他说些亲密的话作为回报。我确实易于伤感,即便到了祖父那样的年纪,恐怕也克服不了这个弱点吧。用十九世纪的话说,这大概就是所谓的"性格"。结果,我如此说道:

"可是,你已经结婚了,不再害怕了吧?晚上也不孤单了。她和你本人很像,你们是天生的一对。"

"她确实像我,我有时会产生与妹妹性交似的激动心情达到性高潮。如果我想要个孩子,她是最合适人选。我可能和她离婚,而不断地和其他女人结婚,可关于孩子这点,像命中注定似的,我觉得她才有机会!"

"你不是说过每个月要支付那位砒霜狂姑娘费用,让她生下自己的孩子吗?"

"啊,那是我的错。我一直以为那是她自我欺骗的计划,结果发现,那是为把我推入我的自我欺骗坑里的圈套。我自从结婚后,确实学到了不少东西啊。"斋木犀吉悠然笑着,订正了从前的看法。

且说,如此过于坦率地表达相互间友情的男青年会闲得无聊。接下来能做的事,便是两人即刻都发现潜藏着的性倒错的癖好,便抽签决定男女角色,沉湎于相互手淫或鸡奸。当然,我们未做那种事。我仔细地检查了那幅小小复制品的印刷瑕疵等。犀吉则从皮箱中取出小提琴盒,这使大量霉粉飞舞起来,就像一只受惊的小鸟。他像是打算拉小提琴,可我怀疑放置两年之久的乐器是否还能发出声音。接着,我把食品袋、瓶酒放在地板上,犀吉开始调小提琴弦,一边看都不看我一眼地说道:

"喝威士忌吧,在我那堆书和墙壁之间有不少纸杯,帮我找一下好吗?"

我找出纸杯,也一并发现了几个用过的避孕套。这令我感到有些难堪。在这间像仓库一样煞风景的房间里,像兄妹般的犀吉和卑弥子,勉强找个能抓住的地方,像兽类般从背后的立位进行性交,那光景肯定像这幅扁桃花画作般动人,而且还使用着这滑稽的胶制品之类!

总之,我为他和我自己在纸杯里倒了威士忌。犀吉一口气把酒喝干了,发出一阵特别孤独、寂寞的咳嗽声,而后把小提琴塞入还留有老茧的下巴下面,演奏起巴赫的无伴奏组曲前奏曲的和弦。他在充满恐怖的地下生活期间,也时而练习小提琴吧?总之,如果把他的演奏制成录音带,并使之快进,便会发出刺耳的尖声,至少有种急板的感觉。

"刚才发出的声音是这把小提琴生涯中最差的声音。真可怜!可我也脱离外行人的境界了吧?"斋木犀吉仍然把小提琴夹在下巴和肩膀之间,伸出左手,拿起盛有威士忌的纸杯,用口技师让木偶叫喊般的声调说道。

就这样,犀吉不断用威士忌鼓舞着自己,其巴赫演奏速度逐渐加快,多少有点像音乐时,我已经有些醉了,卑弥子终于回来了。她从公寓管理员处借来了各种盘子。卑弥子答应把我们吃剩的鸡骨头,拿给管理员的狗吃。可见卑弥子也不是完全没有作为家庭主妇的才干,那是因为她毕竟是日本女性吧。

卑弥子进屋后,走廊里似乎还有人。于是,我站起身来探头向外,只见微暗中,一个小个子男人发出像狼狗在水泥路上奔跑时发出的强劲的嗖嗖的爪子声,入迷地进行着针对假想敌的拳击训练。他没穿拳击鞋,而穿着橡胶板切成脚掌大小的麻里草鞋,所以步法似乎有点拘谨,但横击非常有力。他脚下有一盆炭火正旺的炉子正猛烈地迸发着火星,原来他跟着卑弥子搬来了这炭炉。

当然,我们也邀请他参加我们盛大的晚餐会。他是最轻量级职业拳击手,当时十八岁,等级第九。犀吉还是初级业余拳击手时,和他交过手，被他击倒后便成了朋友。不过，那时金泰年仅十四岁，只是拳击俱乐部的跑腿儿，所以比赛是秘密进行的。斋木犀吉被击倒后，完全折服了。他发现了这小个子少年的天分，和他交了朋友。据我所知，除自己外犀吉承认是天才者，仅金泰一人。他对金泰实在尽心尽力。犀吉不久突然成为富豪，他最先做的事便是资助金泰的生活。金泰在赛前减肥时，他亦节食，还进土耳其浴室瘦了好几公斤。

这天，金泰那苍白脸上的邋遢胡子有三毫米长，眼神显得安静而诚实，给人以武士画中弱小而善良的步卒般的印象。确实，他给人以镰仓时代的年轻下级武士的印象。他是个左撇子，具有出人意料的还击拳，但他的下巴不堪一击，而且像最脆弱的玻璃般脆弱。所以，他是一位极易反复击倒对方，或被对方轻易击倒的个性鲜明的拳击手。我们初次见面那天，他因肌肉问题刚从医院回来。他在我们面前再现了他与医生的对话，由于感人至极，所以我至念仍然记得一清二楚。

"医生看到我的身体，显示出看到毛毛虫般的厌恶神情。当看到长在我纤细骨骼上的怪物般的肌肉，联想到我小时候的粮食供应情况，以及现在的职业拳击训练情况等，说当日本人真可悲。真是一位古怪的医生。还说这样的身体没在比赛中丧命简直不可思议。又说我之所以成为职业拳击手，是我低能的证明！"金泰仿佛羔羊说话般，无限温顺地说道。

金泰原本为了摆脱一贫如洗的东京港周边朝鲜人家庭的父亲的高压，才当了拳击手。从成为职业拳击手那天开始，他便对出场费斤斤计较，成为拳击俱乐部及体育报恶语中伤的少年。但他坦然地对抗这类非议。他和犀吉同样是人生思考者、哲学人物，对一切现实问题（从拳击比赛收益分配率到排名内幕、日本拳击手的发展前景）都有个人独特的看法。他是用拳头作战的少年哲学者。就在这次晚餐会上,金泰也加入到犀吉的主张行列,向我陈述了他对自我欺骗的看法,我受到了影响。话虽如此,这次晚餐会上有关自我欺骗的种种饶舌并不特别明确。莫如说,对于为什么把我当时的生活和行为方式叫作自我欺骗这点,犀吉本人无法说清楚。无论犀吉还是卑弥子、金泰,还有后到的雉子彦,大家都还年轻,无论怎样拥有哲学、人生思考者的素质,对年轻人而言,抓住一个概念的总体,并把它彻底、完整地表达出来并非易事。他们无法从这个概念或意义领域的各个侧面进行包围,只能在极其局部的领域展开尖锐激烈的攻击。

即便如此,当某方面的攻击击中意义的核心时,仍能发挥功效。我从他们那里获得了有关自我欺骗的零星启示,确实受到了触动,并最终受到了影响。

我们随意围坐在金泰搬来的炭炉旁,用手抓着吃卑弥子做的浇了格鲁吉亚风味调味汁的鸡(不久,我们全都浑身散发出浓烈的大蒜味,但谁也不介意),有人吃厌了鸡,便把数片里脊火腿肉和生菜叶叠在一起吃,或把半熏制三文鱼放在面包片上就着蘑菇吃。而且,一直喝着葡萄酒和威士忌。不过,醉得舌头不灵便者,则剥夺其喝葡萄酒的资格,由卑弥子严加看管,原因是葡萄酒是法国进口货,在我们买来的食品、酒类中,其价格最贵。即便在这段生活极贫困时期,按照犀吉的性格,他仍然宁愿买一瓶博若莱①,而不愿买五瓶日本葡萄酒。

我们大吃大喝着,我特别对金泰无节制的食欲(据我所知,拳击手应是一种总在致力于减轻体重的职业)感到担心,即便担心多少会伤害其感情,我还是问了个中缘由。

"我每隔三十分钟呕吐一次,在这期间消化,肯定对拉扯我那纤

---

① 即博若莱葡萄酒,法文 Les Vins du Beaujolais,产于法国博若莱地区的葡萄酒。

细骨骼的肌肉也是必需的。"他回答道。

"金泰把禁欲主义和享乐交叉上演的节目安排得井然有序。你担心自己不够吃吗？太贪心了。你自己不也吃了很多吗？"卑弥子替金泰反驳我。

在用餐过程中，斋木犀吉始终热情洋溢地希望阐明我的自我欺骗，比如他如此说道：

"我们人类否定或超越A瞬间的自己，成为B瞬间的自己，再向C瞬间的自己跳跃，这是我们的存在形式吧？这是萨特①巧妙阐明的道理，我没读过《存在与虚无》什么的，但想来肯定如此吧。可你年纪轻轻，却已对这种生活方式心存恐惧，夹起了尾巴。你总想模仿日本小小的媒体为你定制的你自身的亡灵，全然不想跳跃，也从不幻想另一层次的自己。但人类本来只能以刚才所说的形式存在，你的人生实际上违反了自己的存在形式，我把这点称为自我欺骗！"金泰则如此说道：

"我记得一位蝇量级拳击手，他在某天的比赛中，确信自己已在第一回合赢得了极有利的得分。所以，第二回合后，便不再向前迈一步，只采取守势，打算把自己在第一回合取得的优势保持下来。因此，这成为一场滑稽比赛，在此后的几个回合中没出现过一次出击。于是，当这场胶着状态的比赛结束时，他被判输，而且被所有观众抛弃了。他一直保持着的第一回合的得分，实际上不过是零，这种误解真可怕！"

我并未刻意反驳，只是默默地微笑着，吃着鸡和生菜，喝着威士忌。我并不认为自己在模仿自己的亡灵，也不认为自己是个愚蠢可

---

① 让-保罗·萨特(1905—1980)，法国二十世纪最重要的哲学家之一，无神论存在主义的代表人物，也是优秀的文学家、戏剧家、评论家和社会活动家。

怜的拳击手,只把第一回合的有效攻击如阴毛般珍藏在运动短裤内,而后在其余所有回合中一味地躲避。但我心中刹那间亦有表示赞同的微弱呼声,希望超越自己,直接飞向犀吉和金泰。确实,我希望 A 瞬间的自己,在 B 瞬间获得完全的自由。如果战斗,希望在毕生的所有回合中采取攻势。实际上,当我赢得小说家的称号后,我的生活可能真的已没有自由感,而常有束缚感。这一点,可能通过我的这次多疑症得以表面化了……

"嘿,总之,尝试着和斋木犀吉认真地交往吧。我现在闷在书房也是一事无成!"这就是我在这次晚餐会上的所思所想。如果我是个更加直率、天真、开放、外向的感情家,可能会如此大声地叫嚷,并流着泪亲吻犀吉、卑弥子、雉子彦、金泰等所有人的脸颊。"是的,自从我成了小说家之后,似乎确实过着自我欺骗的日子! 我有时想上吊自杀,有时想出走。而且,一旦喝酒,就会喝得烂醉如泥,寻衅吵架,总处于不安中,这恐怕就是自我欺骗在作祟吧! 肯定在什么源头出了问题! 啊,请救救我,把我带入你们自由而真实的冒险世界!"

不久,所有人酒足饭饱,自我欺骗的议论便如同鸡最美味的部分,迅速地消失在了我们的胃里。接着便是狂欢的记忆。没有摩托车的摩托车手雉子彦在想象的室内摩托车杂技中奔驰。而后,他又和仅用柔弱右手的金泰进行拳击比赛,十秒钟便被打倒在地。卑弥子又想起什么人世间新的悲哀种子,独自抽泣着睡着了。金泰不知什么时候已不见踪影。雉子彦则把自己的胸膛和大腿压着卑弥子的背部和臀部睡了。看到这情景,犀吉只是微笑着。由此,我甚至想到雉子彦和犀吉之间也许存在同性恋关系。我不是男同性恋者(如果有人把你的睾丸弄得痒痒的,你也感到有些快感时,那家伙便说睾丸是小阴唇的变形,所以指责你在性欲方面属于女性型,断定你是未来的性倒错者。即便如此,你也不可贸然断定自己是男同性恋者。如果果然如此,究竟哪位不是男同性恋者呢?)但从他人的行为马上发现了同性恋的蜘蛛马迹。于是,我武断地认为,同性恋者也许觉得自己的妻子和自己的男同性恋情人通奸是件愉快之事。

犀吉忽然向我打听时间,已是凌晨一点钟。我如此回答后,他惊慌地站起身来,从壁橱里取出一个包袱。我惊讶不已,他当着我的面即刻换上既像军人又像消防员的制服,那制服既威风又带有几分与此相应的滑稽。他说道:"我现在要去值夜警,一块儿去吧。"

3

我和斋木犀吉二人乘上出租车,我打算把他送到工作地点,自己则直接返回公寓。可结果,我在犀吉担任临时夜警的大楼前和他一起下了车,在门卫室度过了一夜。其原因是,斋木犀吉一坐上出租车,便立即显示出与晚餐会的兴高采烈截然不同的情绪,完全沉浸在极度抑郁的泥淖中,我不忍心把他一人扔在都心摩天大楼的门卫室。

我也考虑过犀吉的抑郁是否因为没赶上夜警时间。他必须在十二点整换班,但我们到达大楼时已是凌晨两点半,但斋木犀吉仍与前班老夜警进行了极友善的交接。我始终弄不明白为什么犀吉和老人之间能有如此出色而富于男子汉气概的理解关系。我总觉得大部分老人都是不同于自己的奇怪的异族。我认为理解老人或被老人理解,只能等到自己也老了之后才行。在此意义上,我偏向于经验主义者。老人不是孩子。隐藏在孩子玫瑰色脸颊深处的东西,和从老人深深的皱纹深处闪现的东西是不同的。我认为对待老人,也能与对待孩子采取同样态度者总有些特殊之处。总之,斋木犀吉与加班两个半小时的老人进行了简短的交谈,他仅从口袋里掏出一只吃剩的鸡腿作为礼物便解决了所有问题。那是一位略带柯利牧羊犬般怨恨眼神的小老头子。他一走,忧郁的情绪又回到犀吉身上,我也受了感染。

心情忧郁的我们直到清晨都闷在大楼一层的门卫室。其间每隔一小时,便由电梯和楼梯往返于楼顶,或巡视走廊,认真地执行了夜警工作。如果那天晚上,强盗团伙或从动物园逃跑的鬣狗群侵入大楼,我们肯定会把那帮家伙一个不剩地逮住,并在次日早上的报刊上以配图形式特别报道出来。我认为斋木犀吉的确适合夜警工作。他喜欢独自在深夜里醒着,更重要的是他好奇心强,一有可疑声响便立即奔至地下三层的配电室。

虽然在值夜期间,斋木犀吉一直神情忧郁,在那大脸盘上挤满了皱纹,但因其秉性,他决不会沉默不语。如幽灵般忧伤的他,或在电梯里,或在走廊中,或在门卫室,或在深夜大楼犹如暴露在寒风中的冬日山间的帐篷般的楼顶,继续着他那尖厉而略带口吃的饶舌。那是各种有关人生问题的饶舌,还有这两年来的地下生活的冒险经历、其儿童时代极为复杂的家庭情况等沉重的肺腑之言。

我并未完全沉默,但饶舌之王仍是犀吉,和他在一起时,我习惯于把注意力集中在自己的耳朵。从深夜到黎明的这几小时,从我受寒皴裂的嘴唇说出的话语还不及犀吉的百分之一。我像犀吉那样忧郁地摇着脑袋,追踪着他话语的鸟群。

斋木犀吉如此讲述:"我常说,我一想到死,现在都觉得恐怖,你怎么样?是不是真有不怕死,或者不认为死亡是恐怖之事者呢?即使大部分成年人从外表看来确实如此,但这不过是欺骗的结果吧?情况到底怎么样?你本人怎么样?当你想到死亡或虚无的永恒,没有吓得发抖吗?"他像孩子般天真地说道。

我默不作声,只是暧昧地摇摇头。这种时候,他并不等待我的回答。他的头脑充满了他自身的问题，特别是在如此饶舌时，他只需要他人的倾听，即便那人没有发音器官亦无妨，犀吉和鱼儿也能热烈地聊天吧。

"不过，我认为人类死亡中最可怕的死亡，是在世界最后的战争日里，人们在地球上所有的城镇死去时的死亡。那时，谁也无法再唱'只要生者尚在，死者不死'之类了！我在苏伊士战争时患上热病，在香港痊愈时，我以为战争这一主题已不再吸引我了，但全人类规模的核战争是我现在最重要的冥想课题。在我们的第四纪间冰期，不知到底有多少人死去了？肯定不计其数。可我作为世界最后人群中的一员，也许会以最恐怖的方式死去，我真的讨厌这种死亡方式。"

"我认为我们也能和先于我们死去的，以天文数字计算的人类一样，独自迎来个人化的死亡。我认为在我们的有生时代，不会发生世界最终战争吧。"

"不，也有很多人认为并非如此。"犀吉满怀热情地说道，令人产生那确实是他长期以来对此问题进行冥想以建构其自身人生观的印象。"一旦美国和苏联之间发生核战争，那确实会成为全人类的最终战争。因为，如果一个国家知道自己在核战争中落后于敌国（也就落后几十秒，二十世纪加上几十秒便是这地球人类可悲的文化生命的寿命），那个国家的领导人，无论是赫鲁晓夫或肯尼迪，都会立即按下第二按钮吧。所谓第二按钮，它由铬线连接着藏有足够破坏整个地球表面分量的核爆炸物的仓库。一个国家在和敌国的交战中，特别是在进行灭绝人寰的核战争时，不希望自己的国家和国民灭绝，但希望至少灭掉敌方的国家和国民。在现代，资本主义国家和共产主义国家之间的关系，在心理上是最残酷神学的神国和恶魔国的关系，所以会出现这种情况。例如，正如罗斯福夫人在英国广播电台对谈中回答白发苍苍的螳螂般的罗素爵士①时所说,比起共产主义征服世界的印象,认为世界灭亡的印象更为幸福的美国人占绝大多数!"

我沉默不语。犀吉说话的气势,有一种超越论点正确与否而迫使我沉默的力量。但对我而言,也就有点时间考虑这一瞬间在其公寓里,雉子彦和卑弥子正挤在一起睡着。结果,也许因为我比他大几岁吧,对他在新婚妻子可能与人通奸时,还高谈阔论世界灭亡的恐怖,觉得莫名地焦躁起来。我甚至回忆起他屋里用过的避孕套,无端地生出既心酸又气愤的感觉。

"你今后打算干什么?如果明天地球没灭亡,那么在明天傍晚前,你对你家人仍负有责任吧?就这么当个夜警,你能和那人生活下去吗?"我质问般地叫喊道,"你已不再是孩子,也结了婚,也已经二十二岁了吧?悠然自得地冥想,幻想着世界末日的可怕,再干点夜警之类的工作,这样行吗?"

"啊,我二十二岁了,是个夜警。我在这里上班,到今晚是第六十天,而且结了婚。"斋木犀吉从容不迫地回答着,饶有兴味地注视着激动的我说道,"二十二岁,我知道这是怎样的年龄,你读过马雅可夫斯基②的诗吗?他自杀了,可他原本不想自杀,因为他写下了这样的诗句:

在这个生命里死亡很容易,

---

① 伯特兰·罗素(1872—1970),二十世纪英国哲学家,也是上世纪西方最著名的学者、和平主义社会活动家之一,代表作《幸福之路》《西方哲学史》《数学原理》等。
② 马雅可夫斯基(1893—1930),俄国著名诗人,其长诗《列宁》从正面描写了列宁的一生,描写了群众对列宁的感情。由于长期受到宗派主义的打击,加上爱情遭遇的挫折,一九三○年四月诗人开枪自杀。

建立生命倒是很难。

"马雅可夫斯基在二十二岁时,写过一首《穿裤子的云》,其中提及二十二岁这一年龄的意义,你知道这首诗吗?

> 我的灵魂中没有一根白发,
> 它里面也没有老人的温情和憔悴!
> 我以喉咙的力量撼动了世界,
> 走上前来——我奇伟英俊,
> 才二十二岁。

"他是这么讴歌的,《穿裤子的云》是二十二岁的马雅可夫斯基青年的自我写照,我想说也是我自身的写照!我没写过马雅可夫斯基那样的诗,可我确信自己是穿裤子的云。我预感到我什么时候肯定会干出点属于自己的崭新的事业吧。我这么一边干着夜警,一边等待着'我自身的时刻'有什么不好?而且,我也没偷懒,经常就自己的人生问题进行冥想,而后制卡片、记笔记,不是吗?我不久将进行了不起的冒险吧!只要在那之前,这个世界还没有毁灭!"

我注视着斋木犀吉,脑海中浮想联翩,这青年到底会成为怎样的人?是从事怎样工作的"穿裤子的云"呢?其结果,对我而言,我只是预感到他可能会成为一名杰出人物吧。这是我生平第一次夜警体验,这使我亦多少变得有点单纯了吧,我为犀吉引用的马雅可夫斯基以及犀吉本人所感动。我决定从明日开始,和他一起生活一段时间,我为自己的决定感到高兴。天一亮,我将去银行,取出我的全部存款,作为和斋木犀吉一起进行冒险旅行的费用吧,再不管什么结婚费用了!我确实爱着我的未婚妻,她是我大学同学的妹妹,可在这一瞬间,我发现结婚才是俗世为我安排的最大圈套。与斋木犀吉在一起时,我常被一种全身心的愿望所俘获,即使那时丢弃自己赢得的一切,也要朝他前进的方向奔去。那是犀吉的魔法力量使然呢？还是来自我自身内部欲求不满的潜在能量呢？

我和犀吉这时正好进行第若干次巡逻,我们乘电梯来到楼顶,那还是黎明降临整个东京的一刹那间。从银座大楼的楼顶俯瞰到的黎明时的东京景色有点离奇。我忽然想到,当我第一次为发行量三百万份的大报撰写完随笔的清晨,我觉得自己竟和整个东京的他者联系在一起了。但现在环视黎明时的东京,这座都市像大怪物般决不让我任性的梦想企及。所谓超越人与人的个人间的连带到底是什么？这在如此大都市是否可能？

"据说美国年轻小说家常有参加总统竞选的气魄,但我想我肯定到死连参加知事竞选的勇气都没有。现在,在环视了这庞大的他人的都市之后！"我坦率地对犀吉说出了我的感想。

"如果日本有总统制,我会最先参选。"斋木犀吉认真地说道。

黎明的东京都中心的景色确实古怪,至少它是反人类的。我在北京,还在莫斯科、巴黎、罗马、伦敦、柏林,都从高楼楼顶观察过各大都市的黎明,但从未见过这次与穿夜警服的犀吉一起看到的东京的黎明那样古怪的黎明。东京的黎明有让人的灵魂在榨木的压榨下不停战栗之物。当时,我震慑于各种古怪的预感,又感到令人陶醉的冒险精神。大都市沉浸在天真幼稚、充满孩子气的蜡笔画般蓝色黎明的天空下,在喷气式飞机气流或北海道冬日原野的几乎冻结的河流般颜色的数条流动的雾气下静默着,仿佛阴沉沉的破旧钢铁厂。如此想来,便觉得把楼顶上我们的身体卷入旋涡的风中的雾里,有一股铁粉和柴油味。而且,所有道路见不到一个人影。这就像斋木犀吉所说的世界末日的黎明。我把手掌放在发热的脸颊上,沾在未刮的胡子上的水滴随即濡湿了手指,就像我小时候在清晨的草原上奔跑后,露在短裤下的膝盖似的。我和犀吉都慢条斯理地打了个呵欠。

"嘿,我们今天好好地快活一下吧!那么,干什么呢?"犀吉用力地说道。"嘿,干点什么吧!"

我笑了起来,并想起一位青年诗人的诗句。那是一位当时才十八岁左右的诗人的诗句,"喂,去吧,去哪里呢?"我想那位青年诗人也用和犀吉刚才强有力的话语同样的声音、同样的声调朗诵他自己的诗句吧。

这是青春之初热情的雅歌。

"先刮胡子,洗个澡吧。然后,再干点别的!"我摆出年长者的样子,从容不迫而又富于生活情趣地回答道。

"啊,要是那样的话,我知道一个最好的去处。那是除中午外,经常开放的土耳其浴室,就去那里吧。"斋木犀吉说道。

那天早上,我们的夜警工作到七点为止。而后,我和仍穿着夜警制服的犀吉走出大楼,朝东京湾方向走去。和犀吉与地痞斗殴的那天一样,在他和我一起步行的所有日子里,他都是悠然自在,而我总是身子前倾、急步快走。我们在途中碰到一辆捕捉野狗的汽车。那一带的行人还稀少。一辆载着十几条狗的车子停在一边,再向前大约一百米的光亮处,在没有行人的马路上,只见两个穿白大褂的男子忽然像老鹰的影子般追赶着狗,忽而又朝反方向跑去,这令人想起基里科[①]的滚铁环少女画。

当时,我突然沉浸在战时的一次痛苦回忆中。自从我患多疑症发胖后,我第一次以矫捷的动作奔向车道,解开了野狗搜捕车背后铁丝网门的钩环。在那一瞬间,既有以惊人速度逃跑的狗,也有不理会我的诱导,依然战战兢兢地趴在原处不逃跑的狗。我想把其中一只

---

① 乔治·德·基里科(1888—1978),意大利画家。作品风格怪异,自称是采用了形而上绘画手法和造型方法。基里科曾阅读过叔本华和尼采的著作,对于揭示表象下的象征意义非常感兴趣。

矮小的长卷毛狗拉出来,手掌却被狠狠地咬了一口,手指根流出肮脏的血,混着狗的唾液冒着泡沫。我对那些死也不肯逃跑的狗生出厌恶感,我对自己说,决不能像那些狗那样生活。我也受到犀吉人生趣味的影响了。

"喂,快跑啊,我们会被逮去的!"犀吉叫道。而后,我们拼命逃跑,几乎踩上惊慌失措的野狗们。

不久,我和犀吉在毛玻璃天窗微微射入晨光的土耳其浴室,两人并排裸身坐着,让同样几乎全裸的两位姑娘为我们洗全身。姑娘们刚上班,劳动热情高涨,彼此又充满着竞争意识为我和犀吉提供服务,令我们感到心满意足。在如此清晨,裸体姑娘们把我们带入蒸气浴室,搓洗、剃须,直至修剪指甲。而且,只要我们需要,还可以给予少许性的愉悦,所以她们像小鸟般目光炯炯,半裸着待命伺候着。我从犀吉那里得知,如此令人难以置信的奇迹在东京这座古怪的大都市是寻常之事。

我毫不怀疑犀吉会把我引向更加令人难以置信的体验。姑娘们被爱好清洁的热情所驱使,坚持为我和犀吉清洗阴茎内侧。我和犀吉都猛然勃起了。于是,我们放声大笑。半裸的姑娘们也都是浑身香皂沫,弯着腰大笑不止。

"你为什么那么冒失地救野狗?"犀吉笑着问我,这使我对那次小事件有了几分得意、放松而又兴奋的感觉。

"这件事慢慢说给你听,它和我小时候在战争年代的体验有关!"我如此说道。接着,我就那么赤裸着上半身,腰上系着浴巾,让负责我的姑娘把我带到能打电话的地方。

我向关西的未婚妻家里打了长途电话,提出无限期推迟婚礼。

我每天受到威胁,这是众所周知的事实,所以我的建议对方欣然同意,我多疑症的幼芽之一,如凤仙花的种子般崩裂不见了。为什么那天清晨,我会断然下决心推迟婚礼呢?这连我自己也不清楚。也许犀吉婚后的自由感,反倒增强了我对婚姻束缚的印象,令我产生了沉重的压迫感。或者只是因为那天早上,自己感到了极度的自由,从而希望将那种状态长久保持的缘故吧。

总之,我和斋木犀吉在一起待了大约四十小时,这期间自己轻而易举地变成他日常生活冒险魔法的俘虏了。

我再次返回浴室,只见斋木犀吉正热情地劝诱为他按摩后背的姑娘和站在一旁注视着的负责我的姑娘,是否有意四人性交。我只想一觉睡至午后,所以被犀吉充沛的精力吓到了。所幸,姑娘们像听天真的玩笑话似的,只是一个劲儿地笑着。

4

与快活的半裸姑娘们分别后,再次来到清晨的大街上,犀吉对我说道:

"帝国饭店现在是早饭时间,来份炒蛋和咖啡充饥吧。要么,去附近刚开张的酒店吧。那里的早餐桌上能喝到啤酒。"他那神采奕奕的玫瑰色脸颊上,洋溢着自我满足的微笑。

我们的身子被洗得干干净净,胡子也刮干净了。像婴儿那样,指甲也彻底修剪了。我们现在的卫生状况,即使去东京最上等的早餐桌就座亦无可挑剔。不过,姑且不谈人民共和国的宾馆,我怀疑有哪家豪华宾馆的经理会殷勤接待穿夜警制服的年轻人呢?犀吉敏感地看出了我那充满疑惑的眼神,便从既像消防员又像军人的制服里袋中,以装模作样的滑稽姿势,像松旭斋天胜[1]似的,慢慢地抽出一条

---

[1] 松旭斋天胜(1886—1944),日本明治时代著名的女魔术师。

白丝绸围巾戴在脖子上。一瞬间,穿夜警制服的劳苦青年,仿佛变成了观赏马球比赛的温莎公爵①的远东私生子。突然,我对斋木犀吉作为电影演员的失败感到不平。我毫不掩饰地赞叹他的装扮能力,这令他感到不好意思。

"你知道在污水中最能平安地活下去的淡水鱼是什么?是那种圆圆的小鲫鱼。曾有数百条这种处于濒死状态的鲫鱼浮在这臭水沟里。那是多年前的事了,总之我还是个孩子,我在儿童报上读到的。喂,瞧啊,几百条鲫鱼为了在这臭水沟里活下去,拼命地挣扎,实在催人泪下。据说银座的无耻之徒想吃那种鲫鱼,可连鱼骨髓都带着沟泥味,实在吃不了。你可曾想象过有一种生命,泥味渗入其身体底里,它还忍耐着活在臭水沟里。这令人觉得有点辛酸吧,肯定很恶心,对鲫鱼自身而言也是!"他如此说道。我们沿着臭气熏天的臭水沟步行在东京的中心部,岂止是鲫鱼,就连全副武装的潜水员潜水一秒钟也得放上十个带沟泥味的屁那样的臭水沟。

且说,我们未受到那家宾馆的任何挑剔便进去了。但在早餐桌上能喝到啤酒则是犀吉的记忆有误。如果打算喝点酒,吃点简餐,至少要在早上九点前,在前台前面大堂一侧酒吧的高脚凳上落座。犀吉悠然坦言:"说来,我总在宾馆刚开市的忙乱时间来,和卑弥子两人住了一周之久,每天早餐都吃炒鸡蛋和咖啡,再喝点啤酒,账单什么的就挂着,甚至还获得了陶瓷柯利牧羊犬纪念品,而后堂而皇之地离开了。"

总之,我和犀吉背对着前台经理和服务员们、大堂的客人们,坐在酒吧间的高脚凳上,从早到的调酒师那里接受了德国啤酒和煎蛋的服务。早餐后,犀吉若无其事地要了威士忌,调酒师也同样一副若

---

① 爱德华八世(1894—1972),英国国王,即后来的温莎公爵。

无其事的表情,甚至在我面前也放了平底大玻璃杯,给我们两人倒满了苏格兰威士忌。时间是上午九点。想来,那家大宾馆刚开市时的忙乱也许依然持续着……

于是,我向犀吉讲述了自己为什么要冒险救援那些关在野狗搜捕车内的可怜的狗。犀吉毫无顾忌地大声地又要了一杯威士忌,一边听我讲述往事。他对我刚才突然的救援行动依然抱有兴趣。

"就像刚才说的,那是我小时候在战争时期经历的事。有一年夏天,一位清瘦的戴眼镜男子骑着自行车来到我们峡谷村子。那是带有大货架的自行车,就像鱼贩黎明时骑到鱼市场的那种自行车。那男子把村里的居民组长召集起来,说现在要把整个峡谷的狗杀光了剥皮,命令大家把各家养的狗牵来,说是皮毛供可怜的部队士兵们使用。你没见过我们村庚申山脚的洼地吧。就在小河边,至今仍是杂草丛生的空地。举办牛市时,把集中在河滩的牛一头头拉到空地,牛贩和农民们竞相出高价。这杀狗者占了空地,最初只是等着。我很单纯,还是个不懂事的小孩子,所以钻进聚在俯瞰洼地高台的孩子和大人们中间观看那孤独的杀狗者,还同情地认为那是多么滑稽的家伙啊。可这期间,整个峡谷的人们开始卖力地,甚至汗流浃背地把自己的狗拉到洼地来了。我真的吓坏了。狗不断地被拉来。那男人先用藏在屁股后的棍子打死狗,然后用刀剥皮。不一会儿,我村的峡谷弥漫了狗血味。当时,我兴奋至极,在各处转来转去,可因为是个小孩子,无能为力。即便如此,我还抱着一线可怜的希望,认为山沟的大人们不久会生气,会教训那男子吧。但大人们却找遍整个峡谷,只想把村里的狗拉到洼地,直到最后一条。不久,男子累了,脚步踉跄起来,但仍然继续用棍子打死狗并剥皮。一旦开始,便一发不可收拾了。那男子原本打算最多杀十条左右,剥了皮再去邻村,可我那峡谷的人们极为热情地配合,尽管他全身被狗血染得通红,也只好继续挥舞棍子直到傍晚。其证据是第二天清晨有人发现在我们村下游，男子前晚放上货架运回的狗皮大半都被丢弃了！总之，在此后一段时间里，峡谷里再也听不到一声狗叫声了。是那么彻底的大杀戮。从那时起，我对峡谷的大人和孩子们改变了看法，就是这么回事。"

"你说过你曾被送到那地方城市的少管所，是在这次事件后吗？"

"啊，从那时起，有两年时间。"我说道。

"那么，你充分补偿了那些狗吧？"斋木犀吉说道，"或者，你发誓这辈子只要看到有人抓狗，你就要马上救援吗？已经救了一千条之多了吧？"

"不，今天早上，我第一次救狗，因为突然想起小时候的事，可不知究竟为什么？"

"你现在可能多少从自我欺骗的生活中开始觉醒了吧。"日常生活中的人生追求家斋木犀吉会意地说道。

"总之，战争期间及其后，我都没特别地回忆起发生在那片洼地上的大虐杀啊。"

"可是，你不是写过打工杀狗的小说吗？你一直被那片洼地的噩梦魇住了。"犀吉说道。

我略微体验了营养摄取过剩的美国人躺在精神分析医生的长椅上时，肯定会感受到的那种自我放弃的安心和愤懑。是的，完全如此，我不是写了杀狗的故事吗？作为自己一生中最初的短篇小说，怎样评价我那无意识的天真！我让调酒师把威士忌酒杯换成船员喝的那种。而后，我一口喝干，等待激动的心情平静下来。

"总之，你了解战争啊，我对自己国家的战争什么的，完全不了解，是个文静的和平之子！"犀吉像老朽似的打着哈欠，有点悲哀地说道。

"可是,这不能说是了解战争……"我辩解似的说道,突然觉察到犀吉已经没有在听我说话,他已把额头顶着柜台睡着了。就这样坐在高脚凳上,像小鸟睡在树枝上似的,犀吉在一种轻松的安定感中睡着了,恬静至极。

　　我感到不知所措,环视了一下四周。即便犀吉具有在高脚凳上巧妙睡觉的本领,也不能让他靠着柜台,那么危险地睡吧。我把手掌放在他的肩膀上想摇醒他,使他安全地睁开眼睛,并不致从高脚凳上坠落。可是,他决不睁开眼睛。这是我此后亦常常体验的,犀吉有他自己独特的睡眠方式。他睡醒后,玩乐、读书或沉湎于性快乐,这期间可以持续几十小时,完全不瞌睡。可是,不久后,犀吉会在某瞬间,突然掉入陷阱般的睡眠深坑。那是一种让朋友们产生看电影时胶片突然中止之感的睡眠,犀吉让其自身活动的一个层面停止,并深深地入睡。接着,直到一个充足的睡眠周期结束,犀吉完像岩石般彻底地睡着。在未满足睡眠的中途,究竟需要多么响亮的闹铃声才能唤醒他呢? 斋木犀吉常说:"我像兽类冬眠似的,完全遵循自然法则睡眠。"不过,这天早上,当犀吉坐在酒吧的高脚凳上入睡时,我还未完全理解其睡眠模式。所以,当我得知他决不会醒来时,我狼狈至极,而且有点生气。

　　但是,斋木犀吉有奇妙的德行,不论遇到怎样的困境,总有善意的第三者前来援救。这次,从清晨开始给我们送上威士忌的调酒师是不可思议的圣女贞德①。他绕过柜台,来到我和犀吉近旁,帮忙把犀吉抱到大堂的沙发上。结果,我本人也被这位善意的第三者拯救了。我向调酒师支付了早餐和酒水费用,并支付了一点小费。他担

---

① 圣女贞德(1412—1431),法国人心中的自由女神、民族英雄。去世约五百年后被梵蒂冈封圣。

心犀吉,询问是否通宵打麻将了?我回答说,不是,是通宵干了大楼的夜警工作,因为那是他的临时工作。调酒师像听新笑话似的,开心地笑了一下,便返回自己的岗位了。

我坐在靠着沙发熟睡的斋木犀吉身旁,感到莫名的不安和孤独。自己跟这位有放浪癖的青年两个人从早上开始喝威士忌,坐在陌生的宾馆大堂,这究竟合适吗?像有反省癖的黄鼠狼抬起脑袋,从我内心深处窥视着我。但另一方面,我确实有一种被解放的自由感。

我想趁斋木犀吉熟睡时,仔细地观察一下他,但我自己也开始发困。犀吉睡得很沉,呈现出一副贪玩者的表情,仿佛预感到醒来时的各种快乐,从而全身发热。我自己可以说是在禁欲主义习性中长大的。成人后,从未倾注热情沉湎于一种玩乐。而且,对于在玩乐方面倾注过多热情以致精疲力竭,呈现疟疾患者般眼色的伙伴,感到一种并不妨碍友情的怜悯之情。当时,我对斋木犀吉拥有的情感与此相似。我想等斋木犀吉一醒来,就带他去玩更兴奋的游戏。此前,指导我们两人行动者一直是犀吉,我则安住在他驾驶的日常生活冒险的愉快的船舱里,但现在既然船长像小猫般睡着了,完全放弃了职责,我觉得这次我得做点规划了。

我仿照"喂,去吧,去哪里?"这句诗,口称:"来,玩吧,玩什么?"并独自陷入了沉思。我思考着,但我的脑海中并未涌现日常生活冒险的宏伟计划。不久,我想起暂时不需结婚资金,便想为犀吉和卑弥子买辆汽车。是的,我对自己说道。大伙儿坐上那辆车,跑遍全日本吧?这样的冒险旅行至少需要半年左右的时间吧。在此期间,我或者犀吉,或者那位滑稽的空想家卑弥子可以制订出新的冒险计划吧?我陶醉于这一想法,自己也学着犀吉的样子,悠然闭上眼睛,靠着沙发的靠背睡起觉来。带着三个幼儿的年轻印度夫妇占领了我们沙发前的几张扶手椅,等待着宾馆的空房。那对夫妇不停地训斥三个幼儿。如果我能听懂印度语,也许会听到如此话语吧:"孩子们啊,把你们带到日本来,是为了让你们向勤劳的日本人学习,不是让你们看一大早就喝醉酒、躺在宾馆大堂的这些懒惰的年轻人。孩子们啊,不要用羡慕的眼神看着这些可恶的流浪汉,那样不是我们有教养的乖孩子,不是刹帝利①阶层出色的孩子!"

5

确实可以说斋木犀吉和受其影响的我,从那天清晨开始,白日里把流浪者的生活态度作为我们的规范。我们在宾馆的沙发上醒来时已是下午两点。而且,我和犀吉几乎同时一边微笑一边睁开眼睛,从彼此的眼睛深处看到在充足、平静的睡眠后,自己那心满意足的脸在温和地微笑着。于是,我一醒来,便立即不胜感慨地叹了一口气。

那是因为自从患上忧郁症,我便陷入了一种不舒服的强迫观念中,觉得自己始终受到旁人的注目,晚上也总是提心吊胆,无法安眠,但这天不过是在众目睽睽下的明亮的大堂内的小睡,却像醉卧在核弹防空壕内的劳动者,获得了充分的睡眠。

不久,我和斋木犀吉从沙发上站起来,穿过宽敞的大堂去洗手间方便。我们充分地利用了那家新开的国际宾馆,如果洗手间入口处有问卷调查之类,我和犀吉肯定会满怀喜悦之情,为这家宾馆写上充满感激之情的几行文字,我们的问卷回答一定会使宾馆经理和股东代表欢喜雀跃吧。我一边和犀吉并排解手,一边向犀吉提议用我准备结婚的五十万日元为大伙购买一辆汽车。犀吉立即表示了赞同。

---

① 刹帝利是古印度四种姓之一,即国王、大臣等统御民众、从事兵役的种族,所以也称"王种"。其权势颇大,仅次于婆罗门。

他明显仅把膀胱排空了三分之一,但已对撒尿毫无兴趣,猛然抓住我的胳膊,似乎就要跑向银行。我有点不好意思,便泼冷水道:"可你每天自由选择各种车辆乘坐,那样不是更好?"

"不,偷别人的车不好。"犀吉说道。一刹那间,我惊愕不已。不过,他到底也像小姑娘似的,忍不住扑哧地笑了出来。接着,他认真地说道:

"偷来的东西与正当拥有的东西之间,其刺激感是不同的。拥有偷来的东西也有刺激感,这是任何小偷都知道的刺激感吧?但正当拥有的刺激感同样丰富强烈,而且这两种刺激感的方向完全相反。就汽车而言,我一直想体验正当拥有的刺激感。另外,我们用旧后,如果不喜欢了,我们会把它开到什么海边,浇上汽油烧掉吧?烧掉偷来的车没什么好玩的,但烧掉自己正当拥有的爱车,这完全是另一种刺激感。"

"那么,你知道卖二手车的地方吗?"

"给雉子彦打个电话,那位新生代摩托车手总是对一切二手货买卖的信息非常关心,那家伙有时干点汽车、游艇的中介赚钱。成为中间商可能是那家伙毕生的理想吧?"犀吉说道。

我和犀吉返回大堂,毫无顾忌地借用大堂电话(不过这时宾馆服务员看我们的目光已相当严肃),向雉子彦工作的银座洋货店打听雉子彦是否在上班。接电话的正巧是雉子彦。他只听犀吉解释了短短三分钟左右的时间,便马上想起一辆以五十万日元待售(而且,据中间商口吻的雉子彦的宣传),仅开了几十英里,好像还是以雏鸡摇摇晃晃般步伐小心翼翼地驾驶的极好的阿姆斯特朗①。那是一位嫁给法国中年男子的日本女演员曾经拥有的车,那中年男子或许是

---

① 由英国毫克·西德利集团公司生产的高级轿车。

电影导演，或许是服装设计师。雉子彦认识那位女演员，是因为她是洋品店的上等客户。电话还未挂断，我和犀吉已是那闻所未闻名牌汽车的美丽幻影的俘虏了。当时，即使出现以五十万日元出售新型劳斯莱斯的汽车商，我们亦肯定对其不屑一顾。我们深深地感动于雉子彦出色的宣传，啊！这是国际婚姻的女演员乘坐过的阿姆斯特朗！

犀吉和我在听筒两侧各自伸长了自己的耳朵。听了雉子彦的宣传，犀吉和我马上决定买下那辆阿姆斯特朗。不久，完全没料到那辆典雅的汽车有名无实，像河马喝水般没完没了地咕嘟咕嘟地吞食汽油，经常令我们手头拮据。我们办好购车手续，雉子彦大方地表示车款何时交付都可以，但我和犀吉拒绝了他的建议，因为我们想充分体验所有权带来的刺激感，我们愿意支付五十万日元现金，把那幻影般的阿姆斯特朗据为己有。我们极重视那仪式性的一瞬间。于是，我们决定在挂断电话三十秒钟后，由雉子彦前往保管阿姆斯特朗的车库，我和犀吉则中途约上卑弥子赶去我租住的公寓，三点前从银行提取五十万日元。我们马上分头行动起来。

我和犀吉离开宾馆，不料雪正下个不停。道路两旁已积了一些雪，连鲫鱼都全军覆没的臭水沟在雪中也多少显得好看一点了。雪片落在我和犀吉发烫的脸颊上融化了。我们满怀热情地对为我们叫来出租车的宾馆服务员（我至今不知道他直到最后仍把我们误认为是客人，还是想尽早把我和犀吉赶出大门，从而为我们服务呢？最终，我认为那××宾馆在新开张持续忙乱期间，是东京最有人情味的上好宾馆）道谢，然后直奔犀吉的公寓。我们未事先通知卑弥子任何消息，但在公寓前让出租车司机按响喇叭，卑弥子便马上做好了外出准备，甚至拿着为犀吉准备好的大衣及防水靴跑出来了。此后，我再未遇到过像卑弥子般具有临机应变的直觉力与速度的女性朋友了。斋木犀吉的人生开始转向面对败局的陡坡是和卑弥子离婚后。稍加考虑便可知道那是理所当然之事。斋木犀吉对卑弥子那种独特的年轻姑娘,竟干出那么残酷之事。作为报应,犀吉这只木桶除了向其自身败局盲目地加速滚动外,还能有什么可以选择的行动方式吗?

卑弥子坐进我们的出租车,从我和犀吉那里听说了购车计划,比我们谁都要兴奋。"阿姆斯特朗?那不是手力男命①吗?正好适合我坐。"卑弥子把神话和耶马台国传说混淆起来,开始说无聊的俏皮话,我们大度地笑着。卑弥子甚至说:"这阿姆斯特朗正是自己常想偷的车。"当时,犀吉、卑弥子和我还都对如此品牌的车,是否实际存在都不很清楚……

雪水濡湿的道路很滑,司机小心翼翼地驾驶着,我们对司机时而奉承时而责备着让他赶紧赶路。在三点差十分时,终于来到我租住的二楼公寓。雪依然不停地下着。我所住的老式住宅区已像傍晚那样,天空、地面一片阴霾。雪并没积得把地面照亮,但薄薄的雪层似乎已经开始覆盖林木和树篱,雪总让我怀抱着暧昧而激烈的期待,并令我莫名地兴奋。而且,那天我将与友人购买阿姆斯特朗,所以觉得脑袋越来越热了。

可是,仿佛被泼了一瓢冷水,一进大门,房东老太太就说有位古怪的年轻人来访,刚放下信件离去。而且,据说我出门期间,那年轻人从清晨到深夜都打来电话。我接过信件,一边上楼一边拆开信件,阅读从笔记本撕下的纸片上用铅笔书写的文章。像拥挤的栅栏中的羊,犀吉和卑弥子从我两腋伸过脑袋,想和我一起读信,尽管走在狭窄的楼梯上。"俺打了三十次电话,你为什么总是不在家?俺在大阪秘密结社,为了决定是否杀你,必须和你见面聊聊,二十分钟后将

---

① 《古事记》所载日本神灵之一,亦称天手力男命。

再次来访,请下定决心!"

我们默默地走进书房坐下。我把笔记本的纸片放回信封,把信放在犀吉、卑弥子和我的正中间。当时我屡屡接到来自信件和电话的恐吓,但胁迫者本人特地持信来访还是第一次。而且,那位"古怪的年轻人"将马上再来,以便确认我的决心,二十分钟后!

"这是恐吓信,我第一次见到。"卑弥子故意不胜感慨似的,尖声尖气地说道。我觉得她像是在鼓舞犀吉和我似的。

"交给警察吧?"犀吉说道。那一瞬间,我感到自己已决定无论发生什么事都不找警察,而依靠自己的力量对付。那也是与犀吉几十小时的冒险带给我性格上的变化,即便是心境的变化。我打算步入一种与受警察保护的日常生活、市民生活相反的新生活。

"不,我不找警察。"我说道,"我等着,见见那家伙。"

"我代你见他吧。要是我,马上就能搞明白所谓秘密结社具体是怎样的组织,很可能是我之前所在的秘密结社,因为说在大阪。"犀吉对此越发感兴趣了。

"不过,要是等那位秘密结社人物,银行就要关门了,我们可是拼命冒着雪赶回来的!"

"那么,卑弥子骑自行车去趟银行?这期间,我们在这里等那位写信的男子。"犀吉说道,卑弥子答应了。我便把银行存折和印章交给卑弥子,并告诉她去银行的路线。

"那么,我走了。"卑弥子放心不下地在书房门口回过头来看看犀吉,又看看我,一边说道:"要是那可疑分子误杀了犀吉,我可要杀了他!"

"什么?"我吓了一跳,反问道。

"不是杀你,我一定会杀了那可疑分子!"卑弥子用力说着跑下楼梯,我和犀吉沉默不语。

"你在大阪也加入了秘密结社？"听见卑弥子打开大门出去的声音后，我问正沉默不语的犀吉。

"我在潜入地下那段时期干过各种事！其中，也有对你也不想说的事，不如说也有只对你不想说的事。"斋木犀吉用手指抚摩着一条从嘴唇到下颚、状如细长肉色草叶的伤痕（那已成为他的新癖好），一边用他那至今仍在我耳际忧伤萦绕的带有独特沉郁感的嘶哑嗓音，尽量若无其事地简单地说道。

这时，大门的铃声响了。犀吉仍然沉默着，如狗熊般充满威胁地挪步走出书房。我依然坐在书架和书桌间，觉得自己像胆小鬼似的，心情沮丧地侧耳细听着。开始是小声对话，在二楼的我听来，那是语意不明的简短对话。接着，犀吉突然提高了嗓门。

"你说是大阪秘密结社的成员，是什么结社？"我听得很清楚。

"因为是秘密结社，所以不方便说名字！"可疑分子回答道。突然，紧张的气氛缓和下来，我忍不住笑了一下。

犀吉也要扑哧地笑出声吧，他肯定是努力地忍住了。接着，又是一阵听不分明的小声对话，而后再次传来犀吉凶狠的呵斥声，他用极度气愤的语气叫喊道："你说你是想就人类之间的爱和连带感，来听听那家伙的意见？但你留下一封信，说杀不杀他，等见面后再定，这和人类之间的爱有关吗？和人类的连带感有关吗？别甜言蜜语了！"

接着，又传来一阵来访者的说话声，但语意听不清楚。现在，像怪人般大声呵斥的倒是犀吉了。犀吉要让来访者承认一个事实，情况如下：

"他现在正受到恐吓，这件事凡是看报的人几乎都知道，对吧？嘿，作为我，对其恐吓者恐吓他这件事，基本上予以认可，因为恐吓他人的权利是民主主义体制一向认可的。喂，不要露出怀疑的表情！

但别人恐吓A,你也跟在别人后面恐吓A,那基本上是违反人类尊严的做法。你对A的所作所为,作为人类是可耻的,即便对恐吓者也是可耻的,不是吗?如果你真和其他恐吓者一样,不满他的小说而来恐吓他,我也就不多管闲事了,只要把你扭送到警察局就行了。但你只是想和他见面聊聊,竟然打了三十次电话,可他不在家,你却认为他在家却不接电话,所以很恼火。于是,为了和他见面,想出了扮演恐吓者的主意,那不是人类最低级的行为之一吗?"

接着,又是一阵紧张低沉的争吵声。突然,犀吉的声音猛然高亢起来。

"你给我滚回去!"他大声叫道。

我顿时怀疑犀吉和来访者是否要打起来,但情况并非如此。大门口传来粗暴的关门声。而后,听到斋木犀吉迈着重重的脚步声跑上楼来。

"我去去就来。"犀吉兴奋得脸色苍白,伤疤则呈紫黑色。他叉开双腿站在书房门口,挑战般地对我说道。

"去哪里?"我畏缩地问道。

"我打算跟踪那家伙,那家伙根本不是什么秘密结社的成员!他不过是对你感到好奇的什么地方的学生,是哪家善良且具有排他性的市民家庭的少爷。我对此很生气,想到那家伙干出如此卑鄙的假恐吓后,还能心安理得地躲在少爷的保护伞下度过今夜,我就生气。在那家伙若无其事地走进自己家门前,我要跟踪他,把事情搞得水落石出!"

当时,我想制止斋木犀吉,但与两次从我面前销声匿迹时一样,他毅然走向楼梯对面的暗处,跑到了大雪纷飞的屋外。裹上套鞋显得有点笨重的鞋子踏着不多的积雪,那急促的脚步声令人想起滑稽戏的片段。

斋木犀吉刚走,小脑袋上满是雪花的卑弥子拿着内装五十万日元的信封回来了。她在路上遇到犀吉,听说了事情的经过,所以已对可疑分子毫无恐惧感。她确信那男子是个冒牌货,若要加害自己那位冒险家丈夫,还太过稚嫩。我再次对犀吉这个新家庭的家风产生了一种崇敬之心……

于是,卑弥子和我决定等雉子彦打来电话。卑弥子用我的新毛巾擦去头上融化了的雪水,而后找遍厨房,发现了咖啡壶,为我和她自己煮了咖啡。我和她都不认为犀吉追踪恐吓者是一项能够很快结束的工作,所以没为他准备咖啡。我们在书房里,隔着咖啡杯,彼此为对方加上炼乳和砂糖。这时,说来可笑,我莫名其妙地产生出一种倒错心理,觉得卑弥子和自己是两姐妹,我们两个女人在静静地等候一家之主从危险的狩猎地返回。于是,我发挥大姐好管闲事的毛病,不由得询问她如下事宜。卑弥子亦同样尴尬,现出面红耳赤的丑态,一直沉默不语(想来,这是我和卑弥子第一次两个人独处。而且,彼此对对方太不了解,所以越发感到不知所措)。

"和犀吉一起生活所需的收入,就靠那夜警工作吗?还是犀吉另有其他工作?"

"有时画画营养剂广告,做点挂电车广告的工作,还做些书籍装帧工作。"卑弥子说道。

"可是,那是临时的,不过犀吉并不是为了收入才干夜警工作的,那是为了思考问题。"

"不行啊,你们也感到困难吧?"我好像斋木犀吉多管闲事的伯母般说道。

"就在我们结婚前,遇到了非常幸运的事情。那时我们是有钱人,因为犀吉去世父亲的书出版了。那时太棒了,我们用那笔钱,每天去宾馆,甚至还结了婚。"卑弥子悠然愉快地回忆着。

"犀吉去世父亲的书?"我吃惊地问道。我对犀吉的家人,只知道有个当过看守的脾气古怪的爷爷。"犀吉的父亲写过书?"

"是一位剧作家。我小时候,演过他写的儿童剧中的云的角色。那是极度叛逆的云,长着胡子。他叫斋木狮子吉,你不知道吗?"

"啊!知道。确实像能写出叛逆的云之类角色的人,而且是长胡子的云!"我兴奋地叫了起来,我曾看过斋木狮子吉的五幕剧,并曾流下眼泪。那出戏里没有云,但有一位性格叛逆、长着胡须的英雄人物特别活跃。

"犀吉以去世父亲为骄傲,时时自愧不如,得了忧郁症。"

"犀吉吗?不会吧!"

"我们是夫妻,旁人不明白之事我们彼此也明白。"卑弥子从容不迫地说道。

"总之,犀吉从没向我提起过斋木狮子吉。"

"那不就是被父亲亡灵压得喘不过气来的犀吉精神生活的一个证明吗?犀吉患有脸红恐惧症,还有像结巴小学生似的特点。结婚前,冲昏头脑的我把他看成半神半马的超人,可一结婚,观察力这种东西犹如泥炭藓般在自己的头脑中不知不觉地长出来。"

"那么,你对斋木犀吉已不抱任何幻想了吗?"我问道。

"你这不是过分干涉夫妻之间的事了吗?再把话题退回到我们的生活费上怎么样?"卑弥子一瞬间吓唬我似的,用严肃的目光注视着我说道,这令我狼狈不堪。

"总之,能挣到生活费吗?"我红着脸,觉得自己中了卑弥子之计,就像过去天真的乡下人。

"你难道舍不得买汽车了?在装入购车款的信封旁谈什么生活费。你也许还是适合在这间屋子里埋头于书架之间,对着书桌过日子。你也许不是那种善于在日常生活中发现冒险的人,你现在也许只是勉强地跟着犀吉吧？"

当时，如果不是电话铃响了，我会受到更严重的侮辱吧。我对小红猴般面红耳赤的卑弥子开始产生隐约的憎恶感时，铃声响了，我急忙站起身来拿起话筒，是雉子彦的电话。商谈成立，现在只要把五十万日元的信封送到即可成交。"对方还说另外赠送一套滑雪用具。"雉子彦兴致勃勃地汇报，并指定了付款地点。

"那是卑弥子熟悉的地方，大家都来，去兜风吧。如果下雪天危险，就套上链条，据说今天这场雪是二十年未遇的大雪。"雉子彦在电话里叫道。

"犀吉出门了，我打算等犀吉的联系，让卑弥子一个人去吧。"我亦对着话筒叫道，只听见书房那边传来卑弥子"好啊！"的叫声。

"好啊，让我们独占最先驾驶的乐趣吧！汽车这玩意儿和大部分家畜一样，来到新主人处，会最亲近最先遇到的人！在你拥有阿姆斯特朗期间，会一直后悔。"雉子彦对我说着莫名其妙之言，一边高声大笑着挂断了电话。

我回到书房，只见卑弥子一边唱着《暖炉》，一边看似精明地站在书架前找书。"下雪的夜晚，愉快的暖炉，暖炉燃烧吧！跟你说，从前，从前啊，燃烧吧！暖炉。"卑弥子用其特质中最具魅力的浑厚嗓音唱道。窗外的雪不停地下着，已是一派冬日黄昏的景象了，杜鹃花丛和喜马拉雅杉、桂花等披上了薄薄的落雪，使自身带了亮光，在幽暗的窗外分外显眼。我的书房里，煤油炉烧得正旺，卑弥子选的歌也合乎时宜，但我不想再和卑弥子聊下去了。

"你有很多书啊，全都读过了吗？还是读了六成左右？犀吉一旦迷上一本书，就会长时间手不释卷。啊，我想借这本亨利·米勒的书。"卑弥子说完，没等我回答，便从书架上抽出书，把硬封面书使劲卷起来塞入她那放满化妆品的大手提包内。我在心中"哇"地叫了一声,闭上了眼睛。希望对年轻姑娘唤起她们对书籍的敬意,这种尝试究竟是否有成功的可能性?特别是当那位姑娘已结婚,已对人生毫没顾忌时。

"我和犀吉在这里等着,那么你就去一趟吧?"我趁卑弥子对我珍藏的其他书籍还未引发注意之际,催促着说道。

"啊,好的!"卑弥子说道。接着,她转过身来对着我,要把刚才一直考虑之事说出来似的说道:

"对我而言,和为冥想而干夜警工作的犀吉结婚是一件值得骄傲之事。我打算即便饿死,也要和犀吉继续我们的结婚生活。如果你对我们的婚姻,像PTA①的主妇们那样感到担忧,那才是无聊的瞎操心,我认为如果我们的婚姻遭到破坏,那点燃炸弹引线者应该是犀吉,因为犀吉确实非常适合奢侈豪华的生活。而且,他好像没有和我一起饿死的打算!啊,要是我知道我有个亿万富翁伯父,现在正因癌症濒于死亡,犀吉和我一下子就都有救了,我和犀吉常常那样做梦!"

卑弥子这么说着,把内装购车款的信封随便放入大衣口袋便下楼了。我从卧室床底下找出仅剩四分之一威士忌的酒瓶,心情忧郁地喝起来,我为我自己,也为斋木犀吉、卑弥子夫妇,期待着出现一位因患癌症处于临终状态的亿万富翁伯父。如果我能突然想到这样一位伯父(无论那是犀吉的伯父,还是卑弥子的伯父,抑或是我自己的伯父),那时我会感到特别开心吧。想来,我在那个飞雪的黄昏,对犀吉和卑弥子的离婚有确切的预感,只是未料想犀吉会以那种最恶劣的方式进行……

我喝着威士忌,环顾着自身周围。这是我和犀吉他们一起游荡几天来第一次独处的时刻。也许因为总觉得有点不安稳,或有什么

---

① 指家长教师联合会。

缺失似的缘故吧。我望着自己的书架,正如卑弥子所言,那里有相当多的书。但患上忧郁症后,我连一本书也未读过。而且,我的写字台积满了灰尘,自来水笔就那么掉在靠垫之间。我想,我究竟何时才能摆脱这没完没了的忧郁症的日子,恢复勤奋的书房生活呢?在这次事件开始时,我祖父说过的话,"小说家的职业属于我们家族出外闯荡的血脉,还是留在家里守望的血脉,似乎还不清楚,但不久会清楚吧。"我还是不清楚,但再次开始读书,撰写文章时,必须弄清楚这点。我似乎开始期待从斋木犀吉指导的反·书房生活中发现根本性改变。总之,直到那家伙第三次从我视线中消失为止,我就一直跟着他吧!我再次下定了决心。

我喝光了仅剩四分之一的威士忌,又把从车站前食品店打电话叫来的国产威士忌喝了四分之一。这时,斋木犀吉回来了。他累极了,脸色略显阴沉,默默地站在书房门口瞥了我一眼,随即折回厨房,为自己拿来平底大玻璃杯。他先默默地喝了一杯,而后突然饶舌地说起来。他已精疲力竭,所以才更加结巴着,用他那越来越兴奋的尖声快速说着。

"那家伙果然是冒牌货,是目黑①水泥围墙内住家的少爷。我实在厌恶得快要吐了,我甚至想如果他真是什么秘密结社成员,我不会如此厌恶他吧。最可恶的是搞不清那家伙对自己的卑劣行径有多少感受。我和那家伙坐上同一辆电车,那家伙马上察觉到我在跟踪他,接着便是长时间的追逐战。那家伙一边以秘密结社成员的架势恐吓我,一边换乘电车,或乘地铁,或穿梭于闹市,拼命地想甩掉我。但我一直跟着,在这雪地里走了好几个小时吧。不久,那家伙终于坐上开往山谷②的都电,进入低级宾馆街。也许他认为那里确实像从大阪

---

①② 东京地名。

来东京的秘密结社成员的藏身处吧。尽管如此,我还是紧跟不放。那家伙进入一家便宜宾馆,我也跟了进去。而后,那家伙借来毯子和被褥,打算铺在自己的铺位上。我也借来毯子和被褥搬到他旁边。那是最后一击!那家伙突然孩子般呜咽起来,就那么迅速地跑出宾馆,坐上一辆出租车。我也坐上出租车追踪而去。那家伙直接回到目黑水泥围墙内的家里。我想告诉那家伙,他干的是多么卑鄙之事。结果,我想这只对有点自尊的人才会产生教育效果吧?"

"可是,你为什么对那家伙穷追不舍?"不知从何处涌来一阵深深的安心感,我毫无意义地问道。

犀吉忽然用锐利的目光注视着我,并用严肃深沉的声音如此说道:"如果那家伙真是秘密结社成员,准备谋杀你,你不担心吗?我对这点很介意。"

我心头发热,激动得说不出话来。我拿起不太体面的国产威士忌酒瓶,往犀吉的平底大酒杯里斟酒。如果养老瀑布传说①在二十世纪复活,我对犀吉的感激之情会把国产威士忌变为黑牌尊尼获加②吧。我的手腕一颤,威士忌洒在了犀吉的手指上。犀吉像真生气了似的,嘀嘀咕咕地发着牢骚。

不久,我们的阿姆斯特朗、手力男命到了。在微弱的雪光下,黑色的阿姆斯特朗显得古色古香,风格典雅美观。重复的波形挡泥板装饰,令汽车的后半部分看上去像挡泥板的影子似的,显得优雅而浪漫。不过,我们的阿姆斯特朗陈旧得令人怀疑是否汽车发明者亨利·福特③还在世时生产的车,但我们当时并未在意。我们在深夜

---

① 传说日本古时一位孝子感动天神,瀑布水变成了酒以供嗜酒的父亲饮用。
② 尊尼获加,是世界著名苏格兰威士忌品牌,亦是英国皇室御用酒。
③ 亨利·福特(1863—1947),美国汽车工程师与企业家,福特汽车公司建立者,亦是世界上第一位使用流水线大批量生产汽车者。

积雪的住宅区兜风。引擎声轻而有力,我们仿佛被手力男命扛在肩膀上奔跑着,一边聆听着这位古代摔跤手的心脏声。犀吉、雉子彦、卑弥子,还有我,这些雪中乘务员患了心血来潮的热病。不久,我们按照卑弥子的计划,把我们的阿姆斯特朗开入郊外电波技术学校的大操场。穿上赠送的滑雪板,紧握着手力男命牵引的绳索,我们想在雪上滑行。

在飞雪的漆黑的操场上,我们的手力男命宛如回到了古代,勇猛而优雅地奔驰着。穿上滑雪板的我们不断滑倒,我们笑着。不久,肥胖的我刚一摔倒便扭伤了右脚跟。尽管如此,我们依然开怀大笑。

6

我们渴望驾驶着我们的手力男命阿姆斯特朗,进行一次深入日本各地的探险旅行,可直到我脚伤痊愈,还是未能成行。当然,仅就我个人而言,尽管脚跟打了石膏,像被小狗咬了一口似的,但我毫不畏惧,仍然希望出发。推迟出发,并终于无限期推迟,其原因完全在斋木犀吉方面。

首先,金泰决定与国内第二位选手进行公开十回战,犀吉专门陪同练习。说来,我知道金泰比赛之事,是在那次雪夜狂欢后第三天百无聊赖的正午时分。我正用从床边衣柜环扣垂下的绳索吊着扭伤的脚,躺着看迪布①极复杂的漫画,并喝着啤酒时,犀吉和卑弥子开着阿姆斯特朗来到郁闷的我的住所告诉我。他们来时,我还以为他们是特意来探望遭遇不测的我,但我立即明白情况并非如此。犀吉他们也说了一些客套话,诸如"喂,痛吗? 不痒吗?"但并不认真听我回

---

① 阿尔贝·迪布(1905—1976),法国漫画家。

答,最后犀吉迫不及待地说道:

"金泰的比赛只有十天时间了,我希望让他的训练更舒适一点。在此期间,我也想把巡夜工作停下来,我们现在必须毫无分文地进行训练。说到拳击俱乐部老板,佯装相信金泰那样级别的新涌现的拳击手,能像鸡那样从泥土中自己啄到满足自己胃口的种子。这是紧要关头,所以希望你捐助资金。如果你现在没扭伤脚,能够和我们自由地到处乱跑,你也得从你口袋里掏出钱来支付大家的开销吧?"

"啊,应该是吧。"我对厚着脸皮单刀直入的犀吉无端地红着脸说道,"厨房的电视机上放着一封挂号信,里面有版税支票。你去银行换成现金吧,给我留点生活费,其余的全归你们。"

"谢谢,金泰一定能赢。要是你能走动了,也来参加我们的训练吧?那么,我这就去银行了。"犀吉说完,满脸微笑着,匆匆地离开了卧室。

卑弥子留下未走,她叉开双腿站在我的床边,认真地凝着我,像是发现了什么重要情况似的。

"从冬天开始一直喝啤酒,怎么办?到了夏天……"没头没脑地责备道。

"这么躺着,没什么合适的食物,肚子饿了,所以喝啤酒。去年夏天订的货,秋天才送到,刚好没喝,留到现在。"

"只是因为不能出去买吃的,所以只喝啤酒吗?真可怜!"

"还吃了干酪和鱿鱼。"

"真可怜!"卑弥子突然表现出满腔的同情心,"等犀吉把钱取回来了,我帮你多订点食物。给你做点什么勉强糊口吧,可家里什么都没有吗?"

"冰箱里,鸡蛋什么的还有吧。"

卑弥子去了厨房,把那里各式各样的抽屉拉开又关上,把碗橱摇得咣当响,掏空了冰箱,犹如为准备百人宴的厨师长那样忙活开了。我用绳子吊着脚,在床上暖洋洋的毯子里,置身于微暖的粉末般的空气中,感到这像是百货店广告《祝您家庭幸福》似的……

不一会儿,卑弥子端来上浮三只鸡蛋、用溶化了的固体汤料制成的肉汁汤。接着又返回厨房,端来一盘涂满黄油的未煮烂的意大利面。由于撒在上面的意大利干酪所剩不多,她几乎要骂娘了。我费尽心机,尽量保持自己腾空伸出的一条腿和躯体之间的平衡,好不容易抬起上身,时隔三日,终于吃了一顿像样的饭。卑弥子热心地看着我时而把意大利面卷在叉子上,时而用大号汤匙捞蛋黄吃。当我快吃完时,她忽然显得忧心忡忡起来。

"有没有正真有效的怀孕方法?"她问道。

"只要认真地性交,而且不采取避孕措施,这是水到渠成之事吧。"

"我在犀吉买来的避孕套顶部扎了针眼,像臭虫咬过似的,两个针眼并列一处。尽管如此,还是没见到效果。"卑弥子觉得我未认真回答,断然反驳道。

"那么,你想瞒着犀吉怀孕?"

"是的,这么做也是为了不让犀吉害怕。"卑弥子说道,却像说谎的孩子般惴惴不安地垂下眼皮,表情幼稚难看。

于是,我警惕起来,不再作声。当然,我可以说,比如,"犀吉不是说过在这个世界的女人们中,只想让你一个人为他生孩子吗?"或着说"你生下孩子打算怎么生活?想靠这位热衷于拳击、干临时夜警工作的年轻丈夫生活吗?"之类。不过,我觉得还是先保持沉默为好。我把石膏绷带中干燥得又热又痒的脚后跟,在衣柜转角处咯吱咯吱地擦着,默不作声。那是心中感到孤独时的小动作。卑弥子也沉默不语,只用手指肚抚摩着自己唇边和鼻翼旁的皱纹。接着,她猛地抬起头,像看肮脏的老鼠般,皱着眉头瞥了一眼我那依然擦出响声的打石膏的脚。

"把结婚生活和独身者生活进行比较,就像把火星生活和冲绳生活进行比较,每天的危险程度是不同的。你结婚时,也应该先研究一下火星探险家的重装备。而且,我认为在你未结婚期间,不应写有已婚者出现的小说,如果一定要写,也应该用儒勒·凡尔纳①式科幻小说的模式写。"她降下如此神谕。

"谢谢,我记住了。"我回答道。

斋木犀吉从银行返回前,已把钱分装在两个信封内。他把一个信封放在我床边的桌上,把另一个信封在我头顶上方十厘米处晃动着。

"正好三分之一,拨给我们用了。金泰也会感谢你吧!"他照例客套了一番。

"拿二分之一去也行。"

"不,金泰正在减体重,只吃虫子点儿的分量,这些足够了。"犀吉说完便带着卑弥子匆匆告别,返回金泰的拳击俱乐部,阿姆斯特朗的引擎声亦带着喜色。仅就金额而言,犀吉还是有其守信用的一面。当时,即使金泰决定参加重量级比赛,每天像河马般吞食,他也一定不会拿走总金额的三分之一以上。

我没有在赛场实地观看拳击赛的经验,特别是赛前准备训练,只在体育报上看过现场快照罢了。我想详尽观察金泰怎样为比赛调整身体状况,怎样让自身发挥力量。但是,等我不再像八字脚的狗般行走不便,能够轻松外出走动,已是一周后了,金泰的比赛还有三天就

---

① 儒勒·凡尔纳(1828—1905),十九世纪法国著名小说家、剧作家及诗人,创作了《海底两万里》《神秘岛》等作品,被称作"科幻小说之父"。

要举行了。而且,此后我一直没有来自犀吉和卑弥子的消息,所以无法找到他们。当时的金泰还是一位被埋没的天才,只在斋木犀吉那种特别的眼光中,才留下他存在的印记。因此,有关金泰如何在赛前逐步调整身体状况之类的报道,并未刊载于体育报。我每天去车站前的售报亭买回各类体育报,并一一查阅,但从未发现过一行有关金泰的报道。我为此感到不安,我终于知道自己已是拳击手金泰热心的拳迷。想来,我从那次很久以前的战争结束日开始,就未再接触过豁出自己肉体进行斗争者。比赛的前一天晚上,某体育报简短地刊登了金泰与另一位最轻量级才俊进行比赛的预告。印在粗糙纸张上的金泰,穿着条纹模糊的运动短裤,像缺食的儿童般神经质地垂着脑袋,眼珠朝上盯着这边。报道重点是比赛的另一方老虎·绀野。尽管如此,我大体上心满意足了,剪下报道文章,放在打算去看比赛时穿的衣服的胸袋里。

比赛的那天清晨,卑弥子打来电话,说要开着阿姆斯特朗来接我,让我等着。整个下午,我一直兴奋地等待着。总之,这是我有生以来第一次观看现场拳击赛,而且是友人出场的比赛。午后,我坐在屋里等着,由于太过兴奋,甚至感到心脏都有点异常了,便想到去附近牙科医生处治疗虫牙。年轻的牙科医生看到我口腔中满是虫牙,浑身震了一下。我则像死鱼般仰卧着,张大了嘴巴,下颚挂着排唾液的管子,让医生用金属制犰狳嘴唇般的工具在牙上钻孔,内心只想着金泰的命运。我从小到大,比一般孩子对牙科医生抱有更严重的恐惧心理,但惟独这天,要说因吱吱震动而麻痹的我头脑中产生的恐怖感,仅是担心金泰被击倒丧命。即便有拳击手套缓和冲击力,职业拳击手的拳头揍到头部时,它对大脑的作用,不也和一般成人穿着鞋把内盛豆腐的铁锅底一脚踢飞时对豆腐的影响一样吗?

黄昏时分,卑弥子驾着阿姆斯特朗,犹如骑着已驯养服帖的小马,驶入我家的矮树篱笆内。我已在书房长时间焦急地张望马路,一看到车便立即抱起大衣冲下楼梯。我打开大门,只见卑弥子一边时不时地按着喇叭,一边用口哨吹着《暖炉》,并目不转睛地上下打量着我。

"嘿,这就不错了,犀吉君担心你是否收拾得干净利落。金泰只在自己朋友盛装前来看他比赛时,才会鼓起勇气。他对盛装观战的朋友总有点不好意思,担心他们摔倒在满是泥土的垫子上。"她直截了当地表达了安心感。

"这么说来,你也和平时像是犀吉脏兮兮的弟弟那样的打扮不同,穿得很正式啊。"

"能否说是干净利落的印象?这身打扮还算不上女人的盛装。若非伯爵夫人,去看拳击赛的女人们的服装都是比较轻便的风格。"卑弥子说道,以罕见的像少女般害羞的小眼睛瞪着我。

于是,我和卑弥子坐上阿姆斯特朗出发了。由于车速太快,我不由得担心起来,便提醒她应该带了驾驶证吧,她坦然说道:

"那玩意一开始就没有!"

"被警官抓住,误了比赛可就糟了。"

"巧妙地央求,借上两辆巡逻车,让他们把我们送到比赛场吧。就说你是来自菲律宾的世界冠军吧?你知道一些菲律宾土语吧?"

"不是可以用乡音重的英语替代吗?只是不知道该用哪一种乡音?"

"瞧,又讲些自己都不清楚的事!还有,我想起来了,先告诉你,不要为了更好地了解比赛,就从口袋里掏出眼镜什么的。如果金泰赢了,我会告诉你,那时你再大叫着晕倒就可以了。"卑弥子说道。

看到如此兴致勃勃、信口开河的卑弥子(因为与怀孕有关的不安而暧昧的会话仅隔了一星期左右),我感到轻松愉快。卑弥子紫葡萄色大衣的胸前，挂着一个黑人拳击手正接受裁判员胜利宣判形状的垂饰，它闪耀着黑铅色晃动着。

　　金泰的拳击赛在市中心的室内竞赛场举行。我们的阿姆斯特朗穿行在汽车队列中，离竞赛场越来越近了，只见如村祭般拥挤不堪，有点俗气且嘈杂不堪的人群纷纷拥向竞赛场。卑弥子和我都有点畏缩了，不知谁提议在什么地方喝点再说。我们首先迫不及待地喝下一杯。虽然像是小学教员休息室那样禁欲而粗俗的酒馆，但各自喝下一杯纯威士忌后，卑弥子和我都感到一刹那间，相互间体验了极充分的理解。也许赎罪羊金泰现在面对的严重困境，消解了我和卑弥子之间像杂草般茂密的隔阂之毒了吧。喝完最初那杯威士忌，卑弥子把触及胸前肌肤的垂饰上的黑人拳击手看作是获胜的金泰，我们又各自喝下一杯。卑弥子又从裙袋中取出一个煤屑般的小黑偶人。偶人被放到桌上，只见是伸展手脚、摔倒在地的被击败的拳击手。也就是说，被挂在胸前的拳击手 A 打倒在地的倒霉的拳击手 B，被放在了卑弥子的裙袋内了。我们把拳击手 B 当作金泰今天的比赛对手老虎·绀野，又喝了第三杯威士忌。

　　我们来到竞赛场时，第一场比赛已经开始。气氛并不特别热烈，令人不快的叫喊声嗡嗡地传到通向运动员休息室的昏暗通道。休息室中，一扇门拉着绳索禁止通行，其对面的另一扇门半开着，门里门外聚着一群新闻记者似的人物，他们高谈阔论，大声哄笑，摄影记者们的闪光灯把香烟的烟雾映照成舌头般的桃红色，但金泰不在场。金泰现在的对手亦不在场。老虎·绀野肯定正在竞赛场对面一侧的休息室里待命。沸腾的休息室里，兴高采烈的一群人包围着从巴西带来了金发妻子、保持十四场 KO 连胜[①]纪录的拳击手，他是今天的

---

① KO 是 Knock Out 的英文简称，指拳击赛时把对方击昏或击倒。

主要参赛者。这时,用拳头搏击的少年哲学者金泰也不过是巴西拳击手的垫场选手而已。

我和卑弥子对巴西拳击家(他是南美蝇量级拳击冠军,名叫安东尼奥·彼托罗纳拉的二十七岁男子,外号黄金羊。在此先交代这晚主要比赛的结果。彼托罗纳拉和日本蝇量级冠军打到十五回合时一直保持优势,可快要结束时,突然受到对方反击,扑倒在地,再未站起来,未能改写 KO 连胜纪录。黄金羊的金发妻子马上宣布离婚,冒失的摄影记者拍下了在帝国酒店的酒吧间里抽泣着喝黑啤酒的安东尼奥·彼托罗纳拉的特写镜头)仅略微感到一点兴趣与激动。我们在那一带寻找,终于发现了金泰的休息室。那是通道尽头的一间小屋,尽管门前未拉禁止通行的绳子,却不见狂慕者和新闻记者的身影。那间小屋甚至令人感到平日原是放置清扫工具的场所什么的,毫无英雄气息。尽管如此,我们仍然提心吊胆地敲了那扇贴有金泰名字小卡片的肮脏的门,想着就要见到自己喜爱的赛前拳击手,我和卑弥子全身的热血一下子沸腾了。略显可疑而冷淡的稚嫩声答应着,我和卑弥子打开门朝屋里望去,心突突地跳起来,脸也红了,后悔不该喝第三杯威士忌……

金泰由两个少年(穿着印有拳击俱乐部名的夹克衫、运动裤衩和篮球鞋的家伙们,脖上围着毛巾,用刺人的目光盯着我们)在两旁陪着,安静地坐在劣质的木椅上。也能看到面对金泰直接坐在地板上的犀吉的后背。除他们四人外,并无旁人在场。多余的椅子翻搁在桌上,好像城关酒吧深夜闭店后的景象。两位年轻的拳击志愿者亦莫名其妙地排外地瞪着我和卑弥子,做出吓人的姿势,似乎要大声呵斥什么似的。正好犀吉回过头来,及时制止了他们。"是金泰的朋友,另一个是我老婆。"他劝解道。于是,我和卑弥子朝金泰他们小心地赔着笑走上前去。可是,如婴儿般裹在大号毛巾袍内的金泰,只是眼珠朝上地看了我们一眼,并未打招呼,一直独自沉浸在自己的世界里,低下了脑袋。我以为金泰对我们喝威士忌之事感到不快,可事实并非如此。金泰快要淹没在恐惧感的泳池中了。我和卑弥子站在犀吉身后一言不发,只呆呆地注视着金泰。犀吉和两位青年之前也像是这么等着他从与恐惧的斗争中浮起。在此之前,我根本没想到拳击竟是这样一种心理运动。此后,我再未见过像这晚的金泰那样从头到脚,有如针刺倒竖的刺猬,露骨地显示出恐惧感的人。

金泰犹如患了热病、毫无抵抗力的柔弱女孩子。脸色发青,额上粘着汗珠,身子微颤着。我有一种负疚感,仿佛仅仅注视着他,便会加害于他似的。金泰剃了小平头,头皮透出深灰色,只是略带茶色的鬓角至下巴仍然留着胡子。这位金泰,如果除去像胎毛般覆盖着他全身的恐惧心的征兆,便完全没有即将面临血腥搏斗的少年的印象。他像一条被彻底打垮了的令人难以置信的温顺的丧家犬。我不安地觉得自己像充满人情味的大婶那样张皇失措,正考虑是否要把这可怜的青年从勇猛、恐怖的拳击台的受难中解救出来。这位善良敏感的少年必须与他人赤膊互殴,人生可谓残酷啊!而且,他那异常发达的肌肉紧勒在他那纤细脆弱而可怜的骨骼上,犹如爬满墙壁,把那一带弄成无数裂纹的粗野的爬山虎……

我这么伤感地思考着,卑弥子则在我身旁无谓地摸着犀吉的脑袋,把他的头发缠在手指上。可终于难以忍受了似的,她如此叫道。

"金泰,加油!"①

我和犀吉、两位拳击志愿者,还有卑弥子本人(理所当然,她最为绝望而激烈)都有被雷击似的感觉。啊,她对金泰说什么?打算轻蔑地嘲笑他是朝鲜人吗?对希望勇敢战胜恐惧心理的我们的亲密

---

① 原文"カンパッテネ!",与标准日语的发音不同,是带有朝鲜口音的日语。

朋友,说什么"加油!"那简直是疯了。

但是,年轻圣者般的职业拳击手,对满脸通红,几乎要哭出来似的丑陋的卑弥子如此说道:

"啊,我会加油。"他微笑着,挽回了卑弥子的尴尬……

于是,我和犀吉、两位青年,还有眼看着充血的眼睛里已噙着泪水的卑弥子尽管仍有几分疑虑,终于放心地笑出了声。金泰那青黑色冷淡的脸颊上,略微浮现出明快的玫瑰色。他突然抬起头来环视我们,他已超越其恐惧心最险恶的难关。我们都笑了一下。这时,金泰把他那飘忽无助的目光转向我。

"我感到害怕时,眼前的一切都会变小,真像是把望远镜倒过来看,一切都变得又远又小,这是因为受到殴打的冲击,眼球功能衰弱了吗?"

"我也一样啊,我想肯定是歇斯底里症状吧。"我回答道,对自己过分的客气严肃感到不耐烦。

"歇斯底里啊!"金泰用嘶哑的声音感慨地叹息道,"总之,在害怕至极时会那样,所有东西,甚至自己戴着手套的拳头!不过,我有时候也怀疑,人原本的视觉就是将物体看得微小,也许我用大尺看这世界时的眼球才是异常的吧?果然如此的话,对我的人生而言,唯有恐怖颤抖时才是正常时刻。"

我们以苏格拉底和周围希腊听众般的心情,怀着敬意和共鸣点了点头。尤其犀吉感动得不由自主地伸出手,隔着袍子抚摩金泰的膝盖,如果雉子彦看到那种体贴,肯定会嫉妒吧。我们全都为金泰开始战胜恐惧心而高兴。

这时,门外突然一阵骚动,叫喊声中掺杂着笑声,走道上传来粗暴的跑步声,房门猛然大开,一个红脸中年小个子闯了进来,同样穿着印有文字的夹克衫和运动裤衩、篮球鞋,以其猿猴般滑稽矮小的身

段,对我和卑弥子,甚至犀吉,旁若无人地颐指气使地叫道:

"喂,喂,各位拳迷回观众席!现在有人放弃比赛,必须马上准备。"而后,像女人般用含糊的声音,咯咯地笑了一下,继续说道,"一方退到角落,不愿再出场了。比赛开始的钟声响了,还在哇哇呕吐,从没见过这种事!"

犀吉、卑弥子,还有我开门出去,只见金泰再次变得脸色苍白,垂着脑袋,开始打哆嗦。而且,还来不及说什么鼓励之言,金泰拳击俱乐部的头儿便急着要赶走我们关上门。我们也像感染了金泰的恐惧似的,浑身的皮肤起了鸡皮疙瘩,默然穿过昏暗的通道,走向雉子彦为我们占好座位的观众席。

由啤酒箱板制成的廉价席的长凳上,连雉子彦在内一共四人并排坐着(只有我们四人热心地等待着主要比赛前的金泰拳击赛的开始),在等待我们的英雄出场期间,我们周围的观众们对主要赛事外的比赛似乎完全不予理会似的,显得百无聊赖。我们对此感到气愤,仿佛受了污辱似的。犀吉从卑弥子手中拿走阿姆斯特朗的钥匙,问清楚停车位置,独自消失了五分钟左右……

比赛开始了。最初,日本雏量级二号选手,即我们金泰的对手老虎·绀野展开的积极攻击引领了赛事。绀野不时用右刺拳先发制人,若金泰稍有退缩,则用左直拳反复重力打击。我竟要像《聊斋志异》中心怀怨恨的儒者那样,希望突然化作吃人老虎,咯吱咯吱地嚼食绀野的脑袋。金泰看上去让人觉得有点受虐狂般的驯服,像要坦然接受对手的所有重击似的。如果对手使用右还击拳,那么亦平静地接受左刺拳。第一回合结束时,我认为金泰处于绝对劣势。

第二回合,左撇子老虎因为第一回合的优异成绩而得意忘形,频频出击,金泰脆弱的下巴受到左勾击,脚步不稳了。此后一段时间,我想闭上眼睛。老虎几乎要卑劣地笑起来,继续兴致勃勃地打着左直拳、左勾击,把金泰逼向栏索。金泰原本善良温和的脸像鬼脸般歪斜得令人感到恐怖,他用双臂小心地保护着下巴,像吃核桃的松鼠般凄惨。金泰希望摆脱困境,他继续后退着,后背几乎一直擦着栏索。老虎·绀野宛如在青苔中找虫子吃的鲫鱼,一个劲地继续出击,金泰惟有招架的功夫了。

第二回合结束时,在我发热的头脑深处产生了不祥的预感,卑弥子和雉子彦亦然。另外,虽然不像我们那样深深地悲伤,在预感到金泰败北这点上,赛场的所有观众们亦然,但斋木犀吉一人除外。在第三回合的钟声响起前,犀吉把嘴巴凑到我耳边,信心十足地小声说道:

"金泰打得太好了,老虎随意出手,把聪明的金泰逼得太急。金泰一开始就加强了防守,他今天的防守没有破绽。似乎被逼到了索栏,可四秒钟后又站稳了。如果在这两个回合中间克服了恐惧心,下一回合可以轻松地击倒老虎吧!"

我不相信。在我眼里,金泰完全处于劣势。犀吉出于对金泰的友情,对金泰评价过高是理所当然之事。但即便在我的近视眼看来,从第三回合起,金泰的脸色已不再苍白,呈现出玫瑰红的血色。而且,在第三回合中间,当老虎刚迈进一步企图袭击时,像耿直铁匠的榔头一样,笔直的左上勾拳便击中了老虎的腹部,老虎一下子摔倒在地。数到九时,老虎站了起来,拼命向对方进攻,可再次像预约好了似的,金泰正确地以左上勾拳击中老虎的脸部。金泰的对手像剪影画般无力地倒在垫子上,再也起不来了,像要静静地沉睡的幼儿似的。第三回合,二分十二秒 KO 获胜。

犀吉、卑弥子、雉子彦,还有我,我们这帮金泰的朋友极度狂热起来。而且,在主要赛事开始前的赛场中,从昏昏欲睡中醒来的其他为数不多观众亦加入到我们的狂热中,他们才是这晚观众中的有识之士。不久,当金泰威风凛凛地开始登临冠军台时,他们将向他们的朋友们介绍这晚惊人的击倒场面,并不断重温着自己有幸体验到的甜美的天才瞬间吧。在我们的欢呼声和掌声中,金泰宛如赛场上的蝴蝶般飞舞着,领取了小小的奖品,并向观众们致意。在我极度兴奋的未戴眼镜的眼中,金泰看上去像招人喜爱的白粉蝶……

少数敏锐的报刊记者还是从金泰这晚的胜利中发现了天才的光辉。金泰返回休息室,就被这些记者包围着回答问题。我们这些朋友聚在门旁,带着几分害羞似的心情,望着新脚灯照射中的金泰,依次等待着与其交谈的机会。金泰已不是我们的私有物,他已开始带有公共人物的印记。

金泰的额头至右颊有少许血迹,但他宛如刚睁开眼睛的婴儿,看上去新鲜活泼且幸福。现在,他浑身的皮肤呈淡红色,尽管腼腆地回答着报刊记者的问题,但时不时用幽默闪烁的目光兴奋地朝我们瞥上一眼。我们高兴极了,自然以微笑相报。

"老虎非常勇敢,只是比赛一开始,我就根据情况采取了防御,没遭到打击。"

金泰说了如此一番话。卑弥子注视着金泰,她红着脸,喘着气,嘴唇湿润地叹息道:"金泰实在令人感到兴奋。""是性兴奋!"雉子彦轻率地补充道。

犀吉依然看着金泰,使劲捅了一下雉子彦的肩膀。即便如此,他并未生气,卑弥子则继续愉快地嘻嘻笑着,真有点兴奋的女色情狂的样子。

"今天晚上要开个盛大宴会!"犀吉在我耳垂上吐着热气小声说道。"要喝到明天早上,我押了金泰胜利,赢了十万日元呢。"

"可是你怎么搞到这笔赌资的?"我吃了一惊,反问道。

"阿姆斯特朗啊,我把它作了十万日元的抵押,当然有十万日元的价值吧,刚花五十万日元买的!"

"可是……"

"是啊,即便金泰输了,我也没打算交出阿姆斯特朗。我计划开着阿姆斯特朗逃跑,当然你也一起逃,因为开着阿姆斯特朗进行国内旅行不就是我们的计划嘛!"

我目瞪口呆,只是望着斋木犀吉,可他完全不在意我的想法,一味地注视着金泰。他也和卑弥子一样,极度兴奋,仿佛做梦般心荡神驰。不久,金泰露出温和的微笑,客气而干脆地拒绝了报刊记者们的追问,像吹口哨般得意地噘着嘴巴,重新回到了我们这帮朋友中间。

7

在金泰辉煌的巨大胜利后,我打算马上出发进行汽车旅行,旅行时要带的便携式电唱机和唱片(我那时已购入卡拉扬指挥的柏林爱乐乐团演奏的一套八张贝多芬交响曲全集立体声唱片,是直接从德国进口的廉价版,那是仿佛草上花朵般纤细的贝多芬)、换洗衣服、衬衫、袜子等已堆在椅子上做好准备了。可是,斋木犀吉却未联系我。于是,我向他公寓打电话。管理员叫来卑弥子,她说她一直以为犀吉每天和我一起外出,自己则一直在看家。那是距离金泰比赛将近一周后的事。犀吉对卑弥子撒了谎,他并非和我,而是和某第三者在一星期内每天外出了。我在电话机旁有点惊讶,卑弥子则像老式战斗机似的,朝着令人不安的谷底吱吱盘旋着俯冲而下。我想起卑弥子曾瞒着犀吉希望努力怀孕。然而,犀吉和卑弥子结婚不过十周。即便如此,如果犀吉还是开始了新恋情,那也太不合常情了,像我这样的局外人只能干着急,亦无济于事吧。我后悔自己打了这通电话,只得赶忙和她聊些应季话题,然后道别了。

第三天一大早，我当时正在阅读快递寄来的信。信是由地方城市的进步活动家夫妇寄来的，信中骂我不能勇敢地与恐吓者们进行战斗。这是夫妇俩经过几天的讨论后，由妻子执笔写的信，其中写着"我想刺杀你"之类的过激言辞，这倒是比任何恐吓信都对我的忧郁症发挥了恶劣功效。我读完信，如同煮熟的螃蟹，独自红着脸。这时，好像有摩托车横冲直撞地开进来，把大门外的沙砾轧得四处乱溅。我站起身，从书房的缝隙朝下看，只见跨在摩托车上的一身黑装的雉子彦，抓住刚踩到沙砾的卑弥子的肩膀，仿佛要证实刚到手的所有权似的，任性地亲吻着。卑弥子坚决地抖了抖肩膀，从雉子彦的手臂中挣脱了自己那娇小的身躯。雉子彦并未特别坚持，一点点踢着沙砾将摩托车退后，而后发出猛烈的轰鸣声扬长而去。我从窗帘的缝隙间刚缩回脑袋，门铃就响了。我不知所措，慌忙跑下楼去开门。我见到了卑弥子最丑陋、脸色最苍老的时刻。她喘着粗气等着，也未说早晨的问候语，便如此说道：

"你又戴眼镜了！我们一个星期没管你，你马上又成这副样子了？"像是枉然而过分严厉地呵责道。

我与其说是胆怯，莫如说感到卑弥子强硬的态度有点可怜。我装作深感狼狈的样子，从自己的鼻尖摘下眼镜，维护着她那傲慢的自尊心，并把她让进屋里。卑弥子在我锁门之际迅速地上了楼。当我小跑着赶上去，登上狭窄而黑暗的陡峭楼梯时，我的鼻子闻到了一股刚性交完的性器发出的臭味。我带着难堪的羞耻心闻着这股味道。联想到她和不与我打招呼便径自骑着摩托车掉头而去的雉子彦接吻之事，斋木犀吉的新婚妻子现在发生了什么事，这不是显而易见的吗？那简直露骨得有点滑稽。我感到心情不快，表情冷漠地走进卑弥子已稳坐在椅子上的书房。卑弥子敏感地觉察出我的不快，略微眯着眼睛仰望着我。我无奈地在卑弥子对面的椅子上坐下，心里懊悔这天清晨为什么没有外出。如果这天早上外出不在,就不会见到如此忧郁的场面,犀吉夫妇和雉子彦之间现在发生的事,也就像从未发生过似的……

我和卑弥子相对无言。愤懑、忧伤之情愈发地高涨了。当时我无法找出无关痛痒的话题,只能默默地绷着面孔。于是,卑弥子最终脸色苍白地先开了口,用甚至有点自我嘲弄般的口吻说道:

"和犀吉已经有五十小时没见面了,前二十五个小时我一直闷在家里等着,后二十五个小时我也跑出去了,联系不上了。"

"去金泰的拳击俱乐部看看吧。"我心情沉重地说道,那声音在自己的耳朵听来都带着怨恨的回响。

"比赛已经结束了,你认为比赛的兴奋情绪能持续到什么时候?你的意思是在撒满纸屑的拳击台旁,金泰和犀吉两人还在流着高兴的眼泪吗?"

我陷入了沉默。卑弥子通过反驳我,心情好转了一点,略微显示出自我满足的表情。而后,突然攻击性地大声说道:

"犀吉找到一个女资助人,入住在各家宾馆。我什么时候说过吧?犀吉无法抵抗豪华奢侈生活的诱惑,那新情人为抓住犀吉撒下的诱饵正是这个!"

我越发地生气、伤心了,真想躲在厕所里像猪那样呜呜地放声大哭一场。能让这种像荒唐电视剧般的家庭悲剧,把卑弥子这种小不点儿,却具有英雄气质的独特姑娘一下子逼疯吗?热衷于豪华奢侈生活的犀吉,忍心干出这种事?

"我去和犀吉说说看。"我说道。与其说为了陈述自己的新想法,莫如说为了让卑弥子保持沉默,我以用尽底气的浪花曲艺人撕扯着嗓子挤出的呻吟般难听的声音说道,内心怜悯着卷入这场卑鄙纠纷中的自己。

"说什么?"卑弥子冷不防反驳道。

"但是……"我愤慨而狼狈,哑口无言。

"没什么可说的,因为我和犀吉会继续这婚姻生活,作为我个人,等待着确切的怀孕之日。"

"但是……"我重复道。而后,像发高烧说胡话的孩子那样,一不留神说出了自己最不想说的话:"你和雉子彦度过了那后面的二十五小时吧?"

"你还是偷窥了啊!我觉得窗帘动了,你是个色情狂吧!"卑弥子叫了起来,"是雉子彦一个劲儿地引诱我,可不是我主动!"

"荒唐,你们这对夫妇!"我真的伤心至极,像明智的妇女运动家般呻吟着。

"不对,说不上荒唐。"卑弥子说道,"你没结过婚,关于通奸能说点什么?小说家是万能的吗?说起小说家,萨德就不像你,他更富于人情味地观察事物。在萨德的短篇小说中有这样的文章,我认为那是已婚者的智慧。萨德说世上唯有不贞的妻子才是最温柔的女子。因为她们为隐藏自己的不端行为已忙不过来,没时间像贤德夫人们那样挑剔他人的不端行为,这点你知道吗?"

"也许萨德写过,但在很多中世纪以来的寓言中……"

"你打算给我上法国文学史课吗?你真会找机会。"卑弥子恨恨地说道。

我这下真生气了,便缄口不言了。我决心再也不让自己卷入卑弥子那自以为是的饶舌中。这期间卑弥子亦像个淘气的孩子般,把我从头到脚打量了一番,以便找出什么吹毛求疵的线索。接着,她像是彻底死心了。"烦死了,该回我的窝了!"她说完便站起身来,脸上甚至浮现出滑稽的孩子气的干笑。我无言地站起来,抢先一步下了楼,在大门的锁孔弄出咯吱咯吱磨牙般的响声,而后塞入我的钥匙。

我的租房条件是每次出入大门都必须严格上锁。我搬入这家后,第一次感到这条件麻烦至极。打开大门,我一时气愤,对像逃跑的老鼠般忽然跳出的卑弥子说道:"你为什么一大早到我这里来?"

卑弥子未回答我,走了两三步,像根本没所见我说话似的。接着,没想到她满面泪水地回过头来,那张脸与其说是难看,莫如说是稚嫩肮脏,仿佛嘴里含着酸酸的维生素C片似的,她歪着嘴唇说道:"你真不是朋友!"

我精疲力竭,无言以对,低着头关上大门返回卧室。而后,喝了啤酒,躺在床上看迪布的漫画。这位名叫迪布的法国人实在是位滑稽的漫画家。我欣赏的漫画是题为《春》的大幅漫画,其主题描绘春日原野上无数人的欢乐景象。但所有人的裤子上都打着复杂的补丁,所有人的鞋上都有洞。所有建筑物的烟囱,或半腰折断,或像迷宫般弯曲变形。即便如此,还有什么画作能在一幅画中描绘如此多人物呢?而且,它描绘了法国前一个时代小市民富于个性的风姿。我犹如古代的潜水艇,将脑袋中无数的木栓塞紧,进入迪布那奇怪而幽默的水中,像衰老的鳄鱼般慢慢地沉下。但是,自从我接触迪布以来,这还是第一次,我不久发现自己不可能溶入或进入其漫画中。我像中空的合成树脂娃娃般不断地潜入水中,却又浮出水面,吸着日常生活中发酸的空气。我死了心,把漫画书塞入床铺和墙壁间的隙缝里,而后只是一个劲儿地喝啤酒。午后,我起床打电话给食品店,拜托店里送威士忌来。我确实是卑弥子的朋友。而且,我现在不知道我能为她做点什么?我感到自己像外壳被打碎、裸身在地上爬的蜗牛似的,既羞愧又无力。而且,说句不负责任的话,我向胸怀宽广的神灵祈祷,希望自己能在犀吉和卑弥子可悲的互相揭短的战斗期间,找个溅不到泥浆的安全处隐身。正如卑弥子所言,对尚未结婚的我而言,通奸以及此后的夫妻生活这类问题,如梦中见到的长满角刺的水螅般令人感到恐怖,这不是理所当然的吗?我这么想着,内心尚有自愧和无奈的悲哀感。不久,我想起卑弥子曾经批评我说:"你也许还是适合在这间屋子里埋头于书架之间,对着书桌过日子。你也许不是那种善于在日常生活中发现冒险的人。"这话也许如扎针般刺痛了我的良心。

我现在仅仅作为观众参加了犀吉和卑弥子,外加雉子彦的反·夫妇秩序的走钢丝游戏,就已经眼花缭乱,还能再追随他们的冒险吗?我几乎要窝囊地尖叫起来⋯⋯

最终,我决定暂时待在犀吉夫妇乘坐的带刺的旋转木马无法触及处,当晚则把威士忌带来的醉酒作为惟一希望,沉沉地睡去了。第二天早上,粗暴地按响门铃,并从床上把宿醉的我弄醒者是斋木犀吉本人。我的后撤作战计划转眼间崩溃了。

"怎么?你以夫妇伦理的守护者,不贞弹劾者的眼神看我吗?看上去你是想要把我和卑弥子咬死呢。关于通奸,你是站在旧法律立场上吧?"犀吉说道。

"我没想咬死卑弥子⋯⋯"我垂下眼皮,谨慎地说道。

"不,你也知道的,我昨天深夜问过喝醉的雉子彦了。"

我在那一瞬间总算把自己的怒火压到最低点。我未越过最后一道愤怒的横杆,把犀吉揍一顿,其惟一理由也许因为我注意到自己刚说出口的谎言,感到自责了吧。我沉默不语,瞪着犀吉,仿佛从水池中刚爬上岸的落水狗般颤抖着。金泰在极度恐惧时感到的那种歇斯底里性质的视神经异常,亦悄然潜入我的眼球。

映入我眼帘的犀吉开始迅速地退到遥远处,看上去极小,而且还在不断地后退,不断地变小。

"我和卑弥子并不会因为彼此通奸这种事而破坏婚姻生活。如果你把这种事放在心上,那才是杞人忧天。"远处的侏儒犀吉说道。

"你就准备这么过这现实生活吗？照这种做法,你以为可以永远感觉不到耻辱吗？"我只能用可怜颤抖的声音徒劳地责备他。

8

这天,我与犀吉的不和并未发展到打架的程度。但在其后两个月,犀吉未再出现在我面前。当然,卑弥子、雉子彦、金泰这些在斋木犀吉强烈光束照射下的人也未来找我。我的忧郁症很快复发了,而且越来越严重。我每天骑着自行车在陌生的街头巷尾转悠四小时(那是个多雨的冬末,我浑身沾满泥水,愁眉苦脸地穿梭在泥泞的道路上),回到家则锻炼腹肌,做乏味的体操以减掉腰部脂肪。深夜则经常喝得酩酊大醉。而且,我像娼妇般不断地发胖。有一天傍晚,我正走在路上,一群小孩看到我肥胖苍白的圆脸浮现在微暗中,这令他们感到毛骨悚然吧,他们一边喊叫着逃跑,一边不时地回过头来,顺手拿起石头向我砸来,致使我右眼眼袋受伤,多少影响了视力。这也许是我一生中唯一一次陀斯妥耶夫斯基①式的体验了。不久,污浊的狂风猛吹的忧郁的春天到了。

我开始怀疑斋木犀吉是否已从我的小世界完成了第三次失踪？把我扔在忧郁症和无所作为的泥淖里,犀吉莫非兴高采烈地去了某个充满惊人冒险之光的远方了？ 也许还带着新情人。于是,我常常回味自己批评犀吉的那种人生思考者般的话语,并不断地产生自我厌恶感。人生思考者式的话语经常是把双刃剑,是朝天吐出的唾沫。不受人生思考者式话语毒害的,只有那些从未想过要把人生思考者

---

① 陀斯妥耶夫斯基(1821—1881),十九世纪俄国文坛耀眼的明星,与列夫·托尔斯泰、屠格涅夫等人齐名,是俄国文学的卓越代表之一,亦是俄国文学史上最复杂、最矛盾的作家之一。

式话语挂在嘴边的无赖汉或老好人。"你就准备这么过这现实生活吗？照这种做法,你以为可以永远感觉不到耻辱吗？"我对犀吉说了如此盛气凌人(尽管作为可怜的声音回荡在自己耳边)的话语,但在孤独的梦中再次出现的这句话令我肝脏疼痛,成为对我自身的一击,这比过量饮用劣质威士忌更严重。这段时间,我常常在睡梦中放声哭泣。奥登[①]说："坚强的男人也会在梦中流泪。"又说,"在无人处,快乐比哭泣困难。"我不想承认自己忧郁症的新症状直接源自与斋木犀吉的分别。但无法否认将我与犀吉度过的快乐时光前后相比较,我现在的忧郁症更严重也更危险了。我自患忧郁症以来,已不读书,也不写文章了,但现在由于对愈发严重的忧郁症的恐惧感,反而考虑开始工作之事,而且是着手小说以外的项目。不过,实际上什么工作也没开始。我记得当时一天二十四小时,我有二十小时醒着,一门心思地做体操,丰盛的饭食每天要吃八次。我像圆胖型大力士般发福,胖脸的宽度似乎是原来的两倍。无论怎样做体操,我的腰部仍堆着脂肪,只得迈着熊步行走。根据美国著名叛逆型作家开出的一览表,认为迈熊步者是顺应主义者……

一天,斋木犀吉突然打来电话。虽然已相隔两个月之久,他还像两小时前刚分别似的,说话方式轻松愉快,给人以亲密无间和天真幼稚的印象。那也是犀吉与众不同的特殊技能之一吧。即便现在想来,他是怀揣着一颗像猫似的怯懦之心,却依然若无其事地施展这种诈术呢？还是因为这是他天生性格使然呢？（倘若真有所谓与生俱

[①] 威斯坦·休·奥登(1907—1973),英裔美国诗人,是继托马斯·艾略特之后最重要的英语诗人。毕业于牛津大学。二十世纪三十年代崭露头角,成为新一代诗人代表和左翼青年作家领袖。前期创作多涉及社会和政治题材,后期转向宗教。以能用从古到今各种诗体写作著称。代表作有《西班牙》《新年书信》《忧虑的时代》等。

来的性格!)我最终还是不明白。

犀吉渐渐地甚至有点高兴了,用激动的声音邀请我吃晚饭。他和卑弥子、金泰、雉子彦,外加他新结识的女友参加新桥一家四川料理餐厅的晚餐,就一小时后!我没有志气,立即软绵绵地丧失了反抗心。这一瞬间,我觉得如果今晚自己有什么想纳入胃中的菜,跑遍世界也惟有四川菜了。我对自己感到有点羞愧,声音略显嘶哑,可欣然接受了邀请,并想象着几周未剃的脸颊和下巴处胡子的硬度和皮肤的痛感。犀吉从容不迫。我答应后,犀吉更加若无其事地像唱歌般轻松地说道:

"你曾用家长教师联合会夫人似的口吻挖苦我,但正如我回答你的那样,包括新女友在内,卑弥子和我的夫妻生活进展顺利。最近一段时期,三人一直和睦相处,但并非你预言的那样。我们决定我和卑弥子暂且离婚,和女友结婚,接着以这一新组合,当然也包括卑弥子,和睦相处下去。因此,想请你做证人。实际上,我喜欢这种形式主义。"

"一切都已经决定了吗?大家都满意吗?"

"啊,那当然,特别是卑弥子是这一计划的发起人,即便如此,你还有什么异议吗?"

"为什么选我当证人?而且,所谓证人究竟是怎么回事?"

"今晚是我们友人之间的,可以说是订婚仪式聚会,所以需要证人,而且除你之外,没有合适人选。"这也是犀吉的显著特征,能突然发挥令人怀恋的温情,像撒娇的孩子般厚着脸皮说话,"而且,我的新朋友非常想见你,卑弥子也想请你来。总之,我得把新妻引见给你,你也知道她的名字吧?她叫×××鹰子。"

"啊,知道。"我觉得自己终于上了犀吉的圈套,无可奈何地随声附和道。

我确实知道她的名字,也在周刊杂志图片中见过其照片。她是著名微电子器械公司老板的女儿,三十五岁,且非常美貌,从小在国外接受教育,是一位戏剧爱好者。我的脑海中首先浮现出这些情况。

"那么,快来啊,别让我们等。你不讨厌四川菜吧?不如说你喜欢辣菜吧?"犀吉说完,随手挂了电话。

接着,我匆忙剃须穿衣,不觉发现迟到一开始便是不可避免之事。因为从我居住的街市到市中心需要一个小时,而我仅仅剃须就花了三十分钟,两颊至喉部还剃出了许多血。卑弥子曾把犀吉的新情人形容为有钱的女资助人,但×××鹰子确实当之无愧。同时,她也是足以令犀吉迷恋,是他喜欢的女性形象。我再次感到吃惊。当然,这只是我根据周刊杂志报道所得的不负责任的想象而已。

那天,作为一年中郁闷的初春时节,天气还算过得去。傍晚,从阴沉的天空吹来一阵暖风,风中带着雨的气息(并非特别不快)。我因隐约的自我厌恶和羞愧,外加露骨的喜悦,像喝醉了酒般耳朵通红。我看着那不争气的红耳朵,系好了领带,便出发去新桥。好些日子未出门了,外面车辆拥挤,我像病后的老朽似的,觉得头昏眼花。

结果,我迟到了一小时才赶到新桥的餐厅(那家四川料理店前,令人怀念的沾满灰尘的阿姆斯特朗和另一辆擦得锃亮的威风凛凛的紫葡萄色大型奔驰并列停放着。我猜想那辆奔驰车是犀吉的新情人为他买的吧)。犀吉他们的宴会已经开始很久了。除犀吉的新情人外,我的熟人们都对我的过度发福发出了叹息声。我愈发地脸红了。犀吉给我介绍了他的新情人。×××鹰子要比周刊杂志图片上看到的胖得多,浓妆的皮肤显出老气,但比照片威严得多,没有令人不快之感,因而显得美貌动人。实际见到鹰子本人,可知其特点是头部、脸部、容貌,即便整个身体,确实要比常人高大饱满,其肉体的所有细节与卑弥子相比,约是其二倍半的感觉。乳房给人以柔软松弛感,但宽广的胸部高高隆起,仿佛从两腋下扩展到了背部,腹部和臀部彻底超出了中国式木椅的幅度。尤为明显的是她鼻子特别大。而且,令人感到意外的是,这位三十岁富家女并不骄傲自大,而给人有些忧伤娴静的印象,这令人产生好感。据说鹰子对酒精饮料一滴不沾,却比犀吉等所有贪杯者血色好,显出毛细血管的皮肤红润润的。我们都红着脸,说着初次见面的寒暄话。

"你最近一直保持沉默啊。而且,比你最初出版的小说集扉页上的照片胖多了。"鹰子说道。那是带有威严感的粗嗓音,老实说颇有魅力。犀吉具有物色好嗓音女子的才华。

"胖点好,瘦的时候照的戴眼镜的相片什么的,像海马似的,有点奇怪吧?"卑弥子以一听便知已酩酊大醉的说话方式向我伸出援手。我同时感到了抗拒感和怀念之情,这才从正面看卑弥子。她看来已精疲力竭,醉酒和疲劳似乎把她的小脸缩得像斑鸠脑袋了。而且,她那亮晶晶引人注目的眼睛,如今显得浑浊而无生气。我有一种揪心感。看上去只有她形容憔悴,雉子彦、金泰以及犀吉本人似乎都比两个月前健康得多,而且他们都穿了做工考究的新春装,看上去很阔绰。很清楚他们是怎样投靠了鹰子。惟独卑弥子仍穿着与我们一起去看金泰比赛时的脏兮兮的服装。我向卑弥子送上友好的微笑,她却报以愤慨般的愁苦面色。我狼狈不堪,觉得自己的耳朵又红了。我知道卑弥子觉得肥胖的我丑陋得令人不忍观看。卑弥子经常在最基本层面上准确地伤害我。她像本能地具备刺痛别人毒针的小赤虹般对待我,但我早过了因自己外貌丑陋受到指摘而一蹶不振的浪漫年龄,并对自己的肥胖也早有自知之明。因此,我并不在意,便把刚端上桌的菜肴夹进小碟子吃起来。那是一道把油炸的米粉薄饼盛在船形大盘里,再浇上用虾做的私设公堂黏稠的热汤汁的菜。侍者以夸张的架势浇上汤汁,干巴巴的饼发出响亮的声音,吸入红红的汤汁,即刻变软了,沉入到汤汁的海洋中了。我喜欢中国菜的菜名,但也许因为我在这次小宴会上过于拘谨之故吧,连这道印象深刻的菜名都未记住。

当我品尝这道菜式时,犀吉忙活着,把我到前已上桌的菜式,从冷盘开始,为我夹了好几样到小碟里。他还像两年前在银座诺伦多尔夫广场时那样,热情地介绍着,作为最适合我状态(不知是指我头脑中的状态?还是指过胖的肉体状态?)的开胃酒,并未特别考虑,帮我选了冰冷的曼哈顿鸡尾酒。我发现与我请客时相比,犀吉热情好客得无法比拟,这令我有点沮丧。

"那么,先干一杯吧,然后再谈我们的重要事。我在电话里已经大致说过了,但阿鹰特别强调她要自己和你说。"稍微安顿之后,犀吉说道。

所谓阿鹰是斋木犀吉和他那伙人对×××鹰子的称呼吧。我喝了一杯。鸡尾酒杯薄而硬的杯口附着一层霜一样的冰,杜松的香味像海边的臭氧般飘着清香味,那是我人生中最高级的一杯曼哈顿。

我又像陷入犀吉诈骗术的蜘蛛网中的蚁蛉,从漏斗状洞穴飞出的瞬间,丧失了战斗意志,逐渐衰弱而又被擒了吧。可我独自一人时,还是充分具备蚁狮的多疑性格的。我喝光了鸡尾酒,侍者随即送来烈性的掺苏打水加冰威士忌,还说尽管含量不多,却是真正的苏格兰上等威士忌。只有阿鹰一人喝水,其余都喝掺苏打水加冰威士忌。犀吉、金泰和雉子彦高兴地喝醉了。卑弥子则越来越绝望地酩酊大醉,封闭在自己的世界中,脑袋摇晃得像钟摆似的,仍然继续喝着。

"那么,阿鹰,说吧!"犀吉对他身边只喝点水的大鼻子情人高兴地说着,宣布开始。

"我想发起新剧运动,就像年轻的尼古拉·巴塔伊①在巴黎进行的。您知道尼古拉·巴塔伊吗?"

"不知道。"

"是最早推出尤金·尤涅斯库②的天才。不用说,您知道尤金·尤涅斯库吧?"

"如果再说不知道,那是在说谎。"犀吉先发制人地说道。

"啊,读过《秃头歌女》。"我一边吃着鲍鱼,一边抱怨似的回答道。对于患忧郁症的我而言,如此程度的文学性对话就足以引发我胃部的郁闷感。如果再问"你知道莎士比亚吧?"我也许会像鲸鱼般猛然吐出芥末色的汤吧。

"《秃头歌女》和《上课》是巴塔伊在巴黎于舍特剧院多年来长演不衰的剧目。我计划在东京建一座像于舍特剧院那样的小剧院,这是我从十四岁开始怀抱的梦想。"

我自然而然地想象着那野心勃勃、欲壑难平的大鼻子少女。卑弥子依然摇晃着脑袋,冷冷地笑了一下,表明她也进行了同样的想像。犀吉并未责备卑弥子,只浮现出略微羞涩的微笑,吃着冷盘里的剩菜。金泰和雉子彦已对我们的会话毫无兴趣,天真烂漫地品尝着四川风味的粥。

"如果你也去趟巴黎,就能明白于舍特剧院之类是极其狭小破旧肮脏的剧院。只是尼古拉·巴塔伊的才华在那里得到了无与伦比的发挥。我也有能力在东京买下这样的剧院。实际上,我在新宿看

---

① 尼古拉·巴塔伊(Bataille Nicolas, 1926—2008),法国导演、演员,曾于一九五〇年首次导演《秃头歌女》。

② 尤金·尤涅斯库(1909—1994),出生于罗马尼亚律师家庭,母亲是法国人,一九三八年移居法国巴黎,任职于出版界,一九四九年开始戏剧创作,代表作有《秃头歌女》《犀牛》等,是荒诞派戏剧的鼻祖之一。

上了新闻电影剧院。接下来,只须发现尼古拉·巴塔伊那样的才华。而且,我已发现了斋木狮子吉的儿子。"鹰子昂然地说道。

卑弥子又像受惊的小鸟般毫无意义地笑了一下。我注视着犀吉,他从喉咙至脸部一片通红(不仅仅因为醉酒),他干笑着。而后,他忽然从我的目光中发现了嘲笑的萌芽,决心立即掐掉它。

"我原本就是演员!你不是说在那部恶心的电影中也看过我邀请恋人乘直升飞机的场景吗?另外,阿鹰希望我们剧院的剧目除翻译尤涅斯库的剧本外,全部用你的原创作品填补。所以,你也不能总看着我冷笑吧。"他恐吓般地说道。

这下轮到我吃惊地注视鹰子了,她却满不在乎。

"我要带犀吉去欧洲,让他看看于舍特剧院。您没有去欧洲旅行的计划吗?如果三个人能够一起去看看于舍特剧院,那是最好不过的了。"

那一瞬间,我把由鹰子那富家女特有的命令式口吻所引发的反感搁在一边,清晰地想起一件事,那是几星期前的一个大清早打给我的电话,是巴尔干半岛某社会主义小国的公使馆员的电话。对方不太明确地询问说其母国想邀请一位日本年轻作家前往访问,问我是否愿意接受邀请?我亦含糊作答,并未放在心上。也许欧洲之行可以成为我从根深蒂固的忧郁症中逃脱的隧道吧?想来,我此前从未具体思考过欧洲之行。

"即使你不为犀吉和我写剧本,也希望你一起去看看于舍特剧院,以便对我们的剧院提些建议,可以吗?"鹰子对陷入沉默的我狡猾地说道。

"不,不,阿鹰不是那种客气的女子。"犀吉插话道,"不过,你患了忧郁症,暂时不想写小说吧?而且也写不了吧?去海外旅行,先写写戏曲以摆脱忧郁症,这样的计划不也很好吗?"犀吉非常准确地抓住了我内心的动摇心理,继续说道。

"啊,这是一个值得我静下来再考虑一下的计划。可是,这次你不是叫我来当你的新婚证人吗?要办的话,先办这件事吧。"我必须先拒绝鹰子和犀吉的建议。如若不然,我感到自己对犀吉的诈骗术未免太过软弱,事后会徒然激愤吧。

"那件事确实重要!而且,那件事和这件事是联系在一起的。是吧,阿鹰。"犀吉说道。这很不像他平时的为人,对他人,尤其对年长女人过分地依赖。我感到不安,担心犀吉已经醉了,已没有兴趣对他们新的结婚计划(也许是平庸的)进行说明。如果果然如此,他现在马上会突然像孤独的睡眠病患者,就那么坐在那里入睡吧。那时,被甩在一边一旁的我们肯定会围着这桌上的残羹冷菜,乏味而忧郁地度过这次小宴会的最后时光。从喝醉酒独自沉睡的犀吉身上会散发出带馊味的瘴气,并渗入他周围的一切吧……

"我急着和犀吉结婚,是为了那剧院的缘故。"完全未醉的鹰子认真地说道,"只有结了婚,我才能自由支配那些股票和定期存款。有了这笔钱,我才能带犀吉去法国,或购买剧院,或养活剧团人员。你对这些是怎么考虑的?犀吉希望得到你的赞同。"

我看了一眼喝得酩酊大醉、愈发丑得惨不忍睹的卑弥子,希望她抖擞起精神,可她坦然地回望着我说道:

"你同意好吗?别用那种怜悯的目光看我!我自己就是要靠那微电子器械的股票养活的剧团成员!"

"你也是?"我吃了一惊,反问了一句。随后马上后悔了。在那新宿的小于舍特剧院,卑弥子即便不属于主角类型,也确实是位有魅力的个性演员吧。

"我也是!"卑弥子坦然地说道,并未特别生气的样子。

"我也是。"

"我也是!"

雉子彦和金泰兴奋地回应道。

"真的,我没想到从头到脚闪耀着如此才华标志的年轻人结成一个团体出现在我面前。"不喝酒的×××鹰子说道,并未显得特别兴奋。

"她为了激发我内部所谓细胞中的戏剧方面的遗传基因,将特意制作的我父亲的铜像放在我屋里。当然,用黏土制作模型是我雕刻方面的才华。"犀吉说道。他对我亲口提及他父亲斋木狮子吉,这是第一次,也是最后一次。

"那么,我没有反对理由。"

"你当然没有反对理由。"犀吉反驳道。

"如果没有反对理由,"鹰子以醉汉们中间唯一不喝酒者的照本宣科口吻,满怀希望地(总之,×××鹰子将其大鼻子少女时代的梦想押在与斋木狮子吉这个戏剧界前辈之子进行的新剧运动方面,其渴望之情亦自然流露出来)对我说道:

"您同意担任我们今晚合同的见证人吧?"

"合同!"卑弥子打了个嗝,有气无力地嘲笑道。

"还想请您以犀吉方面的傧相身份出席我们的婚礼,并请您为我们剧院提供帮助。我想这也没有反对理由吧?"

"啊,没有反对理由。"犀吉说道。

"我们可以邀请您同我们一起去欧洲旅行,因为我很想请您看一看于舍特剧院和尼古拉·巴塔伊。"

"不,那就不必了。如果去欧洲,我自己负担费用。"我狼狈地打断了她的话。

"也就是说,只有你才不想吃别人的肉。"卑弥子依然打着嗝奚落我。

"想在我们剧院以犀吉为主角,上演您最初的戏剧。"鹰子毫不理会卑弥子的醉态,愈发冷静地,且仿佛做梦般说道。

　我连惊讶的时间都没有,发现酣醉程度并不亚于卑弥子的我,竟完全同意了鹰子的建议。原因是鹰子连一毫升的酒也未喝,而我则贪婪地喝了不少请客用的苏格兰威士忌,从而直接导致了如此后果。我在醉酒而昏沉的脑海中,不断回忆着小说中的某节内容。我已经不知道那是英国小说还是法国小说,其中有个词是 Sober 或 Sobre。总之,使用了英语或法语中的"未喝酒"这个形容词。有位年轻母亲的爸爸喜欢喝酒,她在提及自己孩子时说希望这孩子用 Sober① 的眼光看待人生路上的事物。总之,以 Sober 的感觉生活者,有时的确容易击败醉汉,就像现在鹰子轻而易举地摆布着我们所有人似的!我在酒醉昏沉的头脑中,自怨自艾地发着牢骚。

　斋木犀吉几乎要沉睡了,卑弥子唤来高个子侍者,像有什么不便转达之事非要转达似的。金泰和雉子彦兴致越来越高,脸红得像西红柿般快乐地聊着,像是围绕金泰新的比赛话题。金泰已没有那次在赛场休息室里与恐怖做斗争的令人激动的紧张感了,有时看来甚至仅仅像是肌肉发达的白痴。至于雉子彦,由于酒足饭饱,每当微笑时,白色眼屎状泪水便从通红的脸颊流下,精神萎靡不振。想来我也醉成矮胖子②般的狼狈样子吧。惟有×××鹰子未喝酒,她威风凛凛,大鼻子翘得像海军大将的帽檐……

　我想起法国表现派画家以战争为主题的大幅丑陋绘画。在战场上,猛禽踏着遍地横卧的尸体傲然屹立,睥睨着四周。酒足饭饱后的我们就像那些尸体,而鹰子则像践踏着我们的猛禽。我漫无边际地

---

① 英语,意为冷静的、未醉的、朴素的。
② 矮胖子(Humpty Dumpty)是英国《鹅妈妈童谣》中的人物。

想着这些事,一边仍然喝着新送来的酒。

不久,卑弥子突然大声叫道:"我想对亨利·米勒……"

"我曾在纽约机场见过亨利·米勒。"鹰子依然带着战场上收起了宽大翅膀的猛禽般的印象,冷然说道。

"那没什么了不起。"卑弥子依旧有气无力地抗争着。

"那没什么了不起。"正要沉入睡眠的犀吉也在睡眠深渊的边缘处拼命地保持着平衡说道,这也许是他这晚惟一支持卑弥子的话语。

"当然没什么了不起。不过,有时候也可以说点不重要的事,特别在这种时候。"鹰子说道。

"时刻保持说重要事!"卑弥子降下神谕。

×××鹰子以数秒的沉默,击退了那小不点儿的女醉鬼,接着爽朗地说道:

"那么,我们走吧,今天晚上谢谢大家了。"

这句压倒全场的事务性客套话,使犀吉等一伙人立刻清醒了。

四川菜的账单鹰子签名即可。犀吉看着鹰子签名的手,穿了厚外套的醉脸上刹那间闪现出羡慕之情,犹如一盏点亮了的远方的灯。我再次意识到犀吉那孩子气的渴慕豪华生活的脆弱性格,这令我产生说不出的耻辱感,便不再看鹰子和犀吉。

走出餐厅,我们就得分手了。过去,在鹰子还未出现时,我和犀吉的宴会一直要持续到发疯为止。那辆深葡萄酒色奔驰确实是鹰子的。犀吉和鹰子自然而然地并肩走向奔驰车。卑弥子则独自走向我们的阿姆斯特朗。三个人在各自的车前停下脚步,回过头来彼此看了一眼。我和雉子彦、金泰还在餐厅的仿中国式拱廊下彷徨,让红、蓝色彩灯把我们的头发和脸颊染成妖精般多层色彩,犀吉、鹰子和卑弥子注视着我们。在此场合,金泰总能从容应对,他极为谨慎地显露出得胜后的拳击手的风采说道:

"那么,我明天一早还得跑步,再见!"语气显得有点过分快活。而后,他再次晃了晃紧抱的双臂,向地铁站方向走去了。

最可怜的是雉子彦,他向犀吉他们的奔驰走了两三步,但犀吉和鹰子都表示出明显拒绝的神情。雉子彦具有女性般的自我意识,对此较为敏感。于是,他慢慢地转向卑弥子,像吃软饭的男人似的,卑俗地讨好着,并小心翼翼地低声说道:

"卑弥子,一起走吧?"

"不行啊,我今晚打算和忧郁症作家谈论亨利·米勒。"卑弥子冷淡地说道。

"啊,好吧,好吧,我是个孤单的人。"雉子彦可怜兮兮地说道,我真怀疑他是否开始啜泣。

"说那样的话,是你性格有问题。雉子彦,你的摩托车放在店里吧? 送你到那里吧。"鹰子说道。

我感到很不愉快。雉子彦确实已处于鹰子的势力范围内。鹰子肯定具备在自己身边形成一个沙龙式磁场的能力吧。现在,沙龙女王要与犀吉结婚,似乎打算令他的前妻及朋友们全都(甚至包括我自己!)心甘情愿地置身于她巨大的羽翼下。我不由得以责备的目光注视犀吉。他早已坐在驾驶席的鹰子旁边,正为雉子彦打开后座车门。接着,他刹那间微笑着回望了我一眼,踌躇满志地摇了摇脑袋。奔驰启动了。现在,我和卑弥子都被甩在寒碜的阿姆斯特朗旁边。我思考了犀吉摇头的用意。答案非常明确,他此刻巧妙地录用我为卑弥子伤心剧的见证人,他感到心满意足,可以毫无牵挂地走向他和鹰子的新领域了。

"喂,别发呆了,快上车吧! 你喜欢奔驰的废气吗?"卑弥子焦躁地喊道。

我连生气的时间都没有,便精疲力竭、慢条斯理地坐到卑弥子身旁。卑弥子根本不管什么交通规则,鲁莽地拐了个 U 字弯,在奔驰的相反方向驾驶着阿姆斯特朗。我未抱什么特别希望,可仍然仔细地回头看后车座,寻找是否有啤酒罐之类滚落在座位下面。

"如果是威士忌,倒有一瓶苏格兰在我袋里。"卑弥子说道,她以醉鬼特有的敏锐理解了我的意图。"我让侍者拿来一瓶,由那位女富豪付款。"

我以伤感的心情想到,所有人都已经受到鹰子沙龙教育的感化了,甚至卑弥子!即便如此,我依然弯腰拿起在卑弥子裙旁像狗似的趴着的大手提皮包,从中拿出一个黑白双色瓶子,打开用铁丝系绑的瓶塞,就着瓶子喝了一口。卑弥子伸出一只手,也照样喝了一口。我们就这么寂寞地、毫无拘束地喝着。这晚,卑弥子明显属于饮酒驾驶,但她仍然继续喝着。我坐在她驾驶的车里,却未阻止她从瓶里直接喝威士忌,这仅仅是因为自己喝醉而失去了危险感呢?还是因为我和卑弥子都陷入了粗野的自我放弃的感情中了呢?即便如此,无法否认当时长着大胖脸的我,受到任何一位开着运动型赛车的酒鬼的邀请,都会欣然乘坐吧。于是,我和卑弥子面带着乘坐旋转木马的孩子般的恬静表情,让我们的阿姆斯特朗疾驶在深夜的道路上。

"那么,你们正式结婚了吗?"我问了句傻话。

"正式?你经常见到像我们这样真正的夫妇吗?"卑弥子愤然叫道,但显得没有力气。

"哦,明白了,是合法夫妻。这回又合法地正式离婚了?我想犀吉要是犯了重婚罪就麻烦了。"我的话愈发地愚蠢了。

"重婚罪?二十世纪后半期还有?"

"还是有吧。"

"真没意思。"卑弥子说道。

我失望地喝了口威士忌,那已经像水一样,不能对我的喉咙产生任何刺激,我只能祈祷卑弥子未怀孕。

"亨利·米勒啊,在手提包里,还给你。"车子开了一会儿,卑弥子说道。

我再次把头伸到卑弥子的膝盖旁,取回那本被化妆水和其他来历不明之物弄得如褐鼠般肮脏的亨利·米勒。我曾经几乎引发羊角风般勃然大怒过一次,那是取回借给女友书的一刹那间。这时,我亦恨不得汪汪地叫着,把卑弥子用力踏在加速器上的脚咬上一口。但卑弥子全然不在意我的内心活动。

"你记得亨利·米勒说过《性交之国》吗?我认为自己和犀吉曾经居住在性交之国。犀吉在戏剧天才斋木狮子吉亡灵的引领下,遇到那位女富豪前就是那样的。当我置身于幸福中时,还没有读过亨利·米勒,但昨天读了这本书马上明白了,那时犀吉常对我说的就是这些话。'而且,现在我又在这里了,划着小小的独木舟顺流而下。你希望我为你做的,全部奉献于你——免费。这里是性交之国。'这样,我通过亨利·米勒说出对犀吉的思念,原因就在这里。"

像与犀吉离婚了百年之久似的,卑弥子以述说往事的口吻回忆着。我像个愚蠢的小孩子,轻易地放弃了书被弄脏的愤怒之情。

"而且,亨利·米勒还说过很多话,有时我觉得好像就是在描写我自己,那是哪一页?等会儿你查一下原话,大概是这么说的。'这女子是为享受交合而生的女子之一,对人生既无目标,亦无野心,不嫉妒,不发牢骚,性格开朗,却智力超群。'不是吗?你不认为就是在说我吗?你看到过我和犀吉在黎明时非常巧妙地享受交合的情景吧?我自信自己曾在犀吉的性交王国里!"

卑弥子如此说着,忽然刹那间啜泣起来,而后双手离开方向盘,用双拳擦试眼泪,一边仍用脚踩着加速器。

这一瞬间,我终于体验了生命的危险。而且,这危险感突然令我冲动起来，我顺口叫嚷道：

"如果你还想再婚，就和我结婚吧？"我用认真诚恳的声音说道，连我自己的耳朵听来也有不寒而栗之感。

卑弥子像未听见似的，暂且保持沉默。接着，像欲望得不到满足的女大学生似的，旁若无人地丑陋地大笑起来。我不快地陷入沉默。至于我求婚被拒，倒也不在话下，因为我有朋友妹妹这个未婚妻，而且我不急于结婚。再说如果结婚，我至少必须瘦十公斤。

只是，卑弥子如此大笑，这种如少女般的狂乱与她平时的英雄气概不相称，这未免令人感到遗憾。我们沉默着让阿姆斯特朗向前疾驰，不久进入横滨。

突然，阿姆斯特朗发出剧烈的刹车声（我以为车身裂成两半了），紧急停车了。我把弄脏了的亨利·米勒紧紧地抱在胸前，头部撞在挡风玻璃上。

"怎么了？"我好容易坐正了身子呻吟道。

"只是随便找个地方停车而已。"卑弥子自己也喘着粗气恨恨地回答道。

"我觉得你是看到了什么幻影，才踩刹车的吧。"

"你是说我看到我将生下的十个婴儿在那里爬行吗？嘿嘿嘿。"卑弥子装作魔女的样子说道。

"我是那么认为的。"

"在这里下车吧？"卑弥子说道。

"啊，好啊。"我突然觉得困极了，"我要在港口一带的廉价宾馆里睡觉。"

"这车暂时借用一下可以吗？"卑弥子一本正经地说道，这令人感到意外，"犀吉不会再坐这辆车了。"

"啊，可以，借你用吧，我不会开车。"

"那么,再见了。"

"再见。"

"再婚的事,谢谢你过问。"

"这没什么。"我说道。如有生命的海绵般,卑弥子沉浸在伤感的水中,这令我感到不知所措。

我们后面的车队开始小题大做地发牢骚。我下了车。那是市营电车安全区的一侧,在一束束透过红色玻璃的红针似的灯光下,车里的卑弥子看上去异常严肃。她那老鼠般的小尖脑袋,与印第安人一样呈红黑色。不合季节的汗珠如兽脂般黏附在她凹陷的眼眶上。她似乎突然露出了乞丐般的眼神。而且,我下车后才发现她身上散发着一股浓烈的气味。

肯定是好几天没洗澡了。背后的喇叭声和叫喊声又在威胁我们。我用力地关上了车门。这时,仿佛被击中的拳击手的脸,卑弥子的整个脸上飞起一阵变成了雾气的汗珠。阿姆斯特朗以运动型赛车启动时的徐行速度向前行驶,从跟随其后的车上,各式各样的叫骂声指向安全区微红灯光下的我。

在道路对面的远处,鹰子父亲的微电子器械公司那令人震慑的广告塔,如城堡般巍然耸立。我知道卑弥子发现了那广告塔,亦踩过刹车。果然如此,那位再次独自驾驶着阿姆斯特朗疾驰的卑弥子,难道就是驱动着二手车,直面那闪耀的广告塔——二十世纪的风车(在经济增长率或消费热之类空洞而盛气凌人的黄金风中全速运转)的歇斯底里且带伤感癖的叛逆者吗?这是滑稽而可悲的小故事。然而,我放心不下,顶着带有大海气息的夜风,花费多时,步行到广告塔下。当然,未见阿姆斯特朗载着车内的卑弥子在这里车毁人亡。结果,最伤感的依然是我这个患忧郁症的青年作家。即便如此,我之所以对这次徒劳的散步至今无怨无悔,那是因为从那天深夜开始,卑弥子未再驾驶着阿姆斯特朗出现在我们面前。

如果我时常陷入爱情剧式的怀疑,猜想卑弥子是否在那个深夜醉酒驾车,并在广告塔下撞车身亡,我会感到非常伤心吧。卑弥子虽然只是个心血来潮、自以为是、常常表现出奇妙伤感癖的小姑娘,但她是个在小不点儿的外表下,不时流露出勇猛精神的女子。她虽然也有些庸俗之处,却并不明显。她毅然推翻了我的臆测,并未驯服于×××鹰子。

当然,自从卑弥子从我们面前突然销声匿迹后,犀吉、我,还有鹰子都曾竭力地四处寻找。尤其鹰子特别积极。这是因为她不仅失去了一位新剧运动最佳的候补女演员,她还担心犀吉是否把卑弥子藏在什么地方暗中幽会。犀吉常常在鹰子面前无限深情地怀念卑弥子的性能力。这位三十岁女人为了获得艺术运动的灵感,尽管给性交赋予了偏执狂般的重要意义,但最终只能与年轻丈夫保持并不满意的性关系,这令她每每绝望得几乎发疯。

第 三 部

1

再说,那时的斋木犀吉及其朋友们生活中最光鲜的侧面,是以我们的拳击手金泰那辉煌的战绩作为象征的。斋木犀吉把从鹰子父亲那里支取的金钱首先花费在金泰身上。因此,金泰的训练生活颇为优越,与过去的惨景相比已不可同日而语。另外,金泰自从与老虎·绀野比赛以来,已战胜了自身的恐惧心。对金泰而言,充分发挥其才华的所有条件都已具备。他频频出击,取得了辉煌的胜利。他已决不会让对手击到其脆弱的下颚了。当时,无论哪位拳击手肯定都无法想象击倒他。在金泰一生的战绩中,像他那么著名的选手,被击败的次数偏多,但那主要是在与老虎·绀野进行比赛前。拳击杂志甚至刊登过专题报道,指出金泰下颚不堪一击的传说全系误传。与老虎进行比赛后,金泰在所有赛事中均击倒对方取胜,终于成为日本雏量级冠军。

金泰走向冠军之路,是以斋木犀吉为中心的朋友们所进行的日常冒险的最佳演示。我把犀吉与卑弥子的分手作为忧郁的芥蒂积压在心底里,所以并不乐意与和鹰子在一起的犀吉交往。尽管如此,我在那段时期依然频频地与犀吉见面，那是因为我沉湎于金泰的比赛之故吧。每当金泰参加比赛，犀吉总在最前排为他的所有朋友们留好座位。

成为冠军的金泰亦受到了媒体的注目，他发挥了以拳击进行搏斗的少年哲学者的才华。他在比赛前后发表的言论即便成为新闻报道，亦几乎总是十分有趣的。那时，我是三种体育报的定期订阅者。

当金泰出生的东京湾地区在日朝鲜人部落发生少年强奸杀人事件时，金泰将下一场比赛奉献给那位少年，并取得了击倒胜利。为了那位屈服于日本人，并生活在自我欺骗中，最终只能通过性犯罪解放自己，别无生存勇气的朝鲜少年，他向大家展示了他在拳击台上的自我解放。少年最终被处以死刑，但由金泰奉献的那次击倒胜利无疑鼓舞了临刑前的少年……那时，有拳击评论家或裁判员建议金泰归化日本，但他拒绝了。他倒是想与在日本职业运动领域工作的他的各类同胞建立横向联系。然而，金泰的建议也好像几乎总是遭到拒绝。

现在翻阅体育剪报，知道金泰的黄金时代极其短暂，这令人感到意外。他在那极短暂的时期内确实经常参加大型比赛。其后，冠军宝座被夺，他随即隐身于我们找不到的什么地方，无影无踪了。我认为金泰确实是我一生中遇到的最富于英雄气概的少年……

2

我当时还不知详细情况，即斋木犀吉与×××鹰子的性交颇为特殊。我在斋木犀吉结婚仪式当天，从他那里听说了如上情况。当时，虽然正值盛夏时节，我和犀吉却穿着相同的特制晚礼服待在新郎休息室。休息室里除我们两人外别无他人。我们耐心地等待新娘做好准备。鹰子废寝忘食地要把自己化妆成她年龄一半左右,即十七八岁少女的样子,为此所需时间令人晕倒。犀吉和我几乎都焦急得露出了獠牙,但结婚典礼即将开始,自然不能喝上一杯。我们两人穿着晚礼服,汗流浃背,忧郁地低头忍耐着,那情景该是多么滑稽啊!

不久,令人意外的是,犀吉不安地说道:"我想对你说,和那家伙的性交是我迄今为止体验过的最没劲的性交。"接着,他对我讲述了与×××鹰子的性交情况。与其说是告白,不如说与往常一样,是具有冥想性质的独白。只是,我记得我从其语气中发现了新的苦涩滋味,感到他也长了不少岁数了。

"首先,她的性器由于年轻时长期和外国人性交的缘故,有婴儿口腔那么宽,而且荒废了。但这点暂且不谈,因为这绝非性方面的本质性问题。我交往过一段时期的电影导演的妻子什么的,她们的性器如果不对折起来,几乎都称不上是性器了,但仍能令我感到快乐,当然我那时还年轻。我和鹰子初次见面那天,我们当天下午就睡在一起了。当时我丝毫未留意她性器的状态。毋宁说,我为此才爱上了她。对自己宽大而彻底荒芜的性器不胜羞愧,但又因欲望而战栗的中年妇女,与其说讨厌,不如说可以引发爱情。我们互相爱慕了,但从她丢弃羞耻心的时候开始,我意识到自己陷入了怎样的圈套。以往跟她睡觉的那帮人都是樱桃小嘴的男妾,使她坚信采取主动是女性的技巧。而且,她像水车般挥洒着汗水旋转,以掩盖自己性器的弱点。我根本谈不上拿手姿势,只能尽量注意不被她按倒。而且,她对性交非常执着,因为她相信在性高潮的瞬间,艺术灵感会油然而生!"

当时,我似乎受到一些冲击,回望了犀吉。我觉得自己切身感受到了犀吉当时所怀抱的厌恶和不安,甚至恐惧。

"是吗?你想说这种事难以置信吧?但对她而言,性高潮是惟一超越自我的机会。她连喝醉酒都不会,所以有一天试用麻药(那是她住纽约时的事),引发了几乎要死的过敏反应。但她蔑视自己大脑在正常状态下产生的所有想法。她坚信惟有性高潮的几秒钟才会有天启闪现。在性高潮时,她会就戏剧问题大声哭叫。有时会无意识地说些令我感到好奇之事。总之,性交结束后,我觉得不舒服,想转一下身子,或擦擦汗什么的,或者只是想睡一觉,或独自清净一会儿,她会突然呻吟,'快记笔记!以免忘了天启的声音!'她胳膊上的汗水和油脂会濡湿了笔记本。黄梅季节里,笔记本会发霉吧。对我而言,性交已不能带来任何愉悦了吧!"犀吉用充满失望的声音斩钉截铁地说道。

"那么,你会性无能吧?"

"什么?性无能?你认为她是那种允许我性无能的女人吗?"

我陷入阴郁萎靡的情绪中。对犀吉那样喜爱性交的男子而言,就像美食家讲究食物,甚至表现出禁欲主义倾向般,犀吉对性交本身甚为严格。对他而言,那种可悲而可恶的性交肯定无异于地狱。我对犀吉甚至感到同情和怜悯。犀吉为了博得我的同情,像啜泣着的不安的小狗。他一般不肯损坏自己的尊严,可他当时向我炫耀其丧家犬姿态似的。我觉得从新制的晚礼服中,如衰弱的乌龟般慢吞吞地伸出略带灰色阴影的苍白大脑袋的犀吉,就像我痴呆的弟弟。我想带着他逃离结婚典礼会场。我未说出口,但内心遗憾地想:"怎么啦?犀吉,像你这样独特的男子汉为了得到几千万日元,愿意一辈子接受这种不愉快的性交吗?嘿,离开这里,去找你性交之国的原住民,那位善于交合的小不点儿姑娘吧!"但我们被晚礼服这位铁处女五花大绑着动弹不了,只得出着冷汗,老老实实地、略微贫血地等待着婚礼开始。不久,微电子机械公司的那帮人像匈奴般拥入我们的休息室。我们在这里会合后,便去安放神龛的会场。犀吉把我介绍给×××家的亲友。在这种场合,犀吉和他初次见我祖父那天一样,颇为圆滑周到。微电子器械公司的那帮人都表现出感到这世界和他们自己的人生都颇为和谐而可爱的样子。马上就要愉快地合唱赞颂宇宙哲理的歌了。而且,大家都装作对我的小说颇感兴趣的样子。同时还想暗示我,他们对小说或绘画(对这种带有反微电子器械气息之物)仅有极小程度的关心。我无法分辨他们的脸,所有人都呈现出同样的脸和同样的肤色、同样的目光,男女老少都一样。只是年轻姑娘们太过分了,所以引起了我的特别关心。她们像受伤的鸟一样丑陋,而且她们受惊的眼神,实际上是对我傲慢挑战的眼神。我们的犀吉就要和这帮人成为亲戚了……

我和犀吉并排站在大家前面走向会场。那时,犀吉迅速凑近我耳边,对我如此耳语道:"现在跟你握手的矮个子医生是阿鹰大姐的丈夫,听说当×××家长子让媳妇生下脑水肿的儿子时,就把婴儿勒死了。那是刚才介绍给你的那帮人商定的,那是一帮杀人犯,就是现在跟在我们后面,露出心满意足微笑的那帮人!"

"是吧,是吧。"我未动嘴唇,只在喉咙深处对犀吉耳语道。

我们在令人感到意外昏暗的会场的神龛前,看见鹰子被神官和巫女们包围着,显得茫然而忧郁。她真是个大个子新娘,鼻子像白色的小刀般发亮,面纱下的脸却是草叶般的颜色。留神一看,发现犀吉也是脸色苍白,身子颤抖着。不久,即将成为其姐夫的那位勒死婴儿的医生,用阿伊努人似的毛茸茸的手掌,亲切地把脸色苍白的新郎推向脸色苍白的新娘。这是一家团圆的演练场景。接着,结婚典礼开始了。

在非洲布日伊缢死时的斋木犀吉,其脸色也没有那天婚礼上那样苍白吧?为了唤起有关犀吉的美好记忆,我也不想详细记录那场庄重愚蠢的结婚仪式。如果那是极其普通的旧式婚礼,那将更为粗俗吧,尽管只是略微不同而已。然而,犀吉与鹰子被迫共同朗诵一份滑稽而令人羡慕的宣誓书。斋木犀吉用他那略带口吃的尖声快语,屡屡领先于鹰子,拙劣而空洞地朗诵着令人感到害臊的话语,甚至现在依然回响在我的耳际。

此后,我时时怀疑,犀吉那时为什么会那么紧张而认真地配合结婚仪式?其结果,我现在是这么认为的。斋木犀吉那时强烈地意识到自己有生以来第一次决心干一番现实而具体的成年人的事业了。也就是用鹰子的金钱创建剧院,进行戏剧活动。结婚典礼对他而言,是象征其成人事业的仪式。而且,犀吉有时会使自己的行为带有狂热性,这种孩子气的天真令他禁欲般地深信,一旦自己开始成年人的事业,就必须忍耐各种令人难以置信的困难。无法在天空飞翔的鸟,例如鸭嘴兽,为了适应地上或水上的新生活,只得让自己接受笨拙的走路方式和屈辱的潜水方式。犀吉不想再进行充满梦幻的冒险和梦想中的飞翔,而要开始目的明确的具体工作,他也许过度地克制了自己。

当我和犀吉在他巡夜的工作现场,一起在大楼的楼顶上迎来黎明时,他对我如此坦率地述说了他的愿望:

……我不像马雅可夫斯基那样写诗,但我确信自己是穿裤子的云。我有种预感,我总有一天会从事适合自己的什么新工作的。我就这么一边巡夜一边等待着"我自己的时刻",有什么不好?而且,我从不懒惰,经常就自己的人生进行冥想,并制作卡片和笔记,不是吗?我不久将进行惊人的冒险吧!

斋木犀吉(也许被其天才父亲斋木狮子吉的亡灵引领着)开始考虑唯有戏剧才是他该做的他独特的新工作之路。现在,他认为"他自己的时刻"来临了。想来,他写在卡片和笔记本上的有关人生和人的具体观察肯定有益于戏剧表演及其自身的演技。他想就他希望表现的一切行为、情感表达、台词的细微之处，全部与他笔记本上的形而上学进行对照。他不相信演员临场发挥的想象力。犀吉以戏剧表演为契机思考的想象力与观察力一致的命题，至今对我仍具有启发意义。我想起在巴黎深夜的街道上，我们步行到停车场途中，我和犀吉进行的热烈的对话。我们在巴黎，每天晚上都换着地方看戏。关于那些日子，我将在下文提及吧。

总之，犀吉在结婚典礼之际，相信他和戏剧富于命运色彩的连带（或希望努力相信）。于是，他脸色苍白，紧张得身子发抖，以意想不到的温顺听从了神官的指挥。现在回想起来，那是犀吉人生中最丑陋的瞬间。虽然那是有违其个性的顺从主义者的瞬间，但可见当时毫无经验的他勇敢地承担的现实生活本身。我本人即便患上忧郁症，亦不会像他那样毫无经验。在婚礼上，我觉得犀吉过于慷慨，做了过度的自我牺牲。尽管如此，穿着新制晚礼服的我，当神官要求做两三件伴郎必做的配合动作时，亦有些紧张，脸色略显苍白，欣然地执行了任务。

仪式结束后，我们簇拥着新郎新娘走进同样微暗的走廊。突然，门打开了，我们像被盛夏正午的阳光灼射的鼹鼠般，突然变成了盲人似的，摇晃着站住了。热烈的掌声响起，照相机快门声如小小的骤雨般乍起，现场演奏的弦乐四重奏从意想不到的方位传来。这里是婚宴鸡尾酒会的会场。如此安排肯定是鹰子的杰作。在眼睛适应强光的数秒间，我体验到一种恐惧感。而且，我的左掌被另一只冰冷汗湿的手掌紧紧地握住了。留意一看，那是犀吉的右手。可见在那一瞬间感到恐惧的并非我一人。除了这开始时的虚假的吓人场面外，婚宴还算妥帖。毋宁说，它适合我的个人兴趣。鸡尾酒会参加者们的演说一概从略，所有人只要关注会场中央和靠墙桌上摆满的菜肴和酒类就可以了。视力恢复后，我马上离开新郎新娘，混入宾客们中间。环顾四周,被拳击迷包围着的金泰和雉子彦映入眼帘,可他们吃喝得兴致正高,心情有点沉重的我便未理会他们。他们在新郎新娘出现前,似乎已开始吃喝了。在离他们最远的桌子一角,我把烤熟的龙虾夹到碟子里,让侍者送来了白葡萄酒。这时,一位肥胖的老年男子从背后把他粗壮的脖子快要伸到我肩旁似的,亲切地说道:"请吃鱼子酱,嘿,就着那酒吧。"

于是,我多少受到怨恨和气愤心情的轮番攻击,想把龙虾碟放回桌子,把几块放上鱼子酱的面包拿到其他碟子里,这时我突然怀疑自己为什么要听从那男子所说的话语?这才发觉那小个子肥胖老人是新娘的父亲,我曾在休息室里被介绍过。在那次结婚仪式上,我和犀吉真是同样紧张,像白痴似的。于是,我忐忑不安(同时对自己的态度生气着)地吃起放上鱼子酱的小吐司,那老人心情愉快地说道:"这鱼子酱真是伏尔加河的鲟鱼子,来自俄罗斯。"

我沉默不语,送白葡萄酒来的侍者打圆场说:"啊,真棒啊。"老人是这家宾馆颇有脸面的人物吧,也许宾馆的电气设备就是由老人的微电子器械公司产品装配而成的。老人把侍者当作蛴螬般根本不予理睬,只对我一人喃喃细语般地说道:"走私这种鱼子酱的俄罗斯人没被枪杀吗?"

老人完全无视我是否觉得好笑,说完便像肥獾似的,迅速地滚动着身子钻进人群了。犀吉在其困难的婚姻生活中,常常得到这位老人的帮助。他身上具备被老人赏识和喜爱的天性般的素质。

于是,我独自吃着鱼子酱、喝着酒。这时,一位曾在某人的出版纪念会上见过的年轻戏剧评论家走上前来说道:"哎呀,您发福了,而且您以前不是戴眼镜吗?"他拿起我放下的龙虾碟,一个劲儿地吃了起来。我含糊地答应着,他则像女人般亲密地紧挨着我。接着,评论家用嘴唇衔着虾壳,令人担心地闪动着粉红色舌头说道:

"你也是鹰子的男朋友吗?那女孩子交际真广,年纪也是不小了。"

我沉默不语,忽然怀念起那位老人,拼命地吃起鱼子酱。

"斋木狮子吉的儿子也像个十足的花花公子。不过,如果继续过任性的生活,在戏剧世界会碰到各种阻力。鹰子也难啊,跟这种人结婚!"评论家像是敞开了胸怀似的担心地说道。

"任性的生活"是当时受意大利电影的影响而流行的词话。"任性的生活?"我忘了生气之事,惊讶地回味着。犀吉和鹰子过任性的生活?事实截然相反。犀吉如今不是向他最苦难的生活出发了吗?抛弃了任性的生活,甜蜜的性交之国……而且,犀吉必须应付无数残酷而冷笑着的敌人吧,他能顺利地应付吗?我发挥伴郎的本能,担心起犀吉的处境,一边把眼神投向人群,立即发现犀吉和鹰子在没完没了地深深地鞠躬。我让侍者拿来比葡萄酒更烈的酒,一边喝着一边不负责任地想,即使这是他最坏的冒险之一,那家伙最终也能对付得了吧。

不久,弦乐四重奏乐队那些像农民似的年轻队员开始吃饭喝酒,他们走向餐桌,演奏暂停。其间安排了简短的致辞,内容包括犀吉和鹰子即将发起新戏剧运动;由鹰子父亲担任后援会长的金泰将于今秋在菲律宾挑战世界锦标赛。金泰这时被他的拳迷们(鹰子的那位姐夫医生也是其中之一,他总想摸摸金泰异常发达的肌肉,一直跟着金泰)包围着,但仍对介绍报以由衷的感谢,受到了当天人们充满善意的崇拜。

新郎新娘和金泰登上矮台,四重奏队员的乐器还放在台上的椅子旁,人们送上了掌声和欢呼声。接着,领班拿来吉他,犀吉一人留在台上,以单脚放在椅上的姿势,站着弹起吉他。那是名为《传说》[①]

[①] 《传说》(*Legenda*),十三世纪末意大利的圣人传记。

的快曲。这次可不是敷衍了事，而是略带热切好奇心的掌声。于是，犀吉不得不把同样的曲子又弹了一遍，他没有其他节目。犀吉身穿晚礼服，大脸盘上挂满汗珠，有些忧郁的样子。那聚精会神地用快指法弹奏吉他的样子，仿佛漂流在波涛汹涌的大海上的失事船上的孤独船员，给人勇敢踏实的印象。看到犀吉在他人面前如此真诚奉献的情景，我想他似乎在向他自己展示他多少放弃了一点个人自由，将直面一项困难而现实性工作的思想准备。我像爱操心的姐姐似的，莫名其妙地眼泪汪汪起来。除犀吉演出的电影外，我看到他在热情的观众面前如此专心致志，这是自那次在新桥附近的空地上与职业流氓团伙拼死斗殴以来惟一的一次。犀吉那诚挚而忧伤的吉他演奏获得了成功，婚礼的气氛似乎愈发浓烈了。我独自离开婚宴会场，把晚礼服上衣揉成一团，像夹条狗般夹在腋下，汗流浃背地叹息着，也未与犀吉和鹰子打招呼，便乘小型雷诺出租车，穿过盛夏午后的道路回家了。他们的婚礼仿佛已在我沾满忧郁症毒素的个人爱好的圈外。我一回到自己的房间就开始喝威士忌。喝醉而变得伤感的我，一边凝视着我坐着喝酒的椅子周围渐浓的薄暮，一边带着性欲般的痛苦感，想象着现在犀吉是否正被那新婚妻子强制着进行所谓最差劲的性交？我甚至觉得自己听到远处（那是从犀吉和鹰子的新婚房间传来的）传来犀吉呼唤我的恐惧声。说来有点滑稽而伤感，从这次婚礼的傍晚至夜里，我的忧郁症发作了，它并非与现实完全无关。毋宁说，我和犀吉是由精神感应线圈联结在一起的。事实上，犀吉在那段时间里痛苦至极。请不要怀疑我有什么神秘主义爱好。

那天深夜，我被新娘鹰子打来的电话叫醒了。我用喝醉未醒的脑袋，像病猫般不高兴亦不反抗地听着鹰子极度困惑的声音。新娘一边说着，一边不时地掺入老太婆般狡猾而凄惨的短促的啜泣声。她说犀吉受到严重刺激，陷入了神经错乱状态，有可能自杀，现在试着强迫他喝下了烈性俄罗斯酒,应该酩酊大醉了。而且,鹰子哭着让我马上赶去他们新公寓。我慌张地询问为什么受到刺激?当时,我内心怀疑鹰子是否强迫犀吉用他最忌讳的姿势性交了?所以不明白自己为什么毫不犹豫地问了那样直截了当的问题。也许因为我还处于半睡眠状态中。庆幸的是鹰子所说犀吉受刺激之事与其性生活无关。婚礼和宴会结束后,二人乘奔驰出发去轻井泽,可到达新宿时,他们旁边的车辆压死了一位中年妇女。那中年妇女正穿越人行横道,犀吉驾驶的奔驰为让她通过,便在人行横道前停下。妇女曾想折回去,看到奔驰车停下来,便勇敢地小步快跑起来。她没看到奔驰背后有一辆以时速六十公里开来的奥斯汀车。她在犀吉他们眼前,被弹至五米处的空中,当场殒命。"我没杀人,但其他人杀了,所以不能原谅!"犀吉说着孩子般天真抱怨的话语。他受到刺激,放弃了去轻井泽的计划返回到公寓。接着,据说他一直被自己的死亡幻影纠缠着,吓得颤抖不已,有可能突然从公寓窗口纵身跳下。鹰子他们的公寓是十一层最左边的房间。如果从窗口跳下,不乘滑翔机之类,就别指望生还吧。据说犀吉很想见我,他担心新婚之夜邀请朋友是否合适之类,对我表示了懦弱的犹豫心理。即便受到极大刺激,被深深地卷入了恐怖的旋涡中,并不断地往下沉着……

  我答应鹰子马上过去。接着,我认真地套上衬衫,穿好衣服,跑向深夜的街道,我对自己内心的兴奋油然而生一阵自我厌恶感。四十分钟后,我到达位于涩谷近郊高地的他们公寓。鹰子已将他们的房门半开着等我。在微暗的起居间里,我们像重病患者的家属般迅速小声地陈述了事情的来龙去脉。当时危机已经过去,犀吉躺在床上,颤抖着喝伏尔加酒。鹰子与我通话后,告诉他我马上就到,他便恢复了一点勇气似的。这时,正巧送来一封加急电报,那是长老发来的,祝贺犀吉结婚,并催他尽快来四国峡谷玩。犀吉突然显出醉意,随即像精疲力竭的孩子般睡着了,留下形影孤单的新娘,真正精疲力竭的还是三十五岁的她……

"那位叫长老的人是谁?他对犀吉真有影响力。"鹰子说道。

"是我祖父,已无法独自起床了,总躺在大木箱似的橡树床上,不知他是怎么发电报的?"犀吉用他在誊写社工作时练就的才华制作了书法精美的请柬,用石版画印刷后,发给了拟邀参加婚礼的人们,也许他也寄了一张给我祖父吧。现在肯定跟他从香港寄去的信件,整齐地放在祖父的矮柜里,寄给祖父的邮件原本稀少……

我和鹰子穿过起居室探视里面的卧室。犀吉裸着身子,像法国画家保罗·塞尚①的裸男似的,将宽大的脊背对着我们睡着了。他的头埋在枕下,所以看不清他的表情,但从他裸露的脊背看,似乎睡得安稳而深沉。我和鹰子望着犀吉熟睡着的魁梧身躯,叹息了一阵子。最后,我以苦涩的心情想到,这家伙突然入睡时,总有什么保护他的第三者出现,而这家伙沉睡时,似乎亦期待并相信第三者会出现。令人感到惊讶的是我对犀吉那熟睡的脊背,心中甚至怀有一丝怨恨之情。然而,我发现在犀吉头部的位置,就在他耳朵上方的新墙上,发现了一帧用图钉钉着的、我在他和卑弥子住处见惯了的梵高的扁桃花画作复制品。我即刻抛弃了苦涩之情,反倒成了怜悯心的俘虏。我催促鹰子返回起居室。

我知道犀吉非常怕死,但再次带着真实感刺激了我的情感,犀吉无论如何也摆脱不了死和死后永恒的虚无印象。所以,他肯定经常在黑暗的夜晚,为了鼓舞自己的勇气,而像念咒语般地朗诵梵高的诗。金泰比赛时,他主动担任其助手,为金泰鼓劲,而他与死亡恐怖进行秘密拳击赛的助手则是梵高的《盛开的桃花》和一首诗。

---

① 塞尚(1839—1906),法国著名画家,后期印象派的主将。

别以为死者已死

只要生者尚在

死者不死　死者不死

于是，我觉得我非常理解他在婚礼之夜，死亡恐怖比平时更激烈地呈现了。犀吉身上亦可见弗洛伊德主义最简单明了的实例之一。这与其另外的复杂性相比，可谓惊人地简单明了。鹰子关上卧室门，在起居室打开较亮的灯，让我坐在舒适的扶手椅上，自己则制作了两种饮料（为我斟满轩尼诗 VSOP 白兰地，她自己则仅在冰水里加一滴朗姆酒。总之，这是我唯一目睹鹰子与酒精饮料相关的机会，她真有点吃不消了）。我们沉默不语，在强烈的光线下，像患沙眼病的孩子般眯着眼睛喝饮料。卧室略微传出犀吉那毫无顾虑的短促的梦话，但我们已没有不安的情绪。犀吉一旦入睡，没有睡够是不会醒来的。

鹰子穿着绣有各色花鸟的中国式兰色丝绸居家服。想到她平时并不介意硕大的身躯，总是稳如泰山地坐着，现在却异样神经质地频频拉扯居家服下摆，以遮住裸露的大腿，叫人看着不舒服。她完全没化妆，平时用头发遮住的额头亦完全露出来了。于是，带铅灰色阴影、毫无生气的脸盘确实看上去很大。她的额头已经开始谢顶，显得又圆又宽，特别是右上角有恰好放下大拇指肚的凹处，那里挂着汗水，泛着像脓似的可恶亮光。而且，由于现在完全没化妆，她的鼻子像面包似的。尽管如此，这天深夜的鹰子并不丑陋。那是一张沾满汗水、像刚刚潜过水的兽类般令人同情的脸。我对她油然生出一阵好感。当时，完全未想起犀吉所说她在性交时的独特癖好。犀吉那背对着我们，仿佛弯入自身内部般睡着的脊背，把我们临时联系在一起了吧。我们总觉得彼此都是受害者似的，诚实而忧郁地相对微笑着。

"犀吉今天遇到了许多不顺心的事情。"鹰子并未特别地喃喃细语,而是坚定地说道,那深沉悦耳的声音带着三十五岁女人特有的威严和疲劳感。"首先,弹完吉他时,他发现你不辞而别了,他非常介意,'啊,他怎么了?怎么了?'他不知所措地连说了两次。这让我想起《安魂曲》首演之夜,莫里亚克①默默离席时,让·考克托②说过的话,完全一样,考克托和莫里亚克从此成了仇人。"

连如此会话都要引用法国戏剧的例子,想必这是×××鹰子天生的特质吧。无论如何,我宽大为怀地听着。要是平时,我肯定会挖苦她。

"而且,犀吉今天第一次和金泰有些不愉快。"

"什么!不可能。"

"所以,犀吉也很烦恼。金泰对他和拉哥·卡巴雷罗(这个像西班牙共和国时代首相名字的男子,是将在菲律宾迎击金泰的雏量级世界冠军)的比赛胸有成竹,但犀吉认为金泰在这次比赛中难以取胜。所以,他拒绝和金泰一起去菲律宾。金泰不明就里,突然像挨骂后撒娇的孩子般生气了。犀吉想了很多不能去菲律宾的理由,但无论如何也不能对金泰说你会输。只要不明说,就没有令人信服的理由。金泰今天缠着犀吉要问个究竟,犀吉说了些捉弄人的过分话,就和金泰有点不愉快了。雉子彦打来电话,说金泰坐在宾馆的车库里哭了,还是个冠军呢!"

我感到沮丧。此前,我自己也确信金泰会击败拉哥·卡巴雷罗。但是,既然斋木犀吉这位金泰最大的理解者这么说,金泰应该取胜无望吧!那么,金泰会去菲律宾吃败仗吗?这是投在金泰光荣业绩上

---

① 弗朗索瓦·莫里亚克(1885—1970),法国作家,一九五二年诺贝尔文学奖获得者。
② 让·考克托(1889—1963),法国幻觉派艺术家,多才多艺,几乎涉及了那个时代所有的现代艺术,其惊人的创作力令他获得了世界性声誉。

的最初阴影。我未再问鹰子，鹰子亦陷入沉默。我们在彼此的沉默中，看出大家都已精疲力竭。于是，我们把鹰子拿来的夏季毯子，各自拿一条盖在身上，鹰子睡在长椅上，我则直接睡在地板上。我有时会想，为什么那天夜里鹰子不睡到犀吉身旁？我可以直截了当地认为那天晚上，我和鹰子也许觉得我们对犀吉构成了一种临时伙伴关系吧。鹰子从我身上发现了在犀吉光线的映照下，我与她之间的共同之处吧。我也从鹰子的态度中，发现了自己时时感到的对于犀吉的反应。即便如此，那天夜晚是斋木犀吉与×××鹰子的新婚之夜，所以我扮演的角色颇为奇妙。结果，那成为各种不幸征兆趋于分明的夜晚。那是一九××年八月三日。

3

当然，还不是所有败局的征兆都像从洞中跳出的鼹鼠般，以危险的速度和无可挽回的绝望印象呈现在亮处。毋宁说，从这时开始，斋木犀吉身边的朋友们的生活取得了各种飞跃，加深了冒险的色彩。关于金泰挑战世界冠军之事，由于犀吉决定不和他一起去菲律宾，为尽可能以最好的条件收听菲律宾转播的现场实况，他开始在他和鹰子的公寓安装如同地下秘密电台那样的大型接收设备（甚至可以发报！）。这可以说是欺骗行为，但犀吉却满怀热情地投入了这项工作。犀吉从鹰子父亲的微电子器械公司运来所有零部件，甚至诱使一名工程师长期留在其公寓内，终于完成了这套巨大的装置。那位工程师也许是×××鹰子父亲公司里唯一一位犀吉的拥护者。我们用当时尚未引退的相扑运动员松登之名，称之为阿松。阿松肥胖的五短身材，像个丑陋的中年妇女，但一开始工作便与进攻时的松登一样，速度惊人。阿松是所谓企业内的局外人，又是微电子器械公司的工程师，却在高炉热处理方面取得了专利。他在工厂仅消耗最少的能量。下班铃一响，便马上向着他头脑中滋生的无数发明，如松登般低着脑袋咆哮着挺进。当时，其兴趣所在是把犀吉的公寓改造成小型广播站。每天早上，他用小卡车满载着×××微电子器械公司的器材来到犀吉公寓，一直工作到深夜。他的做法常常带有狂热性质。他从公司带来的小卡车司机是一位忧郁的小个子青年，可阿松颇敬重这位青年，希望把他介绍给我们。我们都跟着阿松叫他阿晓。说来滑稽，在我现在的记忆中，我不清楚这是他的姓还是名。总之，我们叫他阿晓，其文字和读音的印象作为表现他的符号，与他本人非常贴切。

阿晓以司机兼装卸工的身份出现在犀吉的公寓。他来干两天，第三天休息。接着，又来两天，第三天休息。关于这一点，鹰子曾问过沉默寡言的阿松。

"阿晓是按日工资做工，所以一领到两天的工资，便大量购买维生素剂之类的药品，把这些全部塞进自己的身体，然后在第三天的二十四小时里倒头睡觉。"阿松回答道。

"有什么病吗？"鹰子随口问道，"阿晓在广岛受到原子弹袭击，担心白细胞增加。"阿松一边拧螺丝，一边低着头简单地回答道。

我和犀吉都觉得阿晓和金泰之间有些共同之处。当阿松如此回答时，我和犀吉都想到一件事情。也就是说，金泰和阿晓都是与强烈的恐惧感做斗争的青年。但我们当时并不清楚阿晓所忍受的恐惧中内含的重要意义。我们开始真正理解它，是在金泰失踪后，阿晓深入我们生活后的事……

金泰在菲律宾进行比赛的那天晚上，我、雉子彦、阿松，还有阿晓聚在犀吉夫妇的公寓。阿晓对拳击完全不感兴趣，但他对已完工的放音设备的运作情况感兴趣。为什么阿晓对放音设备如此倾心这一秘密，当时也还不清楚。那天晚上，我们只认为是阿晓工作热情的表现吧（虽说他只是用小卡车运来零件，再把这些零件搬到公寓最高层）。

安装接收设备之初，对我们而言，只想接收来自菲律宾的短波广播，但在比赛开始前夕，东京广播台决定增幅转播。结果，我们即便使用手头的小型收音机也能收听到金泰的比赛实况。即便如此，出于我们对金泰命运的共同的无法挽救的不安情绪，我们没有独自闷在各自的房间里对着那像机器人脑袋般的收音机，而希望聚在犀吉的公寓。决定在东京对金泰的比赛进行实况转播，是因为从现场时时传来金泰占有优势报道的结果。然而，我们受到犀吉那富于暗示的沉默的影响，没人相信金泰的胜利。在实况转播开始前，除鹰子外，我们都忧郁地喝醉了，那是为了做好忍耐的准备。犀吉的房间里，摆放着从鹰子父亲的酒窖运来的各式各样的瓶酒，我们像开可口可乐瓶似的，毫不犹豫地打开了整瓶的老伯威威士忌和特醇轩尼诗。

深夜，金泰和拉哥·卡巴雷罗的十五回合拳击赛开始了。广播充满了电波的失真和杂音，宛如受到一窝蜜蜂的袭击，却还要竭力辨别其中一只蜜蜂的振翅声似的。与其说是来自菲律宾，毋宁说是来自什么不知名的世界尽头的广播。然而，对金泰而言，菲律宾正是充满恐怖与屈辱的世界尽头。总之，在第一回合的三十秒左右，金泰勇猛地冲击，并占据优势。日本特派播音员像发情期的小狗般兴奋地狂叫着。除犀吉外，我们所有人也都兴高采烈。当时，我们还以怀疑的目光望着沉默不语的犀吉。如果这时有人收集赌注，除犀吉外，所有人都会以五比一的比例把赌注押在金泰身上吧。又过了大约四十秒时，广播在激烈的噪音中中断了。阿松宛如微型坦克般，向庞大的接收设备冲去，以惊人的速度开始苦战恶斗。但在东京的某处上空，有像巨大的鸟儿似的东西张开羽翼，严重地阻碍着从菲律宾发来的电波。阿松的努力成为泡影，或许那正是金泰被击败的一刹那间，他让大鸟展翅飞了起来……

十分钟后，实况转播恢复，可那已是在第一回合中间插播金泰败北的消息。我们默不作声，彼此并不看对方的脸，从犀吉的公寓返回各自的住处。第二天的报上刊登着下颚受到拉哥一击，睁着惊愕的眼睛，像祈祷似的单膝跪地，无力地向两边垂下戴着沉重拳击手套的双手，就要向后倒下的金泰的照片，这与罗伯特·卡帕①抓拍的中弹倒下士兵的著名照片相似。尽管是非常模糊的电传照片，但拉哥的一击像小枪子弹般猛烈。金泰惊慌失措的眼神刺伤了我们的心。刊登在体育报上的另一张照片是金泰彻底摔在垫子上，像仰泳运动员般手脚舒展地仰面躺着，眼睛像在窥视傲然挺立的拉哥运动短裤内的什么似的。我真是难以相信，一个人可以用其全身表现体无完肤的失败。有报刊体育记者以《人造的世界冠军挑战者》为题责难金泰的脆弱，暗中讽刺后援会长×××氏，即鹰子父亲的政治力量。第二天，马上有署名S.S的投稿者撰写的强烈抗议的文章刊登在该报上。文章指出那份报刊的体育记者在数周前预测金泰占据优势，并质问像金泰那样的天才拳击手，在战后日本的雏量级中可曾出现过？现在，我手头保存的斋木犀吉印成铅字的文章仅此一篇。而且，即便现在重读，仍是一篇具有说服力和坚强信念以及动人主张的好文章。犀吉决非正义派。有时喜欢用圆滑的态度对待各种外在事物。但是，偶尔心血来潮，作为友情斗士的犀吉亦会担负相应的义务。在其

---

① 罗伯特·卡帕（1913—1954），出生于匈牙利，二十世纪最著名的战地摄影记者之一。一九三六年西班牙内战，卡帕在西班牙战场拍摄了一位战士中弹将要倒下，这幅使人有身临其境之感的作品以《西班牙战士》《战场的殉难者》《阵亡的一瞬间》等标题发表，立刻震动了当时的摄影界，成为战争摄影的不朽之作。

熟人中,对他仅有憎恶或轻蔑印象的朋友们,归根到底即使一刹那间,亦不值得犀吉对他们倾注友情。

金泰在菲律宾机场与拳击俱乐部的老板们分别后,独自返回了东京。他极其秘密地悄然返回,任何体育报都未刊登金泰归来的照片和消息。与其说新闻界对向世界冠军挑战失败的少年残酷或冷淡,莫如说这是由于金泰自始至终避开这些记者、摄影师的结果。我本人很久都不知道金泰已返回日本。有一天,我去斋木犀吉的公寓(那是夏末的一个傍晚,因为有空调,苍蝇们衰弱不堪,只是时而因那奢侈的金光,而在室内暗淡的光线中飞着),像小型广播台般的起居室里只有鹰子在。她用鸡蛋面膜把大脸盘涂得像白色的满月,坐在籐椅上看 VOGUE 杂志①。接收设备未接通电流,当我与假面剧中不幸的女主人公般,把脸一动不动地埋在面膜下沉默着的鹰子相对而坐时,嗡嗡作响的微弱的苍蝇振翅声,从大量线圈和无数真空管及插座构成的机械化白蚁巢中涌现,令人以为是从什么陌生国度传来的通讯似的,真想把那整流线圈整理一番。

"犀吉外出了吗?"

"在卧室,和金泰在一起。"鹰子为了不破坏面膜,咬着牙用口技师的尖叫声说道。

"啊,金泰已经回来了吗,身体好吗?"

"你去看看吧? 话也该说完了,两个人在里面闷了两小时了。"

"可以进去吗?"

"为什么不行呢?"鹰子这次张开嘴巴,用极为正常的说话方式说道。这时,干巴巴的鸡蛋面膜像损坏的土墙般起了大片皱纹,仅大

----

① VOGUE 杂志诞生于一八九二年的美国,被公认为全世界最领先的时尚杂志之一。

鼻子浮现在无数裂纹形成的微波的水面上。犀吉与金泰二人闷在卧室两小时期间,这位三十五岁的新婚妻子肯定颇为孤独吧。我打开卧室门,只见卧室里充满了蜜蜂般的暮色,犀吉和金泰两人裸露着上半身并排坐床上。他们像兄弟般相像。金泰像哭累了的幼儿般,把自己的脸埋在犀吉的肩膀和脖子之间,一动也不动。他像被恐惧心的圈套五花大绑地捆住了似的,虽然现在并未等候临近的比赛钟声。我突然想起,在拉哥·卡巴雷罗的脚下窥视拉哥短裤内侧般倒下的金泰的照片。拉哥·卡巴雷罗的一击,也许是金泰人生中最可怕的一击,它将使金泰的人生发生全方位的扭曲。

但是,犀吉仍然让金泰的脑袋靠在自己肩上,爽朗地转向我说道:"金泰接下来会在羽量级中搏斗。金泰说既然未能取胜,暂时就不想作为日本冠军登上拳击台。金泰拳击俱乐部的那帮人会反对吧,但我认为金泰以羽量级出场是很好的决定。至少从今晚开始两三次,金泰在和我们共进晚餐时,不会每隔三十分钟呕吐一次了。"那声音温和得令人感到意外。那犹如阉割过的家畜的声音般柔和的声音,不由得令我感到面红耳赤。

4

那年秋天,犀吉、鹰子夫妇和我,乘坐深葡萄酒色奔驰,匆匆出发进行东京与四国间的汽车旅行。我们一行原想探望濒死的祖父,可我们在途中给四国挂去长途电话时,得知祖父已经去世。于是,我们的旅行变成了参加祖父葬礼的艰辛之旅。车上浑身尘土的犀吉始终啜泣着。长老的死使他受到如此沉重的打击,鹰子自不用说,连我本人亦感到困惑。

把奔驰开上宇野和高松间的渡船,我们穿过深夜的濑户内海时

（鹰子在奔驰车里裹着苏格兰制金黑双色格子毛毯小睡。这毛毯原是犀吉为送给祖父,出发前在银座进口洋货店买的),犀吉和我在黑暗的甲板上,吹着海风说话。当时,许久未饶舌的犀吉又恢复了他冥想般的饶舌习惯,独自喋喋不休。当我们背靠着船舱外壁说话时（大海一片漆黑),有位少年在救生艇背后,不知是喝醉了还是晕船了,发出生病小兽般的哀叫声呕吐着,双膝和双手抵在粗糙的甲板上。这时,船员走来,非但未照料他,反而粗暴地揪住少年的后颈,硬拖到船舷外,让他吐到海里。我们愤怒至极。在这种情况下,犀吉为了警告船员,让他后悔莫及,一般都会挺身而出。但不知因为祖父之死令他郁郁不快,抑或已不是血气方刚的年龄了,他只是阴沉着脸,怒目而视着。他在上船前,洗了上半身和双脚,穿了一身麻布夏服,甚至端正地系了领带,抽着那种佛吉尼亚烟叶制的金色弗吉尼亚。他用和鹰子结婚后再次拥有的纯银登喜路打火机点燃金色弗吉尼亚,仿佛非常难抽似的,在眉宇间深深地刻了皱纹抽着。此前,我和犀吉也曾渡过这片大海,那是为参加苏伊士战争义勇军筹措盘缠时。那时,犀吉眉宇间的皱纹没那么深。而且,我也是患麻疹那种尚未开窍的年龄,而祖父亦相当威严地生活在峡谷……

"我忘了这是日本什么偏远地区的故事呢,还是非洲草原部落的传说,总之读过这样的故事。一伙人建成小村落居住着,当老人即将死亡时,就把他抬到临终者小屋,这是随处可见的风俗。但这伙人让村里的年轻人和老人一起待在小屋。于是,年轻人可以从临终老人那里,听到逐渐临近的具体的死亡报告,就像听棒球的实况转播似的。而且,他们将目睹老人的死亡过程。这是那伙人的成人教育,肯定是和平、厌恶战争部落的习俗。我读到这里,获得了某种强烈而独特的印象。而且,我希望在长老去世时,我待在长老身旁听他讲述。啊,长老会用那种语调告诉我怎样的死亡秘密呢?我们不该坐奔驰来,而应该坐喷气式飞机出发啊!"犀吉如此说道,可坚持坐奔驰来四国峡谷的正是他本人。而且,他在奔驰上各放了两套夏装和秋装,希望穿戴整齐地驾着奔驰车出现在峡谷的长老面前。犀吉很少对自己与鹰子结婚后获得的豪华生活,显示出如此单纯而坦率的满足感。他想对我祖父进行孩子气的示威游行。

海风吹得喉咙火辣辣地疼痛,我说起在我受到他人恐吓最严重时期,妹妹同情我,啜泣起来,祖父生气地骂道:"我才要死了呢!"犀吉听着,咬紧牙关,发乎咆哮般的声音。而后,他沉默着,一反常态地想继续听我讲下去,我便以讲笑话的方式讲到祖父读了我的小说,还反复强调:"没有观察力是不行的,这样的话,你写了小说,也不会成功!"犀吉听到这里,突然兴奋了。

"是的,我也是这么认为的,观察力比什么都重要!"这叫喊声几乎撼动了渡船。

于是,我感到有些莫名的气馁,关于祖父称赞犀吉,说他是个善于观察思考事物者的话,便缄口不提了。尽管如此,犀吉一直回忆着祖父,在从渡船上小心谨慎地把我们的奔驰卸到码头的作业过程中,还如此说道:

"能否在你写作的戏剧中创作出一位像长老那样的人物?我只吃几十天蔬菜,就能瘦到五十公斤,把胡子留起来,涂上银粉让它发亮,就能演出长老的角色,因为我完全记得长老的音容笑貌!"

本来,我们最初计划前往四国峡谷进行汽车旅行时,就想把这次旅行作为我为犀吉和鹰子的新剧院创作剧本的前期准备。犀吉现在对戏剧活动充满了热情,但他的话语虽然具有闪光点,却难以实现,或从剧本结构考虑,追求散漫(一般认为那些几乎常常适合于电影,而且是非散文的短篇电影)的形象,结果对我而言,此前未能发现可以满足他要求的片段。于是,我们彼此就有认真协商的必要。即便如此，我和犀吉合作进行一些创作，这是最初的机会。斋木犀吉对戏剧活动表现出的突然的热情刺激了我，我觉得这将成为我摆脱忧郁症泥沼的契机。至少我第一次下决心要亲自克服自己的忧郁症。我们的汽车旅行可以说是自下雪天买入阿姆斯特朗以来，我们的梦想实现了。但卑弥子已经离我们而去，金泰开始了转向羽量级后第一仗的训练不能参加。不过，如果金泰有需要，犀吉会放弃汽车旅行陪他训练吧。但金泰执意坚持独立训练。这是最近的事情，据外电报道，当美国黑人重量级天才从战后保持时间最长的冠军宝座上被击败下台后，直到他夺回冠军的雪耻赛这段重要时期，他常常驾驶着私人飞机，去向不明，这使我想起这次训练过程中的金泰。金泰为了摆脱那次致命的失败阴影，无论进行多少快捷的步法训练亦徒劳无益。于是，他害怕地战栗着，并希望在最困难的训练时期远离犀吉吧。犀吉也正是为了尽可能远离金泰的训练场，从而策划了四国的汽车旅行吧。

雉子彦从犀吉夫妇那里借了资金，刚开了一家高级进口玩具店。比如，出售使用真正汽油引擎疾驶的捷豹赛车塑料模型之类的商店。那里大致是他工作的洋货店的支店，其职务仍是销售主任助理，但销售额的盈利是对他极为有利的回扣，为他个人所得。雉子彦说将分期返还从犀吉他们那里借的资金。雉子彦的店铺生意兴隆，他不能离开，所以不参加我们的旅行。

犀吉向雉子彦的店铺订货，要了捕獾用的漂亮钢制圈套，把它装在奔驰的后排座位上。我在旅行期间，一直与捕獾圈套同席。我们的计划是访问四国的峡谷，与长老会面，并捉回我们那已经野性化的猫。

当出发准备大致就绪时，妹妹给我的住所打来电话，通知我祖父病危。那天深夜，我们匆匆地离开了东京。在大阪的宾馆吃饭时，我把犀吉和鹰子留在餐桌,自己起身打电话给四国峡谷的村子。于是,快变老处女的妹妹告知了祖父去世的消息。我返回餐桌,告诉犀吉这一不幸消息时,内心难过极了。犀吉啜泣起来,鹰子不知所措,一反她仪表堂堂的常态,像寄宿女生般显得笨手笨脚。

5

鹰子驾驶的奔驰进入我村峡谷时,我立即明白现在祖父的葬礼正在进行中,而且是按照战后彻底衰微了的我祖辈们特有的排场进行的。值此死亡之际,祖父介入了一种恢复村落传统的作战策略。我家位于峡谷深处,由高处可以俯瞰峡谷的村子。我们在初秋的阳光下,驾着奔驰穿过干爽的石板路。我家附近可见各类纸旗迎风招展。石板路两旁的民房里则不见主人的影子,村子仿佛被人们遗弃了的幽灵镇,连狗也不见转悠。

"是不是发生了鼠疫之类,人们都逃了?"鹰子敏感地说道。

"大家都到我家去了,参加我爷爷的葬礼。"

"是啊,因为他是长老啊!"犀吉说道。

我们在村道尽头下了奔驰车,登上长坡道。坡道两边的夏草已开始枯萎。道路两旁已有许多自行车停放在低矮的灌木丛旁。而后,终于来到我家的高台,那里可谓是诺亚方舟的景象。村里的大人、孩子、狗,甚至山羊和鸡都拥挤在一处。宅地内的所有场所,大人们站着喝酒,孩子们手捧饭团吃着,喧嚣不堪。而且,人们都对在土墙仓房和祖父所住正房之间的里院进行的仪式兴趣盎然。

我们穿过人群想靠近那里。这时,有个幼儿像驯养的家畜幼崽般亲昵地把头擦着我腹部,感动地低语道:"南洲号的木乃伊也一起埋!"我还以为要在里院出殡了!但引发人们好奇心的是那时已经开始的船舞。犀吉和祖父二人看的那个船舞班子再次被邀请来了。突然,我不安地想,妹妹是否支付得起那笔费用。总之,伴随着雄壮、动人、凄惨的鼓声,船舞中的每个角色都在演出一幕悲剧。不知那是什么故事,但颇为悲凉,亦具有符合祖父葬礼的威严感。我们混在人群中看了一会儿。不久,像感动于木乃伊狗的孩子似的,犀吉用充满热情的嘶哑声说道:

"这是日本武尊,正表现他死后变成天鹅的场面。那边角落的胖子就是天鹅。瞧!咚、咚、咚,咚、咚、咚,咚咚咚咚、咚、咚咚,似乎要把那首歌杂乱而拙劣地表演出来。一帮人打扮得像赤穗浪士的样子,那是因为只有那样的行头。瞧,那大胖天鹅可怜的颤抖,那首歌的印象,正要和着完全不同的怪节奏表现出来!这就是长老的葬礼。"

犀吉说完便啜泣起来,可仔细一看,哭泣者不只犀吉,连大口吃着饭团的孩子们也在落泪。我想,是啊,这是祖父的葬礼。要用惊人的速度,疯狂激烈地,而且详尽而具体地表现日本武尊之死,舞蹈者精疲力竭,脸色苍白。当胖胖的白天鹅飞天而去后,留下的演角们都像瘫软了似的(令人觉得患舞蹈病就是这样吵闹不已),胡乱膝行跳跃着,并失落地望着天空。

  细竹丛生的原野里,
   步履维艰 不能空中飞,
  行走靠双腿!

  海里行走水没腰,
   像那水面上的海草,
   在海上飘飘摇摇。

这歌声中,最适合这船舞鼓拍的是"海岸上的千鸟,不在海岸上行走,飞越一个个岩礁"①。当然,舞蹈者们是沉默不语的,不过是我在脑海中配了歌词罢了……

船舞结束时,我和犀吉、鹰子不必特意去找我的家属了。他们已经觉察到我们的出现,并在观察我们了。即便是我们周围的村民们,实际上与我们并肩观看船舞期间,装作对我们毫不关心,或装作完全未觉察到我们的存在似的,但实际上,当我们的奔驰驶入峡谷的那一瞬间,传令人已跑到我家属那里了。这是我们村接待异族人(犀吉、鹰子自不用说,我本人也已接近异族)的方法。舞蹈一结束,我妹妹立即从背后跑来向我打招呼。犀吉赶紧把他的妻子介绍给我妹妹。而后,我们穿过挤满宅院里直至仓房二楼的人群,由妹妹领着来到放置我祖父和成为木乃伊的老狗南洲号两口棺木的离间。我们在那里见到了所有家属和亲戚。但值得庆幸的是,我和犀吉他们几乎未被拉入私人谈话中。这是我峡谷战前葬礼的做法。一旦葬礼开始,其后三天三夜,那死者之家便变成村广场似的,所有村民住进宅院,可以自由行动,进入所有家庭秘密,不允许死者家属耽于个人悲哀中。即便当我把犀吉夫妇介绍给亲戚时,我们四周仍有其他人手持餐具,煞有介事围观着。即便如此,鹰子给我家人及亲戚们留下了极深刻的印象。轻率的亲戚甚至误以为她是与天皇家沾亲带故的姑娘。鹰子在一刹那间,以东京上流社会千金小姐颐指气使的威严和富豪的坦率(我那愚笨的表兄还赞叹,"真是一位平民化的人啊!")把他们所有人变成了她的俘虏。但在葬礼高潮,出殡之际,迷住指派抬棺人的村里老人们的却是哭肿了眼睛的犀吉。老人们随即选中犀吉作为抬棺人之一,却让我的中年男亲戚们轮流担任木乃伊狗的抬棺人,以

---

① 译文参邹有恒、吕元明译《古事记》(人民文学出版社,1979,第111—112页)。

至中年男人们在葬礼后的酒宴上大发脾气。傍晚,村里的成年人焚烧了峡谷山腰处我祖父名下的山地,峡谷烧得一片通红。烧山持续到深夜。黎明时分,由浑身沾满灰、炭和泥土返回的一群人领路,祖父和南洲号木乃伊的两口棺木抬出宅院,来自附近所有寺院的僧侣叫喊着紧随其后。当然,挤在宅院的峡谷居民们跟在后面。出殡前,峡谷的一位年轻木匠,即制作祖父橡木床的男子来见我,说祖父和他的狗的棺木也是他制作的,用了同样的橡木。接着,他又说既然祖父已经去世,专门干橡木活的木匠也就没有存在必要了,想干脆结束木匠活,加入自卫队。

这男子的一番话,与我相比,更感动了犀吉夫妇。犀吉问他以前用橡材究竟制作过什么样的家具。令人感到惊讶的是,他回答说只制作过祖父的床和棺木。尽管如此,犀吉夫妇的感动依然如故,毋宁说犀吉他们愈发地感动了。犀吉夫妇向男子订货,要求用橡材制作全套家具。作为定金,鹰子从裙子后袋掏出一沓用橡皮筋绑住的面值一万日元的钞票,当即拿出二十万日元交给了男子。鹰子在我的峡谷,自德川时代的某毒妇以来,将作为最激动人心的女性留在人们的记忆中吧。顺便交代一下,葬礼后一周,执着于橡材的年轻木匠买了一间小房结婚。此后,他不断送往东京犀吉公寓的家具,结实之极,却又不失美观。当然,犀吉获得的不仅仅是新家具。

作为遗物,祖父将大正天皇即位那年制作的温莎椅子留给了犀吉。据说床也给了犀吉,但那橡木小军舰无法移动,犀吉只能在滞留峡谷期间睡一下。祖父也给了我一只皮革箱,我这是第一次看到箱子。那也许是向冒险家哥哥学习,受到赴美诱惑的祖父买下之物吧?结果,祖父打消了启程念头,把箱子收在了这幢老宅幽深的角落里。据妹妹说,祖父在去世前几天,变得非常伤感,并自我批评道:"在感化院集体疏散时,让他带弟弟走是错误的。我错了。弟弟不见后,他一直在找弟弟,他找的朋友都是那个样子。"我命令妹妹,不能在犀吉面前再提这件事。弗洛伊德式的祖父是新发现。我因为弟弟的缘故,长期以来不原谅祖父,祖父感觉到了我固执的憎恶之情。

葬礼后,我们去捕捉我们那野性化的猫,即老态龙钟的齿医。爷爷的葬礼,特别是船舞日本武尊给鹰子留下了深刻印象。所以,虽然晚了一步,她亦完全倾倒于犀吉所谓的长老了。于是,在捕获她未见过、亦未爱过的老猫时,她也积极地配合。齿医虽然已经老迈,却完全野性化了,怎么也不上我们的圈套。我们像最早驯化家猫的古埃及尼罗河上游猎人们那样与野猫进行战斗。那是一次奇特的狩猎。无数野猫中了捕猎圈套,却一个个被驱散。不止一次,连黄鼠狼也上了圈套,差点还弄坏了圈套。

齿医最终回到了我们身边,那是因为村里孩子们以他们独特的方式逮住它送给了鹰子。我们三个每天拿着捕猎圈套狂奔,仿佛为狩猎动物来到喀麦隆的一队英国动物学者,是村里孩子们(他们是天性狡猾,有时甚至是具有危险性的原居民)好奇心集中的目标。鹰子逐渐赢得了他们的尊敬。头盔吊着防虫网,身穿骑马装,脚蹬红色长统靴的威风凛凛的鹰子,率领着一群奴隶般的村里的孩子们,行进在茂密的灌木丛中的情景,甚至令人觉得有点感动。孩子们付出了他们所能付出的极大牺牲,徒手逮住了齿医,无偿地献给了鹰子。孩子们一大早,毋宁说在黎明时分送来了他们的贡品。由于犀吉睡爷爷的床,所以斋木夫妇住在正房,我暂住在长满枝繁叶茂的樟树和榉树的里院对面的土墙仓房里。我在孩子们的喧闹中来到里院,正值孩子们把猫送给面如鬼脸工艺品般尚未化妆的忧郁的鹰子。孩子们甚至细心地捕获了几只显然继承了齿医血统的小猫。衰老而狰狞的齿医在其中一个孩子手中,如狡猾的狐狸般装死,但送到鹰子手中时,即刻在她裸露的胸部和上臂留下挠痕,跳起两米高,想要逃走。

但有位勇敢的孩子像橄榄球运动员般上前抱住它，从什么地方掏出一条短麻绳，宛如牧人竞技表演赛上绑牛犊比赛似的，转眼间绑住了猫的四肢。他的手掌被多处咬伤。即便如此，对这位完成了勇敢的单项比赛的孩子，小伙伴们发出了极羡慕的赞叹声吧。兴奋的鹰子尽管挠伤处滴着血，仍赤足跳到里院，紧紧地抱住了绑猫的孩子。所有孩子都沉默了，纹丝不动，仿佛害怕得失去了血色。而后，鹰子和犀吉说想把那孩子认作养子，为使他们打消这念头，我妹妹着实费了一番功夫。

齿医曾是家猫，现在却是莫名其妙的凶暴焦躁的毛茸茸的怪物。它在黎明时分去流经我村峡谷底部的小河觅食，遭到捕获。它和继承它血脉的追随者们，每天清晨组成在河岸猎食的怪盗团。将菰线穿起的钓钩，绑在深深扎根于岩石缝隙间的岩柳上，那是孩子们唯一的捕鳗方法。齿医及其追随者拉起挂着捕获物的钓钩，霸占孩子们的鳗鱼和鲇鱼。于是，今天黎明前，集合在河岸的孩子们采取了自卫手段，他们向猫群发起全面挑战，并取得了胜利。孩子们甚至把齿医的追随者也送给我们，但被我们谢绝了。午后，我们去峡谷散步时，看到被孩子们杀死的那些猫横尸在草丛中，眼珠都被挖掉了。

犀吉沉迷于相隔数年重返身边的凶恶的老猫。他首先为它捉去壁虱和跳蚤。猫呻吟着，无奈地对着虚空乱咬着，四肢被捆却拼命地挣扎着。犀吉仿佛爬到猫身上似的，近乎赤裸地蹲着，全身皮肤挂着汗水闪闪发亮，一连几小时捉着壁虱和跳蚤。这情景让人觉得他和猫之间正充满热情地交换着孤独而秘密的话语，鹰子嫉妒起老猫了。

齿医真的长成了一只大猫了。我数年前把它从东京带到四国峡谷的笼子现在已经完全派不了用场了。而且，它全身都是伤，原先的橙色条纹毛色现在变成深浅不一的模糊的褐色了。即便如此，我明白这确实是我们所要寻找的齿医，因为它虽然身为俘虏，却仍然有着不可动摇的王者风范。

以夺取孩子们吊钩上的捕获物为生的齿医的胃,只接受新鲜(而且要活的)河鱼。虽然也吃死鱼,但立刻傲然吐出。于是,犀吉只得购入苈线和钓钩,加入到峡谷孩子们的违禁捕鱼(这峡谷也已成立渔业合作社支部,开始往河里放鱼苗)行列了。

深夜里,被捕获的猫王像狗般拉长声音嚎叫。有一天晚上,我从仓房窗户俯瞰月光照射下的里院,只见不计其数的猫们聚集在院子里,目光炯炯地面朝着齿医和犀吉夫妇卧室的方向蹲坐着。在峡谷住了五周,为了金泰的首次新级别比赛,我们把齿医装上奔驰,从峡谷出发了。当时,猫大体上已恢复了从前的习性,但由于车身震动而恐惧得叫起来,几只小公猫仍像狗似的,焦急地追赶着我们的车子,跑上了马路。埃及的家猫是怎样传到东方来的,而且变成短尾的东方式家猫了呢?正如任何动物学家都拿不出明确的答案那样,猫这种动物不是依然拥有二十世纪人类难以估量的诸多秘密吗?

6

金泰比赛前两天,在犀吉夫妇和我一起看戏归来途中,我们在鹰子关照的一位新剧女演员打工的俱乐部喝金汤力鸡尾酒。俱乐部里有点滑稽的混杂感,我们面前的姑娘们拿着尤克里里琴,唱着苏维埃革命后的苏联民谣。这时,一位中年男子走来对犀吉说道:

"这下糟了,没一个客人把赌注押在金泰身上。这里可不是国营赌场,实在没办法啊。"他忧愁得快要扭动起身子,却又无所谓似的,咯咯地尖声笑起来。

那男子从面部到头部的宽度真让人恶心。仿佛大象似的,与面部同样质地的皮肤一直延续到后脑勺,完全呈玫瑰色。头发只在鬓角和耳朵四周、脖颈处还留有一些卷成旋涡状。金牙闪闪发光,像京都偶人般眯着明亮的眼睛咯咯地笑着。我在迄今为止的人生中,从未见过如此耍花招者。而且,他身穿浅粉色和白色条纹的西服,脚蹬鳄鱼皮鞋,我还以为是喜剧演员在开玩笑,但实际上那男子与犀吉认识,是赌场老板。也许任何人见到这男子,都会产生"这种押赌方式是开玩笑吧"的想法,便一个劲儿地往拳击赛下注吧?

"金泰会赢的。"犀吉不快地说道,我觉得他这谎撒得太差劲了。

"那么,要赚大钱了,真是好消息。可是,犀吉你这次也不下注啊,什么时候你赌过一辆阿姆斯特朗呢,那时候金泰正是走上坡路的好时光。昨天见到金泰了,还谈起那时候的事。"

"金泰知道谁也不押他吗?"犀吉越来越不高兴了。

"我不小心说了,也许他受了刺激吧?现在连犀吉你也不押他。"

"我押他!"犀吉说道。

"太感谢了,我转告金泰。"

"我去说。"

"赌多少?"

"五十万,你借我吧?"犀吉对鹰子说道。

"怎么说借呢?不是你可以自由支配吗?"

"您福分好啊。"赌场老板说道。

犀吉颇为焦躁,但他什么也没说。他已不再是举止鲁莽的男人了。是古怪的上流社会趣味毒害了与鹰子结婚后的犀吉呢?还是磨砺了他?总之,他已不会再干打架之类的事了。另外,除了和我两人单独相处外,在第二次结婚后,他失去了冥想般的饶舌习惯。鹰子的朋友们甚至认为她新婚的丈夫是个沉默寡言的男子。有时,犀吉给人以被囚的兽类般有气无力的印象。

"金泰会受到鼓舞的。"鹰子说道,"那孩子需要勇气。"

犀吉兴味索然地皱着眉头,瞥了一眼自己的妻子。他对鹰子就金泰的勇气(这点对金泰而言确实至关重要)所说的话语感到伤心。如果是从前的犀吉,他肯定会火冒三丈。我感到犀吉作为金泰孤独的守护神,懊恼得几乎要浑身颤抖了。我亦渐渐地愤然想道:"是的,金泰不该由旁人这么说三道四。"那时,正出版新锐文学丛书,年轻作家们每人出一册。我也从以前出版的小说集中精选了若干篇汇成一册,作为丛书之一。

"犀吉,我也押在金泰身上。"我说道,意外地觉得自己的脸红了起来。

犀吉也受到我的突然袭击,生气似的红着脸,赞同我的做法。就这样,我把丛书版税全部押了注。这是我生平唯一一次赌博。想来,那时把钱押在金泰身上,决不单单是赌博,是比赌博还要重要之事,是让金泰乃至我自己鼓起战斗勇气的行为。不过,我的重量级别大约是中等级,却是脸色青肿的肥胖型,是与自己的忧郁症做斗争的孤独选手。

金泰的对手森之山选手是有希望的羽量级新人,但一般评价他胆小,是位高个子年轻人。犀吉和鹰子父亲,还有拳击俱乐部的老板三人选他作为对手,主要是因为他有胆小的弱点。让金泰在这次比赛中出场,是为了让他从被拉哥·卡巴雷罗击倒的恐怖记忆中解脱出来。大家都认为,如果能与胆小的对手相持几个回合,金泰就会克服自身的恐惧心,肯定就有机会摆脱来自拉哥铁锤般重击的负面影响。

确实,比赛之初,森之山和金泰彼此都互不靠近,只是瞪眼相持着,像来自远方的多罗波蟹的攻击那样,只抡动着拳击手套。我想作战进行颇为顺利。不久,森之山的左拳频频出击,金泰显然已经留意。金泰亦时时接近对手,却受到森之山左拳的牵制而不能得手。金泰焦躁了,我们这些朋友都有阴沉的预感。因为恐惧心和焦躁感,金泰眼神古怪,血冲上了脑袋。

第四回合主动出击的森之山的右直拳击中了金泰的下颚,仿佛突然意识到下颚的脆弱似的,金泰一下子败下阵来。第五回合的钟声敲响前,犀吉向一边被按摩着,一边凝视着他的金泰,大手掌做喇叭状喊道:"你上半身硬了,金泰,这样无法抗击那家伙的伸臂,就这点,金泰,放松!"尽管如此,金泰的身体并未软下来。第五回合中间,鼻梁受到森之山的一两次直击,金泰右膝弯曲,胸膛直挺,双手下垂地往后倒下了。

"坏了,是和拉哥·卡巴雷罗时同样的倒法。金泰又想起了拉哥!"犀吉悲哀地发出颤抖声,手足无措地说道。

尽管如此,金泰站起来继续搏击。他浑身充满了恐惧与疲劳感,已无斗志可言。第六回合的钟声响起时,他站起来,像从昏昏欲睡的状态中勉强使自己振作起来似的。斋木犀吉已不再抬头看拳击台。他把脸埋在当作喇叭筒的两掌之间颤抖着。金泰几乎奇迹般地,在这回合开始时,用右勾拳攻击森之山的腹部,看来像要挽回比赛的平衡似的,我几乎要摇晃犀吉的肩膀,让他再次抬头看拳击台,但这没有持续多久。那也许是金泰这位天才少年拳击手在最后一次比赛时所作的告别辞吧。而后,金泰很快连续两次被击倒。他执拗地重新站起来。我已经泪眼蒙眬了。被第三次被击倒时,金泰依然拼命站起来,但 TKO① 败局已定。第六回合二分十五秒,金泰终于失败了。

连续三次被击倒就是 TKO,这连孩子都知道。当金泰第三次被击倒时,已不能再站起来了。尽管如此,金泰拼命地站了起来。有评

---

① Technical Knockout 的缩写,意为技术性击倒。

论员在体育栏中嘲笑他。我们愤怒至极,但那时金泰已经失踪,谁也无法安慰他了。

7

自祖父去世,金泰失踪后,斋木犀吉把他的热情和能量似乎全部倾注在与鹰子一起进行的新剧实验中。以前他难得去几次剧院,也从不阅读剧本,肯定也从未读过一页戏剧论。为此,一旦沉迷于戏剧,他每晚都要观看各种戏剧,阅读大量书籍。他几乎经常表示轻蔑,进行反驳,或发出呻吟声,或吐唾沫,或发牢骚。即便如此,他仍然不舍昼夜地继续阅读。对于戏剧,他认为在决定自己的基本态度前,尽量注意不受鹰子先入之见的影响。当鹰子想就某剧本发表看法时,他会说:"啊,我已经读过了。"以堵住其嘴巴。为此,他现在必须以超常的速度精通所有剧本。尽管如此,犀吉的读书方法多少带有他原本的狂热的专注力。说到狂热,犀吉那时对刚开始的外语学习也可谓非常狂热。斋木夫妇预计年底出发去欧洲,所以犀吉希望在乘坐喷气式飞机前,学会几种外语的基本会话。他练小提琴,一开始就拉巴赫的无伴奏组曲的和音。学吉他则从《传说》那样的高难度曲子开始。如此做派的犀吉,这次又在其卧室和起居间,法语用阿西米尔出版社的教材,英语、意大利语、西班牙语则一直播放灵格风公司的高年级学生用的唱片和磁带。他在读书或与朋友们喝酒时,行住坐卧都在听外语。而且,他在短时间内取得了相当成效,只是词汇极为贫乏。若说发音的准确度,连在国外生活过多年的鹰子也茫然不知其所以然。如前所述,犀吉是个真能与外国人交朋友的男人。这些外国人听到仅仅掌握婴儿程度词汇量的犀吉,能将为数不多的词汇郑重其事地正确发音,便感到他对自己的母语表示了敬意,便倾倒于他。

总之,我以前从未见过像这时期那么勤奋的犀吉。据鹰子说,犀吉一天只睡五小时。对此,我问犀吉这样是否劳累过度?犀吉说,你应该也知道自己对睡眠怀有恐惧感。另外,现在自己对睡眠,模仿一般具有禁欲主义倾向老人们,你难道认为像我这样的年轻人连模仿老人的生命力都没有吗?他用这番话轻易地打发了我。和他当时的大脸盘相比,小眼睛因为睡眠不足,像古怪的猴眼似的,浑浊发红。另外,他全身的皮肤干巴巴的,缺乏光泽。从整体印象看,这时期的犀吉似乎有些收缩。

可是,这一时期,不屈不挠的犀吉在尝试另一种狂热的生命力的高速运转。他采取每周性交十次的做法,再现了过去年少时性欲修行者的风貌。他在这时期,为什么如此频繁地与各式情人们一起睡觉呢?对其心理方面的主要原因,将过后陈述我的意见。关于其日常的性生活,犀吉曾经说过这样的话。那是鹰子的大鼻子发炎,仅我和犀吉两人乘奔驰前往横滨小剧院看巡回演出戏时,他告诉我的。

"问我为什么那么频繁地性交?你看到过长跑运动员跑完一万米后,不是马上坐在椅子上喝茶,尽管处于疲惫状态,仍要继续慢慢地跑上一段距离吧?我现在从早上到深夜超负荷运动,在脑中与眼中长跑。深夜进入终点,还必须再跑上一阵子,对吧?现在对我而言,所谓性交就是进入终点后的呼吸调节法,仅此而已。在性欲方面,青春期最炽热部分已离我而去。现在,我有时觉得性交时滑稽的自己像禁欲主义的苦行僧。据说瑜伽锻炼课程中,有专门局限于性方面的做法。我也许无意间取得了瑜伽修行者的教授资格。当然,不单指和鹰子的性交,和她性交是最困难的瑜伽,我们商定每周三次,因为要长期一起生活下去。而且,我每天还要和一位几乎毫无关系的陌生姑娘睡觉,以一星期为单位计算,就必须找七位情人。结果,这也像苦行似的。想来,我一次都未碰到过不希望达到性高潮的姑娘。这就是最近的年轻姑娘!这是色情狂的国家吗?"

然而,尽管有七位情人,即便仅从性欲方面讲,犀吉亦再也找不到像性交之国的女主人公卑弥子那样最适合他的情人了。我不久也彻底明白了这一事实。有一天早上,我在自己租住的房间里睡觉,脸色苍白,神情紧张的犀吉门也不敲,突然像暗杀者般出现了,他环视我卧室的每个角落,而后终于对我微笑一下,说了些不着边际的寒暄话。于是,我明白犀吉产生了古怪的妄想,以为我和卑弥子睡在一起,便将现在的妻子鹰子留在床上,突袭了我的卧室。当时,犀吉肯定深深地悔恨自己与卑弥子分手,有意无意地怀念着她。即便如此,我觉得犀吉对我表现出明显的怀疑,这还是第一次。他耽于新的热情,不断地努力着,但失去了以往的心理平衡。他活得很累吧。我想,犀吉是否因为生平第一次投身于某项工作,并决意把自己与这项工作的实际成果捆绑在一起,便时常感到前所未有的不安和不自信,以致每周与多个姑娘进行多达十次的性交,达到了令人痛心的放荡程度。惟其如此,我希望斋木犀吉人生中第一次现实而具体的行动,其新剧试验能够取得成功。希望×××鹰子在犀吉身上发现斋木狮子吉血脉这一选择是正确的。既然犀吉人生中最重要的钥匙已插入现实生活的锁中,那么希望它不要像神经质的孩子那太过尖细的铅笔芯般轻易折断。

且说,我和犀吉那天去了横滨的小剧院,那里正上演以十八岁左右的美少年为团长的表现赌徒等流浪汉内容的戏。我是第一次看那个剧团的戏,而犀吉却是那里的常客,已和团长交情甚笃,与这种巡回演出小剧团的捧场客一样,犀吉也给剧团成员带了什么礼物。在幕间进入的后台(不过是台后一米宽的隧道似的地方罢了。女演员们都是团长的姐妹,她们为准备下一个节目,像猿猴般裸露着身子,在隧道里认真地跑着。她们在这个定员二十名的小剧院里表演流浪汉剧目,如英女王加冕式般,他们把它当作世界上最激动人心的庄严事业似的。她们此后曾来东京犀吉的公寓玩过,也对犀吉表示了好感,可犀吉最终未和她们睡觉。可以说,他对她们上演流浪戏时的事大主义爱好多少抱有一些恐惧感),团长抽烟时用的打火机,也是犀吉赠送的镶有大写字母的纯银登喜路。观众都是附近的乡村老太太。每当团长出现在舞台上时,她们便粗野地叹息,美少年团长却从心底里瞧不起她们。那天,发现我和犀吉坐在观众席,团长便急忙换节目,上演他创作演出的(说来,所有剧目都由他一人创作。他们付不起演出费,便将长谷川伸等名家的现成剧本胡乱改编一翻,作为他们自己的创作)一个实验剧。那是一个突发性、痉挛性的悲剧,由团长扮演的虚无主义浪人背叛了所有伙伴,打倒了所有敌人,独霸了一个不知内藏什么珍宝的金色橱柜,正当他暗自庆幸时,却被一个在附近偶尔徘徊的白痴少年刺杀了。那橱柜的内藏物自不待言,为什么白痴少年要刺杀浪人?这浪人究竟是什么人?观众一无所知。不用说我和犀吉,老太太们亦目瞪口呆。即便如此,团长的忠实戏迷、好心的老太太们都为被刺杀的美少年,发出像绵羊般难听的哭泣声,心情平静后,便把裹在手纸里的硬币像悼念死者的花圈般,毕恭毕敬地投向舞台。身处老太太的哭泣声中,我和犀吉亦感觉我们被奇妙悲伤的独特的海葵纠缠住了似的,就是如此演技。

戏演完后,我和犀吉叫上少年团长去中华街吃晚饭。当时,我就刚才说明从略的悲剧,随便问了几个问题。突然,美少年团长眉飞色舞地发挥出惊人的辩才,开始说明悲剧的背景。这些背景和因果关系,仅从观众席上仰望舞台是不可能完全弄清楚的。但后来说到,那被杀的浪人和杀人的白痴少年实际上是同一人物,浪人是自杀的。这说法倒也痛快,甚至觉得多少能够理解少年的野心了。

"结果,那家伙只在自己孤独的头脑中,编造流氓赌徒流浪戏中的恩恩怨怨啊。"在从横滨回来路上的奔驰中,犀吉说道。"而且,从其中取出任意一部分上演,但他构建的故事过于错综复杂,充满了矛盾,所以完全不可能对截取部分的意义或背景进行说明。也就是说,那家伙创作的戏剧只有那家伙才明白因果关系。难道孤单的艺术家的工作大抵都是那样的吗?即便如此,总之满场的老太太哭着看完了,我认为那家伙的本领还是相当不错的。"

我赞同斋木犀吉的评价。×××鹰子对犀吉如此热衷于戏剧非常满意。想来,尽管犀吉瞒着她的眼睛,频繁地与其他女人睡觉,我认为在与犀吉的婚姻生活中,这时期的鹰子是最幸福的吧。戏剧是她的热情,另一热情是犀吉,如果犀吉本人对戏剧怀抱热情,则犀吉和鹰子就会被热情的三角形卷盘坚固地包住而稳定下来。鹰子一面做好与犀吉去欧洲旅行的准备,一面着手进行不久将成为她们新剧运动据点的小剧院的收购计划。当然,背后集中了×××一族的务实家们冷静的计算器般的头脑,作为强有力的后盾,这似乎亦进展得颇为顺利。

在鹰子和犀吉的带领下,我也数次到过新宿的新闻电影剧院。那是位于像迷宫般错综复杂的旧公娼地区深处的一座荒废得像小仓库似的建筑物。从白天起,与新闻电影一起,放映介绍裸体主义者运动的电影。在那里,伫立在充满古怪气息的暗处凝视画面,会涌现出梦幻般的感觉,即新闻电影中各国首脑们正举行会谈的路易王朝[①]风格的会场,即将被荡漾着暧昧微笑的裸体主义的女人们所占领吧?相反,裸体变态者的胶片受到新闻现实感的感染,看似非常生动而具体。也就是说,这两种类型短片的交叉上映,能收到相当富于刺激性

---

① 波旁王朝的别称。

的效果。

不久,即将成为这幢建筑物业主的鹰子在电影放映期间亦未特别放低声音,仍像鸟似的,自由地与犀吉和我解释剧院改造计划。那里观众不多,而且都不太认真地看着画面,也就没有观众觉得鹰子吵而吹口哨。想来,大白天到那里,没精打采地坐在黑暗处的特殊人物,总有什么不顺心之事,就像初冬的虫子潜入洞中似的,只是潜入在那里罢了。所以,燃起热情之火者,肯定只有斋木犀吉夫妇,再勉强加上我,三人而已。

剧院的观众席原本十分狭小,但鹰子还说对于自己的计划已过于宽敞。她说改造时,要把舞台一直往前伸,观众席确定为五十席左右。在她的剧院里,必须让观众看清舞台主人公们皮肤的毛孔。而且,在观看角色虚构出的演员的同时,还要抵抗、反叛厚厚的舞台化妆下的角色本身、表演本身。观众还必须拥有看清作为日常生活者的演员皮肤上细微颤动的权力……

"我在雅典过寒假时,去了卫城,爬到山腰,在土耳其式住宅的一间地下室见到一位著名的娼妇。可是,在我寄宿的地方,年轻知识分子们都是不同国籍的世界主义者,但都知道那位希腊姑娘裸体的各个部位,这成为大家共同的话题。就像乘同一辆巴士参观名胜后的游客那样,所有人都一边入迷地谈论着那姑娘身上的名胜,一边喝着茶。我梦想的剧院就是观众能够如此谈论在此演出的演员们。为此,必须限定观众数,让每一位观众都把舞台演员当作个人秘密般独占并以此为乐。我要把这剧院办成上演秘密剧的阁楼似的地方。"

鹰子沉默后,犀吉即刻在我耳边用不胜愤怒的语调说了如下话语。这究竟是实话呢?还是他心血来潮的谎言呢?

"在鹰子二十二三岁时,她女扮男装,去嫖希腊的年轻娼妇,想吐吧。以年轻姑娘的身份,万一雅典拉皮条的人看出鹰子是个女的,

175

她会被强奸后,卖到开罗或伊斯坦布尔。在雅典拉皮条的人看来,日本女人很像男人,这种误会救了这家伙。鹰子让希腊姑娘拿了几百德拉克马的金钱,才使她忍受了古怪的现世苦。这就是眼下的日本女人!"犀吉叹息道。

即便如此,在新闻电影剧院的黑暗中,鹰子和犀吉紧紧地结合在一起了。热衷于收购剧院的鹰子自不待言,犀吉亦逐渐在他人眼中,清晰地表现出他是如何迷恋着戏剧之魔。初冬的某个夜晚,看完新闻电影,我们三人走到剧院大门,正就剧院门面的装修计划议论之际,犀吉突然背靠着裸体主义者短片的滑稽而丑陋的广告牌,用力叉开双腿,像军人般站立着,显得生气勃勃,精神抖擞,并以他久违了的独特而尖厉的冥想般饶舌口吻,仿佛配合着内心的节奏歌唱般演讲道:"我从十五岁生日那天开始,就一直对各式各样的命题进行冥想,并积累了自己的答案。我想我现在已能就所有人生问题、所有现象,用我自身的声音讲述我自己独特的看法。我不断用我自己的头脑进行冥想,用我自己的眼睛进行观察。我已是专业的人生思考者,也可以说是公认的哲人。可是,我此前并没有在公众面前讲述自己冥想结果的讲台,也没有一边步行一边给崇拜者说教的柱廊。我也考虑过写书,可像过于庞大的书籍般,不知从何入手。第一,我的思想不应让没有生命的铅字表达,而应用活生生的身体表达。于是,我只能用自己怎样生活在现实世界这点来证明自己哲学上的冥想成果。但只要你生活在这二十世纪,这只能被局限在极小的范围内。可是,现在我将拥有剧院和剧团了。我能把自己人生领域的一切问题通过我及我剧团成员的身体表现出来吧,完全通过富于人性的具体表情和声音!我的表演方式是这样的。例如,舞台上的演员要扮演富于勇气者。演员要把我制作的有关勇气命题的卡片熟读到完全背出为止。他将成为我勇气这一命题的化身站在舞台上!这不限于勇气命题。对于这世界的所有命题,我可以花费充分的时间进行不断地冥想,并求得明确答案,我的演员们则可以在舞台上进行表演。我们以往所见的大多数舞台是怎样的呢?任何演员都没有确切的人生准则,他们和生活在现实世界的人们一样,完全没有自己独特而明确的准则,只是暧昧地、漫无计划地、任意地、偶发性地表演罢了。这就是人类意识中最富于意识性的戏剧世界的主人公们的所作所为吗?我们昨晚看了萨特的翻译剧,是完全不堪入目、暧昧的大杂烩,所有演员都不能正确领会自己陈述的命题,只像鹦鹉学舌般,把记住的台词胡乱叫喊了一番。人们对此不觉得可耻吗?这是那出戏快结束时的台词,剧团大老板恶狠狠地把扮演尸体的演员一脚踢开,他是这么说的吧?'从今以后,人类的统治开始了。美妙的出发。嘿,纳粹党人,我将成为死刑执行者。'可是,演员本人和导演都对'人类的统治'这一命题没有自己的看法。关于'美妙的出发''出发'亦没有任何用自己的声音讲述的内容。再看我们,早在五年前,想参加纳赛尔的军队,对所谓'出发'是怎么回事这点,内心怀着极度的恐惧和冒险心,进行了反复的思考。所以,对我们而言,如何陈述出发这一词语,我们真的拥有自己独特的答案吧?如果我扮演农民战争独裁者的角色,我在喊出'美妙的出发'声中,肯定会混入那时的不安和陶醉,会带上一种苦涩的回响。甚至对如此基本命题亦只能随口敷衍的演员,在他人面前说出如此庄重的台词,这合适吗?'因为除此之外,没有其他爱的方法,所以我要让那帮人害怕。因为没有其他可以服从的,所以需要命令。此外,因为只能和大家在一起,所以我要陪伴头上虚空的天,孤独地留下来。这里有应该从事的战斗,我打算采取行动!'说到底,那新剧界老板一边喊叫,'我打算采取行动!'一边回忆着年轻女演员们濡湿阴毛上的阻力吧?在我的剧团,所有演员都将遵循我冥想的准则,所有语言都将具有内涵吧。观众就不会感到迷茫了。不仅台词,动作亦然。我将赋予所有身段、所有行为以正确的内涵吧。于是,这小小的肮脏的剧院将像苏格拉底走过的柱廊般,闪耀出人性之光。二十世纪后半期的一位哲人将在这最不起眼的小剧院表述其志向。全东京人都会来这里学习语言的真义和最正确的肢体动作吧。目前在这一带游荡的,只有偷偷卖淫的毒海蜇般的暗娼们和半男不女者!"

鹰子和我围着雄辩的斋木犀吉,在新宿新闻电影剧院前黑暗狭窄的一角,带着些许的羞涩心,但仍然激动得站立着。这时,我和犀吉已经有点醉了。然而,犀吉的饶舌不完全像醉汉之言,其中包含着赤裸裸的热情。鹰子亦沉醉于把小剧院命名为斋木狮子吉纪念剧院的构思中。

8

斋木夫妇出发前往欧洲的三周前,犀吉突然来到我租住的公寓,高兴地说道:

"和我们一起去欧洲吧,而且住同一家宾馆。费用的话,阿鹰父亲说,把你聘为公司的临时职员,由公司支付。我希望你和我待在一起。而且,就是你,即便现在独自留在东京,不也只是和自己的忧郁症厮打吗?喂,一起去吧?"他以时而发作的毫不掩饰、毫无防备的友情印象,且不顾脸面地恳求般地说道,让我陷于深深的困惑。犀吉以快要溺死的幼儿般的感觉,向我这个河岸的旁观者哇哇地哭诉着。

但是,当时的我无法为了救助斋木犀吉,立即动身去欧洲旅行。从祖父去世时开始,我便作出一个决定。当我因恐吓事件患上忧郁症,停止创作包括小说在内的各类文章时,祖父对我进行了最严厉的批评。"尽管那家伙已经写了几本书,但小说家的职业究竟符合我们家族冒险的不成器的英雄血脉呢？还是符合断了出远门念头，而埋没于家园的反英雄血脉呢？这回将有切身的体会吧。"祖父躺在四国峡谷巨大的橡木床上，进行了傲慢的预言。于是，我决定在弄清楚自己继承了怎样的祖先血脉才选择小说家职业这一问题前，不拟重新开始工作。所以，与斋木犀吉一起奔走于不起眼的非生产性的日常冒险中。即便如此，我的忧郁症并未云消雾散，而自己是英雄血脉还是反·英雄血脉，也还是完全未弄明白。不过，为了摆脱忧郁症，也有一段时期想再次强迫自己开始工作，但我仍然写不出一行文章，我明白要先弄清楚我的血脉（换言之，亦是弄清楚小说家的职业属性）属性后才行，结果以无限期延期而告终。现在，我的银行账户已完全没有余额，房租拖欠着，为了筹措伙食费以及与犀吉他们的交际费（！），我卖掉了书架上三分之一的藏书。

然而，祖父去世时，我了解到他这位我们家族中的反·英雄典型亦曾悄悄地购买旅行皮箱，而且一直隐藏到九十余岁老死时，这令我感到震撼。那位现实派祖父也时时梦想着出远门，即便在送别了明治时代的冒险狂哥哥移民到美洲之后。那么，我难以判断流淌在我体内的是冒险家的血脉，还是反·冒险家的血脉，这不是很自然之事吗？毋宁说，我应该继续那暧昧而困难的小说家职业，并通过贯穿生涯的全部努力，断定自己是否属于冒险家的血脉。如果可以在确定自己是英雄的冒险家后才活下去，到底有如此轻松的人生吗？完全不知自己是勇敢者还是不知羞耻的卑劣者，并不断提交无法消灭的证据，将自己这一被告逼入窘境，这种活法应该是二十世纪人类的行动方式吧？于是，我亦迫于经济方面的需要，抵御着忧郁症深海的重压，决心一点点地朝着自己的小说家职业游回。我的忧郁症像让我穿了旧式铅制潜水服似的，继续束缚着我进行文学领域的深海探险运动，但作为问题开端的恐吓者们对我的关心已淡化，我从杂志编辑们那里接到了要我再次着手写小说的信件。于是,我带着巨大的压力,对几乎咬牙切齿地等着我答应的犀吉,用连自己都觉得悲哀且毫无自信的声音回答道:

"不,我不能和你一起去,我打算从今年冬天开始写新小说。"

犀吉仿佛难以置信似的,刹那间惊愕不已,茫然地注视着我,像是在等我马上微笑着订正,"不,刚才是开玩笑,我以前拒绝过你的要求吗?"确实,我此前从未拒绝过他的建议,"拒绝"是我们之间第一次出现的课题。

"但是,你没发现长老所说的小说家职业和冒险家血脉的人生问题吧?你这样能写出小说吗?我去欧洲后,你一个人和忧郁症做斗争,脑袋会秃光吧?"

"至少我现在相信自己不会在自我欺骗中写小说了。虽然,忧郁症肯定会越来越恶化!你也说过吧,我想在没有自我欺骗的情况下重新开始工作,肯定会对我的状态多少有些帮助。"

斋木犀吉似乎察觉到我在认真地拒绝他和×××鹰子父亲提出的有利条件。于是,他最后一次拿出拼命的战术,像恋恋不舍的恶女人似的,单刀直入地说道:"我现在要开始新的工作。而且,是在第一次坐喷气式飞机飞去的陌生的欧洲。鹰子在那里有很多老朋友,我却孤身一人,一句外国话也讲不完整!我只有想到你和我一起去,才能摆脱各种不安。所以,从上星期以来,和鹰子父亲反复谈判,终于争取到这份差事!我不敢一个人去欧洲,怕得要命。"

我不想再让柔弱而孤立无援的犀吉赤裸裸地坦白自己,不想进一步引发他的伤感。我甚至有被丧家犬舔手掌般的焦躁的不快感。为了与×××鹰子结婚,抛弃了性交之国的优等生卑弥子,逼自己去欧洲学习戏剧的是犀吉本人,那不是他的自由选择吗?为什么事到如今却说些可怜之言,还想把我也卷进去呢?这不像勇敢的冒险家斋木犀吉的行为举止吧？"总之，我要开始自己的工作了。即便我去国外旅行，也要到明年冬天，我至少需要一年的工作时间。"我自暴自弃般地激动地说着，那声音在自己耳边听来亦充满了焦躁的回响。为了不使拒绝犀吉的决心在我心中像饴糖般变形，我从他身上移开视线。

斋木犀吉沉默了许久。当我再次瞥他一眼时，只见他连眼球都变得通红，忍着激烈的情绪，傲慢地瞪着我。我们之间的某种内在连线断了。我们这下将度过一年以上没有对方的生活，我们做好心理准备了吗？即便如此，犀吉那颤抖的嘴唇，像受到了严重创伤似的不设防的表情，就那么伴随着沉重的冲击，刺激了我那衰弱的胃。那时，我突然不安地怀疑，今后至少一年间，我不和犀吉见面，而只和自己的忧郁症为伴，我这样能否继续工作下去？

"啊，那样的话，行啊，我另外找个人一起去。"不久，犀吉如此说道，若无其事地回避了我们之间危机的进一步升级，我则陷于可恨的依依不舍的情绪中。

"另外，你可以举办延期的婚礼了，你可以结婚了，这也是因为我指导你进行了日常冒险的缘故吧？你的未婚妻应该感谢我。"

犀吉说了他人生中最陈腐的台词之一，我也就放下心来，不自觉地笑了。那天我卖掉一半存书，请犀吉坐奔驰去市中心喝酒。我和犀吉都已到了可以妥协的年龄，即不至于如孩子吵架般贸然分手，而在彼此受伤的感情嫩芽蒙上一层糖衣，一点点地化解危机。当然，如果这种暧昧的和解逐渐积淀凝固，不和的珐琅质凝成一辈子也化解不开的硬块，当它浮现于表层意识时，将无计可施……

斋木犀吉和我一年后在欧洲再会时，我们都装作忘了这段不愉快的往事。但我们知道，如果今后他再次希望我一起启程，而我再次拒绝时，这旧伤疤会流淌出大量新鲜的血液吧。但是，我那时能怎么办呢？我也还要与自己的忧郁症做斗争，并开始自己的新工作。如有人责备我不能成为斋木犀吉这位日常生活冒险家的完全忠实的信徒，我亦打算默默地接受。

这天，我坐在酒馆的一张冰冷的高脚凳上，用几杯威士忌把自己灌得像感觉迟钝的狗那样后，向犀吉建议作为带去欧洲的友人，选雉子彦怎么样？

"雉子彦？那家伙热衷于进口杂货店的生意，最近只是偶尔来见个面。那家伙决心成为一名彻底现实性的、奉行适应主义的有才干的商店主，和你一样不再进行自我欺骗！"犀吉与往常不同，说了女人般带刺的挖苦之言。接着，他对自己歇斯底里的态度有些不好意思了吧，为了搞笑，说了如下有关自己最近性生活的私密话。"我不是说过每周平均性交十次吗？可是，我现在除了鹰子，几乎不和其他人睡。为此，我似乎有点焦躁，又似乎享受着性欲假期。与我有联系的几个情人都因为古怪的事故，无法和我见面了。一位姑娘腰骨脱节，另一位姑娘双臂神经痛，甚至有位姑娘只说腿上长了青斑就拒绝与我幽会！真不知道是怎么回事？"

时值隆冬季节，我们虽然放声大笑，可对我而言，觉得像老熊般威风凛凛地坐在旁边高凳上的大汉犀吉的周围，一阵小小的旋风呼啸着。犀吉似乎不太幸福。我们喝酒的酒馆是新剧的新人女演员们手持尤克里里琴唱歌的俱乐部，可×××鹰子原是这里的上等顾客，犀吉也曾施展他狂热的攻击法想发展一位新情妇，可终于未能如愿。我怀疑鹰子进行了性的咀咒，把犀吉绑在她那灵感源泉的荒芜性器上，达到了独占的目的。如果像犀吉那样的自由人，由于专心致志于戏剧运动这一具体工作，便如此失去了日常生活的解放感，则所谓"自由人"究竟是怎样的幻影呢？我希望犀吉在其所有青春年少时期，继续至少每周十次的性交……于是，斋木犀吉决定仅和鹰子两人出发旅行吗？实际并非如此。时间一天天临近，犀吉发挥其独特的本领，终于反扑成功。他选定阿晓作为同伴，带他去欧洲，就是犀吉公寓安装大型接收设备时，那位从×××微电子器械公司为工程师阿松搬运器材的忧郁的青年小工。

随着出发去欧洲旅行的日子不断临近，犀吉和鹰子的公寓可以说变成告别沙龙了。各方来客各随其便，享受着丰盛的酒水和食品，听着唱片，请犀吉弹吉他，并就戏剧话题没完没了地议论，一直待到深更半夜。旅行准备颇为顺利。临近出发，这沙龙也愈发繁荣了。我也有时拜访犀吉的公寓，只是到深夜才有机会与犀吉两人单独聊些个人话题。于是，为了聊些特别话题，我们只能事先约好碰头，或坐上他的奔驰逃到某家酒馆小坐。不过，既然我拒绝了犀吉的建议，对我和犀吉而言，由于其公寓人员混杂，难得有我们两人（或再加上鹰子三人）相处的机会，毋宁说，这多少也有方便之处。这告别沙龙的来宾们，主要是把×××鹰子当作资助者的新剧的新人演员、年轻的女演员们。此外，鹰子和犀吉不断发掘出的巡回演出团的成员们也在其中。也曾见过年轻的单口相声演员和杂技演员。其中也包括电气工程师阿松和阿晓。当然，雉子彦也会在店铺不忙时，穿着皮大衣过来。

犀吉他们出发去欧洲的五天前，在如此告别沙龙中漫无边际地聊天时，鹰子突然对我说道：

"阿晓和我们一起去，今天护照下来了。"她若无其事地告诉我这个消息。那时，犀吉被女演员们和时装模特包围着，在长长地伸到沙发上的一条腿上放着吉他，另一只脚则将裸露的脚趾头像受惊的猫那样深深地嵌入地毯，弹奏着他的固定节目《传说》。仔细一看，可见那个忧郁、自大、长着好斗的禽鸟般脸庞的小个子阿晓，就在犀吉吉他的正下方，把剃短头发的脑袋枕在胳膊弯里躺着。他像不开心的雏鸟想潜入老鸟的翅膀下似的,显然比房间里的任何人都对犀吉具有特权地位。只见他灰色的法兰绒裤子也好,瑞士绣花茄克也好,扮成赌博师的弗兰克·辛纳屈①戴在额头似的绿色遮阳帽也好,都是斋木犀吉的东西。我那时还不清楚阿晓是怎样的青年,这位既像老人也像少年,全身充满着忧郁疲劳感的小个子青年,几乎总是保持着孤傲的沉默,与这公寓顶层沙龙的人们格格不入,但直觉他现在是犀吉最重要的伴侣。我又想起阿晓尽管担心自己白血球增加,却当着卡车司机这个小插曲,他于我似乎亦马上成为具有特殊个性化意义的人物了。不过,阿晓在不久前已辞去卡车司机的工作了。

"犀吉把阿晓领回家了,阿晓原本不适合干体力活,可还拼命地折腾身体,然后买维生素制剂,过着三天进行一次全身注射,而后倒头大睡的奇怪生活。阿晓现在就在这房间的沙发上,从头到脚尖像木乃伊般裹着毯子过夜。白天一直热衷于这台超大的放音设备,还煽动阿松把它改造成能正式发信的设备。现在就能发信了,但说是想让它具备小型广播电台的功能。他是个有魅力的孩子,可有时会变成怪人。也许犀吉十八岁左右时,也是他这种样子吧。"

"这么说来,阿晓确实像十八岁时的犀吉。当时,犀吉和我想去参加苏伊士战争。"我以回忆般的口吻,宽宏大量地说道。想来,犀吉和我都长了好几岁了……

"阿晓这孩子也想参与一次战争似的,而且是成年人的战争。"像吉普赛人般有些敏感之处的鹰子茫然地预感道。

我虽然没有任何预见,但阿晓当时确实计划着他独特的战争,那

---

① 弗兰克·辛纳屈(1915—1998),美国二十世纪最重要的流行音乐人物,能与他媲美的只有猫王和披头士这样的乐坛巨匠,亦有白人爵士歌王之称,是二十世纪的一代巨星,留下无数经典歌曲,他能歌善演,演技出色,三次获得奥斯卡奖。

是仅仅使用犀吉仅有巨大线圈的白蚁巢似的接收设备的特殊战争。我在伦敦听阿晓说起此事,内心感到震撼。我对这天晚上犀吉和阿晓的特别亲昵,可以说体验了类似轻微嫉妒似的情感,但同时对犀吉的世界有了新出场人物,可以同去欧洲这件事,又感到自己对犀吉责任感的沉重雾气消散了不少。阿晓的护照申请卡上写的出国目的是请欧洲白血病专家("他们曾把稀世的钢琴家利帕蒂①从白血病的无底沼泽中,虽说是一刹那间,可确实让他浮上来,举办了最后一次精彩的演奏会,那里具有如此传统。"犀吉补充了参考意见)治疗婴儿时期在广岛受到原子弹爆炸影响的青年阿晓。但阿晓现在的血液,除受到恐惧毒素的影响外,是正常的。阿晓本人亦不相信外国医生。他说如果白血球略有增加,他便立即坐喷气式飞机返回广岛的原子病医院。

　　斋木犀吉和鹰子,外加阿晓出发去伦敦的日子是这年的除夕日。为了给他们送行,确实与他们婚礼时一样,许多人来到羽田机场。其中也有他们婚后结识的朋友,特别是巡回演出团演员们的送行别具一格。犀吉赠送过纯银登喜路打火机的美少年团长及其姐妹们,穿着演出流浪汉剧目的戏服赶来了,他们在羽田附近的海边戏棚进行年节演出。不过,我未赶上送行人群盛大的表演场面。我那时正在东京站第十号月台等阿晓母亲的火车。在阿晓的亲属中,幸存者仅其母亲一人。她当时在广岛周边的旧军港城市当失业对策临时工。顺便提及,那座城市是全国失业对策临时工人口比例最高的地方。阿晓母亲肯定一拿到过年费用,就马上坐上慢车,赶来送独子前往欧洲。不久,火车进站了,阿晓母亲右手举着中国纸旗般的红色信号

---

① 利帕蒂(1917—1950),罗马尼亚钢琴家,出生于布加勒斯特一个贵族家庭,从摇篮时代起在音乐环境中受到熏陶,四岁即在慈善音乐会中演出。

旗,从超员的二等车厢下车了。过度紧张的暗红色皮肤、尖尖的颧骨、壮实的下颚,加上充满戒心的小眼睛,这一切都让人想起幸存的古亚洲人科里亚克族①的脸型,那是一位如老鼠般动作敏捷的老太太。我们的车行驶在拥挤不堪的京滨国道上(已是傍晚时分,一排排房屋对面的海上和空中挂着晚霞,仿佛在寒冷的大气中撒了半透明的粉末),在车里一直沉默无语。阿晓母亲怀有明显的戒备心,一直未开口。我们到达机场时,犀吉他们已进入海关。我在附近东奔西跑,终于碰到一位认识的报刊记者,让他设法弄到了进入海关的袖章。报刊记者说:"你不是戴眼镜的吗?而且发胖了啊。"我已经将近一年未见过任何记者了。我想自己会在犀吉他们出发后恢复戴眼镜习惯吧,这想法唤起一丝淡淡的离愁。阿晓和母亲在海关的角落绷着脸,相对无言。我和他们拉开些距离,与犀吉他们一起望着那紧张的一幕。不久,母亲开始反复劝阿晓说,你去国外行吗?既不懂外语,也没有熟人之类。阿晓什么也没说,看来关于犀吉和鹰子是怎样的人,以及他们背后的×××微电子器械公司的事肯定都未对母亲说过。因此,母亲只能理解现在自己的独子要被什么莫名其妙的怪物拐到外国去了。不久,阿晓焦躁地喊道:"我待在这里或去其他什么地方都是一样的。所以,我想去远点的地方。有人愿意带我去,所以我想跟着去。我待在哪里都一样,所以想抓住这个机会!"

阿晓母亲被儿子的气势压倒,沉默不语,打消了挽留儿子的念头。而后,她想把一个纸袋塞给阿晓,但阿晓未接受。母亲从纸袋中取出四合瓶酒②和装了几块年糕的透明塑料袋,恋恋不舍地向拒绝接受的儿子夸耀着。阿晓因极度的焦躁感和羞耻心,发疯般地瞪着

---

① 科里亚克族是俄罗斯远东地区的一个少数民族。
② 中瓶酒,约七百二十毫升。

母亲直摇头。母亲也气愤得像鬼怪似的,那可怕的眼里噙满了泪水,把打算为儿子庆贺新年的酒和年糕放回纸袋。这时,兴奋的旅客们从海关顶着入夜的寒风,浑身起着鸡皮疙瘩,走向宽敞的机场。我和犀吉把视线从阿晓和他母亲身上移开,彼此说着简短的道别语。犀吉对我说:"那么,祝你尽快从忧郁症中走出来,尽早结婚啊。"

"另外,新小说出版了给我寄来。当然,也别忘了我们的戏!"

"啊,我会尽力而为。"我模仿着阿晓的话语回答道。

如此写法,似乎我和犀吉心平气和地告别了。但实际上,犀吉在出发这天,与雉子彦接连去了银座的寿司店和荞面店,外加出发时间过于紧张,他在机场的候机室呕吐了,脸色像生病的孩子般苍白。我则想象着自己从明天开始即将度过没有犀吉的空虚的日常生活,亦不免郁闷至极,从而面色苍白。惟有惯于旅行,且已是中年妇女的鹰子,亦由于自信在欧洲确实能够独占犀吉吧,像妄自尊大、奢侈的旧中国的将军般,悠然地微笑着,像母亲般照顾着阿晓和犀吉,最后一个缓步走向狭窄幽暗的拱廊。她那被皮大衣裹着的后背把犀吉和阿晓从我的视线中挡住了。阿晓母亲也把鹰子看作是夺走独子的恶魔吧。而且,鹰子把好容易恢复了橙色条纹,有狗那么大小的老猫齿医塞入定制的大笼子里,像皮箱般沉甸甸地提着。猫已了解自己的命运经常带有戏剧性的突变性质,事到如今并未大声叫唤,但依然可怜地发着温和的叫声。在海关期间,阿晓母亲除阿晓外,对那一行人中的犀吉和鹰子全都视若无睹,但惟独对那只猫笼子无意间投去不安的目光。她在自己儿子和那被囚禁的猫之间感觉到某种类推的材料了吗?总之,齿医肯定是二十世纪所有猫中,最广泛地拓展了生活圈子的猫。我和阿晓母亲从海关来到大厅,送客的人们要为明天的元旦做准备吧,都早早地离去了,宽敞的大厅里只有稀稀拉拉的几个人影。我问阿晓母亲要不要看喷气式飞机起飞,刹那间她显出极为恐怖的样子,坚决地拒绝了。她似乎担心只要她看一下,喷气式飞机的引擎便会有什么不祥的力量起作用似的。总之,我和阿晓母亲坐在大厅沙发上休息。阿晓母亲分给我一小块年糕,又从大厅一角的饮水处拿来纸杯为我斟上酒。接着,她也为自己准备了一小块年糕和斟上酒的纸杯。她用中国地区①的方言说了些祝福新年降临和儿子远行之言。我们干了纸杯里的酒,又用力嚼年糕。一旦喝开,才发现阿晓母亲的酒量极大。等到四合瓶喝空时,我们身子四周响起一阵海啸般的喷气式飞机的轰鸣声。阿晓母亲耷拉着脑袋,泪水滴在了膝头。那天深夜,尽管我喝得酩酊大醉,可还是把沉默寡言的阿晓母亲送上了去广岛的火车。我和阿晓母亲最终只交换了寥寥数语,但我们彼此知道我们刚刚送别了对自己非常重要的人。接着,我去营业至元旦黎明的酒吧,喝了一通宵的酒。喝得酩酊大醉时,我实在后悔自己太早让那位科里亚克巫婆般的阿晓母亲坐上火车。不久天亮了,时间已是一九××年。我必须孤立无援地在这一年顺利地摆脱忧郁症,尽早举办婚礼,并出版一本像样的小说。我必须承认自己养成了一喝醉就变得伤感的新酒癖。我已到这种年龄了。元旦的东京黎明像旧约中的荒野,既无人影也无兽影。带着醉意和疲劳,跟跟跄跄地穿行在放下了卷闸门,又从内侧牢牢锁住的建筑群之间,觉得现在世界因为最严重的鼠疫之类正濒临毁灭的危机,自己是这荒芜的大都市中唯一的幸存者。我又想起与犀吉两人在大楼巡夜的那个黎明,俯视着同样荒凉的市街,犀吉曾就世界末日的想象和死亡恐怖,以及青春的希望说个没完没了。醉意带来的潮热令我耳边回响着远方持续传来的海涛般的声音,又似乎听到犀吉在朗诵马雅可夫斯基的诗句:

---

① 指日本本州西部的鸟取、岛根、冈山、广岛、山口五县。

>我的灵魂中没有一根白发,
>它里面也没有老人的温情和憔悴!
>我以喉咙的力量撼动了世界,
>走上前来——我奇伟英俊,
>我才二十二岁。

犀吉在陌生人的国度能够像婴儿般运用极贫乏的词汇,过上《穿裤子的云》般的生活吗?他能够发现期待已久的"他自己的时刻",并开始真正美妙的冒险吗?为了犀吉在欧洲不致被其最凶恶的敌人——死亡恐怖的袭击,我希望伦敦、罗马、巴黎的黎明不要像包围我的东京的黎明般荒凉。

第 四 部

1

　　斋木犀吉抵达欧洲后,从未给我来过任何信件。×××鹰子寄来一张克拉纳赫①美术明信片,得知犀吉在伦敦的移民学校学英语,每月去巴黎一周到处观剧。当然,由选用克拉纳赫明信片可知犀吉的个人爱好起作用了。犀吉知道我喜欢这位十六世纪上弗兰肯地区的画家。我曾和他说起自己准备以这位极具妖艳美的色情画家和带有血腥味的宗教改革家路德②的友谊为题材写小说。只是他未在明信片上写一行他本人拿手的人生格言,这令我感到不满。

　　并非遵循他出发前的劝告,但这年隆冬,我和订婚多年的未婚妻结婚了。我和妻子去四国新婚旅行,途中决定乘联运船由四国经濑户内海去宇品港,看望阿晓母亲。我不清楚他母亲的住处,只知道她

---

① 老卢卡斯·克拉纳赫(1475—1553),德国文艺复兴时期重要的画家及平面设计师,除大量的祭坛画和讽喻画创作,其最重要的作品是为历代主公和宗教改革的代表人物马丁·路德等绘制的肖像,其工作室被其子小卢卡斯·克拉纳赫继承。

② 马丁·路德(1483—1546),十六世纪欧洲宗教改革倡导者,基督教新教路德宗创始人。

晴天时在那个港口城市的一隅当失业对策临时工。我和妻子走进外形如军舰的市政府建筑物，打听当天的工作地点，而后乘出租车转了好几个工地。平安朝独裁者挖岛建成的海峡在十个世纪后，正铺设大桥，阿晓的母亲就在其施工现场。螺旋形混凝土桥塔建起一半了，阿晓母亲一身混凝土粉末，脏得像白熊，正忙着搬走不用的围墙板。在我发现她的同时，她也注意到我了。阿晓母亲在她自己的工作地点，一反她在东京时充满戒备的寡言少语的样子，豁达开朗，讨人喜欢。她仍像科里亚克女巫，但现在可以说是捕获到山驯鹿后的快活雄辩的科里亚克人了。她让我看她那又粗又硬的手指头，夸口说只要原子病不发作，自己可以一直干下去。只是对市里为解决财政赤字，将减少失业对策费的传闻有些担心。不过，她大腿上已长出一串葡萄状血斑，她希望那是什么时候碰上混凝土碎块之类留下的伤疤。接着，她再三打听阿晓的消息，可我真答不上什么可靠信息。即便如此，我仍就鹰子、犀吉、阿晓三人的关系，尽我所知，作了最为乐观的说明，她这下像男人般坦率地放下心来。阿晓在婴孩时代，体验了那最恐怖的炸弹。阿晓母亲说："即便如此，那孩子活下来了，所以是个运旺的孩子吧？"我希望阿晓和他母亲都是运旺者。话虽如此，在二十世纪后半期的这个地球上，所谓运旺者究竟指怎样的人呢？

　　我带着妻子一回到东京寓所便再次开始创作小说。到夏末，我已付印了几篇短篇小说，还出版一部长篇小说。所有小说都毫无例外地遭到恶毒评论的抨击。这亦刺激了我的多疑症，可更令我难过的是，我意识到我婚后专心致志的小说创作生活并非自己现在真正需要的真实生活，这想法开始日益折磨我，已成为我头脑中长满刺的海胆。我的多疑症达到前所未有的严重程度。每天早上，我们在面对面的床上醒来时，妻子便会说，我在睡梦中发出了鸡叫般尖厉的惊叫声。尽管我常用奥登"坚强的男人也会在梦中流泪"这句诗作为辩护，但这诗句也渐渐地无法给予我们任何感动了，妻子开始把娘家带来的大狗拉到身边睡觉，以防备我梦中出现的怪物。终于出现我在睡梦中竟然大哭两小时的夜晚。那天早上，我下定决心。妻子亦理解她可怜的丈夫在如此日常生活中所承受的巨大的心理压力，所以无须进行特别说明。那是一个初秋的日子，我来到巴尔干半岛某社会主义国家的公使馆，与原抵抗运动斗士一等秘书长谈了五小时，获得了前往该国旅行的单程机票和逗留费用。而后，我又约定向 M 新闻社发行的画报周刊提供相片和新闻稿，其稿费则充作留在东京的妻子的生活费。我从前从未摸过照相机之类的东西，但从编辑部领到的小型相机附有使用说明，所以打算摆弄一下。我的长篇小说版税要一个月后才能领到。我不想再等了，便委托妻子到时汇到巴黎 M 新闻社分社，自己先筹措二百美金作为个人费用，便出发去了巴尔干半岛。这正好与我在睡梦中像病中的老人般哭泣不止那晚相隔五周后的清晨，羽田机场被大海和运河升起的雾气笼罩着，我乘坐的喷气式飞机开进跑道后，又颤动着等待了数十分钟。那颤动仿佛是在打寒战。飞机飞过菲律宾，经老挝、泰国、缅甸，过印度、巴基斯坦，过伊朗，再从沙特阿拉伯飞向地中海，而我则在婚后重新工作以来，第一次在极为平静的黑暗中，可谓真正地睡了一觉。我觉得大学毕业后，自己忙忙碌碌所做的一切，不过都是不断的摸索罢了，惟有这次旅行才是惟一正确的答卷。我已经忘掉了小说，忘掉了妻子，甚至连多疑症也几乎忘掉了。旅行是我的一切，是最理想的我自己。

我在那个巴尔干半岛的社会主义国家度过了两周的时间，我向日本的新闻社发送了不少通讯稿和相片。这个面积狭小却肥沃的国家曾是纳粹德国的粮仓。解放后，率先垒砖砌起第一座小型高炉，现在该国的斯拉夫人都热衷于工业化，但国内到处还洋溢着农民气息。在这次旅行期间，我意识到自己在气质上喜欢农民风格的社会主国家。我还明白这种感情无论对人口多达七亿的拥挤的中国,还是对这个居住人口不足东京人口的社会主义阵营最小的农业国都一样。我喜欢这个国家和这个国家的人民,喜欢这里独特的带酸味的奶汤(叫塔儿多拉,但我如此发音时,在该国人听来便是魔鬼的一个名字,让善良的侍者们吓了一跳),喜欢葡萄酒。开上捷克制的斯柯达,只须二十四小时便可以从该国的这端开到那端,也就是说,可以从伏尔加河畔到黑海沿岸。我在该国纵横旅行,写成热情的通讯并发稿。在这个国家,濒死却还在挣扎的"斯大林的恶魔"似乎还徘徊着,这是肯定可以迅速解开最近数年历史的不可思议之事,但我不想写如此严肃冷静的通讯。我和这个国家的人们建立了毫无内疚的宽厚的友谊关系。我想为他们担负起善良的宣传家的职责。结果,在三周的逗留后,当我从这个国家长满荨麻的首都机场启程时,我体验了一种亲情般的悲伤之情,那是贫农儿子为在东京树旗创业而离开东北农村似的情感。但当我的飞机途经希腊,飞向巴黎时,我的头脑已热衷于与斋木犀吉重逢的喜悦中了。我在雅典按×××鹰子寄来的美术明信片上的巴黎、伦敦两处地址分别发了电报。如果他们现在住在巴黎,肯定会到奥利机场接我,但如果他们返回伦敦了,我通知他们在法国航空公司办事处给我留言。

　　但在隆冬的奥利机场未见到犀吉他们的身影。在航空公司的所有窗口亦未见到他们的留言。我只得自己想办法为自己找家宾馆。我在机场大楼拜托一位法国姑娘介绍了一家最廉价的宾馆。结果,在圣日耳曼德普雷广场背后一家面向弗朗西斯路的宾馆安顿下来。通向我房间的暖气管完全无法使用,而这层楼所有住客的公共厕所由于有暖气的主管道,仿佛小河马栖身的沼泽地带般闷热——就是这么一家宾馆。随后,我给伦敦、巴黎两处地址写了信,通知他们我已抵达。我原以为犀吉他们可能去意大利或瑞士旅行了,我的电报无奈地落在他们宾馆前台或公寓女侍者手中。事实上,犀吉他们并未出外旅行。他们在伦敦的公寓确实收到了我的电报,只是顾不上接我罢了。他们当时正深刻地陷入极度混乱的旋涡中,以至于连在航空公司办事处留言亦不可能。我竟然鲁莽地乘着喷气式飞机掉入这个最糟糕的黄鼠狼圈套。直到我抵达巴黎的第四天早上,接到犀吉从伦敦发来的明信片才知道情况。犀吉潦草地用极尖的2H铅笔,用雕刻铜版似的锐角文字在明信片上(单从字体看,我便知道犀吉现在并不幸福)如此写道:"鹰怀孕,无法坐飞机。可疯女人不允许我和阿晓去巴黎。而阿晓说他不愿意一个人留在伦敦。也就是说,我不能去接你。望你立即来伦敦。半夜的末班机有折扣。抵达后给如下号码打电话。犀"

犀吉的文字映入我的眼帘,在我耳边唤起他凄厉的叫声。我几乎不相信犀吉的如上辩解,他是个即使失信亦决不辩解的男人。即便如此,鹰子怀孕了,斋木犀吉要当爸爸了,究竟发生了什么事!犀吉肯定手足无措了。我决定立即去伦敦。在巴黎的四天,我除了去新闻社分社领取妻子的汇款外,其余时间只是一直坐在圣日耳曼德普雷教堂旁边的咖啡馆。我在那个小小的社会主义国家体验了充满友谊的日子,其反作用使我懒于活动,犹如一个有着酸涩柠檬般脑子的糖尿病老人似的。我只想就这么等着犀吉的联络。我此次来巴黎的目的可以说全部集中在犀吉身上,没有犀吉的巴黎当然无法引发我的关注。所以,现在一接到犀吉的明信片,我便兴奋不已,慌忙渡过多佛海峡,前往所有人都在传说的荒芜之地般的英格兰岛。

2

我在伦敦郊外希思罗机场降落,用古怪的英语在海关进行了郁闷的对答。时间已晚(按格林威治天文台标准时间已过半夜),我便拨通了犀吉写来的号码电话。先接电话的是粗嗓音男声,而且是像腼腆的女人般说话温和的英国人。我狠狠地重复着犀吉的名字,在一刹那间我甚至怀疑自己拨错号码了。在电话那头,可以听见没耐性的年轻姑娘似的笑声,还有像终身学生般年轻滑稽猥亵的耳语声。听电话的男人还和另一位用尖细的鸟语般声音说话的男人说着话。接电话的男人一边说着悄悄话,一边像是把听筒按在喉部,令我多次听见他们叹息般的体内声音。万般无奈,我正想放下听筒,忽然听到依然像昨天刚分别似的犀吉的声音:

"哎呀,现在刚到吗? 罗伊和特里在和你闹着玩呢。你在那里等我好吗? 我马上去接你。"他平静地说道。

"好,我等着。"一刹那间,我感到有点失望,我觉得这次东京到伦敦的极长距离的旅行也许完全是徒劳。

依然带着多疑症尾巴的我,立即对两个英国男人像小姑娘般的笑声和悄悄话感到腻味。我再次感到了旅途的劳顿。我打开一瓶免税上等白兰地的瓶盖,就着瓶子喝起来,那是我从奥利机场出发时买给犀吉的礼物。不久,一位个子极高的英国工作人员走上前来,提醒我别误了公共汽车。我没有用英语即刻作答的自信,只是默然地摇着头。隆冬时节的满月像要揭露什么极为可怕的东西似的,映照着希思罗郊外荒芜的景色。我一边喝着白兰地,一边想象这附近一个个黑暗忧郁的建筑物中,似乎都隐藏着许多开膛手杰克①。我眺望着这忧郁的景色,内心感到莫名的恐惧。不少同样等着迟到者来接的推销员模样的贫穷的外国人盯着我。得知犀吉像是和几个英国人

---

① 开膛手杰克(Jack The Ripper),一八八八至一八八九年在伦敦东区白教堂一带以残忍手法连续杀害至少五名妓女的凶手代称。犯案期间,凶手多次写信至相关单位挑衅,却始终未落入法网。

住在一起,我因此对他们和犀吉的共同生活怀有不祥的预感,再加上四面八方的外国人盯着我,这使我感到自己很寒碜,便像酒精中毒的自杀未遂者般偷偷地就着瓶子喝着酒,而后用手背抹抹嘴唇装作若无其事的样子。一小时后,犀吉开着在月光下闪着银灰色光亮的奥斯汀,以八十英里的时速如狂犬般横冲直撞地疾驰而来。他无意中避开了机场大厅的外国人,把车一直开到等候在机场门口的我的正前方。但他还未发现我,只是一边踩着刹车,一边盯着挡风玻璃,给人以阿修罗①的印象。他意外地消瘦,那张大脸盘令人想起引退后的相扑运动员的坑坑洼洼的脸。而且,他看上去似乎还以难以置信的速度衰老了。我刹那间犹豫了一下,并未招呼他,我竟有十年未见他的错觉。

话虽如此,当我在月光下移步向前时,犀吉忽然露出婴儿般招人喜爱的微笑,融化了脸上所有的皱纹和所有的苦涩,挥动着长大的胳膊。我绕过车子背后,走向他为我打开的副驾驶席的车门,安心地舒了一口气。但犀吉的微笑很快冻结了,他淡淡地问:"行李呢?"苦涩和皱纹重新回到他脸上。

他身穿一件又大又长的深藏青色外套,纽扣一直扣到喉咙,像个忧郁的警官。外套袖口露出素雅的细条纹茶色西服,可这亦令人觉得是适合忧郁的中年男子穿的服装。总之,令人想起他蓄着唇髭出现在银幕时的感觉,而且比那时老气多了。

我把视线从犀吉身上移开,把白兰地酒的篮子放到副驾驶席,把手提包塞入后座。手提包是在巴尔干半岛的社会主义国家买的,原本是姑娘们用的东西。我对使用这绣花手提包感到不好意思,觉得自己是全欧洲最土气的乡巴佬,而当我发现犀吉盯着看时,更深悔自

---

① 指佛教六道轮回中阿修罗道的众生。

己把它带到了伦敦。

"就这些,其余都寄存在巴黎的宾馆了。"我说道,随后我低头坐进副驾驶席,车内立即充满了白兰地酒味。

"啊,这样好,这样好!"犀吉仍然用坚定的语调淡然地说道。他察觉出我对自己那个包的不满情绪了吗?我们仍以八十英里的疯狂时速出发。这种的驾驶方式完全不像他平时的习惯,我由此看出他大脑袋深处的变化征兆之一。他那瘦削的下巴至脸颊的曾经像肉色草叶般的伤痕,现在明显地凹陷了,令人生厌。我为了不看那疤痕,便注视着挡风玻璃外月光照射下的路面和建筑物,还有那同样反人性的颓败的冬日树丛。我明白了犀吉在伦敦度过的不眠之夜的死亡恐怖有多么可怕,那肯定是最可怕的家伙,真可怜!

"伦敦的海关没意思吧?"犀吉像脚踏小鬼的金刚力士般,脚踩着油门,仿佛要把奥斯汀车身摇得像虫子般身首异处似的,一边像是对刚接到的旅行者无话可说似的,没话找话地问道。

"啊,要是和巴黎相比的话……"我有气无力地答道。

"英国人从来不承认自己不对。他们相信自己地道的纯正英语足以向所有外国人证明自己的合理性。这是把外国人当作说些莫名其妙语言者、称他们为野蛮人的古罗马帝国的遗风。"犀吉把他在英国新收集的这一人生条目说给我听,"英国人听到外国人说错英语会大喜过望,以便趁机打击你、嘲笑你。不过,他们肯定也是濒临灭绝的民族。"

于是,我想起在电话中把我当作他们的秘密笑料、与犀吉生活在一起的两个英国人。

"叫罗伊和特里的是房东吗?"

"是凹凸二人帮吗?我们借住在他们租赁的套房中的一间。两人都是阿鹰小时候的朋友。罗伊是荒诞片的导演,特里原本是芭蕾舞演员,现在从事芭蕾舞台设备工作,已到跳不了芭蕾的年龄了,两人都是四十岁的男人。"

"从电话声音听,我还认为他们很年轻呢。"我带着明显不快的心情随口说道。

"谁都这么认为,但一见面就知道,两人反倒比实际年龄看上去更老。不是坏人,却是纯正的英国人。"

犀吉把奥斯汀开得飞快,引擎开始发怪声。犀吉不得已降低车速,仿佛独自一个人似的,对车和其他所有一切东西都毫无顾忌地骂着。我顺口问他这车是否在伦敦买的,他像受到侮辱般地说道:

"我能买奥斯汀?胡说。是从车行租来的。我自己的白色捷豹留在巴黎了。"他激烈地反驳着。犀吉过去是否也这么易怒,我必须想一想。

我从白兰地篮里取出一瓶开了瓶塞的酒,默默地喝了起来。

"也让我喝一口。"犀吉说着,一边单手驾驶着喝了一口酒,像只气喘的猫般咳了起来。我想起斋木狮子吉死于结核病,但愿犀吉的肺不要毁于伦敦极端恶劣的空气和雾气。总之,酒略微填补了我们一年间形成的距离感。

"听说阿鹰怀孕了?"我问道。

"啊,阿鹰每天都吐,怀孕这事真够呛!"

"要生下来吧?"

"这儿找不到堕胎医生,我现在终于理解盎格鲁·撒克逊姑娘们的恐惧心理了。"犀吉嘲弄般地说道,并未正面回答我冒失的问题。他说完又喝了一口仍在他手上的白兰地,而后还给我。

"不过,阿鹰为什么不想让你和阿晓去巴黎?"

"我可不知道孕妇的想法。不过,她不会阻止你和我把阿晓送到巴黎。得赶快让阿晓坐上往北的飞机,把他送回东京。"

"阿晓回东京是怎么回事?"

"阿晓打算在广岛的医院检查一下,浑身关节痛,经常感到疲劳。"犀吉的声音忧郁至极,仿佛在悲伤地指责什么似的。

我亦感到震惊,不禁黯然。我想起阿晓母亲说过她儿子天生好运的话语,这给人留下烦躁而愚昧的印象。我又想起阿晓在羽田机场对他母亲近乎申斥的叫喊声:"我待在这里或去其他什么地方都是一样的。所以,我想去远点的地方。"

"我想到你房间后马上睡觉。"我有气无力地以悲伤至极的语调说道。

"不能马上睡,凹凸二人帮要为你开一个欢迎晚会!我出门时,特里专门去叫 M.M 了,M.M 是凹凸二人帮的女朋友。见你之后,那意大利女人会说,我虽然叫 M.M,可不是玛丽莲·梦露。这是 M.M 唯一的可悲玩笑,你可要笑一下。"

"总之,我想睡一会儿。"我说完,便闭上了眼睛。在这半夜三更,在我初次到访的伦敦,罗伊和特里这凹凸二人帮,还有叫 M.M 的意大利女子,以及怀孕的鹰子、必须检查白血球的阿晓这帮人要为我举办欢迎晚会,而我却累得快死掉了。我悲伤地想着,在极短的睡眠期间,做了极度恐怖且莫名其妙的梦。突然身子一颤,醒来发现我们的奥斯汀正沐浴着满月的光芒,穿行在浓雾中瀑布般的高大的林荫树旁。我像忽然闯入了密林深处似的,内心感到非常恐惧。

"这里到底是什么地方?"我问道。自己的声音似乎有点怀疑,有点不满,还有点生气,这令我自己都觉得不好意思。

"伯克利广场,我们公寓所在的三王庭就在那里。"

"伯克利广场……"我希望回忆起什么特别值得怀念之事,鹦鹉学舌般地重复了一遍。而后,我回忆起安妮塔·奥黛①的歌曲,这是慢四步爵士舞曲,歌唱在伯克利广场度过夜晚的情人们的回忆。

"多么奇特啊!多么甜蜜而奇特啊!夜莺在伯克利广场歌唱时,我们相见了,在那眼花缭乱的奇特之夜,那是最美妙的梦。"②那个伯克利广场就是这个长着衰老不堪、妖怪般黑压压大树的公园吗?我这么想着,犀吉停下车,扭身从后座拿起我的手提包。我再次对这个包感到羞耻,一面抱着白兰地酒的篮子,下车站在了满月之夜的三王庭的路面,感到这是比我过去体验过的任何冬天都要寒冷、悲伤的冬天。道路两旁鳞次栉比排列着坚实的红砖墙建筑物,而每个建筑物都有数个具有强烈排他性质的个人专用门廊,仿佛共用这些建筑物的人们彼此敌对似的。这些门廊又被铁栅防护,铁栅又像保护着摆在玻璃窗外的无趣而可怜的盆栽似的,亦严密地封锁了所有窗户。那些秋海棠、天竺葵、花烛属植物俨然开着花,但白天亦被铁栅挡住,可能得不到充足的阳光吧?但在月光下,这些热带植物的生长情况确实难以分辨。我被犀吉催促着,一面对这些植物的命运感到伤感(我疲惫至极,心情忧郁,而且喝马爹利 VSOP 喝醉了),一面跟在犀吉身后,在铺着同样砖块的红黑色道路上,踏着自己的影子走着,接连进了两个门廊。犀吉居然能在如此雷同,且彼此排斥的数不清的门廊群中找到自己的门廊,这真是不可思议。到门廊尽头,犀吉打开了像城堡门似的戒备森严的门锁。阴暗的走廊尽头,可见半掩着的另一扇门和明亮的灯光。那里传出外国男女的笑声,吓了我一跳。犀吉和我默默地把各自的外套挂在门口的鹿角衣架上。而后,我们

---

① 安妮塔·奥黛(Anita O'Day,1919—2006),美国女爵士歌星,曾在二十世纪五六十年代获得较高知名度。
② 《夜莺在伯克利广场歌唱》,一九四〇年诞生的一支著名歌曲,安妮塔·奥黛亦曾演唱。

略微愤然地穿过阴暗的走廊,走向半掩的门。

这是英国人的起居室。两个中年男子和一个中年女子,即凹凸二人帮和 M.M 三个外国人,以及也像外国人模样的冷淡忧郁、形容憔悴的×××鹰子在等我们。阿晓没在这间屋子里。鹰子把我介绍给那三个人。犀吉拿起在地毯上用一本莎士比亚袖珍本作为防尘盖盖住的酒杯,坐到放着吉他的墙角的长沙发上,把我扔在了外国人和鹰子的纯正英语的旋涡中。

我抱着白兰地的篮子,为了听清英语并做出简单回应,面红耳赤地茫然呆立着。这是一间狭长的屋子,里面胡乱摆着所谓仿洛可可式家具。这里的住户中,有人似乎对裸露的地面感到恐惧,铺满了地毯。屏风上贴着希腊青年运动家的浮雕摄影,墙上挂着像是从爬虫类图鉴取下来镶入镜框的各种蛇类的精致图画。还有不起眼的小电视和书籍。我觉得这屋子与伦敦街头的印象完全不同,极其温暖宜人,恰如大象的皮肤及其内脏之间的关系。在看过黑暗而坚固闭锁的街景后,这个屋子酝酿出全世界最为柔和、温馨的印象。

M.M 在屋子中间,仰卧在地毯上练习腹部体操。她的裙子卷了起来,露出带有蒙田①式衬衫领饰般褶皱的内衣。可能是因为做体操的缘故,M.M 不停地在笑着,从头皮到裸露的脚尖都变成了煮熟的螃蟹般的颜色。我感到当时 M.M 仿佛在全都是女性居住的屋里行动似的。她和鹰子年龄相仿,是同样肥硕的意大利女子。如犀吉所言,M.M 说了有关玛丽莲·梦露的无聊笑话,我报以微笑。在我和别人寒暄期间,M.M 就那么躺在地毯上一直笑个不停。她既然已开始做腹肌体操,看样子是不想轻易停下来了。除鹰子外,所有人都

---

① 蒙田(1533—1592),文艺复兴时期的法国作家,其散文主要是哲学随笔,因其丰富的思想内涵而闻名于世,被誉为"思想的宝库"。

醉了，我抱来的一篮白兰地亦放上了酒席。

特里和罗伊不愧有凹凸二人帮之名。特里像布勒哲尔①作品中快乐而耽于享受的农民般，是身体各部分都滚圆的大汉子。罗伊则是禽鸟般敏锐纤细而神经质的小个子男人。与我在电话中用女农民似的声调说话的是特里，而在他身后像鸟语般尖声嘲笑的是罗伊。罗伊装出贵族的威严，如将军般装模作样地与我塞暄，询问了一些巴尔干半岛的气候情况，而后用尖叫般的声音说起他在那里作为美国士兵参加反法西斯战争的体验。我真难想象这个如玻璃工艺品小鸟般瘦小的男人居然拥有战斗经验，而且是和重型坦克似的德国兵进行战斗。当罗伊像拿破仑那样，把戴着戒指的骨瘦如柴的左手按在胸前，讲述某次作战经历时，特里则像树胶偶人般浑身颤抖着，在厨房和起居室之间来回走动，为我拿来玻璃杯之类。他那肥肥的大屁股特别显示出树胶偶人特有的动作。那是和中年男子的属性截然不同的抖动方式。与其忧郁的神情一起，赋予大汉特里几分超现实主义印象。

罗伊看我对巴尔干半岛的话题没有多少反应，便以这间起居室晚会领导者的身份，迅速充满自信地转换了话题。

"你喜欢伦敦吗？"

我能说我刚才在伦敦的月光下，看到独角仙般难看而戒备森严的一排排建筑物而引发了一阵恶心感，但我发现屋里像活兽的内脏般温暖吗？但我决定对这三王庭周边的景色恭维几句：

"那个伯克利广场是安妮塔·奥黛歌曲中的伯克利广场吗？"我问道。接下来是一阵沉默和紧张。罗伊、特里、M.M 以看会说话的马似的眼神盯着我。

"是夜莺在伯克利广场歌唱的那个伯克利广场吗？"我对他们突

---

① 布勒哲尔（1525—1569），比利时画家，以地景与农民景象的画作闻名。

然的沉默感到狼狈,我以欲哭的心情重复了一遍。

突然,仿佛笑蘑菇的花粉乘着旋风袭击了罗伊和特里似的,二人一阵骚动。他们这么大叫着,笑得流出了眼泪。"你说什么?你说什么?你说夜莺在伯克利广场歌唱?那个伯克利广场是这个伯克利广场吗?啊,竟来了个这么滑稽的男人?他竟然这么寒暄?夜莺在伯克利广场歌唱了吗?"

如果不是鹰子招呼我坐到长沙发上,我肯定会在极度羞耻、愤怒、悲伤中,以尖刀麦克①般的速度跑到满月下的三王庭的路上。"嘿,见面寒暄到此结束,让外国人和外国人玩吧。"鹰子说道,把我救出了窘境。

谢天谢地,这下罗伊和特里不再理会我的存在,把我抛在了脑后。而后,他们时而为 M.M 的体操加油,时而躺在一边模仿着。犀吉在这次大骚动期间,一直无动于衷地弹着吉他,这是我未曾听过的新曲目。

"听说你要生孩子了?"我问鹰子,心里嘀咕着不知该以怎样的情感说出这话。但因为喝醉了白兰地,外加又可以使用日语的愉悦之情,我也就不想那么多了。

"是啊,所以没能去接你,请原谅。"鹰子忧郁地说道。从她的回答中,我完全听不出她是否期待着有个孩子。

我沉默不语,望着 M.M、罗伊、特里练体操,听犀吉弹吉他。三个外国人在地毯上兴奋地笑着,滚作一团。这就渐渐显示出露骨的猥亵感,但整体上还是三姐妹游戏的感觉,我则继续喝白兰地。

不久,阿晓从其他房间带着老得开始掉毛、令人怀念的齿医过

---

① 音乐剧《三分钱歌剧》中的第一主角,窃贼,杀手,手法高明,是伦敦排名第一的窃贼首领。

来,坐到犀吉身边。犀吉停下吉他,斟满一杯白兰地递给阿晓,便又弹起吉他。阿晓对我只是微微点了点头。

"听说阿晓的身体情况了吧?现在就是那样,连和人打招呼都嫌烦,过着猫一样的生活,打算请你和犀吉一起把他送去巴黎。"

我看看正听犀吉弹吉他的阿晓,他确实给人以肉体上倦怠无力的衰弱印象,显得忧郁沉闷。即便如此,为什么鹰子不许犀吉送他去巴黎,对此总觉得不便打听。但鹰子随即用富于暗示性的抑扬顿挫的语调说了这样一番话。她说凹凸二人帮现在都是通晓事理的成年人,却还和年龄不相符合地满脸通红地笑着做腹部和臀部运动,实际上已是十五年以上的夫妻了。罗伊原本是派驻伦敦的美国空军,和当时的芭蕾演员特里相爱了,战后也一直留住伦敦,现在以拍恐怖片为生。M.M知道凹凸二人帮对女人毫无性方面的兴趣,才这么像裸露狂般尽情地解放自己,半裸着在地上打滚。

我听到这里,理解了这样一个事实,即鹰子苦恼于怀疑犀吉和阿晓有同性恋关系,也许是出于道德心,她不便直接向我吐露其怀疑,这才详细介绍凹凸二人帮的性生活,以此作为暗示。我对这位忧郁的孕妇的犹豫心理感到有点可怜,这激发了我的一些同情心。

然而,当×××鹰子察觉到自己的暗示已被我充分理解(鹰子从不喝醉,经常保持着 sober① 状态,自然轻而易举地使喝醉了白兰地的我改变看法了),作为致命的一击,她这下斩钉截铁地说道:

"现在犀吉受到阿晓很大的影响,他打算在最初的戏剧方案中纳入阿晓的计划,你明天就请犀吉和阿晓谈谈那项奇怪的计划吧。如果我来说明,我想你是不会相信的,因为你我都没有受到阿晓的影响,不是吗?"

---

① 清醒之意,此处英文依照原文,以下不赘。

我坐着喷气式飞机闯入的混沌的人际关系,竟然如此一片黑暗。我沉默不语,只顾把白兰地当啤酒般大口大口地喝着,希望躲过这场风暴。但过激的女夜叉鹰子不甘心就此罢休,她决心对我穷追不舍。

"当我和阿晓开始互相对抗时,你猜犀吉究竟想出了什么主意?他竟然想唆使我和阿晓睡觉,他希望我尽可能多地受到阿晓的影响。"

我为了挣脱涂抹了×××鹰子话语毒素的网,无力地举目四望。我的大脑由于醉酒的缘故,变成了长着麻疹般红斑点的旋涡,这讨厌的旋涡似乎正逐渐扩展到我的脚尖。而且,鹰子的话语发出耀眼的有毒磷光,一直飘浮在旋涡的表面。

"喂,你看阿晓和犀吉的态度。"这位决心一生 sober 度日的孕妇像指挥官般命令我。

犀吉已不弹吉他了,他那瘦削的大脸盘上洋溢着温和的微笑,正侧脸和上身仰卧在沙发上的阿晓平静而快乐地说话。我激动地望着他们。两人似乎对罗伊、特里、M.M,还有鹰子和我全不在意。我想起犀吉与我阔别重逢的两年前的冬天,他和他第一任妻子卑弥子在我眼前以自由解放的态度进行性交的场面。我已经完全醉了,所以未体谅鹰子对阿晓的嫉妒心,而是极端自私地想道:"啊,是的,我这次到伦敦来,并不是为了和鹰子聊天,而是为了加入犀吉和阿晓那亲密无间的交谈中。"于是,我一只手拿着白兰地酒杯,另一只手撑着长沙发靠背站起来朝犀吉他们走去。一场混乱以令人眼花缭乱的速度发生了。我已酩酊大醉。依然躺在地毯上的 M.M 看我开始走动,劝我也试一下腹肌运动,我拒绝了。这时,罗伊从 M.M 身旁站起来挡住我去路说道:"怎么样?说点夜莺在伯克利广场的事吧?"他一面说一面挤出猥亵的干笑扭动着身子。我依然尽量沉着地拒绝了他,可罗伊紧紧地抱住我的右臂,一面回头对特里说:"瞧,日本青年作家要就伯克利广场的夜莺发表演说了。"特里和 M.M 捅着对方的身子窃笑的模样映入我醉意蒙眬的眼中。犀吉和阿晓全然不理会这骚乱,继续着他们那近乎乱伦般可疑的密谈。我想用力挣脱在罗伊的胳膊和身子之间的自己的胳膊。这时,像鸟似的小个子罗伊向 M.M 的腹部和特里的头部倒下。我眼睁睁地看着,从心底里感到狼狈。M.M 的呼叫声和特里的惊叫。而且,还未等我从狼狈中平静下来,那位自尊心和平时悠然的威仪受到践踏的前美国空军战士,即现在的恐怖片导演尖叫着向我冲来。我把他那秃顶小脑袋紧紧地抱在自己的腹部,一点点地后退,结果把屏风上的希腊青年运动员的浮雕相片压坏了。当时,我亦被一不做二不休的愤怒情绪所控制,不想就此罢手。我把咬住我侧腹部的罗伊的脑袋以及他那稀疏的金发和梅菲斯托①般的尖耳朵一把揪住了往外扯,然后抬起膝盖猛踢他的胸部。但胜利只是一瞬间而已。看到罗伊不断地咳嗽并呕吐,处于停止攻击状态,这下红妖般的特里向我袭来。这个全身像皮球似的前芭蕾演员可不好对付。我的下巴受到一击,我的脑袋再次穿透屏风,这下屏风彻底完蛋了。而且,当我挣扎着想从屏风的残骸中抽出脑袋和双肩时,特里那穿着篮球鞋的大脚毫不留情地对准我的睾丸反复猛踢。我充满恐惧地想:"如果这期间罗伊恢复了体力,可怎么办?""啊,犀吉!"这时,只听见特里因突然的疑惑和惊讶而颤抖的声音。他已被犀吉打倒在地,脑袋钻进了我的腋下。

3

我被抬到另一间屋子,用外国人用的极长的毛毯包裹着放在沙

---

① 梅菲斯托(Mefistofele)是歌德诗剧《浮士德》中的魔鬼。

发上。犀吉和阿晓肯定也睡在这间屋子里,但我却连抬头确认的力气都没有。罗伊、特里、鹰子为这件事一直议论到黎明时分,那兴奋的细语声像蜜蜂的振羽声充满了三王庭。每当我被恐怖、后悔、自责的梦之鸟啄醒,痉挛着醒来时,迎接我的都是黑夜和那细语声,我便又退回到那恐怖的噩梦中。我一边睡着,一边因悲伤和愤怒扭动着身躯叫喊着。可能不仅在梦中,我真实的叫喊声亦像夜晚的声音般,传到伯克利广场了吧。

"啊,我究竟干了些什么?竟会在外国,在初次见面的外国人家里烂醉如泥,对他们大打出手!"即便如此,我当时还宿醉未醒,恐怖、后悔、自责之情达至饱和点时,又会让自己重返自暴自弃的无意识状态。但在这些嗡嗡嗡的窃窃私语声中,当我确实听到有人用明确的、英国式的受惊了的尖声说出 quite unusual① 时,我胆战心惊,这确实是 quite unusual 的事件,quite unusual……

不久,极度疲劳的我陷入深深的睡眠。第二天午前,我才从自己有生以来最严重的宿醉中醒来。我像直视太阳般眯缝着眼睛,如装死的狐狸般一动不动地窥探着周围。在我睡着的沙发正下方,阿晓直接躺在地板上睡着。犀吉睡在房间对面一角的床上。听声响和说话声,鹰子像是在另一间房子,即我动粗的那间房子里,正与罗伊、特里凹凸二人帮用餐。这是我从恶劣的宿醉中醒来时的外部世界的情况。我完全不知该如何是好。我甚至沮丧地幻想最好躲过所有人的眼睛,用狗爬式游过多佛海峡逃走。我发出带有恶臭的叹息声。这时,睡在我下面的阿晓忽然嘻嘻地笑起来。我蜷起身子。阿晓早已醒来,但一直在装睡,窥探着宿醉的我的绝望样子。我不顾这些,抬起身子,因头痛和恶心而呻吟起来。犀吉也在对面床上抬起裸露的

---

① 相当不寻常之意。

上半身。毛毯和衰老的齿医一起从他的胸前滑下来。猫和毛毯一样沉默不语。窗帘遮住了午前的日光，我们刚睡醒的这间房子像黄昏般昏暗。犀吉的大脸盘一片阴郁，完全看不清他脸上的表情。我战战兢兢地望着他那阴郁的脸摇了摇头。我因极度的困惑和自我厌恶，真想哭泣……

"哎呀，心情怎么样？"与昨夜的态度不同，他像没事人似的高兴地问道。

"啊，不好。"我因其意外的好心境获得了几分安慰，但仍然没精打采地回答道。阿晓又嘻嘻地笑起来。

"你再睡一会儿吧，那帮家伙马上出门，然后我们就可以好好地吃顿半熏制鲑鱼的早饭了，你知道日本的技术员为窃取半熏制的情报，有多少人潜入伦敦吗？"

我不知道有多少鲑加工技术间谍从日本登陆了英国。按我当时的心情，根本没工夫考虑半熏制之类的事情。昏暗的房间里响彻着我可悲的打嗝声，我的舌头全是胃液和酒精的味道，我呻吟着。我过去习惯于犀吉高兴时的饶舌，但唯有这一天，我怀疑犀吉是否变成了呆子，犀吉自己不是打倒特里并踩了一脚吗？

"我昨晚动了粗，毁了屏风，打了罗伊和特里。"我自责地说道，"那帮家伙生气了吧？"

阿晓和犀吉听到这里，虽然为了不让凹凸二人帮听见，有意放低了声音，但仍然毫无顾忌地齐声笑了起来。而后，犀吉说道："当然发火了！鹰子一直到今天早上都在听那帮家伙的抗议和抱怨。那帮人用比小孩子还要无礼的英语说些不伦不类的话，还说酒后失态的你简直不像作家。所以，对我和阿鹰把你这样的怪物请进门一事感到愤怒至极。"

我当然只是默默地低着头，对自己感到羞愧不已，像浑身淋湿的狗般打着哆嗦。

"所以,凹凸二人帮说,请你今天在他们外出期间离开这里。我想这些人虽然感到愤怒,但还是有同情心的善良人。你今日也别和他们碰面了,最好和我一起带着阿晓回巴黎吧?阿鹰也迫不得已地答应我们今晚动身去巴黎。阿鹰肯定也想和英国的熟人们过几天安静日子吧?在昨晚的大混乱后,她已到这种年龄了。"

"我现在只想一个人用狗爬式游过多佛海峡逃走。"我轻轻地叹了一口气说道。

"所以,我早已为你想了办法,好让你用狗爬式穿过多佛海峡,怎么样?久别之后,你终于想起我是多么值得信赖的朋友了吧,尤其在你昨晚进行日常生活冒险时!"

我们房间旁边的走廊,响起凹凸二人帮由阿鹰陪着走过的沉闷而缓慢的脚步声。门开了,小声道别,只是关门声较响亮。犀吉跳下床叫了开起来。

"喂,起床,起床。今天很忙,我们吃过半熏制鲑鱼,就要开着那辆倒霉的奥斯汀从东区到西区兜上一圈。总之,我至少要让你确认你来了伦敦。这地方你不会再来第二次吧?如果这样,有些地方值得一看,例如大英博物馆的埃及厅。"

犀吉说着粗暴地拉开窗帘,把猫和杂志踢到一边,露出像煤矿工般精瘦的肌肉,赤裸着身子跑进了浴室。阿晓也慢条斯理地起身,跟着他走了。我也只好慢慢地起床,穿上衬衣,又穿上打斗时撕烂的裤子。而后,我有气无力地坐在用作床铺的沙发上,等犀吉他们在浴室里洗漱完毕。这时,鹰子那硕大的身子突然出现在房门口,她穿着像西印度群岛姑娘们穿的衣服。

"不用特别感到沮丧。"她安慰道。还未化妆的鹰子,像为小学生操心的家长教师联席会的母亲似的,亦像她那种年龄段身材肥大的女子,带着无法掩饰的疲劳感和宽容,保持着既不责难,亦不宽恕的态度,用大象般浑浊而平静的眼睛安详地注视着我。"凹凸二人帮受了不小的打击,那不是你的责任,而是犀吉的责任。罗伊和特里对犀吉,就像他们通常对年轻漂亮男人那样,展示了他们的奉献精神。但发生打架事件时,犀吉不但没帮他们,反倒马上揍了特里一顿,所以他们受了打击。即便如此,他们两人现在都打算原谅犀吉。赶走你是为原谅犀吉找个借口,只是给他一个小小的惩罚。如果这样,我可以为你预订宾馆。"鹰子像通情达理的姑姥姥般解释着。

"谢谢了,但我打算回巴黎。我想就我的鲁莽行径道歉。"我越来越感到无地自容。

"特里也因为踢了你,心里感到不安。没受伤吧,踢了睾丸?"鹰子问道。她越来越像姑姥姥,措辞大胆。与同性恋男人们生活在一起的中年妇女对性方面的事,肯定如医生般客观至极。事实上,我一直感到自己的睾丸隐隐作痛,这使我对特里及罗伊的负罪感缓解了一些。

"睾丸没事,请转告特里。"

"好啊。但犀吉毫不感激凹凸二人帮对他那种亲人般的献身精神,所以也不会明白昨天的事情对他们而言是怎样残酷的背叛。犀吉打倒特里后,还在罗伊和特里的屁股上踩了几脚。他们认为这是耻辱的象征,直到永远。你躺在地上,可能什么都不知道,犀吉真的太过分了。"

犀吉在浴室里毫无顾忌地大声告诉我卫生间的位置。

"喂,你一定要看看这套房子的卫生间。"

"有件事我要拜托你。"鹰子结束了有关凹凸二人帮的话题,一本正经地说道,"无论犀吉多么留恋巴黎,从今天开始一星期后,你一定要让他坐飞机回伦敦。在这一星期内,你让犀吉带你看看于舍特剧院和其他戏棚。"

这是在伦敦再次见面以来,鹰子言及的有关戏剧和剧院的惟一的一句话。现在,在她忧郁的心里,最重要的已并非戏剧,而是犀吉带来的种种混乱吧?不久,我在巴黎发现了犀吉身上近乎狂热的戏剧热情,我怀疑他终于吸干了鹰子的戏剧热情吧。总之,我答应鹰子一周后一定把犀吉从巴黎送回去。我的脑细胞屡屡受到自责之念的煎熬,所以我打算绝对言而有信。

而后我摆脱鹰子,走进犀吉推荐的卫生间,只见墙上贴满了年轻美男子的裸体照,偶尔也有大猩猩和近乎病态的胖女人的相片,可怜可笑地贴了数百张。我再次满怀愧疚地哀叹自己殴打了这卫生间的主人们。

一小时后,我把在巴尔干半岛买的袋子,阿晓把鹰子用旧的旅行袋,犀吉把与巴黎的捷豹车相配的白皮箱放入奥斯汀后,我们便离开了三王庭的公寓。与鹰子在门廊口分手。鹰子以奥斯汀为背景,为我们三人拍了照片。犀吉从鹰子处拿到了在巴黎逗留一星期的旅费。阿晓和鹰子之间已有难以化解的隔阂,但临别之时,鹰子还是像姑姥姥般尽心尽力,给冷淡的阿晓封了礼金。虎皮色老猫与阿晓依依不舍,它已完全适应了伦敦,并不在意午后伦敦的阴郁寒冷,将去伯克利广场一带散步。总之,在伦敦生活一年期间,与阿晓交情最深的就是齿医吧。而后,我们疾驶着奥斯汀,去大英博物馆参观木乃伊、巨大的石雕王、狮身人面像残骸、圣甲虫,在整个伦敦兜了一圈。黄昏时分,把车开到由一位妄自尊大的年轻店员值班的租车行,归还了奥斯汀。犀吉开车风格的变化受到阿晓的影响,我在这半天危险的兜风中明白了。阿晓一直坐在犀吉旁边闭着眼睛,到博物馆也不下车,无论经过怎样的建筑物亦从不看一眼,但每当汽车加速时,他便颓废地独自窃笑。除了这笑声,他完全不说话。犀吉还了车,把押金和租金的余额全都给了阿晓。这样,旅费并不宽裕的我们便扛起手提包、皮箱等(阿晓的行李袋也由犀吉扛着)乘公共汽车前往希思罗机场。

犀吉对第二天就要与阿晓分别之事感到郁闷,他劝阿晓与我们在巴黎待上几天,但阿晓以偏执狂般的顽固,斩钉截铁地表示要乘第二天飞往东京的喷气式飞机,而后便陷入沉默,断然拒绝了犀吉的提议。不久,犀吉向我投来气愤而悲伤的眼神,不再勉强了。我们越过多佛海峡时,圆窗外又是一个寂寥的月夜。

4

犀吉、阿晓和我到达奥利机场时,×××微电子器械公司巴黎分店派驻员开着犀吉的捷豹车迎候在机场了。派驻员告诉犀吉,给鹰子的汇款已送到分店。犀吉向我发出隼鸟般的信号,并向派驻员说明这笔汇款说好由他带回伦敦。我不知犀吉打的是什么主意,但据我推测,这类汇款一般似乎都由派驻员直接交给鹰子。这位中年男性派驻员对犀吉使用极恭敬的措辞,但这并非出于他对犀吉的特别尊敬,只是其性格使然。他似乎以鹰子在巴黎的代理人身份接待犀吉。鹰子在三王庭门廊与我们分别后,便通过国际电话联系到巴黎的派驻员办公室下达了指令。派驻员说阿晓去东京的机位已订好明早的航班。他又说没为犀吉和阿晓订宾馆,而提供公寓客房。我由此发现这是出于鹰子的疑心而制定的策略,可我不置一词,只是袖手旁观。至于我自己睡觉的地方,我打算去寄放行李的圣日耳曼德普雷的那家宾馆看看。当派驻员进行如此说明时,犀吉和阿晓一直专心致志于捷豹车,我也就不知道犀吉对鹰子的阴谋诡计作何反应。但当这位极其彬彬有礼的修辞家一闭上嘴巴,犀吉便以令人满意的坦率风格开口了，最后逆转了与鹰子进行心理较量的风向，掌握了竞技场的主动权。

"我整晚和阿晓开着捷豹兜风，阿晓明天上飞机睡觉就可以了。"而后，犀吉完全无视那位态度殷勤、却还想固执己见的派驻员，回头对我说："先用捷豹送你到宾馆吧，你昨晚醉得厉害，想睡觉了吧？车里不行，要睡在床上。"于是，我和阿晓坐着犀吉驾驶的捷豹，先往圣日耳曼德普雷开去，那位极为彬彬有礼的小个子中年男子则搭出租车回公寓。斋木犀吉将捷豹的驾驶座调到适合自己长腿的位置，检查了所有仪表，而后重新恢复了他过去稳重的驾驶特点，开始如滑行般驾驶这辆英制高级车，这令他看上去显得心满意足（我想起数年前他在银座诺伦多尔夫广场享用特沏红茶、白兰地及三种点心时的表情），似乎忘却了明早即将与阿晓的分手、鹰子的怀孕问题等所有恼人的重担。奥利机场至巴黎市街的深夜的道路亦与面带微笑、身材魁伟的犀吉（像赫拉克勒斯①面对着方向盘）身上洋溢出的气氛相似。与此相比，伦敦郊外的疯狂疾驰可谓是噩梦。不久，犀吉恢复了饶舌家的面目。

"你还记得阿晓曾经拼命地要把我东京公寓的放音设备改装成小小的广播台似的设备吧？你知道阿晓究竟要干什么吗？他有个计划，有可能使整个东京陷入一场极大的混乱。决不能对这默默微笑着的年青一代放松警惕呀。听了阿晓的计划，像你这样写作滴着一点点政治鲜血、具有浅红色倾向随笔的左翼的同情者们会哭泣吧。阿晓完全与政治无关，说来是出于个人的憎恨感，要实践你们暗中鼓动的那些事，而且是用我那台像河马那么大的收音机！"

---

① 赫拉克勒斯，又名海格力斯、赫丘力士，是希腊神话中最伟大的英雄。在今天的西方世界，赫拉克勒斯一词已成为大力士和壮汉的同义词。

213

我的好奇心被激发了。我还记得阿晓曾对犀吉公寓的放音设备表现出极大的兴趣。

"你知道阿晓到底想干什么？喂，阿晓，你自己说吧。我不可能像你那样不动感情、若无其事地和别人说那种事。"

阿晓默不作声。犀吉忽然从兴高采烈的饶舌体变成沉稳耐心的恳求般的冷静语调，再三地劝阿晓说话。"喂，阿晓，你说说看。我想让这家伙也听听，你打算干什么。"

阿晓在犀吉旁边（因为他的座位要比长腿犀吉的座位略靠前）显得有点孤立，那瘦小的肩膀和细细的脖子上顶着个孩子般的脑袋，看上去仿佛是和我们不相干的陌生人般沉默不语。而后，他终于勉强地摇了摇头，嘟哝似的说道：

"说来是件无聊之事，毫无意义。"

"我想抓一个和原子弹有直接关系的美国人来，押到那间公寓里进行审判，审判过程使用发信设备向全东京播放。从杜鲁门以下，对广岛投原子弹事件负有责任的美国人还没传到过法庭吧？我想试试。不过，不会像犀吉说的那样，使全东京陷入大混乱，也不是为了报复，只是憎恨心发挥作用，所以鹰子说这是伤感的计划，我也这么认为。"

犀吉向默默无语的我投来闪电般的一瞥。

"我以前在×××微电子器械公司开小卡车和当押运时，一拿到两天的工资，就用它购买食物和维生素制剂，第三天就吃得饱饱的，并大量注射，然后倒头大睡，那也是无意义的，是伤感之事。"

"确实你是伤感的，但也有壮烈之处。"犀吉说道。我赞成犀吉之言。当时，我对眼前这位瘦小的、曾是体力劳动者的青年甚至怀有一种恐惧感。

"是否壮烈，没付诸行动前不好说。"阿晓无精打采地说道。

"有些事不付诸行动也知道。"犀吉说道。阿晓愈发小声地嘟哝着什么,但至少我听不清楚。犀吉似乎也未理解阿晓的话。我们三人陷入了沉默。捷豹已通过背靠着枯树枝,仿佛吊在横梁上的熊似的巴尔扎克雕像旁,进入巴黎闹市区。阿晓按了车载收音机的按钮,幻想交响曲的前几节随即闯入我们沉默的凹坑。

"又是柏辽兹①!总是柏辽兹,或德沃夏克②!还有德彪西③,或赛萨尔·弗兰克④。说到法国广播电台这帮人的国粹主义,真叫人生气!"犀吉叫道。

但他却未打算关收音机,也不想换其他电台,而是展示了有关柏辽兹的一些知识。他自称对所有问题、所有人都积累了自己独特的准则。确实,他博学多识,并能随机应变。

"柏辽兹是贝多芬《英雄交响曲》的崇拜者,他说过如下的一段话。'每当我听到这首乐曲的演奏,总能感到它深沉的,可谓是古典式的悲伤,并深受感动,但听众对这首乐曲只作肤浅的理解。'嘿,他毫无根据地中伤了广大听众,但在这位柏辽兹的音乐中,无论怎样的老年听众都感觉不到什么深沉的、可谓是古典式的悲伤之处。而且,喂,阿晓,你总生活在苦闷的情绪中,所以连自己的正当要求也自我批评为伤感,并加以否定,但你自认为是伤感的事情,有时在我看来,会感到有些深沉的、可谓是古典式的悲伤。更正确地说,能感到一些

---

① 柏辽兹(1803—1869),法国作曲家,法国浪漫乐派的主要代表人物,《幻想交响曲》的作曲者。
② 德沃夏克(1841—1904),十九世纪捷克最伟大的作曲家之一,捷克民族乐派的主要代表人物。
③ 德彪西(1862—1918),法国作曲家,音乐评论家,在三十余年的创作生涯里,形成了一种被称为"印象主义"的音乐风格,对欧美各国的音乐产生了深远的影响。
④ 赛萨尔·弗兰克(1822—1890),法国作曲家、管风琴演奏家,一八四二年以后开始演奏家的生涯。

深沉的、可谓是现代性的悲伤,不是吗?"

"真是夸大其词!"阿晓用不胜厌烦、毫无兴趣的声调说道。

我觉得阿晓有些颓废之处,所以当犀吉说阿晓生活在苦闷的情绪中时,引发了我的关注。当我听到阿晓用将永远留存在我耳际的一根刺般的声音,说出"真是夸大其词!"的话语时,我感到震惊。犀吉似乎也受了打击,不再与阿晓和我说话,只是驱车前行,将夜路上的无数枯枝烂叶溅得乱飞。巴黎的闹市区很小,不一会儿就到目的地了。我发现我们已到圣日耳曼德普雷广场。我告诉犀吉通往我所住宾馆的岔道。弗朗西斯街铺砖路面的宽度大致仅能容纳一辆捷豹。我让犀吉在小巷深处拐弯,而后下车,走进了宾馆不起眼的大门。那里有一位总在深夜带着醉意、坚守前台值夜班的老人,他一口答应了我毫无把握的请求。我拿了房钥匙,彻底地放下心,拖着吸入了困倦之水的海绵般的沉重身体返回宾馆大门。犀吉的捷豹正从小巷深处,像一条巨大的鲣鱼般悠然而威严地开来。我告诉犀吉已订妥宾馆房间。

"啊,这下我知道你住在什么样的宾馆了。"犀吉说着讨人厌的话,把我那巴尔干半岛手提包递了过来。

"马上走吗?"我自言自语似的说道。

阿晓很快睡熟了似的,对我的存在毫不关心,一直闭着眼睛。犀吉一副"当然了,为什么不能马上走?"似的表情回看我一眼,而后说道:

"明天傍晚我到这来接你。我送走阿晓后,明天白天一直睡觉,有话到时再说。"

我想对阿晓说几句离别之言,但阿晓对我一副不感兴趣的样子,我也就作罢了。犀吉也像是从未想过阿晓会与我道别似的,只对我略微摇摇头,随即关上车门,开着捷豹离开了小巷。我取出寄存在前台的皮箱和手提包,把它们扛在肩上爬上五楼房间。在蜗牛壳般又窄又陡的螺旋形楼梯上,越南一带的青年和法国女郎似的小个子棕色头发的姑娘与我擦肩而过,两人的眼眶像黑眼圈般残留着性交后令人感到不快的红潮,这引发了我既无情人又无友人的寂寞感。我走进房间,在开灯前先移步走向窗边,从粗糙的木制遮阳棚缝隙俯视小巷及由此延伸的颇多中国人店铺的十字路口,只见犀吉和阿晓的捷豹已无影无踪,只有潮虫般的黄色庞蒂亚克①慢吞吞地转悠着。按下电灯开关,我随即脱下外套,再脱去上衣和裤子,正要脱衬裤时,不小心倒在床上,就那么睡着了。电灯通宵开着,木制遮阳棚被风吹动的声音萦绕耳际,我的睡眠只能停留在不愉快的浅滩。我对巴黎的记忆就是这覆盖着所有宾馆窗户的粗糙的木制遮阳棚。在我进入悲惨的梦境前,我想起小时候喂养的兔子,我最终吃了它,那兔笼盖子和这木制的遮阳棚一模一样。接着,我在梦中变成了露着牙齿愤怒呻吟的兔子。这夜,犀吉和阿晓坐着捷豹纵横行驶于塞纳河畔和巴黎市街,并迎接了清晨。或许犀吉不停地说着,阿晓则一声不吭,时而嘟哝着"别夸大其词!"之类的话语,他们两人肯定不会梦见变成兔子什么的。我这夜的心情确实凄凉,其理由有极度疲惫的因素,但对明天即将独自远行的阿晓未说上一句鼓励之言,把他完全交给犀吉,自己却独自睡在床上,说来有种未能尽责之感,又有无能为力的自责心理。阿晓对我抱着拒之千里的冷漠态度,但即便如此,我也不能不为自己彻底的无所作为感到羞耻。我想象犀吉的饶舌,也许也只像蜜蜂般在阿晓脑袋周围无谓地嗡嗡飞舞吧,这令我甚至感到一阵恐怖。

---

① 庞蒂亚克是美国通用汽车公司旗下品牌之一,亦称庞蒂克、潘迪,二〇〇九年通用宣布砍掉庞蒂亚克这个品牌,拥有一百零二年历史的庞蒂亚克从此消失。

5

第二天,斋木犀吉驾着象牙色捷豹来到我入住宾馆所在的小巷,鸣响信号喇叭时,已是冬日巴黎暮色苍茫的晚上八点了。我从傍晚起一直等着犀吉。为了充饥,我正就着白天在附近学生们光顾的店里买来的廉价葡萄酒,啃着面包和卡门贝尔奶酪①。我从宾馆窗户探出身子回应犀吉,但未见他下车的样子。于是,我按照在东京等待姗姗来迟的犀吉时的一贯做法,一边骂骂咧咧,一边兴冲冲地将面包、奶酪,甚至斟在杯中的葡萄酒都丢在小书桌上,跑下螺旋形楼梯。这时,我在楼梯又碰见了昨晚见到的那位小个子法国姑娘,但这天她正陪一位红褐色皮肤的孩子气的非洲人到房间去。为了给我让路,两人在楼梯平台站了一会儿,但这期间亦因燃烧的欲望而几乎原地踏着步子。

犀吉坐在捷豹鲜红的皮驾驶席上,也像昨晚的阿晓般有气无力,显得焦躁而不开心。为我打开车门时,他依然眉头紧锁。我坐到他身旁,他随即用见到可恶亲人般的目光瞥了我一眼。

"吃晚饭了吗?"他闷闷不乐地问道。

"啊,吃了一点面包和奶酪。"我凄凉地说道。

"那么,看场戏吧。看过戏,再正式去餐厅。"他专横地说道,而后也不告诉我目的地,便沿圣日耳曼德普雷大街,朝着我不知道的方向驱车行驶。我在心里发牢骚,"什么啊,简直就是碍着情面带日本来的厚脸皮游客逛巴黎的样子!"但我明白,与阿晓的分别令他感到郁闷。

---

① 卡门贝尔奶酪(Camembert),法国最著名奶酪,位于法国十大奶酪之首。

犀吉仍像速度狂阿晓坐在车上般疾驶着捷豹,而当遇到孩子们横穿马路时,他便小心翼翼地停下车,让孩子们通行,我想起他现在是怀孕妻子的丈夫。

"阿晓出发了吧?"我小心翼翼地问道,仿佛这句话将刺伤他似的。

"啊,上午就走了。那家伙一出海关,突然对坐飞机感到害怕,脸色苍白,冷汗直流。于是,我再次折回,让他延期一段时间再走,但他说再害怕也要走。他自己拜托机场人员,几乎是被抱着登上舷梯的。若非如此,吓得上不了飞机,好像飞机是什么危险的大象似的。古怪的家伙,送客的那帮人都笑了。"

"这是怎么回事?"我深有感触地问道。

"我也不明白,那家伙是个怪人,灵魂内部的某个塞子掉了似的。在无关紧要时感到害怕,有时却非常大胆逞能,那不是正常人的反应方式,真是阴郁颓废的家伙。那样的年龄,却在脑袋和身体深处长着癌症老人般荒芜的肉瘤。现在,那家伙走了,我真是一身轻松,我不明白那家伙为什么来欧洲?"

"不是你们带他来的吗?!"我惊讶地说道。

"你是说我有责任?"犀吉一刹那间用嘶哑的声音充满敌意地说道。

我紧张了,等着他的下文。按我和犀吉之间过去的会话方式,肯定会发展为如下会话。

你是说我有责任?对你这种婴儿奶瓶般不冷不热的左翼人道主义者而言,我自然应该替全世界为阿晓负责,而你自己却什么也不做,只是偶尔参加一下反对原子武器的游行。

不,不是的,我没说让你负责啊。问题是,阿晓毫无意义地来欧洲旅游,还得回广岛检查白血球,仅仅如此的话,这真是一次残酷的旅行吧？你们却以为你们为阿晓准备了新的人生计划。

但犀吉说完"你是说我有责任？"后，便陷入沉默了。为此，我有些沉不住气，便说道："我没说让你负责任，你原本就不是能对他人负责任的男人。"

"对了。"这次，犀吉不但未反驳，还用阴郁至极的声音自我嘲弄道，"我不是对别人负责任的男人。对卑弥子如此，对金泰如此，甚至对你祖父也有点这种倾向。连对即将出生的孩子，我也以狗急跳墙之势，想逃避责任。不过，信不信由你，和你那庸俗的人道主义毫无关系，和天下国家也毫无关系，我想过要对阿晓尽个人的责任。就像那家伙策划报复性审判时那样，我会负起全然无谓的我个人的责任。"

而后，斋木犀吉陷入沉默，我也不说话了。当时，面对斋木犀吉的忧郁，我简直觉得患有多疑病症的自己浅薄至极。我对即将开始的犀吉和我在巴黎的一周时间的生活（当然，犀吉已从×××微电子器械公司派驻巴黎员工那里获取了汇给鹰子的钱，他打算在那笔钱用完前一直待在巴黎）感到不胜重负。我们的车在我完全陌生的黑暗、危险、充满不安定印象的河边夜路上颠簸着，有时又忽而掠过用玻璃封闭的咖啡店前。道路上雾气迷漫，装有暖气的咖啡馆玻璃墙雾蒙蒙的，我们在车里看不清室内的外国人，只觉得有很多人，这令人不时地感到恐怖。我担心我们买辆捷豹，在他人的街道上旁若无人地疾驰，也许法兰克后裔们为了突然袭击我们，正从窗帘布般并非透明的玻璃墙后瞄准我们。我坐在忧郁的犀吉身旁，陷入了被迫害妄想中。

但是，当我们到达于舍特剧院，在离舞台不远的座位坐定时，斋木犀吉恢复了勃勃生机。他仿佛从与阿晓分别的悲伤罗网中解脱了似的，我也放下心，并摆脱了被迫害妄想。我现在还能想起斋木犀吉那极为纯真的笑容,他坐在于舍特剧院粗糙的座位上,仰望着同样粗糙的狭小舞台,瘦削凹陷的面颊上意外地透着玫瑰色,像婴儿般半张的肥厚的嘴唇,那大象般的小眼睛周围爬满了皱纹。

犀吉看来全身心地投入了舞台上的法国戏,而把现实中他身边的重负一股脑儿地抛在了脑后。这使我想起我儿时的一本图画书上写的非洲狩猎旅行者的故事。有位青年要钻入阴暗狭窄的坑穴,他要徒手捉住一头野兽。作为非洲旅行者,他装备齐全,但为了进入坑穴,他不仅把所有装备扔在了坑穴口,而且只剩下一条内裤,便赤身裸体地爬进了坑穴。

犀吉也是,他为了钻入戏剧的坑穴,似乎把平时挂满全身的所有装备全都放在于舍特剧院的入口处了。而后,他以牙科医生从珐琅质中剔出的神经般,以令人难以置信的灵敏度,对舞台上的一举手一投足做出积极的反应。我从未见过犀吉对"他人所为"如此神魂颠倒。

舞台上,猥亵的游戏似乎刚刚结束,一位眼睛充血、满脸络腮胡子的教师正对一位小学生或大学生模样,具有奇妙的动物性温顺与叛逆的小姑娘进行语言学的私人课程。这两位法国人之间似乎充满着某种莫名其妙,说来如液体空气般浓密的空气,而这种空气似乎又像蛤蜊般,渐渐地超出舞台之壳向观众席延伸着。它首先裹住了我的友人斋木犀吉。犀吉随着舞台上两个人的紧张而紧张,随着他们的松弛而松弛。不久,舞的人际关系达到高潮,他们之间的不幸一目了然起来,犀吉便像看拳击赛或听爵士乐似的,尽管极为小声,但听得见他在说:"啊,对了,好,就这样。是这样,就这样,啊,是这样!"他在鼓舞舞台上的两人走向他们的悲剧。而后,当教师用一把肉眼看不见的刀刺杀胆战心惊的小姑娘时,小剧院因教师的惊叫声而震撼,犀吉却小声嘟哝着:"啊,是这样,你应该杀人!"这令我感到莫名的不安。戏结束了。法兰西教师拥着死去的少女退场时,似乎还向犀吉送上了临别的一瞥。犀吉确实是舞台与观众之间最重要的管道阀门。毫无疑问,这场戏剧最贪婪的享受者是犀吉。像在仓库中召开秘密会议般亮起灯光的观众席上,犀吉成为其他观众充满敬畏和好奇心的焦点。如此说来,我也许会给人以偏袒、自卖自夸的报告者的印象。总之,我是这么感觉的。于是,我知道犀吉的小声喝彩并不仅仅传入了我的耳朵。而且,这些喝彩声不仅未对其他外国观众形成干扰,似乎还起到了让他们滑入舞台液体空气中的润滑油的作用。结果,这剧院内完全保持头脑清醒者,惟有一边观察舞台一边观察犀吉,并耽于种种沉思的作者一人。所以,对我而言,对于舍特剧院的尤涅斯库没有什么特别感慨。即便如此,我亦没有特别的遗憾,因为其中包含了有关犀吉的真实回忆,那是亢奋入迷,处于忘我之境,展现玫瑰色脸颊的犀吉。他在于舍特剧院的入口处,再次把所有装备背负在身。而且,他不再拥有再次沉入如此纯真的自我解放状态中的自由了。结果,对我而言,有关斋木犀吉的最后最幸福的记忆,集中在那晚不足一小时的戏剧性时间内。至少,他那带有草叶般伤痕的面颊,再也没有因为精神昂奋而染上玫瑰色。

  此后,对我而言,对于走向不幸的犀吉,就像他对舞台上以悲剧结束的教师和小姑娘报以喝彩声,并热切关注般,我虽然未发出喝彩声,但一直以呐喊般的迫切心情注视着。如果我发出喝彩,那声音会是"啊,对了,好,就是这样。是这样,就这样,啊,是这样"呢?还是全盘否定的制止声呢?在一段时间内,我一直认为应该发出厌恶与否定的嘘声。我一直认为应该对他说:"啊,不对,不,不能那样,那样不行,那样行不通,啊,不是那样的!"但犀吉在非洲地方城市布日伊自缢身亡后,每当我想起他像短跑运动员般目不斜视地独自跑向悲惨的结局,我觉得未向他呼喊:"啊,是的,犀吉,你没有其他跑法,好啊,就这样!"这是我最不堪的选择。斋木犀吉,未收获友情的孤独而可怜的短跑运动员!

6

这场戏结束后,犀吉仍然面带着玫瑰色的潮红,有点羞涩似的说道:"还有一场《秃头歌女》,但今天就到此为止,去吃饭吧。"

我感到犀吉已经充分吸收戏剧精华,如果以喝酒比喻,他已经喝够,所以接受了他的建议。我们跟着去门前小巷抽烟的观众一起走出剧院。由于刚才找不到停车位,我们在附近兜了几圈,终于把捷豹停在了较远的黑暗的河边,所以得走上一段路。我们来到大马路,踏着橡树叶前行。此时浓雾弥漫,宛如细雨初降,但是否已经下雨却不甚分明。

"你已看了那样的实例,已无须我再费口舌大声喊叫了,但你看那些法国演员对自己所说的语言的真义都有自己独到的见解吧?所说的每一句话都赋予了自己独特的准则吧?就连一句句几乎毫无意义的台词也一样,不是吗?要不然,那将是一出非常空洞的戏。"犀吉把他对我多次重复过的戏剧理论,仿佛实习后的复习似的,用复述实证过的事实般的语气说道。他那尖厉响亮的声音中,显然还洋溢着昂扬的余韵。

"你还学了法语吗?"我对他不无嘲弄地问道。

"什么?"犀吉狼狈地满脸通红起来。这一瞬间,他和在剧院内高声喝彩时一样,显得朝气蓬勃。于是,我再次发觉,这位在欧洲重逢的犀吉已未老先衰,几乎到了无法逆转的地步了。其青春朝气已不是平日常态,已变成突发性的瞬时幻影了。

"我完全不懂法语,我把那《上课》看了有十遍,完全不知台词的日语译文,但我确实感到那台词是由完全把握了语言真意者的舌头说出来的。我清楚地感到,那一句句台词与演员们身体深处的人生准则有关,明白了吧?就是这么一回事!"

"不明白啊。"我继续嘲弄着,没想到这令犀吉感到焦躁。

"不明白吗?那就没办法了。"他使劲瞪了我一眼说道,"那么,仅就演员们的动作和表情说说吧。你祖父也曾教育你说惟有观察力才是最重要的吧?我现在可以清楚地告诉你,观察力才是想象力。那位演员发挥了他过往人生中的所有观察所得扮演着教师角色。或者,基于今后人生中必须观察的未来成果创造着自己的角色。惟有这样,才能作为一位逼真的教师在小小的舞台上进退自如,并用透明的刀子刺杀小姑娘。我们在日常生活中所谓的发挥想象力,只是把过去观察到的琐碎要素组成另一个现实罢了,而演员则是有意识地进行这项工作。我们究竟为什么会对发挥想象力建构之物,觉得这是真实或虚假的呢?这些不都是虚假的吗?即便如此,之所以仍有真实与虚假之感,那是因为其中包含着是否属于观察力世界这两种性格。在我的剧院里,无论怎样的配角,我都不会给予没有观察力之奇怪想象力的发挥空间!"

"你还要搞剧院吗?我以为你现在已经对剧院不感兴趣了。"

"对剧院不感兴趣了?那不可能!"犀吉说道,"如果我对剧院不感兴趣了,那是对像于舍特剧院那样的小剧院不感兴趣。阿鹰执着于小剧院,而我从一开始就对此半信半疑。我现在需要一个体育馆那么大的大型剧院,我和阿晓两个!"我们终于来到捷豹的停车处。有位老妇人在那里摆了一个炒栗子摊档,她将木鞋如套鞋般罩在普通的皮鞋上穿着。我趁犀吉从他放满东西的口袋里找车钥匙的工夫,买了一袋栗子。而后,我坐到犀吉身旁,请他吃栗子。他踩着油门以加热引擎,同时感慨地说了如下一番话,令我满脸通红。

"我们这就正式去吃晚饭,你在这时候还干巴巴地咬炒栗子?你真是个不懂现世快乐的男人。眼镜之类,好像决不能离身似的又戴上了。如果没有我,你这辈子只能享受一点点快乐便终老吧。我真担心,如果你我真的分开了,你对怎样可怜的快乐都会不知所措吧!"

我打开捷豹的车窗,把一袋炒栗子扔进了塞纳河。犀吉斜眼瞪了一下,自鸣得意地自言自语道:"什么? 也不至于扔掉吧。"总之,犀吉和我之间总是这样。这种从犀吉处接受日常生活冒险的启蒙教育的禁欲式学生的态度,直至我和他关系结束为止,一直没有改变。

"我和阿晓都需要体育馆那样的大型剧院!"在圣日耳曼德普雷大街我入住宾馆旁的中国餐馆"广东"的二楼,犀吉喝着博若莱红葡萄酒继续捡起河边的话题。

"我和阿晓还都不清楚我们的戏剧会成为怎样的东西,这需要你的协助才能形成吧。但我们清楚我们需要的决不是阿鹰在新宿看中的那种小得一点点的脏地方,要像体育馆那么大。我在很短一段时期内,受到阿鹰那种小姑娘(年轻丈夫犀吉毫不犹豫地说道)的影响,也曾同意小剧院,这令我感到汗颜。现在,我坚决要求体育馆!阿晓计划了为个人复仇的原子弹审判吧? 这不可能进行实际操作,我们根本不可能从美国抓来一个原子弹责任者。阿晓说他曾经读过一段报道,杜鲁门公开声明制作氢弹那天,想在新奥尔良某宾馆实施自杀的叫伊扎里的投下原子弹的飞行员想来广岛。对自行认罪的美国人再进行审判已没有意义。那件事最终像阿晓自己认为的那样,具有悲壮感,却不过是毫无意义而伤感的妄想罢了。为此,我和阿晓开始考虑可以尝试把它搬上戏剧舞台。向任何一位美国人支付演员报酬,让他扮演杜鲁门,或原子弹发明人,或搭载原子弹的机组人员。不,莫如说可以让那家伙仅仅扮演一个美国人吧。按我的说法,当那家伙就一个美国人的角色运用其想象力时，通过他过去对生活的观察，他背后的所有美国人就能出现在舞台上。原告方面的证人则由阿晓及其朋友们从广岛前来表演吧。而且，看热闹的观众全都担任陪审员角色。陪审员的人数多多益善。所以，对我们而言，体育馆是必须的，怎么样？你怎么看阿晓和我的计划？"

"我对你是否真正实施这项计划还抱有疑问。总之，自你突然萌发戏剧方面的野心以来，我认为这是最能体现你真实面貌的计划。"

"是吧？确实像我的计划吧？自从我决定从事戏剧工作，并和鹰子结婚以来，或许因为我生平第一次希望实现现实性野心的缘故吧，逐渐变成了顺从主义者。我开始感到自己的卑微渺小。于是，我对阿鹰所言也是百依百顺。我像是顺从主义者学校里的新生，过于小心谨慎，过于让步，有时候真要发疯了。我甚至想过抛弃现实性野心算了。不过，在我带阿晓来欧洲生活一年期间，我已逐渐恢复了攻击性的自我。我已获得自信，认为没必要为了达成戏剧这项现实性野心，而保持顺从主义式的温顺，我可以还原真实的自我，也就是像叛逆者那样，突出自己危险的印象。我已不再畏惧，也不再感到恐惧。现在，我甚至对巴黎上演的数十场戏剧已没有迫切的热情了，因为我计划和阿晓联合制作我自己的戏剧！怎么样？自从和阿鹰结婚以来，我现在终于看上去恢复过往的活力了吧。"

越南侍者为我们端来了饭菜，炸小虾、煮小虾、鱼翅羹，还有称之为中国面的炒面类，我们又要了一瓶博若莱红葡萄酒，便吃起来。特别是辣椒酱，我和犀吉都爱吃。我以为从用餐时开始整个晚上，犀吉都会继续其戏剧论，我对此已抱着听天由命的想法，但事实并非如此。犀吉越醉，他在这一年的伦敦生活中郁积的阴影便愈发浓郁地显现出来，与以往不同，他愈发地沉默了。他的酒量显然不如从前。

而且用餐完毕,他完全不像性欲行者,只想立即回宾馆睡觉。总之,我认为犀吉看上去还未完全恢复从前的精力,但他仍然充满了热情,仅仅从富家女的安排中独立出来,找到了面向他第一次现实性事业的线索,这无疑是可喜之事。我希望斋木犀吉在体育馆的演出能够成功。此后两周时间,我和犀吉每天都在一起。或看戏、看电影,或随意开着捷豹去郊外森林,而后去"广东"吃小虾,喝博若莱红葡萄酒,一天的时间便过去了。白天还没喝醉时,我和犀吉对他所谓的体育馆的演出计划进行了反复的讨论。即便如此,讨论却不会充分展开,原因是对犀吉而言,作为其辩证法的支撑者,和我相比,阿晓现在更为适合。如果我批判其方案,他转瞬间会展现愤然拒绝的表情,仿佛我干预了他和阿晓的隐私似的。即便如此,对我和犀吉而言,这两周时间可谓是我们友情中最后一段愉快的时光。我的欧洲记忆必然伴随着犀吉和捷豹的回忆。第十五天早上,该来接我的犀吉的捷豹始终未出现在我入住宾馆的巷子里。我焦躁不安地等了一整天,感到精疲力竭。晚上十点,一直从窗户观察的我好不容易发现捷豹鸣着喇叭开进了小巷。我怒气冲冲地(啊,这在我与犀吉的交往过程中多次体验过吧)跑到宾馆门口,只见在车里的犀吉身旁,像抱着二十只小鸡的母鸡似的,因怀孕和不快而肿胀的×××鹰子,正用黄胆病患者那样的眼睛怨恨地坐在那里瞪着我。犀吉耷拉着脑袋,认真地盯着方向盘上的商标,仿佛第一次看那商标似的。他刚刚被飞越多佛海峡而来的怀孕的妻子兼债权人捕获了。

现在回首往事,我觉得在这一瞬间,那晚的突发事件的飞轮已开始转动。斋木犀吉和鹰子、胎儿,也包括扮演古怪旁观者角色的我本人,这四者在那一瞬间跨上了凄惨的车轮。关于这点,我只想以编年史作者的笔法,按照事实进行简要陈述,因为即便详尽描述,不信者亦绝不会相信居然会发生这种既具悲剧性又具滑稽性的突发事件。

我向鹰子打招呼,可她不像在伦敦分别时的姑姥姥的样子,倒像患消化器官疾病的老处女,并不理睬我。当然,我虽处于宿醉中,但亦诚心诚意地向她保证,在巴黎逗留一周后,立即把犀吉送回伦敦,所以对其怒气,我亦没有太多不服气。这时,犀吉阴沉着脸说道:"我们还没吃饭,去'广东'吧?"我表示赞同。于是,把捷豹车停在小巷深处,我们徒步去中国餐馆。

我们让鹰子居中,在靠墙的沙发上并排坐下。殷勤的越南侍者在写菜单前,先送来一瓶博若莱红葡萄酒。我们在这二周期间,用餐时自始至终只喝这种饮料。但一见到这瓶子,此前一直保持沉默的鹰子突然用盛气凌人的法语斥责了侍者。她说我们在开始进餐时不喝这种烈性葡萄酒,拿马爹利或色列斯酒来!鹰子完全不喝酒精饮料,却这么说着,把好心的越南人斥责了一番。侍者狼狈不堪,面红耳赤。我和犀吉已与那年轻侍者成为朋友,所以亦感到难堪。开始用餐后,鹰子亦一直发着牢骚,那侍者甚至有些胆怯了。离开餐厅时,由鹰子付账,可她对账单的计算方式挑剔一番后才掏出钱包。最后,她想放些小费,但这下越南侍者拒绝了。走出餐厅时,我和犀吉都没有勇气正眼看他的脸,我感觉丢失了一份友情。

而后,我们横过马路,穿过萨特曾经住过的建筑物旁,进入圣日耳曼德普雷俱乐部。这是鹰子带的路,她有意向我和犀吉卖弄其巴黎地理知识。话虽如此,在俱乐部里,那位虽然大脑受到毒品和酒精的伤害,却仍然充满魅力,犹如病海狮般肥胖的巴德·鲍威尔[①]正在弹钢琴,这对我是意外的喜悦。我以为巴德·鲍威尔早已不在人世。我们总算恢复了一点生气,谈论着这件事,我和犀吉喝着威士忌。鹰

[①] 巴德·鲍威尔(1924—1966),爵士大师,流行乐的创造者之一,其弹奏不仅快,而且充满灵气,一生饱受精神疾病的折磨。

子吹嘘她自己是个爵士乐迷,却无视我的喜悦,她在这里亦就橙汁向侍者提出了刁钻的要求,法国侍者明显表现出不愉快的表情。巴特·鲍威尔在演出结束后便退场了,当驾驶坦克般弹风琴的年轻黑人为首的四重奏开始演奏时,客人们便到舞池翩翩起舞起来。于是,鹰子执拗地要与犀吉共舞,犀吉却一再拒绝,如此展开了一台小戏。不久,鹰子哭着离开座位走到门口,我们也只好追她而去。问其哭泣的原因,她坚持说那位法国侍者背着我和犀吉嘲弄了她。时间已是午夜一点,我想告别犀吉夫妇回去休息,但鹰子又邀请我到他们宾馆喝上一杯,她说如果就此分手,好像其歇斯底里毁了今晚的聚会似的,这令她感到难堪。犀吉亦突然赞成鹰子的提议,不让我脱身。结果,我又坐进捷豹车,半小时后在犀吉他们的高级宾馆喝起了鹰子在飞机上买来的老伯威威士忌。不久,犀吉说他喝醉了,无法送我回去,我便睡犀吉的床,犀吉则与鹰子一起睡鹰子的床。房间的灯光熄灭后,鹰子立即又像在爵士俱乐部那样,开始执拗地挑逗犀吉。鹰子说:"来吧,啊,来吧。"忽然,鹰子哭泣起来,用极恐怖的声音说道:"我一个人也行!"我很瞌睡。我害怕会出什么事。鹰子很快呻吟似的叫起来,那是为了迎接她自己孤独的性高潮的奋战之声。犀吉突然叫道:"我不愿意!"并响起重重地打在裸露肌肤上的声音。不知为什么?一刹那间,犀吉又开亮了枕边的灯,也许他想逃离与鹰子的黑暗世界吧。转瞬之间,我看到象骑自行车般跨在木乃伊似的仰卧着的犀吉的腰部,如逆戟鲸般上身后仰,闭着的眼睛因被殴打疼痛而流着泪水,确实像孕妇般半裸的鹰子,我随即闭上了眼睛。该如何收拾这局面?我、犀吉、鹰子都被逼入了绝境。接着,鹰子发出尖厉的哭泣声,从床上跳下来,跑过去打开了窗户。我知道鹰子打算从窗户跳下去。我期待着犀吉制止她,或像橄榄运动员般飞快地扑向他怀孕的妻子,但他仍像木乃伊般纹丝不动。鹰子从窗口默默地纵身跳下。

我和犀吉这时才从心底里感到震惊，翻身下了地。我记得我看到犀吉那滑稽地从底裤露出的血管怒张的阴茎。所幸前台值夜班的男子刚好不在。我们在为保护地下室窗户而伸在马路和建筑物之间的金属网罩上，发现了正要把卷至胸前的内衣往下拉曳的鹰子。鹰子平静地注视着我们走上前来。我和犀吉想把她抱起来。我感到我那抱着鹰子裸腰的手，被大量的液体濡湿了。那是血吗？我惊慌失措了。我对犀吉说送医院吧。这时，鹰子用姑姥姥般的声调说道："医院不行，你们两个会被捕的。就这么回宾馆的房间也不行，前台会闹翻的。虽然会弄脏捷豹，但还是把我送到×××派驻员的公寓，在此之前还不会完全出来。"我和犀吉都明白鹰子要流产了。最后，我们躲避着警察，把她送往香榭丽舍大街背后的派驻员的公寓，这足足花了一小时，简直快疯掉了。捷豹自不用说，我和犀吉亦浑身沾满了野兽般的液体。不久，半裸的鹰子失去了姑姥姥般的平静，开始发出沉重的呻吟声。我们在公寓门前按响了门铃，又惟恐惊动同一层楼的法国人，内心害怕得要死。殷勤的派驻员和他妻子出现了，把我们迎进屋里。鹰子已经神志不清。我和犀吉立即开着恶臭的捷豹去接派驻员的一位朋友，那是医学院的学生。当我们再次返回公寓时，天刚破晓，浓雾弥漫。犀吉必须向派驻员说明事情原委。我暂且告别他们，返回自己的宾馆。上床睡觉时，我突然感到一阵恐怖，不禁呕吐起来。我想如果没有那位遇事沉着的派驻员，鹰子会死去，我和犀吉会被捕吧，因为我们只能在隆冬的巴黎街头，抱着正流产的几乎全裸的女子彷徨了。

黄昏时分，我睁开眼睛，立即乘地铁去派驻员的公寓。派驻员和罗伊两人在昏暗的客厅里相向而坐，默然无语。罗伊从巴黎打去的电话中听说出事了，便与正在卧室里和派驻员妻子一起护理鹰子的特里,乘喷气式飞机赶来了。派驻员告诉我,鹰子流产了,但母体脱离危险了。当时,他那冷静而极为诚恳的语调对我而言,实在是一种拯救。但他说目前不能与鹰子见面。罗伊则要我去巴黎警察局或日本大使馆做证,说犀吉酒后施暴,酿成了本次事件,以便据此控告犀吉。但我拒绝了,说这与事实不符,我不能如此做证。这时,罗伊好像终于想起我在他伦敦公寓中的粗鲁行径似的,对当时未在场的犀吉和我破口大骂道:"野蛮的杀人犯!卑鄙无耻的小日本!"派驻员说鹰子要和犀吉离婚,他让我把这消息转告肯定在自己宾馆的犀吉。这天,犀吉一直被拒绝在这套公寓之外。我离开那里时,派驻员照样与我殷勤道别,但罗伊不理睬我。从一扇房门里传来特里那唱歌般优美动听的呼唤声。四十岁男同性恋者正在安慰刚刚流产的三十五岁女人。

犀吉在他宾馆房间的浴室里,只穿条裤子,半裸着身子,抱着脏兮兮的两只光脚直接坐在砖地上,喝着放在坐便器盖子上的歌顿金酒①。他也许为了躲避电话才闷在浴室里吧。我就那么穿着外套,站在他面前,转告了派驻员的话。犀吉听完,用下巴示意带有"醉野狗"标签的瓶子,和用牛皮纸包着的带有已消毒标记的酒杯,问道:"不喝一杯吗?"我拒绝了。犀吉用特别嘶哑,与他平时不同的低沉的声音慢慢地说道:"我害怕婴儿,特别想到在香港得的性病,简直无可言喻地害怕,我想逃离婴儿,可现在流产了,我又增添了新的恐惧感。"眼看着他的眼睛充血了,浮现出眼水。但我不相信犀吉的悲伤。接着,犀吉忽然问我是否去西班牙旅行?我拒绝了,并告诉他我在巴黎也不打算再和他见面了。我拒绝为罗伊告发犀吉做证。我希望通过拒绝其要求以恢复心理平衡。犀吉说道:"什么?在巴黎不

---

① 哥顿金酒(Gordon's Gin)属于伦敦干金酒,也是销量世界第一的金酒。

和我见面了？这不是很无聊?"我默默地摇了摇头。于是,犀吉忽然又提高了嗓门,面带嘲弄的冷笑说道:"你不是指责过我'你打算一直这么过你的现实生活吗？这么下去,你以为你可以永远不觉得羞耻吗?'你现在也想这么指责我吧？但我不觉得羞耻。"

但是,犀吉感到羞耻了。我默默地离开他,回到自己的宾馆。这年冬天我和犀吉没有在欧洲再见面。我改变了巴黎的逗留计划,刚好有位来自东京的小说家朋友约我一起去莫斯科,我趁此机会经由波兰,前往苏联。我再次返回巴黎已是翌年年初,我仍在去莫斯科前的那家宾馆入住。有一天(那是星期五),我正在宾馆旁的小餐馆吃仅星期五供应的浓味炖鱼时,实在凑巧,罗伊进来了。我们都把打架之事,骂我是小日本之事完全忘记了似的,进行了极为简短的交谈。罗伊前来监修巴黎电视台拍制的苏格兰鬼片。他说,鹰子痊愈后去了美国,与犀吉已正式办理离婚手续,犀吉则与 M.M 订婚了,正在意大利旅行,不久还将去东京吧。我只是感到茫然。为了说服惊愕不已、满脸狐疑的我,罗伊说道:"由性欲结合起来的男人和女人是最肮脏的,他们践踏男人与男人之间,乃至人与人之间的友谊,而且还相信那是大自然的安排。你也这么认为吧?"我含糊其词,匆匆告别。临别时,他给我一张写有他电话号码的小纸片,但我把它扔掉了。

第 五 部

1

　　此后,斋木犀吉和我只有两次直接见面的机会。其中一次,他特别高兴,喋喋不休。另一次是忧郁且略显沉默寡言。不过,用电话聊天倒是颇为频繁的,但我们之间并未恢复到亲密无间的朋友关系。在巴黎抱着即将流产的半裸中年女子彷徨的记忆,渐渐成为令人无法忍受的悲惨的怨愤,妨碍着我与携M.M返回日本的犀吉交往。那年冬末,犀吉与M.M两人抵达羽田机场。我虽然接到了通知抵达的电报,但未去接机。犀吉入住帝国饭店后,给我打来电话,说他住在那里,要买辆捷豹E型运动车,为了让M.M看四国深山峡谷的船舞,还为了去原子病医院探望阿晓,他们将出门旅行。他似乎忘记了在巴黎发生的不幸之事,显得特别高兴。结果,我只得约定在犀吉和M.M外出旅行前见上一面。

　　我和犀吉他们在他们到达日本大约二周后,在帝国饭店的酒吧见面了。犀吉已买了捷豹E型运动车,为了让我先看新车,他兴致勃勃地带我去宾馆停车场。当初决定与鹰子结婚,并获得葡萄酒色的奔驰车和新定制的服装时,他亦是意气轩昂的样子。这次比上次更甚,可以说他展示了凯旋的将军似的态度。但斋木犀吉将军是从卑鄙的战争中凯旋的,因为击败半裸怀孕的妻子是他惟一的战果。我想批评他,便告知了在巴黎遇见的罗伊指责他们的话语。"由性欲结合起来的男人和女人是最肮脏的,他们践踏男人与男人之间,乃至人与人之间的友谊,而且还相信那是大自然的安排。"M.M和犀吉都未受到这恶语的打击,特别是 M.M 与在伦敦公寓时一样,大声地笑起来,说是现在罗伊在尼斯海岸收留了一位无国籍的希腊游泳教师,并为他弄来假护照、找工作,闹得翻天覆地,而且与嫉妒的特里发生了纠纷。也就是说,由性欲结合起来的男人和男人亦然。周围的外国人竖起了耳朵。尽管是在酒吧聊天,但这话题并不适合帝国饭店。于是,我们改换话题。犀吉对 M.M 说有重要话要讲,让 M.M 一个人喝酒。我和犀吉,倒不如说与往常一样,主要是犀吉,不再用刚才的英语,而开始用我们国家的语言说开了。

"简单来说,我和这位大个子意大利女子开始一起生活,是因为在欧洲和鹰子分手后一文不名。那家伙多少想要给我一点钱,但我拒绝了。要说为什么拒绝?只能说那是出于一种感伤吧。我在巴黎陷入困境,怎样才能摆脱出来?我绞尽脑汁,终于想起这位意大利女子,便给伦敦寄了信。于是,受她邀请,我决定去意大利旅行。当时,还没订婚,甚至还没在一起睡过觉。如果罗伊对你说我们订婚什么的,那是那家伙想诱惑你而编造的谎言,说谎的报应就是诱惑失败。总之,我和这位意大利女子到意大利旅行了。用上等柠檬吃了小鱿鱼和炸虾。还吃了蛤蜊意面,也就是贝肉汁意大利面。吮吸了骨孔肉的骨髓。还吃了美味到令人难以置信的生火腿配甜瓜。你吃过帕尔玛生火腿配甜瓜吗?与英国的半熏制鲑鱼并列为欧洲冷菜之冠。你肯定没吃过,因为你的命运就是一生逃离快乐!不久,由于美食的关系,我产生了惊人的性欲,便和这位意大利女子睡了。我们彼此发现对方是最棒的性交之友。M.M说她早预料到了,她偷看我淋浴了吗?你别一脸害怕的样子,当然这是开玩笑。接着,我们谈到秘密订婚之事。M.M十七岁时,和本国的一位天主教傻瓜结了婚,十年后分居了,但教会禁止他们离婚,所以他们现在仍然处于分居状态。M.M的父母亲是意大利电影界的实力派人物,M.M的母亲和阿道夫·门吉欧①有过一段恋情,这是真的,M.M总拿着阿道夫·门吉欧和母亲一起拍的照片。"

而后,犀吉用他那伦敦式发音,词汇却是极度贫乏的英语,让M.M拿照片给我看。M.M正像看什么古典语的神秘剧似的,注视着我与犀吉讲话,并喝着纯苏格兰威士忌。M.M显得非常自豪,从手提包中掏出夹在护照里的小照片让我看。黄色陈旧的照片,那被花边围住的心形画面上确实照着三个人坐在深色的沙滩上,那是年轻发福的阿道夫·门吉欧、同样年轻发福且有点愚钝的女人,还有一位干瘦的小姑娘。这小姑娘是M.M吧,沙滩上的少女如病山羊般枯瘦,看上去对恐怖颇为敏感似的,与现在的M.M完全不同。我想起M.M躺在地毯上使劲做美容体操时,她那像煮熟的螃蟹般发红的头皮和像蒙田的衬衫领饰般的内裤皱褶,这些印象都与膝盖埋在沙里坐着的少女实在不一样。在宾馆大厅见到M.M的那一瞬间,我心里想:"啊,这是花花公子杂志为自己作广告,'什么人阅读本杂志?'彩页中出现的女富豪形象。"可以说,她和×××鹰子一样,只是M.M不像鹰子那么威严。我想那是因为M.M一边听着她无法理解的我们的对话,一边老好人似的几乎自始至终放声大笑的缘故吧。M.M对入住同一宾馆光顾酒吧的客人亦和蔼可亲地打招呼。

---

① 阿道夫·门吉欧(Adolphe Menjou,1890—1963),出生于美国宾夕法尼亚州匹兹堡,演员。

"这位意大利女子不靠分居丈夫的汇款,而靠双亲的遗产生活。在伦敦和变态性欲者们相处,现在又和我来到东京。她等待着住在米兰的丈夫去世之日的到来。成为寡妇后,她就可以和什么人再婚了。"

"总之,是和你结婚吧,因为你和她秘密订婚了。"

"啊,目前的情况是这样,但 M.M 已和不计其数的家伙们秘密订婚,我必须祈祷在我们订婚期间,与 M.M 分居的丈夫不要去世。我不想在外国人的教堂里,和这个意大利女子捆绑在一起,到死都动弹不了,因为我的生活旗帜是'自由'。这次我和这家伙来东京,是为了用她的钱来实现我和阿晓计划的戏剧。事情办完,我就解除婚约。"

"你还在考虑戏剧的事吗?"我抱着事出意外的心情问道。犀吉与鹰子离婚后,我再也未把犀吉和剧院联系起来考虑过,犀吉如此长期执着于一个现实性对象是令人感到意外的。

"是啊,你不要露出我和鬼一起出现了似的表情。这么看来,你不想为我和阿晓写剧本吧?你陷入了权威主义。在歌舞伎剧院经理前来委托前,你决定保持戏剧方面的纯洁吧。我决定不再寄希望于你了。总之,我和阿晓仍在不断地推敲计划。回东京后,我已多次给广岛打过电话,和阿晓聊了。他表示要尽快从原子病医院出院。如果他出院了,我打算把他叫到东京来,和 M.M 三个人一起生活。这位意大利女子出钱支持我们的戏剧,是把它作为一项有利的投资。关于我们戏剧的成功可能性,我竭力吹嘘,让她完全相信了。你在谈到我们的戏剧时,也不要表现出怀疑的样子。当然,我们的戏剧不会取得演出方面的成功吧,甚至连美学方面的成功也不可能吧。结果,它现在成了我和阿晓的个性化乐趣,这样也好。也许 M.M 知道我们演出失败,投资收不回来时,她自己也会解除和我的秘密婚约,回到米兰她丈夫住的地方。如果那样,更应该为我举办庆祝仪式。现在有癌病毒之说,她丈夫有可能得那种病,让婚约拖下去有危险。"

"这是婚姻诈骗啊。"我说道,"你这次表现出的罪犯式的面目是我们相隔多年再见时,你偷汽车成瘾以来的事情。总之,我希望你不要在罪犯式坑穴中陷得太深太脏。"

斋木犀吉以一种嘲弄般的冷静盯着我,什么也没说。我和他之间的亲密的连带已经消失了。我感觉自己似乎将犀吉迷失在了包围着他的各种污浊洪水的彼岸了,我过去曾与它们抗争过。犀吉在意大利享用了大量美食,但与在伦敦时同样瘦削,像草叶般的疤痕愈发给人荒芜感,而且有点吓人。他总是隐藏在表情背后的天真亦消失殆尽。他显得特别高兴,但有时忽然陷入沉默时,便会流露出毁灭性的忧郁似的。我如此感觉,也许是因为自巴黎事件以来,我已在感情深处对他不再怀抱友情之故吧。但犀吉那天的印象,迫使我对过去值得留恋的记忆也要进行修正似的。我并无太多感慨地想:"朋友就这样即将消失了。"宾馆酒吧的侍者们对他亦有点敬而远之的感觉。犀吉现在身穿着黑色西服,俨然没有一点瑕疵的绅士风采。但对宾馆服务员而言,也许他身上散发着无声的印记,让他们想起那些让他们难堪的不受欢迎的家伙吧?犀吉大口地喝了许多威士忌,但一直未醉。

不久,犀吉的话语告一段落,我想对一直沉默忍耐着的意大利女子,而且现在即将成为国际版婚姻诈骗的受害者、善良的大块头女富豪表示一下符合礼仪的举止,但我现在已没有将犀吉刚才用日语说出的危险计划翻译给她听,以促使她提高警惕的热情。总之,我对犀吉和这位意大利女子都未超越外人的框架。我试着问道:"M.M,你对这里满意吗?"

"这里?"M.M对我暧昧的英语寒暄即刻高兴地回应着,而且又笑了起来,喉咙通红的皮肤颤抖着,"如果这里是指天花板低低的、古典式宾馆的话,当然满意。我害怕高高的天花板,也害怕建筑物高高地耸立在道路两旁,因为觉得它们会坍塌似的。从某种意义上讲,巴黎的街道是噩梦。相反,东京这里不可怕,总之我喜欢这里!"

于是,像用日语从旁注释似的,犀吉说话了。

"这位意大利女士真的害怕建筑物在狭窄的道路上向外突起,有一次在佛罗伦萨差点疯了,我那时也害怕起这位女士了。"他像真害怕似的说道。

当然,想像那位醉了还继续大笑的大块头意大利女子居然有这种强迫观念是困难的。最后,离开酒吧告别时,犀吉让调酒师把一瓶黑白狗威士忌①和冰块一起送到房间里。接着,他对我说:"你知道我怕死,也害怕睡觉吧?我现在每晚都要喝半瓶威士忌,这还不算这么在酒吧里和朋友一边说话一边喝的量。上床和这位女士进行激烈的意大利式性交,然后喝半瓶威士忌,喝得酩酊大醉了就睡觉。死亡恐怖真是也随着年龄的增长而等比例增长吗?我也已经二十五岁了。"

翌日,犀吉和 M.M 驱动捷豹 E 型运动车向着四国和中国地区旅行去了。

2

接着,两周后的一个深夜里,斋木犀吉打来电话,那是从广岛打来的长途电话。犀吉的声音与在帝国饭店兴致勃勃的饶舌完全不同,着实让我吓了一跳。每当其话语中断时,我就怀疑他是否在啜

---

① 一种苏格兰威士忌品牌,商标印有"黑白狗"图样。

泣。犀吉精疲力竭,心情恶劣,可以说被新的绝望笼罩了。"阿晓的情况糟糕极了。他说打算出院是真的,但他的意思和我理解的完全不同。阿晓还是白血病患者,他的白血球数量惊人。现在,白血球数量开始减少,减少了很多,看上去像是出现了康复的迹象,但肯定会反复。白血球数量再次上升,倦怠感难以忍受,所有关节开始疼痛,接着就是不可避免的死亡。现在白血球在减少,这是假象或欺骗,白血球在进行最后一击之前,会作弄一下人们。这太残酷了,阿晓对此一清二楚。所以,他打算在白血球的间歇期出院。我今天一直在医院,我认为阿晓想出院是合情合理的。医院的设施是一流的,明快、设备先进、医生富于人情味。但阿晓的两旁躺着浑身被不计其数的癌细胞吞噬的遭受原子弹轰炸的老人们。他们漆黑的皮肤上沾着橡皮屑般剥离的皮肤片,那真像非洲的癌症患者。而且,他们默默地忍耐着,有时会朝阿晓微笑。为了躲避来自两旁的微笑,阿晓只能面朝天花板。可是,天花板是和平运动家为省下买水果篮的钱,而用烟盒折叠的千只鹤丛林,阿晓也必须付出相当的忍耐吧,我想尽早救出阿晓!"

犀吉委托我去位于田园调布的雉子彦的高级进口玩具店,转告雉子彦尽快找到可供外国女子和两名日本男子居住的最高级公寓。他还让我转告雉子彦,为步行困难的阿晓向批发商订购高级轮椅,而且要德国进口的能加速的轮椅。犀吉反复强调:"给雉子彦打电话没用,不当面催他,他绝不会行动起来,最近更加如此。所以,你去田园调布安排一下。"我黯然地放下听筒。

翌日早上,我按照犀吉的委托,前往田园调布的高级进口玩具店,只见雉子彦穿着瑞士制滑雪毛衣和黑皮裤出现了。他现在已没有从前近乎歇斯底里的纤细少年的模样了,给人以精于计算、富于小聪明的普通商人的印象,那相貌显出高度的警惕心,像难以接近的海龟似的,甚至还开始发胖了。我向他转达了犀吉委托之事,他仅仅显出明显怕麻烦的表情,紧锁着眉头,并未特别同情阿晓的命运,也没有打算立即处理租房和轮椅的样子。相反,他从近旁的货架上取下深红色塑料汽车模型,把它拆开后,向我讲解了内部结构,特别是精巧的小型汽油引擎。他终于表现出了热情。我客气地点点头,他便说:"这货量少,一辆三万日元,不买一台吗?"我拒绝了。当时,他脸上的表情足以让我畏缩。他对汽车模型所表现出的热情,并非出于对汽车机械的偏爱,而是热衷于销售。我再三叮嘱之后,正要离开洋货店,他假装天真地冷笑道:

"你和犀吉之间在欧洲发生了什么纠纷?这次回来后,犀吉尽说你坏话。他说把你当朋友信赖,却倒了霉,你年纪轻轻,却只有无聊文人的自我执着。他说和阿鹰的离婚,也是因为你到伦敦喝得酩酊大醉,把事情搞得一团糟引发的。还说了更恶毒的话。说你对犀吉的态度,在潜意识方面是同性恋单相思,也就是倒错的恶女深情,实在让人受不了,这下打算避开你过日子。为什么会变成这样?过去关系那么好……"

与其说愤怒,倒不如说由于莫名的羞耻心和自我厌恶,犹如被欺侮的孩子般,我满脸通红地逃出了高级进口玩具店。我并未完全相信雉子彦的话。但是,总之当时的突然袭击实在令我狼狈不堪,使我在很长的一段时期内不能从其后遗症中摆脱出来。

接着,犀吉两周后打来电话,说是包括阿晓在内,三人已开始住在麴町的新公寓。他邀请我过去玩时,由于我仍处于那后遗症中,所以拒绝了。我已开始创作一部长篇小说,并已结婚了,要找出与犀吉游玩的自由时间也确实困难。我妻子对从未见过面的犀吉总抱有成见,不喜欢我去见犀吉他们。我关心阿晓的不幸,但对探望陷入绝症的他,却有莫名的抵触感。面对阿晓,我能说些什么呢?由于这些原因,我几次拒绝了犀吉的电话邀请。这下犀吉似乎若无其事地问了如下问题,但其语气令我怀疑他其实就是专门为了询问此事才打来电话的。

"你知道安乐死的条件吗?"于是,我向犀吉介绍了不知自己什么时候在杂志上读过安乐死的六个条件。

A.病人处于现代医学无法康复的症状中,并濒临死亡。B.病人的痛苦一目了然,几乎目不忍睹。C.委托杀人仅为缓解其痛苦而为。D.病人意识清晰时,根据其委托。E.由医生执行,若非如此则需要正当理由。F.其方法在伦理上能够接受。

当时,我不过是天真地展示了自己的知识而已吗? 我至今亦常常疑惑不已。即便我没有深入思考、太过多嘴,那也应该说太天真了吧? 我一辈子也不会从这疑惑中解脱出来了吧……

有一天早上,那已是春天过半的时节,我一直工作到黎明,刚吃了安眠药睡下,陷入恐慌的妻子叫醒我,递给我一份报纸。我读过报,知道了令妻子感到恐怖的事件,我自己也深深地胆怯了。报道说一位坐轮椅的青年从面向麴町某公路的坡状小巷下来时,被另一位开捷豹 E 型车、携外国女士的青年撞死了。他们三人住在一起,其公寓位于轮椅青年出来的小巷深处。这是一起不幸的事件。附近五味坂派出所的警官目睹了这一切,证明是事故。外国女士由于这次事件的打击,陷入半癫狂状态住院了。而且,根据我妻子的陈述,犀吉不久前曾经来过电话,告知了这一事件,说是当时犀吉让我为了避免误会,不要说出此前电话中讲过之事。

妻子很想知道其内容,但我保持沉默,与希望吞下自己的恐慌斗争着。

那天下午,我去了斋木犀吉租住的房子。但他不在家,据说在照料住院中的 M.M。而且,房东不肯告诉我那家医院的名字,说是犀吉出门时让他保密。我被极度的焦躁感与恐惧折磨着,只得徒然而返。

三周后,斋木犀吉终于有消息了。我在此之前已失去必须弄清那次事件真相的积极态度,并产生了想从那次事件中逃避出去的消极态度。也许真是事故吧?我在现场看了那坡巷和马路,那里确实属于事故易发地点。对于从马路上疾驶而来的捷豹 E 型车而言,要避开从小胡同中蹿出来、在坡道加速了的坐轮椅者肯定有困难。而且,捷豹 E 型车正要拐入小胡同,已打了方向盘吧。

我这么反复思考着,希望从恼人的想法中摆脱出来。所以,犀吉打来电话时,我怀疑他是否打算坦白自己的犯罪,内心感到一阵害怕。他没有直接提及阿晓的事件,挂电话时,我着实有一种轻松感。对斋木犀吉的这次行动,为了替希望保持旁观者立场的自己的卑鄙进行辩护,我时而想起雉子彦告诉我的犀吉的骂人话,我亦一辈子不会忘记这件事,且时时会因为感到羞耻而呻吟吧。

犀吉在电话中是这么说的:"我带着 M.M 明天白天从羽田机场出发,乘汉莎航空的喷气式飞机。M.M 前一阵子受了刺激,精神出了点问题,无论如何要离开日本,我别无选择。我今后可能一直和那位意大利女士在欧洲各地行走吧,直到那家伙从刺激中恢复过来。另外,听说在吴町打散工的阿晓母亲来东京了,还拿着小刀到处转悠。听说到麹町也来了好几次。我觉得如果那女妖怪抡起复仇的小刀向我刺来,我肯定无力反抗,会被刺中吧。也鉴于这个原因,所以就逃去欧洲。下午一点出发,我想请你到羽田机场送行,怎么样?"

第二天,我怀着沉重的心情到达机场,犀吉他们已办好登机和行李托运手续,隐身在候机室大厅最角落的园柱背后的沙发上。M.M 像哭累了的幼儿般,把身子深深地埋在沙发里,把头沉入毛皮大衣领中,用两只手掌遮着脸睡觉。犀吉解释说,M.M 刚刚服用了大量安定剂。M.M现在已不像那位酩酊大醉,浑身通红地笑个不停的快活的意大利女子,毋宁说与在母亲及其著名情人之间,把膝盖埋在沙子里坐着,表情阴暗而茫然不知所措的照片上的少女相似。不过,这天我直到最后也没看到她的脸……

斋木犀吉身穿纳尔逊①提督般极为华丽的黑大衣,脚蹬擦得锃亮的漆皮鞋,把全身武装了起来,但他亦憔悴不堪。自从我们相识以来,他的脸看上去收缩得最为严重。胡子也未剃(他也总算开始长出普通男人那样的胡子了),令人感到意外的是总觉得他有点像老鼠。我突然想到衰老的犀吉会不会越来越像老鼠?又想起他那位悲惨的祖父,他长年担任看守,突然有了冒险的想法,立即走上街头,打算去什么陌生的国度,而后受了伤,被追捕者带了回去。犀吉像得了沙眼病似的,用烂红了眼皮、有点愚蠢的眼睛注视着我,并反复用责备似的语气无力地说道:"你来晚了。"其间还紧张地观察我背后的空间。他也许防备着阿晓母亲的袭击吧。他的声音令人怀疑是否像中世纪的一种刑罚似的,仿佛在舌尖上绑了铅坠般慢得让人着急,且含混不清。他也过度服用了一点安定剂。这天的犀吉可以说是沉默寡言的,但依然遵循其本性,说了很多。不过,一旦陷入沉默,他便无法从沉默的深处浮现。我和犀吉并排坐在沙发上,一边提防阿晓母亲的出现,一边聊天。阿晓、犀吉、鹰子启程旅行时,我把阿晓母亲带到了机场。

如果她获得了有关犀吉和M.M出发的信息,她肯定会毫不犹豫地出现在候机大厅的。

我只希望犀吉和M.M的起飞时间快点到来。我最担心阿晓母

---

① 霍雷肖·纳尔逊(1758—1805),英国十八世纪末十九世纪初的著名海军将领及军事家,在一七九八年尼罗河口海战及一八○一年哥本哈根战役等重大战役中带领皇家海军胜出。

亲袭击犀吉,以及毫不抵抗的犀吉受伤之事。但连犀吉就本次事件对我说点什么,我都想尽量避免。我不想从犀吉口中听说是他杀了阿晓,同时也不想听他辩白那是单纯的事故。我从阿晓的事件中完全夹着尾巴逃跑了。我内心的拒绝似乎与犀吉相通了。他学着我的沉默,亦沉默不语,只是忙碌的眼睛在机场拥挤的人群中锐利地徘徊着。睡着的M.M像婴儿似的,时而发出暧昧的呻吟声,她在做安定剂亦克服不了的恶梦吧。

而后,犀吉突然开口说话,他会不会提及阿晓的事件呢?这回我又感到恐惧了,但幸亏不是。他如此责备了他自己。"我完全没做成任何一件事,我也做不了任何一件事。如果我想做什么事,一定会出现绝对困难,把事情破坏了。但我也不憎恨那困难,我总认为出现困难,并让我屈服是自然而然之事。这次回到东京,我阅读了年轻登山狂学者写的有关黑部溪谷水坝的书,其中有关于登山家心理的分析,它是这么说的,'登山家常常拥有奇妙的错觉。那是在人与自然的斗争中,自己站在自然一边这种意识。'我也在和自己人生中的困难做斗争时,觉得自己站在困难一边。我一直在冒险,但一定失败。而且,我感到我是令自己失败一方的朋友。我可以说是日常生活的登山家……"如此说完,犀吉便像衰老的猴子般眨巴着衰弱的眼睛注视着我,用完全不像他、毫无自信的样子问道:"怎么样?暧昧而无聊吧?我现在头脑不好用,好像把自己以往人生准则的集大成都丢掉了似的,我的冥想癖到底是怎么回事呢?"犀吉突然又沉默了,时间就这样过去了。而后,犀吉愈发像叹息般无力地说道,"我现在很害怕,从喉咙到整个舌头像塞满了不安和恐惧似的。以前发生这种情况是在睡觉前,总在晚上,但现在是大白天,朋友在身边我也感到害怕。也许那家伙跑来刺我,所以感到害怕吧。但不仅如此,我想即便我能顺利逃离这里,仍会感到害怕吧。而且,我在欧洲会被这位变得这么古怪的女士纠缠着,我已不可能摆脱这家伙了。以前和我分手的女人们都在失去自尊前,用自己的脚走向了自己的方向,这就是我总是自由自在的原因所在。想来,那不是我自力成就的,而是女人们自己完全处理妥当了,是他力成就的结果。但现在这位意大利女士不仅不担心什么自尊,她完全被击垮了。我肯定不能抛弃这家伙。而且,这家伙分居中的丈夫去世后,这下我将一辈子被她控制住。毋宁说比起现在,我更害怕出发后,和这家伙仅仅两个人的漫长的旅行和结婚生活……"犀吉用沉重的舌头不断地诉说着。

我不想听犀吉的这些哀叹,但大体上还是认真地听了。我始终关闭着自己的心房。我仍处于雉子彦所转达的话语的后遗症中,但我现在还是对自己的不宽容和卑怯感到羞耻。我完全是执着于自我之辈,不值得成为朋友。

我的无动于衷与拒绝式沉默渐渐地使犀吉沉重的舌头越来越无力了,他再次唐突地沉默了。接着,过了一会儿,他像是恢复了一点勇气似的说道:

"我到欧洲后,这下马上去阿尔勒。我想看开花的扁桃树,不知过了季节吗?"

我当时莫名其妙地差点眼里涌出了泪花。对犀吉深深的怜悯之情即将觉醒。但这时雉子彦出现了,我心中开始呐喊的内在之声中断了。雉子彦似乎根本不把燃起复仇之心的阿晓母亲放在心上,事务性地报告了卖掉捷豹 E 型车,并结清房租及其他杂费后,将把余额悉数汇往巴黎。这似乎多少将犀吉从其悲惧症中解放了出来,他如此回答雉子彦:

"喂,雉子彦,如果我能和这位意大利女士在欧洲大陆,或非洲大陆,或爱琴海的某个岛屿拥有一个家安顿下来,我会立即寄上法国航空的单程机票和正式邀请函,你要骗过外务省过来呀。如果能找到金泰的话,当然那家伙也一起来!大家打打拳击什么的,安度晚年吧?我们马上要迎来晚年了,雉子彦。"

但雉子彦显得沉默寡言,并未附和犀吉所言。并且,他以店务繁忙为由,马上回去了。现在,犀吉完全没有一位真正的朋友了吧?不久,时间到了。犀吉像对什么死了心似的与我告别,而后用手臂挽住M.M的身体让她站起来,M.M因为安定剂的副作用,仍然蒙住脸睡着。犀吉的另一只手则提着两人的皮箱,像凄惨的苦力般蹒跚地走下楼梯,走向海关。宛如受伤的印第安人搂着同样受伤的同伴撤退似的。我只是对斋木犀吉能够躲过阿晓母亲的追究,终于逃往欧洲感到放下心来。犀吉就这样启程了。

那年夏末,我在银座偶然碰到×××鹰子,她说几天前刚从美国回来。我们决定在有空调的地方避着暑气喝了茶再告别,便进了一间宾馆的大厅(那里刚好是犀吉从早上开始喝啤酒,并突然睡着了的宾馆)。一小时后,我们在那间宾馆七楼的房间,彼此好奇地看着对方被汗水弄脏的裸体,面对面站着脱去了衣服和内衣。我想那也许是在鹰子和犀吉结婚典礼之夜,我和鹰子悄悄地把睡熟的犀吉放在卧室,我们自己则在他们公寓的起居间,平静而忧郁地进行的奇妙而亲密的会话的延续吧。我们并非突然相爱了,也没有装出要相爱的样子。我们完全没有接吻,直截了当地开始了性交。

但至少对我而言,那多少成为一次奇妙的性交。与我一刹那间在巴黎的宾馆见到时一样,鹰子像骑自行车般飒爽地挺起上身,朝着自己的性高潮奔跑,仅此而已。但我从她那里借鉴的与其说是成熟的性意识,倒不如说仅仅是与幼儿期性欲有关的器官,鹰子用她自己的手独占了她的女性器官,孤独地鼓舞着自己,朝着与我无关的性高潮奔跑。并不像犀吉所言,鹰子并未呼叫她在戏剧运动中的新的灵感。性交后,她也未把它们记在笔记本上。也许那是犀吉编出的笑话。要说犀吉为什么要发明那样的笑话，那是因为犀吉想对×××鹰子的性癖进行保密的缘故。

犀吉也有秘而不宣之事，我对此感到痛心，我觉得我发现了犀吉不知疲劳的性铠甲下，有着与其年龄一致的未成熟、幼稚的羞耻心。于是，我对他在巴黎宾馆的粗暴行为多少改变了一点看法。我终于失去了与犀吉谈谈此事的机会，我对此深表遗憾。在下楼的电梯里，×××鹰子得意洋洋地说道："我说过没必要担心怀孕吧？和犀吉结婚后怀孕是因为有时被强奸的缘故。"她说这话时一点也没有害羞的样子，脸上则是疲劳至极的荒芜表情，这令我怀疑自己是否与五十岁女人睡了觉。我对犀吉在性方面的怜悯不断加深……

而后，又过了半年，我从布日伊的 M.M 那里收到斋木犀吉縊死的信件。白天，我一整天都忍耐着。但妻子深夜去卧室后，我一个人在书房里开始喝威士忌时，我想起除了喝得酩酊大醉睡觉外，犀吉是一个无法从黑夜和死亡恐怖中摆脱出来的人。那么害怕死亡的人，居然会自己选择死亡，应该如何理解这其中的悲惨与恐怖呢？我实在无法忍耐了，一直哭到了天亮。

3

我就斋木犀吉要说的话就这些。他已经死了，把他留在记忆中的人不多。在这个现实世界中，也许已经完全没人出声念叨斋木犀吉的名字了。他被所有的生者忘却了，并将永远地重复最悲惨的死者的死亡方式吧。

我开始讲述其生涯时，所有了解其为人者都给我寄来信，或打来电话，或当面说："你为什么要讲述斋木犀吉？他从来没有成就过一件事情，如今他已经死了，今后也不会成就任何事情。另外，正如你所了解的,他是一个自私自利、傲慢、令人不快的半狂人,他真的给很多人带来了不幸。而且,他逃离这个国家,并突然自杀身亡。你创作一部有关他的传记,究竟抱有怎样的目的?"

确实,斋木犀吉在这现实世界未成就一件事情。现在他死了,就等于不存在了。他所做的所有事情都中途受挫,原本其成果一开始就令人怀疑。他是个冒险者,但作为留下英雄记忆的行动家,他太过饶舌了。因此,他也不是一位有条理的逻辑家。他常常有无数约定,却未实践任何一个约定,便匆忙地走完了他自己的人生。即便如此,我写下这部传记,记录了有关斋木犀吉的真实与传说。我为什么满怀热情地致力于其传记或冒险谈呢?总之,我现在能说的就是,斋木犀吉真是我们这个时代的人。而且,作为我们这个时代的人,其使命就是滔滔不绝地饶舌,激烈地性交,尝试所有冒险之事,最终未成就任何一件事便唐突地死去。

我将于今年年底去非洲旅行,要去布日伊的无主墓地凭吊犀吉。这是犀吉作为其灵魂之歌的诗句:

　　别以为死者已经死去
　　只要生者尚在
　　死者不死　死者不死

我将根据这诗句,告知他的亡灵至少有一位生者记住了他,以抚慰他的灵魂。

不能不重复的是,像斋木犀吉那样极度害怕死亡者,其自杀该是多少残酷啊!死亡到底是什么?死后的世界存在吗?死后的虚无、虚无的永恒究竟是什么?

这部传记写到一半时,我收到新近结婚,并已生下几个孩子的卑弥子的来信,信是这么写的。"眼睛不太好,说是不能再开车了,阿姆斯特朗卖了三万日元。听说犀吉自杀了,我不相信。说是尸体在他未婚妻仔细确认前已被抬走。所以,我认为这是犀吉收买了加比利亚侍者和警察的骗局。总之,犀吉真的很怕死。"

这封信纠缠了我好几天。确实,斋木犀吉有可能收买加比利亚侍者和警察,扮成尸体以摆脱意大利未婚妻。他到达非洲,恢复了他青春时代最初最纯真的政治热情,即应征参加苏伊士战争志愿军时的热情,终于摆脱了束缚他的意大利女子,正服务于本·贝拉①吧?他为了推敲这个计划,在宾馆里整日坐禅思考吗?现在,他摆脱了日常生活的桎梏,正进行真正的冒险吧?如果是那样的话,像他那样成功地把自己的青春以一个主题贯彻到底的青年甚至可以说没有吧,这种从十八岁憧憬苏伊士志愿军,到二十五岁参加布日伊实践活动的青春。

我暂时被这遐想迷住了,我甚至想在这部传记的末尾,捏造犀吉从撒哈拉沙漠寄来盖有阿拉伯文字邮戳的美术明信片。但此后又过了一段时间,为了返回这一遐想,我必须进行一番努力了。

即便如此,如果他真的活着从撒哈拉沙漠寄信来邀请我,我想这次我会抛却日常生活的一切包袱,像发了疯似的,拼命搭乘前往非洲的喷气式飞机吧。斋木犀吉在写给我的最后一封信中如此写道:

> 我很好。听了希腊遇难船船长的故事,他在航海日志的最后一页潦草地写了如下一段话,而后就死去了。我现在对自己充满了自信,以此心情与暴风雨做斗争是令人感到愉快之事。那么,你是否记得奥登的这几句诗?我现在正这样思考着。

---

① 艾哈迈德·本·贝拉(1918—2012),阿尔及利亚政治家,一九六三年当选阿尔及利亚首任总统。一九六五年,本·贝拉被军事政变推翻,遭政变当局软禁,后获释流亡海外,被喻为阿尔及利亚的国父。

不可丢失危险的感觉

道路确实短且险峻

但由此望去,像缓坡一样。

那么,再见了,要全速奔跑,还要跳,要逃离铅坠般的恐惧心!

文学冒险者如是说

栾 栋

一、从《日常生活的冒险》说起

《日常生活的冒险》(以下简称《冒险》)是大江健三郎在上个世纪六十年代写的一本小说。顾名思义,这部作品所刻画的众多人物和事件都围绕冒险话题展开。其中最引人注目的聚焦点就是冒险二字。

若问谁在冒险?小说中的各色人等都在冒险。斋木犀吉号称"冒险之王",可谓冒险之荦荦大者。卑弥子冒险,据说是没落大户的后人。金泰冒险,是朝鲜裔日本人的拳击豪横。鹰子冒险,是富商大贾的堕落千金。阿晓冒险,是核爆受害者,默默准备报已仇亦雪国恨。阿晓妈妈冒险,为自己的独子甘愿做一切。那一对英国的同性恋者也在冒性倒错之险。意大利的 M.M 小姐同样在冒险,她像飘荡在尘世的富家女,漫无目的地苟活。法国圣日耳曼德普雷旅馆逗留的越南青年与妓女也在冒险,他们吸毒贩毒,一步步走向毁灭。概而言之,小说罗致的人物无不在冒险。而那个作为第一人称叙事的

"我",虽然时时小心,处处谨慎,说到底,也是战战兢兢地活着,吞吞吐吐地冒险,或者说是被阴错阳差地裹挟着冒险。当然读者不能把"我"这个第一人称叙事者完全等同于作者。"我"与作者有关联,但是把"我"完全与作者画等号,那是以偏概全的解读。小说中的"我"是小于作者实际之我的虚拟存在,从根本上讲,整部作品和所有形象都是作家的手笔。作家大江健三郎著述丰硕,并非每部书都是以"我"叙述。再往开看,作者的生活远非其作品二字可以涵盖,作品不论多寡,实际上只是作者创作及其日常生活的一个重要部分,哪怕其著作非常重要。收敛一点讲,称作者是《日常生活的冒险》中所有冒险人物的塑造者和见证者,自然不是夸张。

书中的冒险人物冒什么险?或为何冒险?在明面上,他们冒犯的是酒色财气的战后一代,或汲汲于报深仇大恨。除鹰子酒精过敏不贪杯而纵欲外,其他各类人物都嗜酒如命。而且人人都被情欲击倒,就连那个"我"也不例外。可以说,斋木犀吉、卑弥子、鹰子、阿晓、阿晓的妈妈、英国和意大利的几个关联者,无不是嗜酒成性的酒糟虫。猜想大江对酒文化一定有很深的感受和精到的研究。从《冒险》中不难看出,他不颂酒也不骂酒,而是很善于以酒色度量社会。从作品人物酒精入口之多少和入世之深浅,折射出了危象重重的日本社会。在这部作品中,举目滔滔,尽是红男绿女,放浪形骸,惟酒与性。性乱与纵酒无度相互交织,二者是所有事件繁衍的催化剂,也是醉生梦死者的无数个交集点。在作家笔下,对性滥的描绘与酗酒无度的写照,是一样的浓墨重彩。"性自由"或曰"性开放"不仅在异性间发生,也在同性间倒错。作者虽然没有从道德评价方面宣讲自己的批评意见,但是书中那些恣肆不羁的场面描写,还是令人震惊,字里行间含蓄地披露出了酒池色海中冒险者的深层背景。大江健三郎并没有像席勒那样喊出对性与酒的好恶褒贬,而是像莎士比亚那样的笔触,把写酒写性的深意蕴含在一个个典型环境中的典型情节里边,不枝不蔓而起伏得体,笔墨浓淡恰到好处。作品中那些二十来岁的青年们,大都是经济困顿的人,生活拮据,工作飘摇,前景黯淡,不知所以。即使很想守住底线的"我"和才气颇高的犀吉,都有被荒诞存在无情束缚而朝不保夕。倘若只看言行举止,小说中的人物似乎为所欲为信马由缰,实则人人自危,个个恐慌,透露出的是醉生梦死中的冒险存在,有一种苟延残喘的窒息感。不仅酒与性折磨人,还有爱恨情仇的偶然必然,以及生老病死的自然肃杀,凡此种种,都给人设置了地狱般的高墙大堑。"我"那位阅历非凡、硕果熟透的祖父也无法突破这个限度。他那条通人性的老狗和犀吉驯而寄养、收而溺宠的名为"齿医"的大猫,也与人一样,难逃生死命运的蹂躏。黑暗中当然也有亮色,即便一身毛病的斋木犀吉也不是一无是处,他在四处碰壁的冒险生涯中,也有一点阿Q和唐·吉诃德一样的可称许之处。他想见义勇为,动员"我"一起去苏伊士做志愿兵,支持那位被政变推翻的阿尔及利亚首任总统艾哈迈德·本·贝拉。他抛弃卑弥子与鹰子结婚,是为了得到一笔经费创建一个剧院,完成自己梦寐以求的戏剧事业。这些行为自然可以看作是犀吉的恶中之善,那是大江健三郎认同的另一种冒险。

不能绕开也不能原谅的,首先当然是把人变成牲口,甚至变成怪兽的那个世界。在社会,犹如在作品,灾连祸结,人欲横流,走肉行尸,如蛆虫蜉蝣,生不如死。这一切,经过大江健三郎入木三分地刻画和特写镜头的放大,给读者提供了多方面的启迪。其中最引人深思的是为什么出现无望之欲望,以及那个病入膏肓的所谓"发达"的社会。二十来岁的苦闷者,他们所处的环境其实很恶劣,也很可悲。社会有如经济怪兽般膨胀,芸芸众生特别是战后的一代,则以吃喝玩乐和恣情纵欲麻醉和沉沦。从青少年的处境可以悟出,人心被天皇体制禁锢,权柄被经济大鳄操控,整个国家成了美国圈养的"铁笼囚徒",政界混杂着借尸还魂的战犯鬼魅,文教界渗透了被国际霸主灌输的精神麻醉剂。作为下层个体,想正常存在而不能,遑论远大的抱负和扭转邪恶社会的理想。浑浑噩噩者和随波逐流者居多,清醒者寥若晨星。如果要他们反思和忏悔如此生活的悲催问题,每个人都能自辩说,"我是畸形人",因为"我是牺牲品"。在这样的社会状态中,即使美善的初衷也无法不变质,原本纯洁的灵魂也会被扭曲。当然,那样一种魔影重重的社会是恶之渊薮,而个体自我也并非完全无辜,为贪欲鼓动和被异化支配便随波逐流,如此的个我也好不到哪里。社会逼迫人们恶性冒险。反而言之,要想良性生存,也少不了为正能量冒险,那是要比恶性冒险付出更为沉重或更为惨痛的代价的。为正义而冒险,不仅要战胜来自社会之压迫,也要抵挡得住内在欲望的横流。从根本上来讲,"吾之大患在于有身","性自命出"也有无奈。至于"朝闻道,夕死可矣!"的境界,不是这些"日常生活的冒险者"所能企及,那是需要大智大勇的英雄豪杰践履。这些道理,大江健三郎自然是想到了的。其中深意,他在其他著述中有阐述。作者发出的光和热,如同一缕缕暖色,每每给读者以慰藉和鼓舞。值得一提的还有,《冒险》中的"我"比其他人略微清醒?"我"没有犀吉那么坏,也没有他某一时刻流露出的那种好。"我"的底线犹在,德行不亏,心有戚戚,志尚坚守。俗话说苍蝇不叮无缝蛋。"我"无缝,或者说"我"的缝隙尚未开裂。"我"不甘同流合污,"我"在冒险抗争。小说结尾处,引述了"我"曾收到的斋木犀吉的最后一封信,上面写道:

那么,你是否记得奥登的这几句诗?我现在正这么思考着。
不可丢失危险的感觉
道路确实短且险峻

但由此望去,像缓坡一样。

那么,再见了,要全速奔跑,还要跳,要逃离铅坠般的恐惧心!

这就是犀吉自杀前仍然不忘告诉"我"的一个善的信念。"人之将死,其言也善。"斋木犀吉自杀前的心理或可这么理解。

二、遇险走险与暴险

在大江健三郎的著作中,冒险或曰犯险是从不同角度书写过的主题。遇险、走险与暴力成险是构成其宏大叙事的三个基本点。解析此三险是把握这位伟大作家的有效途径。

遇险,是小说人物不期而遇的事件。早年的《饲育》《人羊》《奇妙的工作》《死者的奢华》等作品中,大江健三郎就撰写了不少偶发的危险情景。《个人的体验》中脑疝气残障婴儿的出生,对鸟夫妇和新生儿都是遇险。《日常生活的冒险》中阿晓幼年遭受到的核爆炸的祸害,对这个贫苦家庭的儿童,那是无辜的遇险。大江健三郎晚年写的《空翻》以育雄与舞女的表演事故开篇,叙说的也是影响两位儿童一生的遇险。凡此种种,举凡偶缘而发的事故,都可归于遇险一档。对遇险主体的遴选和情节的展开,是作家观察力的体现,也是其想象力是否丰富和创造力是否发达的试金石。从小说创作角度看,遇险是运气对作家传递的阴阳消息,其来也速,其去也快,常常稍纵即逝,抓取得巧妙,那便是人们常说的灵感来袭。作家的天赋高低,可以从其对遇险情节的捕捉状况方面得到考验。不同文学作品中许多主要人物的个性化行为,在小说中往往以奇特、怪诞、突发和匪夷所思或个体不可抗拒突显。遇险遇酒,大江的描写堪称高手。《个人的体验》中鸟酗酒至呕吐的段落可谓精彩的篇章。酒的诱惑力如此之强,爆发力如此之大,被酒放倒者如此狼狈,真让人大长见识。

在《日常生活的冒险》中除鹰子外,上场人物都是酒徒。遇险就喝酒,喝酒就遇险,喝酒本身即一种遇险。我猜想,大江健三郎一定是酒中仙,酒里不时遇险,遂使笔下惊风雨,文成泣鬼神。像阿晓那种幼儿期就遭遇飞来横祸,此类遇险落在任何人任何家庭头上都是天大的不幸。而这也成为他后来时刻想讨个公道的走险思想动机。

走险,是明知不可为而为之的行为。上述阿晓长大后其曾经遭受核污染的综合征发作,他在犀吉住宅中潜心设计了用半导体器材组装的播放设备,企图抓一个相关的美国"责任人"进行电子审判。这是走险。犀吉欲带"我"去苏伊士做志愿军,支援阿尔及利亚国家之父的复国事业,也是一种走险。作家们将所见所思的所有赤裸裸的性事诉诸笔端,那是需要品学胆识的。换言之,写性之走险,是对作家综合性人文智慧的一种挑战,也是作家及其文学是否具有社会历史责任的深度考验,其间险象环生。优秀作家在这方面都有过深切的体会。不仅对文学家如此,对文学理论家和思想家也是如此。比方说,弗洛伊德是很有精神分析深度的思想家,其成就有目共睹,也被社会的许多领域所汲取,然而其不可小觑的弊病往往被人们忽略。试想,把人类历史统统说成性欲史,将文明的所有成果一股脑归于力比多,那是一种多么不负责任的事情。批判传统文化的保守和防止思想僵化是必要的,大胆创新也可肯定,但是把浴盆中的婴儿与洗澡水一起倒掉,现代智慧人大概不应这么做。话说回来,触及性文学是典型的冒险。性欲摇曳似春华秋月,是作品人物出生的契机,勒紧性欲的缰绳进退有度疾徐有节,往往是作家写作进入高潮的前奏。任性妄为随性泛滥如江河决口,甚至一发不可收拾,美其名曰是真是自然,实质上是将自己和读者都当成禽兽。人物形象塑造方面不走险难以显山露水。作家拿捏不住走险分寸则会走火入魔,甚至玩火自焚。大江健三郎在这方面下了很深的功夫。他一生不涉淫邪,称自己在性描写上属于"晚熟"的作家。在写作《性的人》《政治的人》时，他"感到有一股强烈的不安"。《个人的体验》《日常生活的冒险》等作品中的性描写，却正好因作家的涉性不深，而成就了青年人物群体在特定环境下相关的典型形象。青涩、任性、无赖、狂热，但是并不狡诈，也不讹滥。从《倾听雨树的女人们》开始，大江健三郎逐渐进入此类走险的练达阶段。他称自己五十岁时写的《致令人眷念之年的信》有所长进。我阅读的感觉是其本世纪以来的作品，如在"奇怪的二人配"之《优美的安娜贝尔·李 寒彻颤栗早逝去》以及《空翻》中，相关描写更加老道，很少有违和之处。性描写不是小事，古今成功的作家作品，都得过这一关。《红楼梦》在这方面堪称精妙。撰写各种性题材，不敢大胆地写，会失真。完全用下半身写，甚至把生殖器当大脑，脏乱丑恶比野兽还野兽，则既失善亦失美。在这个问题上，聂珍钊先生在文学伦理学批评建设方面有振聋发聩的警策，其思想观点很值得借鉴。

暴险，这个提法略嫌生僻，但是也不难理解。简单地定义，即暴力的呈现形态。暴险很明显是一个政治概念，也是一个伦理价值判断。它既是多种经济基础酝酿的对抗性表现，也是隶属并反作用于相关经济基础之上的政治、军事、宗教等上层建筑和意识形态的恶斗。对于社会而言，作为总体经济基础内部生产力和生产关系的矛盾体，决定了该基础衍生出的分配等级以及消费差异，对立各方和暴力争斗盖源于此。中外文明史和战争史都把暴力视为一定经济矛盾的集中体现，是政治的继续，即作为各方之间明争暗斗不可开解时的激烈运动。思想家们缘此将暴力解释为解决利益冲突和意识形态纠纷的恶性手段。在这种格局中，暴力往往表现为以武装斗争为方式的上下层之间或横向各方面的权利角逐。在古今中外的历史中，暴力常常表现为压迫与反压迫、剥削与反剥削的血腥事件。从良好的政治趋势讲,要么是战争引起革命,要么是革命制止战争。暴力问题只有站在最广大受剥削受压迫的民族和群体一边,才能找到分清正义与非正义的衡准,由此方可分别斗争各方的高下对错和是非曲直。大江健三郎正是站在最广大劳苦大众的最大利益一边,其立场是正确而令人钦佩的。他对暴力问题的思考是深刻而力透纸背的。他旗帜鲜明地揭露施暴的历代日本统治阶级,尤其讴歌近二百年来抗捐抗税的农民暴动,谴责日本在上个世纪发动的祸害亚洲各国包括日本人民在内的法西斯侵略战争。这一点,在他的所有小说、随笔、受访对谈和国际社会的讲话中都有明确的记载。在诺贝尔奖台的感言中,他对此表达得非常清楚,没有一丁点日本社会那种司空见惯的"暧昧"。从《万延元年的 Football》到《水死》等"奇怪的二人配"六部曲,他对抗击官方压榨的农民暴动给予极大同情和发自肺腑的讴歌,对日美安保的别有用心给予深刻的揭露,对日本当局修改反战和平宪法和鼓吹"再出发"的军国主义野心予以针锋相对的斗争。说到这里,我们完全可以想到这个真正的和平主义者大江健三郎是何等的正直和勇敢。他用一己文人的良心,对抗那些个为侵略战争招魂的邪恶势力。毋庸置疑,他受到了难以言喻的威胁,有软折磨,也有硬暴力。这一点只有他自己知道。不过,我们从《日常生活的冒险》中"我"的严重的抑郁症,可以领悟到他承受过的另一种暴力。正义往往迟到,但是对于大江健三郎来说,正义如天,与之可矣。正义召唤,义无反顾。我如正义,不避矢石,何患其他。

三、发生学下的冒险问题

文学冒险是通俗的说法。把作家放在平民中考量,他们的冒险是日常生活的冒险。如果把作家及其作品置于人文群科中权衡,冒险的文学应该在更高的方面得到体察。大江健三郎的文学冒险活动正是应该在哲学层面予以考察的重大人文现象。文学冒险的哲学升华即发生学。

在中西方人文领域，不时有用发生二字规范某种文学现象的做法。此类研究都将其所指始终框定在线性时空的因果阐释角度，发生问题仅仅作为因果链原因的首节来归置。但是在大江健三郎那里，发生学问题有了既深且广的辟创，在人文大端的层面，其发生学完全具备了突破常规的独具一格的价值。诚然，他也运用常规意义上的发生思路，如《人羊》《饲育》等作品，但是更多的却是在做超常规的开发。本文关注的正是其文学冒险的新生面，即超越了传统诗学和俗常规范的新文学。在这里，文学冒险说已经有了新的含义，它进入了诗化哲学的层面——文学发生学。

如果给大江健三郎的文学发生思想下个定义，可称之为骉桔发生学。骉桔，在中国的甲金文字中为榜橥，原意为神圣且又实用的原始先民的信仰设施，是与天地人神商量培养的山林守文化，也是多维度相生相克和多参点合力矫正的化感通变之道。三代文化熟谙其"三易""三坟""五典"《河图》《洛书》的和合本意。春秋战国诸子多取其"以他平他"(《国语》)和矫枉求正(《荀子》)之术。为什么我们要把大江健三郎的文学冒险论提升到发生学高度，而且冠以骉桔的定语。原因在于作家本人正是在这个诗化哲学维度一再发力，其所开辟的文学缘域与骉桔智慧冥会暗合。纵观大江健三郎的文学冒险生涯，汇众流纳百川处就在那里。在他的各种著述中，冒险与发生的分别主要在于雅俗，从本质上讲，二者体现的是同一个道理。发生与骉桔在节点与规模角度有所不同，而在依存互补与纠偏矫正方面相辅相成。在他的小说中，冒险与发生互为表里，发生与骉桔隐秀互动，纵横捭阖，古今咸集，时空交错，首尾咬合，掐头去尾，只留缘发，

259

千丝万缕,尽成网织。

《个人的体验》《日常生活的冒险》《迟到的青年》等作品,看得出上个世纪五六十年代,大江文学冒险的意气风发,该阶段的成就是其中两部书成为获诺贝尔文学评奖的代表作;二十世纪七八十年代,大江文学冒险的雄姿英发,其特点是作家在创作实践和文学理论两个方面均有突破;在获诺贝尔文学奖(1994)以来,大江的文学冒险拼搏有加,而且佳作连发,成色非凡,著名的"六部曲"如同井喷般冲击着世界文坛。其文学冒险不仅震撼着读者群,而且挑战着评论界。人们固然可以用常规思维和习见的理论方法解读大江健三郎,但是对这样一位如山如江的作家,尤其需要圆观宏照的研究。用许金龙先生的话说,应该在通译通读通解的基础上,以大江论大江,见其真见,发其深发。骡栝性的发生学研究,即出于这一理念。

在大江健三郎那里,冒险是其常态,发生是其本真。冒险随处可见,易为论者忽略。发生因其颖脱幻化,故而难以成为鹄的。就拿大江健三郎获诺奖后的文学变数来说,一系列大部头的著作如惊涛拍岸,其中既高频而又博约的发生二字呼唤新方法的入场,用骡栝冠名发生,正是因其登峰造极的文学冒险已经达到了那样的境界。至少可以用以下几个看点给予评说。

其一是大江文学发生学的格局宏伟,明堂开阔,有百科全书的风范。大江健三郎著作等身,知识渊博,在他的作品中众多学科的原素纷至沓来,且不说文史哲的大范畴,仅其所涉及的具体学科就让人目不暇给,举凡神话、传说、民俗、宗教、语言、科技、音乐、诗歌、美术、戏剧、建筑、相法、地形、林木、动物、水文、伦理、生死、医学、心理、政治、经济、暴力、烹饪、美酒……如此繁杂的门类,均被作家那种颇富张力的骡栝方式关联在一起。令人叹为观止的是这些领域的精华和糟粕,在作家的小说中都得到熔铸,因而读者看到了这些不无驳杂的内容，却一点也不觉得违和。再如，每一部小说都有一个网络所系，《迟到的青年》"奇怪的二人配"都写到了战后青年人的生存状态，《优美的安娜贝尔·李 寒彻颤栗早逝去》揭开了日本妇女遭遇暴力的一些深层问题，《空翻》是对日本民众日常生活和宗教精神的聚焦，诸多领域和各个感光点，都可以互相串联或无缝对接。还如，多部小说均穿插了描写音乐、戏剧、美术、建筑的片段，而且每次出现都有不同，读之辄会入迷，思之仍有余味。又如，几乎所有作品都有世界名著、名诗、名典引入，而且所有引述之处均无斧凿之痕。联想到宋明文人对唐诗文的骡栝，我们发现大江健三郎的骡栝手法同样高明。这样的例子比比皆是，作家塑造的各种人物都很生动，像斋木犀吉让人想起阿Q和唐·吉诃德，但是大江就是大江，他的骡栝文体独具一格。"我"与蜜三郎貌似"多余的人"，细看又不像，因为他们分明就是各自的"这一个"。骡栝思维的恢恢大网，使大江健三郎与西方存在主义、现代主义、后现代主义文学大幅度地拉开了距离。

其二是以吞吐太荒的气魄继往开来，而且多维开张，创意不断。大江健三郎向他的老师渡边一夫学到了许多东西，他对此念念不忘。他细心研读日本和西方文坛大家的文学作品，不仅学得惟妙惟肖，而且往往有超越，譬如，他对加缪、萨特、赛利纳等人的研读，就成就斐然，青出于蓝而胜于蓝。他在人类文化的海洋中涵之泳之，读过的经典不可胜数。《别了，我的书》其实没有真别，如此分说原因多多，其中一个前提是他把海量的精品吸纳进了自己的脑文库之中，而且在写作中信手拈来，挥洒自如。他对塞万提斯格外钦佩，对莎士比亚爱不释手，对陀斯妥耶夫斯基深度钻研，对纳博科夫和博尔赫斯也读得相当深入，与萨义德是莫逆之交。与这些大师级的人物相比，他有自己的特色，在这点或那点处有所胜出。但是惟有一个让他心仪一生而崇拜有加的巨擘，那就是鲁迅。鲁迅不可超越，也无法超越。因为鲁迅是中外文化造就的泰山北斗,因为鲁迅的知识结构博大精深,因为鲁迅的鉴识和批判能力前无古人后乏来者,因为鲁迅的硬骨头和冒险精神无与伦比,因为鲁迅坚持真理也坚持正义,而且看好正义更胜真理一筹,因为鲁迅对民族和人民的爱深及骨髓,因为鲁迅的骤栝水平可与司马迁比肩。有人讥讽鲁迅没有长篇小说,殊不知先生本身就是一部壮丽的史诗,虽然他仅仅活了五十五岁,英年早逝却如日月长存。大江健三郎在童年时代初识鲁迅的一个小册子,自己的成果盈筐积篋时坚持研摩鲁迅,而今著作等身,仍然苦学鲁迅,每遇写作的困境总是向鲁迅的精神求助。如果细读鲁迅就会明白,鲁迅在文学发生学方面的超绝功力称得上极致。鲁迅生前曾经感叹"日本没有大文学"。大江健三郎来了。日本有了大文学,鲁迅的在天之灵也会欣慰。

其三是引而不发,刨而不伤,贯通有无,瞬间绵长。本文称大江健三郎的发生学与常见的发生学有别。学界一般所说的发生学,对发生的理解仅在开端一用,尔后则被过程套路规训和湮灭。而大江健三郎则不然,差异处就在于他笔下的发生,是竭力培植和养护良种之学,此举摆脱了矢量时间对发生的辖制,突破了结果定成败的荒谬,凸显了回返源头矫正事件的可能。在上个世纪末叶,他已把对青年的思索转向了对童子的探讨。惜籽爱幼成就了他后半生的不断发生论,其要点在于执着的天人交集思想和古今咸宜的籽实观念,而这也正是其写作的基点。铭助、童子,不仅在《两百年的孩子》中永生,许多后发的人物形象都从四国森林的神话传说中酝酿。维护童心的举措在"奇怪的二人配"六部曲之《水死》中成为其创作的秘笈。掐死坏种,除去毒苗,培育优良籽实有如大江健三郎发生学的品牌。在他那里,截断过程和删减以至破坏结尾,已不再是幻梦写作,而是化感通变的思想,是多维纠偏的举措。此类变通给发生学插上遁逸权利话语的翅膀,纠正了过程对本真的扭曲,制约了习惯势力的支配。《被偷换的孩子》可以夺回来,义人与吾良的田龟对话如同截断时光的异在插接。《愁容童子》中的"超童子群借助自己的做梦能力,是分布在全世界的童子们的马达……使得这个世界得以运转"。《空翻》中"师傅"和"向导"推倒自家教会,与《别了,我的书》中椿繁废止武力行动的做法,都是重回发生原点的解放运动。这样的发生学,在本质上讲,是强化了文化滤毒和排除以暴易暴的文学尝试。或问,这样生动活泼的原点运动和良种培植,失却过程和结尾还能起什么作用呢?答曰,这与王阳明的一念而去恶扬善的思想异曲同工。重要的是这种发生学在作家那里是有所作为的,原点聚集了多元因素,调动了制恶向善的动能,其间连接着此界与彼岸、自我与他者、过去与未来,于是,虚拟与真实在此交汇,理论与实践由此合一,主体与客体因此而他化,一言以蔽之,一个"间"性的无害时空在多维度骤栝下"以他平他",无害的发生以此而启蒙而发祥。长期以来,人们一直认为必须遵从过程的惯性,在骤栝发生学中,或者说在大江健三郎的文学书写中,因或然性的生发,实现了发生之于无良过程辖制的解放。这也就是从《日常生活的冒险》到《空翻》以及《晚年样式集》要阐发的宇宙观、生死观和价值观。骤栝的发生学以网络的活性生发给或然性创造了多维的联结。虚可实之,实可虚之,虚实相接,多维互动,此之谓骤栝性的发生,或曰发生学的骤栝。

我们从大江健三郎的文学冒险论切入了其文学发生学,从文学发生学揭示了骤栝多维观。这是一次以大江解大江的文学聚焦。也是一次骤栝发生学的诗化哲学巡礼。其中的良种学、童子说、暴力论和超常规的发生思想弥足珍贵。常见冒险论的通俗性难以穷尽研究冒险的诸多方面。骤栝发生学是在提挈和改造文学冒险论的同时,把一个自然、和谐与美善的文学世界端上台面。大江健三郎的文学事业因其曝栝发生学获得了突破,尤其在其晚年更加精彩,呈现出雄浑博大的气象。此非本文区区的"如是说"可以穷尽。笔者此论只是起一个头,投石问路,抛砖引玉,发生,发生,有物混成。

(作者单位:浙江越秀外国语学院外国语言文化研究院)